Danielle L. Jensen est née à Calgary, au Canada. Elle est titulaire d'un diplôme de finance à l'université de Calgary ainsi que de littérature à l'université Mount Royal. Danielle est l'autrice de plusieurs séries best-sellers dont *Le Pont des tempêtes*, véritable phénomène qui incarne à merveille le courant de la Fantasy à la fois épique et romantique.

DANIELLE L. JENSEN

LE PONT DES TEMPÊTES

Le Pont des tempêtes – tome 1

Traduit de l'anglais (Canada) par Laurence Boischot

Bragelonne

Titre original : *The Bridge Kingdom*

Originellement publié aux États-Unis par Context Literary Agency, LLC

ISBN : 979-10-281-1740-5

Bragelonne
60-62, rue d'Hauteville – 75010 Paris

E-mail : info@bragelonne.fr
Site Internet : www.bragelonne.fr

Pour Spencer.

Chapitre premier

Lara

Lara s'accouda au muret en pierre de sable, les yeux rivés sur les montagnes lointaines lentement embrasées par le soleil couchant. Seules de longues dunes brûlantes la séparaient des pics rocheux, peuplées de scorpions et de rares lézards. Le désert était infranchissable à moins d'avoir un bon chameau, un chargement de provisions et une sacrée dose de chance.

Ça ne l'avait pas empêchée d'être tentée à plus d'une reprise.

Un gong retentit et lança ses échos à travers le domaine. Cela faisait quinze ans que, chaque soir, il annonçait l'heure du dîner, mais cette fois Lara crut entendre un tambour de guerre. Elle prit une profonde inspiration, puis elle tourna les talons et traversa le terrain d'entraînement pour rejoindre les immenses palmiers. Ses jupes rose pâle chuchotaient autour de ses jambes. Ses onze demi-sœurs convergeaient vers le même endroit, vêtues des couleurs que leur maîtresse en esthétique avait choisies pour mieux les mettre en valeur.

Lara détestait le rose, mais personne ne lui avait jamais demandé son avis.

Après quinze ans de captivité dans ce domaine isolé, cette soirée serait la dernière qu'elle partagerait avec ses sœurs. Leur maître en méditation leur avait donc recommandé de passer l'heure d'avant le dîner à un endroit qui leur était cher, afin de mieux réfléchir à tout ce qu'elles avaient appris et à tout ce qu'elles accompliraient grâce à ces connaissances.

Ou, du moins, ce que l'une d'entre elles accomplirait.

Le parfum de l'oasis caressa le visage de Lara, porté par une brise légère – une odeur de fruits mûrs et de feuilles vertes, de viande grillée et, surtout, d'eau fraîche. L'eau était un bien précieux. Le domaine était situé autour d'une des rares sources du Désert rouge, mais loin des routes qu'empruntaient les caravanes. C'était un lieu isolé, secret.

C'était précisément ce que voulait son père, le roi de Maridrina. Et, d'après ce qu'elle avait entendu dire à son sujet, c'était un homme qui finissait toujours par obtenir ce qu'il désirait.

Avant de ressortir de l'arène, Lara s'essuya les pieds en les frottant contre ses mollets puis enfila de délicates sandales hautes. Elle se remit en marche d'un pas aussi assuré que si elle portait une confortable paire de bottes.

Le cliquetis de ses talons faisait écho aux battements éperdus de son cœur tandis qu'elle s'engageait sur le sentier de mosaïque qui franchissait le petit pont. Des instruments à cordes jouaient une douce mélodie par-dessus le gazouillis de l'eau. Les musiciens étaient arrivés avec la caravane de son père, afin d'égayer l'occasion.

Elle doutait fort qu'ils fassent le trajet du retour.

Une goutte de sueur coula lentement le long de son dos. La lanière de cuir qui fixait une dague à l'intérieur de sa cuisse était déjà moite. *Tu ne mourras pas ce soir*, se répétait-elle en silence. *Pas ce soir.*

Lara et ses sœurs atteignirent le cœur de l'oasis, une petite cour au centre de la source, qui en faisait un îlot de verdure. Elles se dirigèrent vers l'immense table nappée de soie et chargée de toute l'argenterie nécessaire aux innombrables plats qui attendaient à l'écart. Des serviteurs, tous muets, se tenaient chacun derrière une chaise, les yeux rivés au sol. Ils tirèrent les chaises d'un même geste lorsque les jeunes femmes s'approchèrent, et Lara s'assit sans même un coup d'œil par-dessus son épaule, sachant déjà que le coussin rose viendrait à sa rencontre.

Aucune de ses sœurs ne dit mot.

Lara sentit une main saisir la sienne sous la table. Elle s'autorisa un bref regard vers la gauche et croisa celui de Sarhina avant de reporter son attention sur son assiette. C'étaient les filles du roi, toutes âgées de vingt ans, nées de douze épouses différentes. Lara et ses demi-sœurs avaient été conduites à ce repaire secret afin d'y recevoir un entraînement qu'aucune Maridrinienne avant elles n'avait jamais connu. Or, cet entraînement venait de toucher à sa fin.

Lara sentit son estomac se nouer, et elle lâcha la main de Sarhina. La peau de sa sœur était fraîche et relativement sèche comparée à la sienne, et ça la rendait malade.

Le gong retentit de nouveau, et les musiciens s'interrompirent tandis que les filles se relevaient. Un battement de cœur plus tard, leur père apparut sur le sentier, les cheveux argentés à la lueur des lampes, les yeux d'un bleu azur identique à celui des douze sœurs. Des filets de sueur coulaient le long des jambes de Lara alors même que, fidèle à son entraînement, elle observait le roi en détail. Elle remarqua son manteau indigo, ses bottes au cuir usé et l'épée à sa ceinture. Puis, tandis qu'il contournait la table, les contours à peine visibles de la dague fixée dans son dos.

Il s'assit. Lara et ses sœurs firent de même, sans un bruit.

— Mes chères filles, lança-t-il en se calant contre le dossier de sa chaise, un sourire aux lèvres.

Silas Veliant, roi de Maridrina, attendit que son goûteur lui adresse un signe de tête avant de boire une gorgée de vin. Les jeunes femmes l'imitèrent, mais Lara savoura à peine le liquide couleur rubis sur sa langue.

— Vous êtes mon bien le plus précieux, poursuivit-il en les désignant de la main qui tenait son verre. Des vingt enfants qui ont été conduites ici, vous êtes les seules à avoir survécu. C'est déjà un succès en soi, car l'entraînement que vous avez reçu aurait mis à rude épreuve les plus accomplis des hommes. Or, vous n'êtes que des femmes.

Lara dut puiser dans cet entraînement pour se retenir de froncer les sourcils – ou de trahir la moindre émotion.

— Si vous avez été amenées en cet endroit, c'était pour que je puisse choisir la meilleure d'entre vous, celle qui sera mon poignard dans le noir… la future reine d'Ithicana. (Ses yeux témoignaient d'autant de compassion que les scorpions du désert.) Cette élue fera éclater les défenses d'Ithicana et permettra à Maridrina de retrouver sa gloire d'antan.

Lara ponctua cette déclaration d'un bref hochement de tête, comme toutes ses sœurs. Elles n'éprouvaient pas la moindre curiosité. Du moins, pas en ce qui concernait la décision de leur père. Il avait fait son choix plusieurs jours auparavant, et Marylyn était assise en bout de table, les cheveux tressés en une couronne dorée, assortie à sa robe lamée. C'était la reine idéale : gracieuse, intelligente, belle comme le soleil – et aussi dangereuse que ses rayons.

S'il y avait de la curiosité, c'était pour ce qui viendrait ensuite. Marylyn serait offerte en épouse au prince héritier – récemment devenu le roi – d'Ithicana. Resterait alors à déterminer ce qu'il adviendrait de ses demi-sœurs. Elles étaient toutes de sang royal, ce qui leur donnait une certaine valeur.

Toutes les jeunes femmes, y compris Marylyn, avaient passé les deux dernières soirées étendues sur de gros oreillers, à spéculer sur le sort qui leur serait réservé. À quel vizir seraient-elles mariées, à quel royaume seraient-elles promises ? Peu importait l'homme ou le royaume, à vrai dire, tant qu'elles pouvaient enfin échapper à cet endroit.

Mais ces longues soirées, Lara les avait passées un peu à l'écart, en silence. Elle avait pris le temps d'observer ses sœurs, de les aimer. Elle les avait affrontées au combat autant de fois qu'elle les avait serrées contre son cœur au cours de ces rudes années. Elle voulait se rappeler leurs sourires, leurs yeux, ou leur tendance, même sorties de l'enfance, à se blottir les unes contre les autres comme une portée de chiots privés de leur mère.

Lara savait quelque chose que les autres ignoraient. Leur père avait prévu qu'une seule d'entre elles sorte de ce repaire : la future reine d'Ithicana.

Un serviteur posa devant elle une salade garnie de fromage et de fruits colorés, qu'elle mangea sans plaisir. *Tu vas vivre, tu vas vivre*, se répétait-elle en boucle.

— Depuis toujours Ithicana contrôle tous les échanges commerciaux de la région et s'amuse à bâtir ou à détruire des royaumes comme une sorte de dieu maléfique. (Son père les regardait tour à tour, les yeux luisants de colère.) Mon père ainsi que son propre père et son grand-père avant lui ont cherché à mettre à genoux le Royaume du Pont. Ils leur ont envoyé des assassins, ont déclaré des guerres et des blocus, ont usé de tout l'arsenal qu'ils avaient à leur disposition, mais pas un seul d'entre eux n'a pensé à se servir d'une femme.

Le roi s'interrompit le temps d'un petit sourire rusé.

— Les Maridriniennes sont faibles et dociles, tout juste bonnes à tenir le foyer et à élever des enfants… Sauf vous, mes douze filles.

Lara ne cilla même pas, et ses sœurs non plus. Elle se demanda, l'espace d'un souffle, s'il se rendait compte que chacune d'entre elles brûlait de le poignarder en plein cœur pour punir cette insulte. Il devait pourtant savoir qu'elles en étaient largement capables.

Son père reprit la parole.

— Il y a quinze ans de cela, le roi d'Ithicana a exigé de moi une épouse pour son fils en guise de tribut – de paiement. (Il esquissa une moue méprisante.) Ce vieux bâtard est mort depuis un an, mais son fils vient seulement de réclamer son dû. Et Maridrina est prête.

Son regard s'arrêta sur Marylyn avant de se reporter sur les serviteurs, qui débarrassaient les assiettes.

Dans les ombres de la nuit tombante, Lara perçut un mouvement. Elle sentit la présence des soldats qui avaient accompagné son père. Les serviteurs revinrent avec des bols de soupe fumante, précédés par un parfum de poireaux et de cannelle.

— L'hubris d'Ithicana, son avarice et son mépris envers vous… Tout cela mènera le royaume à sa perte.

Lara s'autorisa à détacher son regard de son père pour observer ses sœurs. Avec leur entraînement et leur connaissance approfondie de ses plans, il n'avait pas l'intention de les laisser vivre une heure de plus que ce dîner – à part son élue.

Les bols furent placés devant eux, et les sœurs attendirent que le goûteur du roi donne son approbation. Alors elles saisirent leur cuillère et se mirent à manger.

Lara les imita.

Leur père croyait que la beauté et l'intelligence étaient les qualités primordiales de la fille qu'il choisirait, qu'elle devrait se montrer fine stratège et farouche combattante, ainsi que talentueuse dans les arts de la chambre. Il pensait savoir quels attributs avaient le plus d'importance, mais il en avait oublié un.

Sarhina se raidit à côté de Lara.

Je suis désolée, murmura-t-elle en silence à l'adresse de ses sœurs.

Alors le corps de Sarhina fut parcouru de spasmes.

Je prie pour que vous trouviez toutes la liberté que vous méritez.

La cuillère à soupe que tenait Sarhina décrivit un arc par-dessus la table, mais aucune de ses sœurs ne parut le remarquer. Elles en étaient incapables. Elles étouffaient et convulsaient, la bave aux lèvres, et une par une elles s'affalèrent – sur la table, sur le côté ou contre leur dossier. Puis elles s'immobilisèrent.

Lara plaça sa cuillère à côté de son bol vide et jeta un bref regard à Marylyn, tombée le nez dans sa soupe. Puis elle se leva et contourna la table pour dégager le visage de sa sœur et l'essuyer tendrement avant de le reposer, la joue contre la nappe. En se redressant, Lara vit que son père était debout, très pâle, l'épée à demi dégainée. Les soldats qui rôdaient dans les ombres s'empressèrent de rassembler les serviteurs paniqués. Mais tout le monde, sans exception, la regardait, elle.

— Vous aviez fait le mauvais choix, père. (Lara s'adressa au roi en gardant le menton levé. Elle soutint son regard et laissa affleurer la part noire et égoïste de son âme pour qu'elle brille dans ses yeux.) Je serai la reine d'Ithicana et je mettrai à genoux le Royaume du Pont.

Chapitre 2

Lara

Lara savait ce qui allait suivre. Tout se passa en un clin d'œil, et pourtant elle était certaine que le moindre détail resterait gravé dans sa mémoire jusqu'à sa mort. Son père rengaina son épée d'un geste brusque puis posa deux doigts contre la gorge de la fille écroulée à sa droite. Lara l'observa, impassible. Enfin il fit un signe de tête aux soldats qui les encerclaient.

Les hommes qui auraient dû les exécuter, elle et ses sœurs, se retournèrent vers les serviteurs. Ces derniers, depuis longtemps privés de leur langue, poussèrent des cris indistincts en essayant de fuir le massacre. Les musiciens furent les suivants, en même temps que les cuisiniers encore affairés devant leurs fourneaux et que les servantes occupées à ouvrir des lits dans lesquels plus personne ne dormirait jamais. Un instant plus tard, il ne restait plus que les soldats de la garde royale, les mains rougies du sang de leurs victimes.

Lara assista à la scène sans bouger. Seule la certitude qu'elle était la dernière fille du roi – le dernier cheval sur lequel il pouvait encore parier – la retint de fuir ce carnage et de tenter sa chance dans le désert.

Erik, leur maître d'armes, s'avança parmi les palmiers, lame au clair. Son regard s'arrêta sur Lara, puis sur les silhouettes de ses sœurs, et il lui adressa un petit sourire triste.

— Ça ne m'étonne pas de te trouver encore d'attaque, petit cafard.

C'était le surnom affectueux qu'il lui avait donné quand elle était arrivée au repaire, âgée de cinq ans et à moitié morte après une tempête de sable qui avait surpris sa caravane. « *Le feu et la glace ravagent parfois le monde, mais le cafard survit toujours* », avait-il dit. « *Comme toi.* »

Cafard ou pas, c'était grâce à lui qu'elle était encore en vie. L'avant-veille, Erik l'avait envoyée passer la soirée au terrain d'entraînement pour la punir d'une infraction mineure. C'était là qu'elle avait surpris une conversation entre les soldats de son père, qui avaient évoqué la mort de Lara et de ses sœurs. Cette conversation était menée par Erik en personne. Les paupières brûlantes, elle dévisagea cet homme qui, plus que le monarque aux cheveux argentés, avait été un père pour elle, mais elle ne dit rien. Elle ne lui accorda même pas un sourire.

— Ça y est ? demanda le roi.

Erik hocha la tête.

— Oui, Majesté. Tout le monde a été réduit au silence, sauf moi. (Il jeta un coup d'œil vers les ombres qui bordaient le halo des lampes.) Et le Merle.

Alors le maître d'intrigue sortit de l'obscurité, et Lara toisa froidement l'homme menu qui avait orchestré les événements de cette soirée.

— Cette fille vous a épargné presque tout le sale boulot, lança-t-il de cette voix nasillarde que Lara détestait depuis toujours.

— Vous auriez dû choisir Lara depuis le début, rétorqua Erik.

Il gardait un ton neutre, mais Lara devina le chagrin dans ses yeux tandis qu'il regardait chacune des jeunes femmes inertes avant de la dévisager, elle.

Elle aurait voulu tirer sa dague – comment osait-il pleurer ses sœurs alors qu'il n'avait rien fait pour les sauver ? –, mais son entraînement lui dictait de rester immobile.

Erik s'inclina devant son roi.

— Pour Maridrina.

Il se trancha la gorge.

Lara serra les dents. Le contenu de son estomac remonta jusqu'à sa bouche, amer et écœurant, plein du poison qu'elle avait donné à ses sœurs. Pourtant elle refusa de détourner la tête quand Erik s'effondra. Elle regarda son sang gicler de sa gorge jusqu'à ce que son cœur s'arrête.

Le Merle contourna la flaque de sang pour s'avancer à la lumière des lampes.

— Quel cirque...

Il ne s'appelait pas vraiment le Merle, naturellement. Son vrai nom était Serin, et de tous les individus, hommes et femmes, qui avaient contribué à l'entraînement des jeunes filles, c'était le seul qui avait pu aller et venir à sa guise, parce qu'il dirigeait également le réseau d'espionnage du roi.

— C'était un homme bon et un loyal sujet, déclara ce dernier d'une voix dénuée de toute émotion.

Lara se demanda s'il le pensait réellement ou si c'était uniquement destiné aux soldats qui observaient la scène. Même la plus farouche loyauté avait ses limites, et son père n'était pas stupide.

Le Merle se tourna vers elle en plissant les paupières.

— Comme vous le savez, Majesté, Lara n'était pas mon premier choix. Elle était souvent la plus mauvaise de toutes, excepté dans l'art du combat. Son caractère l'emporte souvent sur sa raison. Marylyn... (Il désigna sa sœur.) C'était la candidate idéale, d'une intelligence égale à sa beauté, et parfaitement capable de dominer ses émotions, comme elle l'a prouvé au cours de ces derniers jours.

Il poussa un petit soupir désabusé.

Tout ce qu'il venait de dire au sujet de Marylyn était vrai, mais ça ne suffisait pas à résumer qui elle était. Des souvenirs s'invitèrent à l'esprit de Lara. Elle revit Marylyn s'occuper d'un chaton famélique, que sa mère avait rejeté mais qui était désormais le plus grassouillet de tous les chats du domaine. Elle prenait toujours le temps d'écouter ses sœurs quand elles avaient des soucis et ne manquait jamais de leur prodiguer de bons conseils. Alors qu'elle était encore enfant, elle avait donné un nom à chacun de leurs domestiques parce qu'elle trouvait injuste qu'ils n'en aient pas. Puis ces visions se dissipèrent, ne laissant devant elle qu'un corps immobile aux cheveux dorés souillés de soupe.

— Ma sœur était trop douce. (Lara fit face à son père, le cœur battant à tout rompre alors même qu'elle le défiait.) La future reine d'Ithicana va devoir séduire son mari, lui faire croire qu'elle est sincère et naïve, gagner sa confiance tout en usant de sa position pour tout apprendre de ses faiblesses, jusqu'au moment de le trahir. Marylyn n'était pas comme ça.

Son père la dévisageait sans ciller, pourtant il finit par montrer son approbation d'un infime hochement de tête.

— Mais toi, si ?

— Moi, si.

Elle entendait son pouls vibrer à ses oreilles, et sa peau se couvrit d'une sueur froide malgré la chaleur de la nuit.

— Tu ne te trompes pas souvent, Serin, reprit son père. Mais je crois que, cette fois, tu as fait une erreur et que le destin est intervenu pour la rectifier.

Le maître d'intrigue se raidit, comme s'il venait de comprendre que sa propre vie ne tenait qu'à un fil.

— Vous avez raison, Majesté. Il semblerait que Lara possède une qualité que j'avais omis de tester.

— La plus importante de toutes : elle est impitoyable. (Le roi l'étudia un instant avant de se retourner vers le Merle.) Va préparer la caravane. Nous partons pour Ithicana dès ce soir. (Alors il sourit à Lara comme si elle était son bien le plus précieux.) Il est temps que ma fille rencontre son futur époux.

Chapitre 3

Lara

De hautes flammes léchaient le ciel nocturne lorsque le groupe quitta le domaine, mais Lara ne s'autorisa qu'un bref coup d'œil à cet endroit où elle avait été chez elle. Les murs éclaboussés de sang commençaient à noircir tandis que l'incendie consumait les preuves d'une conspiration amorcée quinze ans auparavant. Seul le cœur de l'oasis, où la source d'eau claire entourait la longue table, demeurerait intact.

Pourtant c'était déjà presque insupportable d'abandonner ses sœurs endormies au centre d'un cercle de feu, inconscientes et sans défense le temps que le mélange de narcotiques qu'elle leur avait administré se dissipe. Déjà leur pouls, ralenti au point d'imiter la mort pendant de dangereuses minutes, avait dû reprendre un peu de force, et leur respiration serait bientôt visible à l'œil nu. Si Lara trouvait une excuse pour s'attarder et vérifier qu'elles allaient bien, elle risquerait de tout gâcher.

— Ne les brûlez pas. Laissez les charognards nettoyer leurs os, avait-elle dit à son père.

Puis elle l'avait observé, l'estomac noué, jusqu'à ce qu'il accepte en riant cette requête macabre. Ses sœurs restaient donc affalées autour de la table, comme protégées des flammes par les silhouettes sanglantes des serviteurs massacrés.

Voilà ce qu'elles trouveraient en se réveillant : le feu et la mort. Il n'y avait qu'en faisant croire à leur père qu'elles ne parleraient plus jamais que Lara pouvait leur assurer un avenir. Elle accomplirait leur mission pendant que ses sœurs se bâtiraient une nouvelle vie, libres de choisir leur destin. Elle leur avait tout expliqué dans une lettre qu'elle avait glissée dans la poche de Sarhina pendant que son père faisait le tour du domaine à la recherche d'éventuels survivants. Il ne fallait pas laisser vivre la moindre personne susceptible d'ébruiter la supercherie qui se dirigeait à présent vers un mariage avec le roi d'Ithicana.

Leur traversée du Désert rouge serait semée de périls en tout genre, mais en cet instant précis, Lara était convaincue que la pire des épreuves serait de devoir écouter les bavardages du Merle pendant le trajet. La jument de Lara transportait le trousseau de Marylyn, ce qui obligeait la jeune femme à chevaucher derrière le maître d'intrigue.

— À partir de maintenant, tu dois te comporter en parfaite noble dame de Maridrina, déclara-t-il d'une voix qui lui mettait les nerfs à vif. Il serait beaucoup trop risqué que quiconque te voie baisser la garde, même parmi les sujets que Sa Majesté estime loyaux.

Il jeta un coup d'œil appuyé aux soldats qui les escortaient.

Pas un seul d'entre eux ne regardait la princesse.

Ils ignoraient tout de ce qu'elle était, de l'entraînement qu'elle avait reçu et de la mission qu'elle devrait accomplir. Ils pensaient simplement qu'elle allait servir à honorer un contrat avec leur royaume rival. Mais ils étaient tous persuadés qu'elle avait tué ses propres sœurs de sang-froid. Elle se demanda soudain combien de temps son père leur laisserait la vie sauve.

— Comment t'y es-tu prise ?

Ils chevauchaient depuis plusieurs heures lorsque la question du Merle tira Lara de ses réflexions. Elle resserra l'écharpe de soie blanche qui lui couvrait le visage, même s'il lui tournait le dos.

— Avec du poison, répondit-elle en s'autorisant un soupçon d'insolence.

Il s'esclaffa.

— Elle est bien effrontée, maintenant qu'elle se croit intouchable.

Elle se passa la langue sur ses lèvres sèches ; le soleil levant lui réchauffait déjà le dos. Puis elle se laissa glisser dans l'étang de calme frais que son maître de méditation lui avait appris à utiliser quand elle avait besoin d'échafauder une stratégie – entre autres choses.

— J'ai empoisonné les cuillères à soupe.

— Mais comment ? Tu ne savais pas où tu serais assise.

— Je les ai toutes empoisonnées, à part celle du roi.

Le Merle ne dit rien.

— Ça fait des années que je prends plusieurs poisons à petite dose pour développer une certaine tolérance.

Malgré ça, elle s'était purgée dès qu'elle en avait eu l'occasion. Elle s'était fait vomir jusqu'à avoir l'estomac vide, puis elle avait bu l'antidote adéquat. Le léger vertige qui persistait encore était le seul indice qu'elle avait avalé un narcotique.

La silhouette fluette du maître d'intrigue se crispa.

— Et si la place du roi avait été inversée avec celle de Marylyn ? Tu aurais pu le tuer.

— De toute évidence, elle estimait que c'était un risque acceptable.

Lara inclina la tête. Elle avait entendu tinter les grelots qui ornaient la bride du cheval de son père tandis qu'il arrivait à leur hauteur. La monture royale était harnachée d'argent, au lieu de l'étain que portaient les chevaux des soldats.

— Tu as deviné que je comptais tuer les filles dont je n'avais plus besoin, poursuivit le roi. Mais, au lieu d'alerter tes sœurs ou de tenter de fuir, tu les as assassinées afin de prendre la place de l'élue. Pourquoi ?

Parce que, si les filles s'étaient battues pour se sauver de là, elles auraient dû passer leur vie à craindre des représailles. La seule solution, c'était qu'il les croie mortes.

— J'ai peut-être grandi isolée du monde, père, mais les tuteurs que vous aviez choisis m'ont enseigné tout ce qu'ils savaient. Je n'ignore pas ce que la tyrannie commerciale d'Ithicana inflige à notre peuple. Il faut absolument que notre ennemi soit réduit à néant, et de toutes mes sœurs, j'étais la seule capable de m'en charger.

— Tu as assassiné tes sœurs pour le bien de notre royaume ? résuma-t-il, l'air amusé.

Lara se força à ricaner sèchement.

— Non. Je les ai tuées parce que je voulais vivre.

— Tu as risqué la vie du roi pour sauver ta peau ? s'écria Serin.

Il se tourna vers elle, le teint verdâtre. C'était lui qui l'avait formée, ce qui donnait au roi le droit de le blâmer, lui, pour cette stratégie. Or, son père était connu pour son implacable cruauté.

Mais le roi de Maridrina partit d'un rire charmé.

— Elle a pris un pari risqué… et elle a gagné. (Il se pencha vers Lara et écarta son écharpe pour poser une main sur sa joue.) Le roi Aren ne va pas comprendre ce qui lui arrive. Le temps qu'il te voie venir, il sera déjà trop tard… telle une veuve noire dans son lit.

Le roi Aren d'Ithicana. Aren, son futur mari.

Lara entendit vaguement son père ordonner aux gardes d'établir leur campement, l'idée étant de dormir pendant les heures les plus chaudes du jour.

Un des soldats la fit descendre du chameau de Serin. Elle s'assit sur une couverture et, pendant que les hommes s'affairaient, réfléchit à ce qui l'attendait.

Lara en savait autant que la plupart des Maridriniens au sujet d'Ithicana – voire beaucoup plus. C'était un royaume entouré de mystère et de brume : une succession d'îles qui reliaient deux continents, protégées par des mers turbulentes rendues encore plus dangereuses par les défenses dont les Ithicaniens avaient ponctué leur littoral pour repousser leurs adversaires. Pourtant ce n'était même pas cela qui faisait la puissance d'Ithicana. C'était le pont qui serpentait au-dessus de ses îles et qui les reliait entre elles – le seul moyen de passer d'un continent à l'autre en toute sécurité pendant dix des douze mois de l'année. Or, Ithicana usait de cet avantage pour imposer la famine aux pays qui dépendaient du commerce. Le Royaume du Pont les tenait à sa merci, les contraignant à payer un prix exorbitant.

Voyant que sa tente était prête, Lara attendit que les soldats aient placé ses affaires à l'intérieur avant de se glisser dans l'ombre bienvenue, se retenant de les remercier au passage.

Sa belle solitude ne dura que le temps de retirer son écharpe. Son père entra dans la tente, Serin sur ses talons.

— Je vais devoir t'enseigner nos codes secrets, déclara le maître d'intrigue. (Il attendit que le roi se soit assis avant de prendre place face à Lara.) C'est Marylyn qui a créé ce code, et je crains fort qu'il ne me soit pas facile de te l'apprendre en si peu de temps.

— Marylyn est morte, répliqua-t-elle.

Elle but une gorgée d'eau tiède à sa gourde.

— Inutile de me le rappeler, rétorqua-t-il sèchement.

Elle lui sourit avec une arrogance feinte.

— Acceptez le fait que je suis la seule survivante de toutes les filles que vous avez entraînées, et je n'aurai pas besoin de vous rafraîchir la mémoire.

— Mettez-vous au travail, les interrompit son père avant de fermer les yeux.

Il n'était là que par souci des convenances.

Serin commença donc à énumérer les éléments du code. Lara devait tout mémoriser, puisqu'il était hors de question qu'elle emporte des notes écrites au sein d'Ithicana. Ce code, elle n'aurait peut-être même pas l'occasion de s'en servir. Son utilité dépendait entièrement du bon vouloir de son futur époux – s'il avait la clémence de l'autoriser à écrire à sa famille. Or, d'après ce qu'elle avait entendu dire, le roi d'Ithicana n'était pas réputé pour sa clémence.

— Tu n'ignores pas que les Ithicaniens sont très doués pour décrypter les messages secrets. Même si tu arrives à nous envoyer des lettres, elles seront examinées de très près, et il est fort probable qu'ils en lisent le véritable contenu.

Lara leva la main et se mit à compter ses chances sur ses doigts.

— Je dois m'attendre à être isolée de tout – aussi bien des Ithicaniens que du reste du monde. Même si j'ai le droit de vous écrire, ce qui n'est pas sûr, ils risquent de déchiffrer notre code.

Vous n'aurez aucun moyen de me joindre pour récupérer mes éventuels courriers. Et moi, je n'aurai aucun moyen de vous faire parvenir quoi que ce soit grâce à un de leurs sujets parce que, jusqu'ici, vous n'avez pas réussi à corrompre un seul d'entre eux. (Elle serra le poing.) À moins de m'échapper, ce qui signifierait la fin de ma mission d'espionnage, comment suis-je censée vous faire parvenir la moindre information ?

— Si c'était facile, nous y serions déjà arrivés. (Serin tira de sa sacoche une épaisse feuille de parchemin.) Il n'y a qu'un seul sujet d'Ithicana qui corresponde avec le reste du monde, et c'est le roi Aren en personne.

Lara saisit le parchemin. Il était frappé de l'emblème d'Ithicana – le fameux pont –, et les bordures en étaient dorées. Elle examina le texte, rédigé d'une main précise, qui exigeait que Maridrina envoie une princesse au roi, en accord avec le Traité de Quinze Ans. Il invitait également Silas à négocier une nouvelle alliance commerciale entre leurs deux royaumes.

— Vous voulez que je dissimule mes messages dans ses lettres à lui ?

Serin hocha la tête et lui tendit une petite fiole de liquide transparent – de l'encre invisible.

— Nous allons essayer de provoquer des courriers de sa part, mais il n'est pas du genre à maintenir une correspondance assidue. C'est pourquoi nous devons t'apprendre le code de ta sœur.

La leçon fut longue et pénible, et Lara était épuisée. Elle dut user de toutes ses forces pour réprimer un soupir de soulagement quand Serin ressortit enfin de sa tente.

Son père se redressa en bâillant.

— Puis-je vous poser une question, Majesté ? demanda-t-elle avant son départ.

Il acquiesça. Elle se passa la langue sur les lèvres.

— Est-ce que vous l'avez vu ? Le nouveau roi d'Ithicana ?

— Personne ne l'a jamais vu. Ils portent toujours un masque lorsqu'ils ont affaire à des étrangers. (Son père secoua la tête.) Mais je l'ai rencontré une fois, il y a des années, quand il était encore un enfant.

Lara attendit, les mains posées sur ses cuisses. La soie de ses jupes fut vite trempée de sueur sous ses paumes.

— Il a la réputation d'être encore plus cruel que son père, un homme dur et implacable envers ses adversaires. (Il croisa son regard, et la pitié inhabituelle qu'elle vit dans ses yeux lui glaça le sang.) Il est fort probable qu'il te brutalise, Lara.

— J'ai appris à supporter la douleur.

La douleur, la faim, la solitude… tout ce qu'elle risquerait d'endurer à Ithicana. Elle avait appris à encaisser sans dévier de sa mission.

— Ce ne sera peut-être pas le genre de douleur auquel tu es habituée. (Son père lui prit la main et la retourna pour étudier sa paume.) Plus que tout, méfie-toi de leur gentillesse, Lara. Les Ithicaniens sont rusés, et leur roi ne te donnera rien sans réclamer son dû en échange.

Lara sentit son cœur bondir.

— Notre royaume est coincé entre le Désert rouge et la Mer des tempêtes, poursuivit-il. Le pont d'Ithicana est la seule voie commerciale fiable. Le désert et la mer ne connaissent pas de maître, alors Ithicana… Ces gens préfèrent voir notre peuple appauvri et affamé, brisé, plutôt que d'autoriser des échanges commerciaux fluides. (Il relâcha sa main.) Cela fait des générations que nous essayons de leur faire entendre raison, de leur montrer les dégâts causés par leur avarice parmi notre peuple et nos terres. Sauf que les Ithicaniens ne sont pas des hommes, Lara. Ce sont des démons déguisés en humains, et j'ai bien peur que tu ne t'en rendes vite compte.

Il ressortit de la tente, et Lara serra les poings. Elle aurait voulu les refermer sur des armes pour pouvoir frapper, blesser et tuer.

Pas à cause de l'avertissement de son père.

Tout alarmant qu'il était, elle l'avait déjà entendu des milliers de fois. Ce qui l'effrayait, c'était le ton résigné de sa voix, ses épaules voûtées, le désespoir qu'elle avait vu passer dans son regard. Tout cela lui prouvait que, malgré ce qu'il avait investi dans ce pari risqué, il ne la croyait pas capable d'accomplir cette mission. Lara détestait qu'on la sous-estime mais, plus que tout, elle avait horreur de voir souffrir ceux et celles à qui elle tenait. Or, à présent que ses sœurs étaient libres, plus rien ne comptait autant pour elle que le peuple de Maridrina.

Le royaume d'Ithicana allait payer pour les crimes qu'il avait commis contre le sien, et quand elle en aurait fini avec son roi, il ne serait pas seulement à genoux.

Il serait brisé.

* * *

Au cours des quatre nuits qu'ils passèrent à cheminer vers le nord, les dunes de sable rouge cédèrent la place à des collines couvertes d'arbres trapus et de buissons secs, puis à des montagnes escarpées qui semblaient toucher les nuages. Ils avancèrent le long de profondes ravines jusqu'à déboucher sous un ciel plus vaste. La terre brune était de plus en plus souvent ponctuée de taches de verdure parsemées de fleurs aux couleurs éclatantes. Le lit du ruisseau asséché qu'ils suivaient devint peu à peu boueux, et quelques heures plus tard la caravane pataugeait dans une eau paresseuse. Mais, hormis cela, la terre était sèche comme de l'os, inhospitalière.

Les hommes, femmes et enfants qui travaillaient dans les champs s'interrompaient pour les regarder passer. Ils étaient maigres et portaient des vêtements maladroitement tissés, élimés, ainsi que de grands chapeaux de paille qui les protégeaient du soleil. Ils vivaient chichement de leurs médiocres récoltes et du bétail anguleux qu'ils élevaient. Ils n'avaient pas d'autre choix. Les générations précédentes exerçaient souvent des métiers qui leur permettaient d'acheter de la viande et du grain en provenance d'Harendall, mais Ithicana avait tellement augmenté les impôts liés au pont que ces denrées étaient devenues hors de prix. Seuls les plus riches pouvaient se permettre ce genre de luxe, et les familles ouvrières de Maridrina s'étaient retrouvées obligées d'abandonner leurs métiers pour aller cultiver ces champs arides dans l'espoir de nourrir leurs enfants.

Or, elles y parvenaient à peine. Lara sentit son cœur se serrer en voyant les gamins qui s'alignaient le long du chemin pour admirer leur caravane, les côtes saillantes sous leurs haillons.

— Que Dieu bénisse Sa Majesté ! criaient-ils. Que Dieu bénisse la princesse !

Des fillettes s'élancèrent en courant à côté du chameau de Serin pour tendre à Lara des guirlandes de fleurs, qu'elle passa autour de ses épaules, puis autour du pommeau de sa selle lorsqu'elles devinrent trop nombreuses.

Serin lui donna un gros sac de pièces d'argent, et elle eut toutes les peines du monde à empêcher ses doigts de trembler tandis qu'elle les distribuait à toutes ces petites mains. Les enfants eurent vite fait d'apprendre son nom et, tandis que le ruisseau boueux se changeait en un torrent limpide, pressé de dévaler les collines en direction de la mer, ils se mirent à crier : « Bénie soit la princesse Lara ! Veillez sur notre belle princesse ! » Mais c'est quand ils se mirent à scander en chœur « Bénie soit Lara, martyre de Maridrina ! » qu'elle sentit ses mains se glacer. Chaque jour ce souvenir l'empêchait de trouver le sommeil, même après les leçons de Serin. Et quand elle finissait par s'endormir, il lui inspirait des cauchemars où elle se retrouvait piégée par des démons moqueurs, où ses talents la désertaient et où, malgré tous ses efforts, elle n'arrivait pas à se libérer. Dans ces rêves, Maridrina brûlait.

Et chaque jour les rapprochait un peu plus de l'échéance.

Le paysage se fit progressivement verdoyant, et un nouveau contingent de soldats se joignit à la caravane. Lara se vit transférer du chameau de Serin à un carrosse bleu tiré par des chevaux blancs, dont la bride était décorée des mêmes pièces d'argent que la monture de son père. Une armée de servantes apparut également pour se charger des moindres désirs de Lara. Elles entreprirent de laver, frictionner et coiffer la princesse tandis qu'ils cheminaient vers Vencia, la capitale de Maridrina.

Elle entendait leurs murmures à travers le tissu de sa tente : son père avait caché la future reine d'Ithicana au cœur du désert pour assurer sa sécurité. Lara était sa fille chérie, née d'une de ses épouses préférées, choisie par ses propres soins pour unir les deux royaumes et rétablir la paix. Elle saurait user de son charme et de sa grâce pour obtenir d'Ithicana tous les bénéfices dignes d'un pays allié, et alors Maridrina redeviendrait prospère.

L'idée qu'Ithicana puisse faire de telles concessions était tout simplement risible, mais Lara n'éprouvait pas le moindre amusement face à tant de naïveté – pas quand elle lisait l'intense espoir dans les yeux de ces jeunes femmes. Au contraire, elle s'en servit pour alimenter sa colère, tout en la dissimulant derrière de doux sourires tandis qu'elle saluait la foule. Elle avait besoin de cette force, parce qu'elle avait aussi entendu d'autres sortes de murmures. « Ayons pitié de la pauvre princesse », disaient les servantes d'un air tourmenté. « Que va-t-il lui arriver parmi tous ces démons ? Comment va-t-elle survivre à leur brutalité ? »

— Tu as peur ?

Son père ferma les rideaux du carrosse tandis qu'ils arrivaient aux abords de Vencia, au grand regret de Lara. C'était la cité de sa naissance, et elle ne l'avait pas vue depuis qu'elle avait été arrachée au harem à l'âge de cinq ans.

Elle se tourna vers lui.

— Je serais stupide de ne pas avoir peur. S'ils découvrent que je suis une espionne, ils vont me tuer et annuler tous les accords commerciaux qui existent entre nos royaumes.

Son père grogna son approbation puis tira de son manteau deux couteaux sertis de rubis maridriniens, qu'il lui tendit. Lara reconnut les armes cérémonielles que portaient les Maridriniennes pour indiquer qu'elles étaient mariées. Elles étaient destinées à l'usage du mari au cas où ce dernier aurait besoin de défendre l'honneur de sa femme mais, en général, la lame n'en était pas aiguisée. Ces dagues étaient réduites à d'inutiles décorations.

— C'est ravissant, merci.

Son père rit.

— Examine-les de plus près.

Lara les dégaina pour effleurer le fil des deux lames et les trouva bien affûtées, mais mal équilibrées. Alors son père appuya sur l'une des gemmes, et la lourde dague s'ouvrit pour révéler un petit couteau de lancer.

Lara sourit.

— S'ils ne t'autorisent pas à correspondre avec nous, tu devras prendre ton mal en patience et étudier leurs secrets avant de t'évader. Tu auras peut-être même besoin de te battre pour te frayer un chemin jusqu'à nous et nous apprendre tout ce que tu auras découvert.

Elle hocha la tête tout en lançant le couteau avant de le rattraper. Il était hors de question qu'elle retourne à Maridrina de son plein gré pour lui remettre son plan d'attaque en personne. Ce serait du suicide.

Elle avait eu tout le temps de réfléchir à la raison pour laquelle son père avait décidé de tuer les onze filles qu'il n'avait pas choisies. Il ne s'agissait pas seulement de sauvegarder son secret jusqu'à ce qu'il ait réussi à prendre le contrôle du pont. Il tenait à ce que sa stratégie ne s'ébruite jamais parce que, si ça venait à se savoir, il ne pourrait plus jamais se servir de ses enfants pour négocier des alliances. Plus personne ne lui ferait confiance. De même qu'il ne lui ferait jamais confiance, à elle. Si Lara remettait les pieds à Maridrina, elle serait réduite au silence à son tour, mission accomplie ou non.

Son père interrompit le fil de ses pensées.

— J'étais là quand vous avez tué pour la première fois, tes sœurs et toi. Tu le savais ?

Les lames s'immobilisèrent dans ses mains. Lara et ses sœurs avaient seize ans lorsque plusieurs hommes enchaînés étaient arrivés au domaine sous l'œil vigilant de Serin. C'étaient des brigands venus de Valcotta qui avaient été capturés et qui allaient mettre à l'épreuve les princesses guerrières de Maridrina. *« Il s'agit de tuer ou d'être tué »*, avait lancé Erik, le maître d'armes, en poussant les hommes un par un dans l'aire d'entraînement. Celles de ses sœurs qui avaient hésité étaient tombées sous les coups des brigands qui tentaient de sauver leur peau. Lara, elle, n'avait pas hésité. Elle n'oublierait jamais le bruit mouillé et sourd avec lequel sa lame s'était plantée dans la gorge de son adversaire, à l'autre bout de l'arène. Il l'avait dévisagée d'un œil ébahi avant de s'écrouler dans le sable, qui s'était vite imbibé de son sang.

— Non, je ne savais pas.

— Si je me souviens bien, les couteaux sont ta spécialité.

Sa spécialité, c'était de tuer.

Le carrosse brinquebalait sur les pavés de la ville. Les sabots des chevaux claquaient sèchement sur la pierre. Lara entendait les passants la saluer par moments. Elle tira un peu le rideau et s'efforça de sourire aux hommes et aux femmes crasseux qui se tenaient le long des rues, le teint blême sous l'effet de la faim et de la maladie. Le pire, c'étaient les enfants. Des mouches voletaient à la commissure de leurs lèvres et de leurs yeux mornes.

— Pourquoi ne faites-vous rien pour eux ? demanda-t-elle à son père.

Il regardait par la vitre, impassible, et tourna ses yeux azur vers elle.

— À ton avis, pourquoi t'ai-je créée ?

Puis il sortit de sa poche une poignée de pièces d'argent, qu'il lui remit afin qu'elle les jette par la fenêtre. Elle s'exécuta mais ferma les yeux lorsque ses pauvres compatriotes se mirent à se disputer le butin. Elle se promit de les sauver. Elle arracherait le pont au contrôle d'Ithicana, et plus aucun Maridrinien ne connaîtrait la famine.

Les chevaux ralentirent en s'engageant dans les rues sinueuses qui descendaient vers le port – et vers le bateau qui l'emmènerait à Ithicana.

Elle tira le rideau un peu plus afin d'apercevoir la mer pour la première fois. Elle inspira l'air salé, où flottait une odeur de poisson. Les vagues étaient ourlées d'écume, et leur mouvement captiva son attention tandis que son père lui reprenait les dagues pour l'instant.

Le carrosse traversa un marché presque entièrement désert.

— Où est passé tout le monde ? demanda-t-elle.

Le visage de son père demeurait indéchiffrable.

— Tout le monde attend que tu nous ouvres les portes d'Ithicana.

Enfin le carrosse entra dans le port et s'arrêta. Son père l'aida à descendre sans la moindre cérémonie. Le bateau qui les attendait portait un pavillon d'azur et d'argent. Les couleurs de Maridrina.

Il la conduisit jusqu'au quai et, sans ralentir, la fit monter sur la passerelle.

— La traversée ne dure même pas une heure. Des servantes t'attendent dans ta cabine pour te préparer.

Lara jeta un dernier coup d'œil à Vencia et au soleil brûlant qui montait dans le ciel, avant de se tourner vers la brume et les nuages sombres qui se dressaient de l'autre côté du détroit. Un royaume à sauver. Un royaume à détruire.

Chapitre 4

Lara

Lara se tenait sur le pont du bateau, qui ruait et se cabrait tel un cheval sauvage. Les doigts agrippés au bastingage, elle luttait pour éviter de vider le contenu de son estomac dans la mer déchaînée. Pire, elle venait de se rendre compte que, élevée dans le désert, elle n'avait jamais appris à nager, et cette faiblesse la hantait déjà. Chaque fois que le navire tanguait sous le coup des rafales, elle retenait son souffle, sûre qu'ils allaient chavirer et se noyer. La seule chose qui arrivait à chasser ces images où des vagues se refermaient au-dessus de sa tête, c'était la certitude des dangers bien réels qui la guettaient de l'autre côté.

Le soir venu, elle serait mariée. Elle serait seule dans un royaume qui avait la réputation de cultiver la pire des cruautés, et elle serait l'épouse du jeune homme qui le dirigeait. Elle s'était sacrifiée pour épargner cette vie à ses sœurs – et pour le bien de son peuple. Sauf que les conséquences de ce sacrifice étaient désormais aussi terrifiantes qu'imminentes. De gros nuages effleuraient la crête des vagues et se déplaçaient comme des bêtes douées d'une volonté propre mais, derrière eux, Lara distinguait les contours à peine visibles d'une île. Ithicana.

Son père vint la rejoindre le long du bastingage.

— C'est l'Île sud.

Il avait troqué ses vêtements salis par leur long voyage pour une chemise d'un blanc éclatant sous un manteau noir.

Son épée pendait à une ceinture décorée de disques d'argent sertis de turquoises.

—Aren y a posté une garnison permanente, et ils disposent de catapultes et autres machines de guerre capables de couler quiconque tenterait d'envahir par la mer. Par ailleurs, le sol marin est hérissé de pointes métalliques destinées à éventrer tout navire qui approcherait l'île à d'autres endroits que par le quai. Lui-même est ponctué d'explosifs censés le saboter au cas où il serait compromis. Il est donc impossible de capturer le pont à son embouchure. (Il crispa les mâchoires.) De nombreuses tentatives l'ont prouvé.

Et, à chaque tentative, ils avaient perdu des navires et des milliers d'hommes. Lara connaissait bien l'histoire de cette guerre qui avait pris fin quinze ans plus tôt avec la victoire d'Ithicana, mais les détails s'entrechoquaient dans son esprit en rythme avec les vagues qui secouaient leur bateau. Elle avait les genoux tremblants, et le mal de mer l'affaiblissait tout entière.

—Tu incarnes l'espoir de notre peuple, Lara. Nous avons besoin de ce pont.

Elle avait peur d'ouvrir la bouche et de laisser échapper ce qu'il restait dans son estomac, alors elle se contenta d'un hochement de tête. L'île était clairement visible à présent – deux pics rocheux qui surgissaient d'une végétation luxuriante. À leur pied se trouvaient un quai solitaire hérissé d'armes diverses, une grappe de bâtiments tout simples et, au-delà, une route qui menait à la gueule béante du pont.

Lara sentit la manche de son père effleurer son poignet.

—Ne va surtout pas t'imaginer que je te fais confiance, murmura-t-il. J'ai vu ce que tu as fait à tes sœurs et, même si tu prétends avoir à cœur l'avenir de Maridrina, je sais que tu cherchais surtout à sauver ta peau.

Si elle avait seulement voulu sauver sa peau, elle aurait simulé sa propre mort, mais elle ne dit rien.

—Tu es impitoyable, ce qui fait de toi la candidate idéale pour cette mission, mais tu es également dénuée de tout sens de l'honneur. C'est pourquoi je doute fort que tu fasses passer le bien-être de nos sujets avant ton intérêt personnel. (Il lui saisit les bras pour la forcer à lui faire face, mais son visage demeurait impassible, comme s'il s'agissait d'une paisible conversation entre un père aimant et sa fille.) Si tu me trahis, je te traquerai et t'infligerai un châtiment qui te fera regretter de ne pas être morte en même temps que tes sœurs.

Le roulement de plusieurs tambours d'acier dansa sur les flots pour atteindre les oreilles de Lara, ponctué par les grondements d'un tonnerre lointain.

— Et si je m'acquitte de ma mission ? demanda-t-elle, un goût amer dans la bouche.

Elle détourna la tête et remarqua les centaines de personnes qui attendaient leur bateau – ou plutôt qui l'attendaient, elle.

— Alors tu seras celle qui a su sauver Maridrina. Ta récompense dépassera tes rêves les plus fous.

— En récompense, je veux ma liberté. Je veux qu'on me laisse tranquille, libre d'aller où bon me semble et de choisir ce que je fais.

Il arqua un sourcil argenté.

— Vous êtes vraiment très différentes, Marylyn et toi.

— Nous l'étions, corrigea-t-elle.

Il inclina la tête.

— Certes.

— Alors nous sommes d'accord ? reprit-elle. Le pont en échange de ma liberté ?

Il acquiesça, et son geste fut ponctué par un violent coup de tonnerre. C'était un mensonge, et elle le savait, mais elle pouvait s'en accommoder tant qu'ils avaient le même but.

— Baissez les voiles ! cria le capitaine du bateau.

Lara se retint au bastingage lorsqu'ils ralentirent. Les matelots couraient en tous sens pour préparer l'accostage. Les tambours roulaient toujours, et leur cadence se précipita en même temps que les battements du cœur de Lara lorsque deux hommes sautèrent sur le quai désert afin d'y amarrer le navire.

Puis ils tirèrent la passerelle, et le roi Silas prit le bras de Lara pour l'aider à descendre. Les tambours accélérèrent encore.

— Tu as un an pour réussir. (Il posa le pied sur la pierre solide du quai.) N'hésite pas. N'échoue pas.

Lara fut prise de vertige et, pour la première fois depuis qu'elle avait libéré ses sœurs de leur triste destin, elle eut peur – une peur viscérale. Puis elle fit ses premiers pas dans ce nouveau monde qui serait désormais le sien.

Les tambours lancèrent un dernier roulement avant de se taire. Lara s'engagea sur le quai en tenant le bras de son père. Elle dut réprimer un cri en apercevant les silhouettes masquées des Ithicaniens.

Ils portaient des casques d'acier en forme de bêtes sauvages qui montraient les crocs, le front surmonté de cornes incurvées. Elle ne voyait que leurs yeux, qui semblaient luire de cruauté tandis qu'ils la regardaient passer, la lance ou l'épée au poing. Personne ne disait mot. Les seuls sons qui lui parvenaient étaient le sifflement du vent entre les deux pics rocheux, et l'appel lointain de l'orage.

Lara s'arracha à la contemplation des soldats pour se tourner vers la route pavée qui menait à l'embouchure du pont d'Ithicana. Il était couvert, comme un tunnel, haut de bien quatre mètres et au moins aussi large, taillé dans une pierre grise parsemée d'une espèce de mousse verte. Une herse d'acier était relevée, et l'entrée du pont était intégrée à une tour de guet.

Une silhouette surgit de l'ombre, sous les pointes de la grille acérées comme des crocs, et Lara sentit son estomac se serrer.

Le roi d'Ithicana.

Vêtu d'un pantalon rentré dans de grosses bottes et d'une tunique vert-de-gris terne, il était grand et carré d'épaules. Elle devina qu'il était aussi bien entraîné que les soldats postés le long de la route mais, le cœur battant à tout rompre, elle oublia vite ces détails en apercevant le motif de son casque. C'était une tête de lion en plein rugissement, surmontée de cornes de taureau.

Ce n'était pas un homme, mais un démon.

Le vertige de la traversée revenait la submerger par vagues, accompagné d'une terreur qui semblait la posséder tel un esprit furieux. Le talon de sa sandale glissa sur les pavés, et Lara dut se retenir à son père. Le sol lui semblait aussi instable que l'avait été le navire.

Elle avait commis une erreur – une terrible, effroyable erreur.

Alors qu'ils n'étaient plus qu'à quelques pas, son père s'arrêta et se tourna vers elle. Il tenait dans sa main libre une ceinture ornée de pierres précieuses, à laquelle étaient fixés ses couteaux camouflés. Il la passa autour de sa taille et en ferma la boucle. Puis il l'embrassa sur les deux joues avant de refaire face au roi d'Ithicana.

— Comme convenu, je viens vous offrir ma très précieuse fille, Lara, en symbole de la volonté de Maridrina d'honorer son alliance avec Ithicana. Puisse une paix éternelle régner entre nos deux royaumes.

Le roi d'Ithicana répondit par un bref hochement de tête, et le père de Lara la poussa doucement dans le dos. Tandis qu'elle avançait d'un pas hésitant, un éclair zébra le ciel et parut faire remuer le visage du lion, comme s'il n'était pas fait de métal, mais de chair.

Les tambours se remirent à scander un rythme imperturbable et brusque – à l'image d'Ithicana. Le roi lui tendit la main, et malgré l'instinct qui lui soufflait de fuir, Lara la saisit.

Sans bien savoir pourquoi, elle s'attendait à la trouver froide et dure comme du métal, mais elle était chaude. Le roi replia ses longs doigts autour des siens. Elle sentit sa paume calleuse et remarqua que ses ongles étaient coupés court et que sa peau était marquée, comme la sienne, de fines cicatrices blanches. C'étaient les coupures et éraflures qu'une vie passée au combat rendait inévitables. Elle garda les yeux rivés sur cette main, parce qu'elle en tirait un étrange réconfort. Celui qui se tenait devant elle n'était qu'un homme après tout.

Or nul homme n'était invincible.

Une prêtresse surgit à sa gauche et noua un ruban bleu azur autour de leurs mains jointes avant de déclamer d'une voix sonore les vœux de mariage maridriniens, afin que tout le monde l'entende malgré l'orage imminent. C'était un vœu d'obéissance de la part de Lara ; le vœu d'engendrer une centaine de fils de la part du roi. Lara crut percevoir un petit rire étouffé derrière le masque de lion.

Mais, alors que la prêtresse levait leurs mains jointes pour les déclarer mari et femme, il prit la parole pour la première fois.

— Pas encore.

Il écarta d'un geste la prêtresse éberluée puis se dégagea du ruban que Lara était censée porter dans ses cheveux jusqu'à leur premier anniversaire de mariage. Le morceau de soie s'envola vers la mer. Un des soldats ithicaniens sortit du rang pour venir se poster devant eux.

— Aren Kertell, roi d'Ithicana, lança-t-il. Jurez-vous de vous battre au côté de cette femme, de la défendre au prix de votre dernier souffle, de chérir son corps à l'exception de tout autre et de lui être loyal tant que vous vivrez l'un et l'autre ?

— Oui.

La réponse du roi fut ponctuée par le fracas d'une centaine d'épées et de lances contre une centaine de boucliers. Lara tressaillit.

Mais le choc de ce bruit n'était rien en comparaison de celui qu'elle éprouva quand le soldat se tourna vers elle.

— Lara Veliant, princesse de Maridrina. Jurez-vous de vous battre au côté de cet homme, de le défendre au prix de votre dernier souffle, de chérir son corps à l'exception de tout autre et de lui être loyale tant que vous vivrez l'un et l'autre ?

Elle cilla. Puis, parce qu'elle n'avait rien d'autre à dire, elle murmura :

— Oui.

Le soldat hocha la tête tout en dégainant un couteau.

— Bon. Tâchez de ne pas faire l'enfant, Majesté, marmonna-t-il.

Le roi répondit par un ricanement nerveux avant de lui tendre la main.

Le soldat entailla la paume du roi puis, avant que Lara n'ait pu réagir, il lui saisit le bras et passa le fil de sa lame le long de sa paume, à elle aussi. Elle vit le sang jaillir avant d'éprouver la moindre douleur. Alors le soldat joignit leurs deux mains de nouveau. Le sang du roi d'Ithicana se mêla au sien avant de couler le long de leurs doigts entremêlés.

L'homme leur fit lever les mains d'un geste si brusque qu'elle faillit décoller du sol.

— Je vous présente le roi et la reine d'Ithicana.

Comme pour ponctuer ces dires, l'orage se déchaîna enfin avec un coup de tonnerre qui fit trembler le sol sous leurs pieds. Les tambours reprirent leur roulement effréné, et le roi d'Ithicana libéra leurs mains jointes de la poigne du soldat, baissant le bras pour que Lara puisse recouvrer son équilibre.

— Je vous suggère de remettre les voiles, Votre Altesse, dit-il à Silas Veliant. La tempête va vous ramener chez vous.

— Vous pourriez nous offrir votre hospitalité. (Lara regarda son père, puis Serin, qui se tenait en retrait avec le reste des Maridriniens.) Après tout, nous formons une grande famille maintenant.

Le roi d'Ithicana éclata de rire.

— Chaque chose en son temps, Silas. Chaque chose en son temps.

Il tourna les talons en entraînant doucement Lara vers les profondeurs du pont. La grille se referma derrière eux en grinçant. Lara jeta un dernier coup d'œil à son père par-dessus son épaule. Son visage demeurait de marbre, mais derrière lui, Serin croisa le regard de la jeune femme et lui adressa un lent hochement de tête avant qu'elle soit happée par l'obscurité.

L'intérieur du pont sentait légèrement le crottin et la sueur. Les Ithicaniens n'avaient pas retiré leur casque, pourtant elle devinait qu'ils l'observaient tous.

— Bienvenue à Ithicana, dit le roi – son mari. Je suis désolé d'avoir à faire ça.

Elle vit qu'il tenait une fiole à la main. Elle aurait pu l'esquiver, l'assommer d'un seul coup et échapper à ses soldats. Mais, ça, il ne devait surtout pas le savoir. Elle se contenta donc de lui jeter un regard de biche effarouchée tandis qu'il lui mettait la fiole sous le nez. Le monde vacilla autour d'elle, et tout s'assombrit. Elle sentit ses genoux se dérober sous elle et des bras forts la rattraper avant qu'elle ne heurte le sol. La dernière chose qu'elle entendit avant de perdre connaissance fut la voix résignée du roi.

— Dans quoi est-ce que je me suis fourré en t'accueillant ici ?

Chapitre 5

Aren

Allongé sur le dos, Aren, le trente-septième monarque d'Ithicana, contemplait les taches de suie qui maculaient le plafond de la caserne. Son casque reposait à côté de sa main gauche. Le roi tourna la tête vers la monstruosité d'acier dont il avait hérité en même temps que de son titre et se fit la réflexion que celui ou celle de ses ancêtres qui avait eu cette idée était un individu aussi génial que sadique. Génial, parce que ces casques inspiraient la terreur chez les ennemis d'Ithicana. Sadique, parce que porter cette chose donnait l'impression d'avoir la tête dans une marmite qui sentait les vieilles chaussettes.

Le visage de sa sœur jumelle apparut dans son champ de vision, un sourire amusé aux lèvres.

— Nana l'a examinée. Apparemment elle est dans une forme insolente, en parfaite santé, et sauf accident tragique, elle a une longue vie devant elle.

Aren cilla.

— Déçu ? demanda Ahnna.

Aren se redressa pour s'asseoir sur le banc.

— Contrairement à ce que croient nos royaumes voisins, je ne suis pas dépravé au point de souhaiter la mort d'une jeune innocente.

— Tu es sûr qu'elle est innocente ?

— Tu penses qu'elle ne l'est pas ?

Ahnna fit une petite grimace avant de secouer la tête.

—Non. En bons Maridriniens, ils t'ont refilé une rose aussi belle que délicate – agréable à regarder mais bonne à rien.

Il revit la terreur de la jeune femme tandis qu'elle avançait le long du quai, cramponnée au bras de son père, les jambes tremblantes, ses grands yeux bleus écarquillés. Sa sœur avait sans doute raison, mais il avait la ferme intention d'isoler Lara le temps d'en apprendre un peu plus sur sa vraie nature – et de découvrir où résidait sa loyauté.

—Nos espions ont-ils appris quoi que ce soit à son sujet ?

—Non. Rien, répondit Ahnna. Il semblerait que le roi ait caché son existence quelque part dans le désert. Même les Maridriniens n'ont appris son nom que lorsqu'elle a surgi des sables rouges.

—Pourquoi en faire un tel secret ?

—Ils prétendent que c'était pour sa sécurité. Notre alliance avec Maridrina ne plaît pas à tout le monde, et surtout pas à Valcotta.

Aren fronça les sourcils. Cette réponse ne le satisfaisait pas du tout, mais il n'aurait su dire pourquoi. Maridrina et Valcotta étaient constamment en guerre pour se disputer la bande de terre fertile qui longeait la côte ouest du continent. Les deux royaumes étaient incapables de se mettre d'accord sur le tracé de la frontière. Il n'était pas impossible que l'impératrice de Valcotta tente d'assassiner la princesse pour renverser leur alliance, mais ça lui paraissait peu probable. Premièrement, Silas avait d'autres filles, au point de ne plus savoir qu'en faire, et le pacte ne précisait pas l'identité de l'heureuse élue. Deuxièmement, tous les royaumes, du nord au sud, savaient que le mariage d'Aren avec une princesse maridrinienne était purement symbolique et qu'il s'agissait surtout de renforcer leurs accords commerciaux et la paix qu'ils garantissaient. Le traité aurait survécu même sans la princesse.

Troisièmement – et c'était ce qui le tracassait –, ce n'était pas le genre de Maridrina de se cacher du monde. Au contraire, Silas se serait sûrement félicité de l'assassinat d'une fille ou deux, parce que cela lui aurait permis de rallier l'opinion de son peuple dans sa guerre contre Valcotta.

— Est-ce qu'elle est réveillée ?

— Non. Je suis venue te trouver dès que Nana l'a déclarée en bonne santé et digne de devenir ton épouse, parce que je voulais avoir l'honneur de t'apprendre cette merveilleuse nouvelle, déclara sa jumelle sans ménager son sarcasme.

Aren arqua un sourcil.

— Lara est ta reine à présent. Tu devrais peut-être lui témoigner un peu plus de respect.

Pour toute réponse, Ahnna lui fit un doigt d'honneur.

— Qu'est-ce que tu vas en faire, de ta reine Lara ?

— Vu comme elle est roulée, je suggère de l'emmener au lit, intervint une voix rauque.

Aren jeta un regard noir à Jor, le capitaine de sa garde d'honneur, assis de l'autre côté du brasier.

— Merci pour cette suggestion.

— Qu'est-ce qu'il leur a pris, de l'habiller toute en soie un jour d'orage ? Autant la faire défiler toute nue.

Cela n'avait pas échappé à Aren. Même trempée par la pluie, elle était magnifique, avec des courbes harmonieuses et un ravissant visage sous des cheveux couleur de miel. Il n'en attendait pas moins, cela dit. Le roi de Maridrina avait beau n'être plus tout jeune, il restait plein de vitalité, et il avait toujours choisi ses femmes exclusivement pour leur beauté.

Aren sentit son estomac s'aigrir au souvenir du vieil homme. Il revit l'expression hautaine avec laquelle Silas lui avait confié sa précieuse fille.

Le roi des rats pouvait se réjouir de cette occasion.

Tandis qu'Ithicana se voyait désormais imposer de nouveaux accords commerciaux qui ne l'avantageaient pas, le roi de Maridrina s'était contenté de lui remettre l'une de ses innombrables enfants en promettant de respecter la paix qui régnait déjà depuis quinze ans entre leurs deux royaumes. Une fois de plus, Aren maudit ses parents pour avoir inclus son mariage dans les termes du traité.

« Il faudra plus qu'un bout de papier avec trois signatures dessus pour unir nos royaumes », lui avait toujours dit sa mère quand il se plaignait. *« Ton mariage sera le premier pas vers une*

alliance entre nos peuples. Tu pourras montrer l'exemple et, sous ton règne, Ithicana pourra prospérer au lieu de survivre à grand-peine. Et puis, si ça ne t'inspire pas, rappelle-toi que ton père a donné sa parole en mon nom. »

Or les Ithicaniens tenaient toujours parole. C'était pour cette raison que, quinze ans après la signature du traité, et même si ses parents étaient morts depuis un an, Aren avait écrit au roi de Maridrina pour qu'il lui envoie une princesse en mariage.

— Il faut bien admettre qu'elle est belle. J'espère simplement que j'aurai autant de chance que toi, lança Ahnna sur un ton détaché.

Pourtant Aren remarqua une lueur maussade dans les yeux noisette de sa sœur. Elle faisait allusion au segment du traité qui la concernait, elle. Le roi d'Harendall, leur voisin du Nord, n'avait pas encore réclamé la princesse ithicanienne qui devait épouser son fils, mais maintenant qu'Aren était marié, ce n'était plus qu'une question de temps. Harendall devait déjà être au courant des accords que Maridrina avait obtenus et n'allait pas manquer de vouloir renégocier les siens, ce qui entraînerait une riposte de la part d'Amarid, l'autre royaume du continent septentrional. Leurs relations étaient déjà tendues, parce que les navires marchands d'Amarid étaient en concurrence directe avec le pont d'Ithicana.

Aren jeta un regard appuyé à Jor et attendit que ses gardes se soient dispersés pour se retourner vers sa sœur, qui vint s'asseoir près de lui.

— Je ne vais pas te forcer à épouser le prince si tu n'en as pas envie, murmura-t-il. Je trouverai un moyen de les dédommager. Harendall est plus pragmatique que Maridrina.

C'était une chose d'épouser une jeune femme qu'il n'avait jamais rencontrée dans le but de préserver la paix. C'en était une autre d'envoyer sa sœur jumelle dans un royaume voisin, où elle serait seule parmi des inconnus qui pourraient se servir d'elle comme bon leur semblerait.

— Ne dis pas de bêtises, Aren. Tu sais très bien que je ferai passer l'intérêt de notre royaume avant tout, marmonna Ahnna. (Pourtant elle s'appuya doucement contre son épaule gauche, comme toutes les fois où ils s'étaient battus côte à côte.) Et puis, tu n'as pas répondu à ma question. Qu'est-ce que tu vas faire de Lara ?

S'il n'avait pas répondu, c'était parce qu'il n'en avait pas la moindre idée.

— On ne peut pas se permettre de baisser la garde, poursuivit Ahnna. Certes, Silas a juré qu'il voulait la paix, mais je refuse de croire qu'il tienne parole pour le seul bien-être de Lara. Ce vieux salaud n'hésiterait pas à sacrifier une dizaine de ses filles si ça pouvait nous désarmer.

— Je sais.

— Elle est magnifique, mais justement : c'est fait exprès. N'en doute pas une seconde. C'est la fille de notre ennemi. Il l'a envoyée dans le but de te distraire. Elle a sans doute pour mission de te séduire afin d'apprendre tous les secrets d'Ithicana et de les rapporter à son père. Il ne faut surtout pas qu'on donne ce genre d'avantage à Silas.

— Comment est-ce qu'elle s'y prendrait, pour faire ça ? On n'a pas prévu de la renvoyer en visite chez son père. Elle n'aura pas l'occasion de contacter qui que ce soit en dehors d'Ithicana. Il doit bien le savoir.

— N'empêche. Il vaut mieux qu'on reste prudents et qu'on ne révèle rien du tout à Lara.

— Tu voudrais que je la cloître dans la propriété de nos parents jusqu'à la fin de ses jours ? (Aren se retourna vers les braises du feu. Une bourrasque fit tomber quelques gouttes de pluie par l'ouverture du toit, et elles sifflèrent au contact du bois calciné.) Et si… (Il déglutit péniblement, conscient de ce qu'il devait à son royaume.) Quand nous aurons des enfants, est-ce que je devrai les enfermer aussi ?

— Je n'ai jamais dit que ce serait facile. (Ahnna lui prit la main et tourna sa paume vers le haut pour regarder la cicatrice, qui s'était rouverte par endroits, là où il l'avait grattée.) Mais il est de notre devoir de protéger notre peuple et de garder le secret d'Eranahl pour assurer notre sécurité à tous.

— Je sais.

Cela ne l'empêchait pas de se sentir responsable de sa nouvelle épouse. Il l'avait portée le long des profondeurs obscures du pont en sachant que, quand elle se réveillerait, ce serait dans un endroit complètement différent de tout ce qu'elle avait connu, dans une vie qu'elle n'avait pas choisie.

— Tu ferais bien de remonter à la maison, reprit Ahnna. Le sédatif ne va pas tarder à se dissiper.

— Vas-y, toi, souffla Aren en se rallongeant sur le banc. (Il tendit l'oreille pour écouter les derniers roulements de tonnerre retentir au-dessus de l'île. L'orage était presque passé, mais un autre le suivrait de près.) Elle sera sûrement déboussolée. Elle n'a pas besoin, en plus, de se réveiller face à un inconnu.

Ahnna parut vouloir protester, mais elle finit par hocher la tête.

— Je te préviendrai quand elle sera levée.

Puis elle ressortit de la caserne d'un pas silencieux, laissant Aren seul.

Tu n'es qu'un lâche, se réprimanda-t-il. Il avait invoqué cette excuse pour éviter de revoir la fille. Sa mère avait toujours cru que cette princesse serait la clé leur permettant d'assurer la prospérité d'Ithicana, mais Aren n'en était pas sûr.

Ithicana avait besoin d'une reine qui sache se battre, d'une guerrière qui n'ait pas peur de mourir pour son peuple. Une femme qui sache se montrer rusée et sans pitié – pas par simple cruauté, mais parce que c'était ce dont son pays avait besoin. Une femme qui le pousserait à se dépasser, jour après jour. Une femme qu'Ithicana apprendrait à respecter.

Or, il y avait une chose dont il était certain : Lara Veliant n'était pas cette femme.

Chapitre 6

Lara

Lara se réveilla en sursaut. Elle avait mal à la tête, et un goût âcre dans la bouche.

Elle ouvrit les yeux et, sans bouger, observa ce qu'elle voyait de la pièce. Elle remarqua une fenêtre ouverte, par laquelle soufflait une brise humide, porteuse d'un parfum de verdure et de fleurs dont elle ne connaissait pas le nom, ayant grandi au milieu d'un désert de sable. Elle vit un jardin luxuriant sous une lumière plate et argentée, comme si le soleil filtrait à travers de gros nuages. Elle entendait la pluie crépiter doucement.

Ça, et une femme qui fredonnait.

Elle se força à desserrer le poing qui s'était crispé par réflexe, prêt à attaquer, et tourna lentement la tête.

Une femme d'une beauté improbable, aux longues boucles brunes, se tenait au centre de la pièce. Elle avait peut-être cinq ans de plus que Lara et portait une de ses robes. *Une des robes de Marylyn*, corrigea aussitôt Lara avec un pincement au cœur.

La jeune femme inclina la tête de côté, et Lara devina qu'elle l'avait entendue bouger. Pourtant elle continua à danser doucement pour faire voleter les jupes trop courtes de la robe de soie, sans cesser de chantonner.

Lara ne dit rien. Elle se contenta de détailler le mobilier sculpté et joliment lustré, et les bouquets de fleurs éclatantes disposés un peu partout. Le sol était constitué d'une mosaïque de pièces de bois qui formaient des motifs élaborés ; les murs étaient d'un blanc tout simple, mais décorés d'œuvres d'art. Une porte menait à ce qui devait être une salle de bains, et une autre, fermée, devait ouvrir sur le couloir.

Une fois qu'elle eut pris la mesure de son environnement, Lara demanda :

— Où suis-je ?

— Oh, vous êtes réveillée ! lança la jeune femme avec une surprise feinte. Vous êtes dans la résidence du roi, sur l'île centrale.

— Je vois.

Si, comme son nom l'indiquait, l'île centrale se trouvait au beau milieu d'Ithicana, alors Lara était restée inconsciente bien plus longtemps qu'elle ne l'aurait cru. Ils l'avaient droguée, ce qui signifiait qu'ils ne lui faisaient pas confiance. Rien d'étonnant à cela.

— Comment suis-je arrivée ici ?

— Par la mer.

— Combien de temps ai-je dormi ?

— Vous n'étiez pas exactement endormie. Seulement… ailleurs, répondit la jeune femme avec un haussement d'épaules. Veuillez nous pardonner. Les Ithicaniens sont naturellement enclins au secret, et nous ne nous sommes pas encore faits à l'idée d'avoir une étrangère parmi nous.

— Je vois ça, murmura Lara.

La jeune femme avait soigneusement évité de répondre à sa question, mais elle savait exactement ce qu'ils lui avaient administré, et pourquoi. Forcer quelqu'un à rester inconscient pendant de longues périodes n'était pas sans conséquences, et celles-ci étaient souvent mortelles. Il aurait donc été plus sûr de la droguer après coup pour effacer ses souvenirs.

Plus sûr, mais pas infaillible. Surtout quand l'individu en question s'était accoutumé au même poison par le passé. L'ombre de quelques souvenirs revenait déjà à Lara. Elle se revit marcher sur une surface dure, chaussée de talons peu pratiques. Elle avait cheminé le long du pont. Puis, à un endroit donné, ils l'en avaient fait sortir.

Elle reporta son regard vers la jeune femme.

— Pourquoi portez-vous ma robe ?

— Vous en avez toute une malle. J'étais en train de les accrocher dans la penderie et j'ai décidé d'en essayer une pour voir si elle me plaisait.

Lara arqua un sourcil.

— Alors, elle vous plaît ?

— Oh, oui ! (L'inconnue cambra le dos devant le miroir en souriant à son reflet.) Elle n'est pas pratique du tout, mais ravissante quand même. J'aimerais bien en avoir une ou deux comme ça dans mon armoire.

Elle fit glisser les bretelles de ses épaules et laissa tomber la robe à ses pieds.

Elle ne portait rien en dessous. Elle était toute en muscles, avec de petits seins fermes.

— D'ailleurs, celle que vous portiez à votre mariage était magnifique, reprit-elle tout en enfilant une courte tunique, puis un pantalon qui épousait ses longues jambes. (Deux brassards d'acier étaient posés par terre ; elle les passa et ferma les boucles avec autant d'aisance que si c'était la millième fois.) Je vous demanderais bien de me la prêter pour conclure ma part du Traité de Quinze Ans, mais elle a mal supporté le voyage, j'en ai bien peur.

Lara cilla quand elle comprit à qui elle avait affaire.

— Vous êtes la princesse d'Ithicana ?

— Entre autres, répondit la jeune femme en souriant. Je ne voudrais pas révéler tous nos secrets d'un coup. Mon frère ne me le pardonnerait jamais.

— Votre frère ?

— Votre mari. (Elle ramassa un arc et un carquois avant de s'approcher de Lara.) Je m'appelle Ahnna. (Elle se pencha pour l'embrasser sur la joue.) Et je suis impatiente d'apprendre à mieux vous connaître, maintenant qu'on est sœurs.

Quelqu'un frappa à la porte, et un jeune homme entra avec un plateau de fruits coupés en tranches fines. Il le déposa sur la table avant d'annoncer que le dîner serait servi à la septième heure du soir.

— Je vais vous laisser tranquille et vous accorder le temps de vous installer, déclara Ahnna. Ç'a dû être un choc de vous réveiller ici.

Après des années passées sous la tutelle brutale de Serin, il en fallait beaucoup plus que de se réveiller dans un lit de plumes pour choquer Lara, mais c'est d'une voix légèrement tremblante qu'elle reprit la parole.

— Le roi… Est-ce que… ? Sera-t-il… ?

Ahnna haussa les épaules.

— Aren n'est pas franchement prévisible, j'en ai bien peur. Je vous conseille de vous mettre à l'aise plutôt que d'attendre qu'il rentre. Prenez un bain, mangez un peu de fruits, buvez un verre… buvez-en dix.

Lara ne put réprimer une brève déception, mais elle sourit à Ahnna avant de refermer la porte derrière elle et d'abaisser le verrou. Elle passa un long moment à examiner la pièce de métal, surprise que les Ithicaniens lui accordent autant d'intimité, puis elle repoussa cette idée. Tout ce qu'elle savait de ce pays était pure spéculation. Mieux valait garder l'esprit ouvert face à ses nouvelles conditions.

Elle enfila la robe qu'Ahnna avait essayée et passa la ceinture où étaient fixés ses couteaux, qui était tout simplement posée sur sa malle. Puis elle fit le tour de la chambre en cherchant des preuves qu'elle était observée, mais il n'y avait pas de trous dans les murs ou au plafond, ni de fissures dans le parquet. Alors elle saisit le plateau de fruits et entra dans ce qu'elle pensait être la salle de bains, mais se rendit compte qu'il n'y avait pas de baignoire – seulement des étagères de bois où étaient entreposés des serviettes moelleuses, des savons, des éponges, et toute une collection de peignes et de brosses. Puis elle aperçut une autre porte.

Elle posa son plateau et poussa le lourd battant de bois, qui s'ouvrit sur une cour intérieure en pente douce, à la végétation luxuriante. Lara n'avait encore jamais rien vu d'aussi resplendissant. Les murs de la maison disparaissaient sous des lianes égayées de fleurs roses, violettes et orange, et deux arbres aux énormes feuilles dentelées s'élançaient vers le ciel, plusieurs oiseaux bariolés juchés sur leurs branches. Un sentier de dalles carrées bordées de petits cailloux blancs se déroulait devant elle, mais Lara eut le souffle coupé en voyant le cours d'eau qui traversait ces jardins.

Elle fit quelques pas et comprit que la maison était construite comme une sorte de pont carré au-dessus d'une petite cascade. L'eau dévalait de gros rochers lisses avant de se jeter dans un petit bassin, relié à un deuxième, puis à un troisième, avant de disparaître sous un des côtés du bâtiment, hors de vue.

Au pied de la cascade, elle remarqua que des bancs avaient été taillés dans la pierre du bassin. C'était là qu'elle était censée se baigner. De la vapeur s'élevait doucement à la surface, et Lara y trempa un orteil. Sa peau rosit aussitôt sous l'effet de la chaleur. Il n'y avait qu'une autre porte menant à cette cour, juste en face de la chambre de Lara.

Elle franchit le petit pont qui enjambait le ruisseau et, sans un bruit, tourna la poignée de cette porte. Elle était verrouillée. Il y avait une fenêtre identique à celle de ses appartements, mais le rideau en était tiré.

En levant les yeux vers le ciel, elle ne vit que de gros nuages. Elle tira sur les lianes pour s'assurer que, si elle décidait de s'enfuir, elles supporteraient son poids. Il y avait de nombreux moyens d'échapper à cette demeure, ce qui signifiait qu'elle n'était pas conçue pour servir de prison.

Une voix attira son attention.

— Elle est réveillée ?

C'était Aren.

— Depuis une petite demi-heure.

— Et alors ?

Lara courut sans un bruit jusqu'à l'endroit où l'eau jaillissait de sous le mur, et elle s'y agenouilla.

— Elle était plus calme que je ne l'aurais cru. Elle tenait surtout à savoir pourquoi je portais une de ses robes. À chacun ses priorités…

Silence.

— Et pourquoi est-ce que tu portais une de ses robes ?

— Parce qu'elles étaient jolies et que je m'ennuyais.

Le roi s'esclaffa. Lara rampa sous la maison jusqu'à voir leurs jambes. Le roi balançait doucement le bras, un arc à la main. Elle avait envie de s'avancer encore pour voir son visage mais elle ne voulait pas qu'ils l'entendent.

— Elle a dit quelque chose d'important ?

— Non. Même ton chat a plus de conversation qu'elle. Vos dîners tête à tête s'annoncent passionnants.

— Pas étonnant. (Le roi donna un coup de pied dans un caillou, qui éclaboussa Lara en tombant dans le ruisseau.) « Très précieuse fille », mon cul. Je parie que ses bottes préférées ont plus de valeur à ses yeux.

Pari tenu, espèce de connard arrogant, pensa Lara.

— Les concessions que nous impose ce traité… Ce n'était pas ce que je voulais, Ahnna, poursuivit le roi. Ça ne me plaît pas du tout. Je n'ai aucune envie de signer l'ordre de les faire appliquer.

— Tu n'as pas le choix. Maridrina a tenu parole. Si on n'en fait pas autant, c'est la paix qu'on met en danger. Et encore, ça ne serait que la première conséquence d'une longue série.

Ils se mirent en mouvement. Lara entendit leurs pas s'éloigner, puis le rythme plus lent de deux personnes montant des marches. La voix d'Ahnna lui parvint très atténuée.

— En accédant aux demandes du roi de Maridrina et en lui donnant ce qu'il veut, on le rend encore plus dépendant de nous. Ça en vaut peut-être la peine.

Lara entendit tout juste la réponse d'Aren.

— Maridrina sera morte de faim avant d'avoir pu tirer les bénéfices de ce traité.

Ces paroles attisèrent les braises de la colère de Lara, ravivant le souvenir des enfants décharnés qu'elle avait vus dans les rues de son royaume. Elle se redressa et repartit en courant vers sa chambre, prête à trouver ce salaud de roi pour lui planter un couteau dans le ventre.

Sauf que ça ne servirait à rien.

Elle s'immobilisa et, les yeux levés vers le ciel, se força à respirer lentement et à faire retomber le calme sur la mer de feu qu'était son âme. Certes, elle prendrait plaisir à étriper son mari, mais ça ne résoudrait pas les problèmes de Maridrina. Sinon, son père aurait envoyé un assassin sur Ithicana depuis longtemps. Il ne s'agissait pas d'anéantir un homme, mais de mettre son royaume à genoux. Or, pour y arriver, elle devait jouer le jeu à long terme, choisir le moment où son coup de grâce aurait le maximum d'effet. Elle ne devait pas oublier ses années d'entraînement, ni le but de sa mission. Elle devait rester la femme que son père avait créée afin de sauver leur patrie.

Elle entendit une porte claquer dans son dos et fit volte-face. Elle s'attendait à voir une servante venue lui proposer son aide.

Elle se trompait.

L'homme était nu, ou presque. Il portait une serviette autour de la taille, mais ce que vit Lara lui suffit largement. Il était grand, avec de larges épaules et un corps musclé qui semblait taillé dans le roc, les bras striés de cicatrices pâles sur une peau bronzée. Quant à son visage… Ses cheveux bruns encadraient des pommettes saillantes et une mâchoire carrée adoucie par des lèvres pleines. Il l'observait, lui aussi, et elle sentit ses joues rougir.

— Forcément… De toutes les chambres où elle aurait pu vous installer, elle a choisi celle-là.

Le ton froid et familier de sa voix lui fit l'effet d'un seau d'eau glaciale lorsqu'elle comprit à qui elle avait affaire. Alors elle ne vit plus que le masque effroyable et n'entendit plus que sa promesse que Maridrina mourrait de faim.

Elle faillit porter la main à son couteau mais se ressaisit juste à temps et fit mine d'ajuster sa ceinture.

Le roi ne fut pas dupe.

— Vous savez vous en servir, au moins ?

Elle n'aurait eu aucun mal à tuer ce salaud arrogant, mais elle se contenta de lui sourire.

— Je suis très douée pour découper de la viande… cuite ou crue.

Le regard du roi s'anima.

— Ah… on dirait que la petite princesse n'a pas froid aux yeux, après tout. (Il désigna ses couteaux.) Je voulais surtout savoir si vous saviez vous battre.

Si elle disait non, elle serait incapable de s'en servir sans passer pour une menteuse, alors elle choisit d'arquer un sourcil songeur.

— J'ai été élevée pour devenir votre reine, pas un simple soldat.

L'intérêt qu'elle avait vu dans son regard mourut, ce qui n'était pas le but non plus. Elle était censée le séduire et gagner sa confiance. Or, pour ça, il fallait qu'il la désire. Il tombait une petite pluie fine, et Lara sentait sa robe lui coller à la peau. Elle avait reçu tout l'entraînement nécessaire. Elle savait comment s'y prendre pour attirer l'attention d'un homme – et pour la conserver.

Elle cambra le dos.

— Êtes-vous venu réclamer ce qui vous revient de droit ?

Le roi ne réagit même pas. Il semblait déjà s'ennuyer en sa compagnie.

— La seule chose qui me revient de droit, c'est un bon bain chaud avant le dîner. J'en ai sué pour vous traîner depuis l'île sud. Vous êtes plus lourde que vous n'en avez l'air.

Lara sentit ses joues s'enflammer.

— Cela dit, si vous voulez en faire autant, je vous cède la place, poursuivit-il. Ça fait trois jours que vous ne vous êtes pas lavée, vous en avez sûrement plus besoin que moi.

Elle le dévisageait, muette de stupeur.

— Par contre, si vous êtes simplement venue admirer le… feuillage, vous pourriez peut-être m'accorder un peu d'intimité. (Il lui adressa un sourire paresseux.) Ou pas. Je ne suis pas timide.

Voilà à quoi il s'attendait : à ce qu'elle joue la parfaite épouse maridrinienne et qu'elle se plie à tous ses désirs, qu'elle le veuille ou non.

Cependant, en voyant comment il la regardait, elle comprit que ce n'était pas ce qu'il souhaitait. Il portait des vêtements conçus pour se fondre dans la jungle ; il avait les bras et les mains couverts de cicatrices, preuve qu'il savait se battre. Elle l'avait vu avec un arc à la main, au repos mais prêt à s'en servir. *Cet homme est un chasseur*, conclut-elle. *C'est ça, qu'il veut.*

Elle se ferait donc un plaisir de lui échapper pour l'instant, surtout si ça lui permettait de reculer une certaine échéance qu'elle tenait à éviter.

— Dans ce cas, vous pouvez bien attendre, lança-t-elle.

Elle sourit intérieurement face à son regard surpris. Puis elle défit sa ceinture, posa ses armes au bord du bassin et tourna le dos au roi tout en faisant glisser les bretelles de sa robe. Elle écarta d'un coup de pied le tissu humide et mit un pied dans l'eau, certaine qu'il l'observait. Seuls ses longs cheveux dissimulaient sa peau.

L'eau était brûlante, et elle aurait sans doute mieux fait d'y entrer doucement, mais elle serra les dents et descendit les marches jusqu'à ce que ses seins soient immergés. Alors elle se retourna vers lui.

Le roi l'observait, bouche bée. Elle lui adressa un sourire scrcin.

— Je vous préviendrai quand j'aurai fini.

Il parut vouloir objecter mais finit par refermer la bouche et tourna les talons en secouant la tête. Lara le laissa faire trois pas avant de le rappeler.

— Majesté ?

Le roi d'Ithicana lui jeta un coup d'œil par-dessus son épaule, incapable de masquer une certaine curiosité.

Lara rejeta la tête en arrière pour laisser la cascade lui mouiller les cheveux.

— Laissez-moi votre savon, s'il vous plaît. J'ai oublié d'en apporter. (Elle hésita une seconde.) Et votre serviette, aussi.

Le savon l'éclaboussa en tombant dans l'eau à côté d'elle. Lara rouvrit les yeux à temps pour le voir retirer la serviette et la lancer sur un rocher. Ses pieds claquèrent sur le sentier tandis qu'il repartait, nu.

Lara se mordit les joues pour s'empêcher de rire. Cet homme était peut-être un chasseur, mais il se trompait s'il la prenait pour une proie.

Chapitre 7

Lara

Lara resta dans les sources chaudes jusqu'à avoir la peau fripée, en partie pour agacer le roi d'Ithicana, mais aussi parce que la sensation d'être entièrement immergée dans de l'eau chaude était un délice encore nouveau pour elle. Dans l'oasis où elle avait grandi, les bains se limitaient à un bassin d'eau fraîche et à un carré de tissu avec lequel elle se frictionnait.

De retour dans sa chambre, elle prit soin de choisir une robe bleu ciel qui dévoilait ses bras et son décolleté, puis elle tressa ses cheveux mouillés en couronne afin de mettre en valeur ses épaules et son cou. Sa malle contenait un coffret de cosmétiques, équipé d'un compartiment secret où se trouvaient de minuscules fioles de drogues et de poisons divers. Elle glissa l'une d'elles dans son bracelet, prévu à cet effet. Puis elle assombrit ses cils, rehaussa sa peau de poudre d'or et appliqua un peu de rose sur ses lèvres tandis que l'horloge du bureau sonnait la septième heure du soir.

Elle prit une profonde inspiration et sortit dans le couloir, où elle se laissa guider par l'odeur du repas.

Le sol lustré reflétait la lumière de ravissantes lampes en verre soufflé de Valcotta. Les murs étaient lambrissés de minces lattes de bois ambré disposées en treillage, et égayés de tableaux aux couleurs vives dans des cadres de bronze. Le bout du couloir menait aux cuisines, alors Lara poussa la porte de gauche, qui s'ouvrit sur un vestibule dallé de marbre. La porte d'entrée était flanquée de fenêtres, mais l'obscurité croissante l'empêchait de voir dehors.

—Lara.

Elle tourna la tête en entendant son nom et vit une vaste salle à manger, dominée par une table dont le bois massif était incrusté de pavés d'émail coloré. Une dizaine de chaises étaient disposées tout autour, et Ahnna était assise sur l'une d'elles. En équilibre sur les pieds arrière, elle tenait un verre de vin sur son genou, toujours vêtue de sa tunique et de son pantalon.

—Votre bain vous a plu ? s'enquit-elle d'un air amusé.

Clairement elle avait eu vent de la conversation que Lara avait eue avec son frère.

—Beaucoup, mer…

Elle s'interrompit avec un hoquet de surprise. En face de la princesse, sur l'une des chaises, se tenait le plus gros chat qu'elle ait jamais vu – plus gros qu'un chien de berger. Il la dévisagea de ses yeux dorés puis leva une patte et entreprit de faire sa toilette à la table du dîner.

—Par le ciel, marmonna-t-elle. Qu'est-ce que c'est que ça ?

—Ça, c'est Vitex, l'animal de compagnie d'Aren.

—Son animal de compagnie ?

Ahnna haussa les épaules.

—Aren l'a trouvé tout seul, dehors, alors qu'il était bébé. Il l'a recueilli, et cette sale bête n'a plus jamais voulu repartir. Il se rend utile, cela dit. Il nous débarrasse des serpents.

Lara observa l'animal d'un œil méfiant. Il était de taille à terrasser un humain, s'il s'y prenait bien.

—Il est gentil ?

—Ça lui arrive, mais il vaut mieux le laisser venir à vous. Allez, va-t'en, Vitex ! File !

Le félin jeta à la princesse un regard dédaigneux et sauta de sa chaise avant de sortir de la pièce.

Lara s'assit à sa place, face à Ahnna et aux fenêtres qui occupaient presque tout le mur et qui, en plein jour, devaient offrir une vue magnifique.

—Où sont les autres ?

Ahnna but une longue gorgée de vin puis fit retomber sa chaise sur ses quatre pieds pour saisir la bouteille au centre de la table. Elle emplit le verre de Lara avant de s'occuper du sien. Lara cilla. À Maridrina, seuls les domestiques touchaient aux bouteilles. Personne n'aurait osé se servir soi-même. Elle était à peu près certaine que ses compatriotes seraient morts de soif plutôt que de déroger à la coutume.

— Nous sommes dans la résidence privée de mes parents… (Ahnna s'interrompit avec une grimace et se corrigea.) Pardon : la résidence privée de mon frère. Pour l'instant, il n'y a que nous trois, plus la cuisinière et deux domestiques, et je repartirai demain, une fois que ma gueule de bois sera passée. (Elle leva son verre.) Santé !

Lara l'imita sagement et but une gorgée. Le verre provenait de Valcotta, le vin d'Amarid et, sauf erreur de sa part, l'argenterie venait de son propre pays. Elle prit note de ces détails pour mieux y réfléchir plus tard. Ithicana régissait l'ensemble du commerce ou presque. Les produits achetés à l'île nord étaient acheminés le long du pont et revendus à prix d'or sur l'île sud, et inversement. Les marchands qui empruntaient le pont devaient s'acquitter d'un lourd tribut et rester sous la bonne garde de soldats ithicaniens d'un bout à l'autre. Ithicana n'exportait rien mais ne se gênait pas pour importer des royaumes voisins.

— C'est l'île entière, qui est le domaine privé du roi ? lança Lara en se demandant quand – ou si – l'individu en question allait faire son entrée.

— Non. Mon père a fait construire cette maison pour ma mère, histoire de lui offrir un certain confort pendant les périodes de l'année qu'ils passaient ici.

— Où étaient-ils le reste du temps ?

Ahnna sourit.

— Ailleurs.

C'était un secret, donc.

— Y a-t-il d'autres habitants de cette île dont je devrais être au courant ?

— La garde d'honneur d'Aren. Vous finirez bien par faire leur connaissance.

Un élan d'impatience traversa Lara, et elle but une nouvelle gorgée de vin pour apaiser cette sensation. Elle n'était là que depuis quelques heures. Personne – pas même son père ou Serin – ne pouvait s'attendre à ce qu'elle perce les défenses d'Ithicana en une seule journée.

— J'ai hâte de les rencontrer, dit-elle.

La princesse s'esclaffa.

— Ça, j'en doute. Ils doivent être un peu plus rustiques que ce à quoi vous êtes habituée. Quoique… vous êtes un mystère, après tout.

La princesse aussi cherchait à en apprendre davantage. Lara sourit.

— Et vous ? Vous avez dit que vous repartiriez demain. Vous n'habitez pas sur cette île ?

— Non, je commande la garnison de l'île sud.

Lara s'étrangla avec son vin.

— Mais vous êtes…

— Une femme ? devina Ahnna. Vous n'allez pas tarder à découvrir que nous menons une vie très différente, ici. Notre avenir ne dépend pas de ce qu'on a entre les jambes. La moitié de mes soldats sont des femmes.

— C'est libérateur, commenta Lara entre deux quintes de toux.

Elle imaginait déjà l'expression horrifiée de son père s'il venait à découvrir que l'île qu'il avait attaquée en vain à plusieurs reprises était défendue par une armée de femmes.

— Libérateur pour vous, aussi, si vous le désirez.

— Évite de faire des promesses qu'on ne pourra peut-être pas tenir, Ahnna.

Le roi d'Ithicana entra dans la salle à manger, les cheveux encore humides. Lara remarqua qu'il n'avait pas pris le temps de se raser. Sa barbe naissante lui donnait un côté sauvage et séduisant, mais elle s'empressa de repousser cette idée malvenue.

— Quel mal y aurait-il à lui apprendre à se servir d'une arme ? Ithicana est un royaume dangereux. Ce serait pour sa sécurité.

Il observa la table avant d'aller s'asseoir en bout.

—Ce n'est pas sa sécurité à elle qui m'inquiète.

Lara lui jeta un regard dédaigneux.

—Vous feriez un bon Maridrinien, Majesté, si l'idée que votre femme sache manier le couteau emplit votre cœur de terreur.

—Ça alors! commenta Ahnna en remplissant son verre et en remettant sa chaise en équilibre sur deux pieds. J'avais mal jugé votre esprit, Lara.

—Ne te fatigue pas, Ahnna, rétorqua Aren. Lara estime que les armes sont le domaine des simples soldats et qu'elle est au-dessus de ça.

—Je n'ai rien dit de tel. J'ai seulement dit que mon entraînement m'avait préparée à devenir une épouse et une reine, pas un soldat.

—Et en quoi consistait un tel entraînement?

—Peut-être qu'un jour le destin vous sourira et que vous le découvrirez, Majesté. Pour l'instant, vous allez devoir vous contenter de mes talents en matière de broderie.

Ahnna partit d'un grand éclat de rire et vida son verre d'un trait avant de se resservir. Puis elle remplit celui de son frère.

—Tiens, ça devrait aider.

Aren fit comme s'il ne les avait pas entendues et se concentra sur les domestiques, qui venaient de poser deux plateaux sur la table avant de repartir en chercher d'autres. Il y avait des fruits et des légumes frais de toutes les couleurs, ainsi que de gros poissons encore en possession de leur tête. L'un d'eux reposait sur un lit de riz fumant, et Lara y jeta un coup d'œil avant de reporter son attention sur un rôti de bœuf en croûte d'herbes. La question de sa provenance tempéra sa colère face à cet excès de nourriture – une nourriture qui aurait pu alimenter Maridrina.

Elle attendit qu'on la serve, mais les domestiques repartirent sans un mot. Le roi et sa jumelle commencèrent à empiler salade, poisson et bœuf sur leur assiette sans se préoccuper de l'ordre du repas.

—Tout ça est beaucoup plus varié que ce dont j'ai l'habitude, dit Lara. Je n'ai encore jamais mangé de poisson, quoique j'imagine que c'est très courant ici.

Aren redressa la tête et survola la table du regard.

— Il y a des sangliers sauvages sur certaines îles. Des chèvres et des poules, aussi. La viande de serpent figure souvent au menu, mais tout le reste est importé. En général, ça vient d'Harendall, par le marché de l'île nord.

Les espions de Serin lui assuraient que tout ce qui entrait à l'extrémité nord du pont n'en ressortait pas forcément au sud, ce qui signifiait que les Ithicaniens se servaient de cette structure pour transporter des marchandises au sein de leur propre royaume. Il y avait donc des points d'accès le long du trajet. Serin n'avait cessé de le crier à Lara et à ses sœurs. C'étaient les failles du système, et elle devrait les découvrir.

Lara prit un peu de tout et découpa un morceau de bœuf, observant le jus qui se répandait dans son assiette. Alors elle mangea sa première bouchée et sourit au domestique qui venait d'apporter une nouvelle bouteille de vin.

— C'est délicieux, souffla-t-elle.

Personne ne dit mot pendant de longues minutes. Dans le cas de Lara, c'était parce qu'elle avait la bouche pleine. Elle n'avait encore jamais rien goûté d'aussi bon. Tout était frais, préparé avec des épices qu'elle n'aurait même pas su nommer. Voilà ce qui devenait possible quand on contrôlait le pont. Elle imaginait déjà toute cette nourriture parvenir jusqu'à Maridrina.

— Pourquoi votre père vous cachait-il au milieu du désert ? demanda finalement Aren.

— Pour notre sécurité.

— « Notre » sécurité ?

« Dites la vérité, autant que possible », lui rappela la voix de Serin.

— La mienne et celle de mes sœurs. Enfin, de mes demi-sœurs.

Les jumeaux cessèrent de mâcher.

— Combien d'enfants cachait… cache-t-il ainsi ? reprit Aren.

— Douze, en me comptant, moi. (Lara but une gorgée de vin puis remplit son assiette.) Mon père a choisi parmi nous celle qu'il estimait la plus qualifiée pour devenir votre reine.

Aren la dévisageait sans trahir la moindre émotion, tandis que sa sœur hochait la tête d'un air sage.

—Vous voulez dire : la plus jolie ? demanda-t-elle enfin.

—J'ai bien peur que non.

—La plus intelligente, alors ?

Lara secoua la tête en repensant à Sarhina et à Marylyn, toutes deux capables de déchiffrer des codes et d'en concevoir de nouveaux en un temps record.

—Alors pourquoi vous a-t-il choisie, vous ? s'enquit Aren.

—Il serait malvenu de ma part de remettre en cause ses décisions.

—Pourtant vous devez bien avoir une opinion là-dessus. Non ?

—Si. Mon opinion, c'est que mon opinion ne compte pas.

—Elle compte pour moi, puisque je vous la demande, insista Aren en fronçant les sourcils.

—Le règne de mon père est le plus long qu'ait jamais connu Maridrina. Sa sagesse et sa connaissance des relations entre nos royaumes sont les raisons qui l'ont poussé à me sélectionner, moi.

Ahnna se pencha brusquement vers son frère en chuchotant d'un air paniqué.

—Aren, nous avons été infiltrés. Quelqu'un nous espionne.

Aren se tourna vers Lara, qui sentit son estomac se nouer. Elle approcha doucement la main d'un des couteaux à sa ceinture, prête à se battre pour s'enfuir.

—Je ne vois pas d'autre explication, poursuivit Ahnna. Sinon, comment est-ce que ce vieux fourbe aurait pu savoir exactement quelle fille choisir pour te pourrir la vie ?

Aren pouffa de rire en secouant la tête. Lara cacha son soulagement en prenant une bouchée de poisson, mais le plat avait soudain autant de saveur que de la sciure de bois.

—Pas étonnant qu'il ait eu l'air aussi content de lui le jour du mariage. Il devait se douter que tu la renverrais au bout d'une semaine.

—Ahnna, gronda le roi d'Ithicana.

—C'est quand même incroyable. On dirait presque qu'elle a été conçue dans le seul but de te causer une mort prématurée.

Tu ne crois pas si bien dire, pensa Lara.

— La ferme, Ahnna. Sinon je vais te noyer dans ton vin.

La princesse leva son verre.

— Je veux bien que tu essaies, mon cher frère.

Lara choisit ce moment pour intervenir, tout en remplissant son verre et celui des jumeaux. Elle n'eut aucun mal à verser quelques gouttes de la petite fiole cachée au creux de sa main, ce qui assurerait un profond sommeil au roi et à sa sœur.

— Puisqu'on parle de mon père, pourrais-je avoir l'autorisation de lui écrire ?

Ils échangèrent un coup d'œil, visiblement mécontents, et vidèrent leur verre d'un trait, sans paraître se rendre compte que leurs gestes s'accordaient. Lara sourit intérieurement ; l'effet du narcotique serait encore amplifié par l'alcool.

Aren finit par reprendre la parole.

— Pourquoi voudriez-vous faire une chose pareille ? Ne me dites pas que c'est pour entretenir une relation père-fille qui, de toute évidence, n'a jamais été chaleureuse.

Une dizaine de reparties acerbes s'invitèrent dans son esprit, mais Lara les ravala. Elle avait besoin de séduire ce salaud.

— J'ai bien compris que, pour préserver l'intérêt d'Ithicana, je n'aurai plus jamais l'occasion de voir ma famille, ma patrie ou même mon propre peuple. Cette maison, aussi ravissante soit-elle, sera ma prison aussi longtemps que vous le déciderez. L'encre et le papier sont tout ce qu'il me reste pour maintenir un lien ténu avec ce à quoi j'ai renoncé. Enfin, si vous me l'accordez.

Il détourna le regard en crispant les mâchoires, comme s'il était en proie à un débat intérieur. Puis il jeta un bref coup d'œil à sa sœur, qui secoua la tête d'un geste presque imperceptible. Intéressant... Ahnna voulait se faire passer pour la plus insouciante et compréhensive des deux, mais ce n'était peut-être qu'une façade.

Cependant, Aren parut rejeter l'avertissement silencieux de la princesse.

— Vous avez le droit de correspondre avec votre père, mais vos lettres seront lues avant d'être envoyées, et si vous mentionnez des informations susceptibles de mettre le royaume en péril, nous vous demanderons de les retirer. Si l'on se rend compte que vous vous êtes servie d'un code, vous perdrez tout droit de correspondance.

Il serait révélateur de voir ce qu'il lui demanderait de retirer, et ce fait n'avait pas échappé à la commandante de la garnison du sud. Ahnna jeta à son frère un regard agacé et ouvrit la bouche comme pour protester, mais elle la referma sans rien dire, sans doute pour préserver son image sympathique. Elle ne se gênerait pas pour présenter ses arguments une fois seule avec lui.

— Je n'aime pas l'idée qu'on lise mes lettres personnelles, déclara Lara, parce que le roi s'y attendait sans doute.

— Et je n'ai pas particulièrement envie de les lire, rétorqua Aren. Malheureusement, il nous arrive à tous de devoir faire des choses dont on n'a pas envie, alors autant vous y résoudre.

Puis, sans un mot de plus, il repoussa sa chaise et sortit de la salle à manger en vacillant légèrement.

Ahnna poussa un lourd soupir, déboucha une nouvelle bouteille et remplit le verre de Lara à ras bord.

— Sur l'île sud, c'est ce qu'on appelle une dose-Ahnna.

Lara avait beau savoir que la princesse jouait un rôle dans le seul but de gagner sa confiance, elle lui sourit et but une petite gorgée.

— Il est toujours aussi irritable ? demanda-t-elle tout en pensant : *Il est toujours aussi désagréable ?*

Ahnna se rembrunit.

— Non. (Elle baissa les yeux sur son verre en fronçant les sourcils.) J'en ai bu combien, déjà ?

— Amarid produit les meilleurs vins du monde. C'est difficile d'y résister.

Un instant plus tard, Ahnna heurta la table tête la première avec un choc sourd. Un des domestiques entra au même moment et resta bouche bée de voir sa princesse ronfler à côté de son assiette.

— Elle a un peu trop bu, expliqua Lara avec une grimace. Vous voulez bien m'aider à la reconduire à sa chambre ?

À eux deux ils portèrent la princesse – en la traînant à moitié – jusqu'à sa chambre, qui était aussi plaisante que celle de Lara.

— Si vous voulez bien la tenir, Majesté, je vais m'assurer qu'il n'y ait pas de serpents dans le lit.

Des serpents dans le lit ? Distraite par cette possibilité, Lara faillit basculer sous le poids de la princesse lorsque le jeune garçon la lâcha. Il s'approcha du lit et donna un coup de pied dans le sommier avant d'ouvrir les draps d'un grand geste. Heureusement, il ne s'y cachait pas le moindre reptile.

Lara allongea Ahnna et recula juste à temps pour esquiver un coup de pied en pleine figure quand la jeune femme roula sur le ventre en grommelant dans son sommeil. Lara lui retira ses bottes – dont une qui contenait une méchante lame dissimulée dans la semelle – et les jeta à côté du lit avant de s'essuyer les mains.

— Merci pour votre aide, dit-elle au jeune garçon. (Elle ressortit de la chambre et attendit qu'il la suive.) Comment vous appelez-vous ?

— Je m'appelle Eli, Majesté. Je tiens à préciser que ce n'est pas normal de la part d'Ah… de la princesse. (Il se mordit la lèvre.) Je devrais peut-être aller prévenir le…

— Non, ne vous en faites pas, dit-elle en refermant la porte. Elle trouverait peut-être ça humiliant.

Le serviteur ouvrit la bouche comme pour protester, mais au même moment Ahnna laissa échapper un ronflement sonore, et il se ravisa.

— Désirez-vous autre chose ce soir, Majesté ?

Lara secoua la tête, impatiente de se retrouver seule.

— Bonne nuit, Eli.

Il s'inclina.

— Entendu. N'oubliez pas de vérifier qu'il n'y ait pas de…

— … serpents dans mon lit ?

Elle lui adressa un sourire qui fit rougir ses joues pleines sous ses boucles brunes en bataille. Il s'inclina une dernière fois avant de s'enfuir dans le couloir. Lara attendit de l'entendre débarrasser la table du dîner pour retourner en silence dans la chambre d'Ahnna. Elle verrouilla la porte derrière elle.

La princesse ne remua même pas tandis que Lara inspectait les lieux. Elle dut réprimer un élan de jalousie en découvrant l'arsenal de la jeune femme, des armes d'une qualité exquise. Mais, à part cela, il n'y avait pas grand-chose d'intéressant : quelques souvenirs, un écrin où étaient entassées des bricoles sans valeur et une boîte à musique dont le compartiment secret ne contenait que de la poésie. C'était une chambre d'enfant, qu'Ahnna n'utilisait plus que rarement.

Lara abaissa la flamme de sa lampe, entrouvrit la porte pour s'assurer que la voie était libre et regagna sa propre chambre. Elle avait entendu du bruit aux deux extrémités du couloir et ne pouvait donc pas se rendre de l'autre côté de la maison sans risquer de croiser l'un des domestiques. Elle jeta un regard à l'horloge tout en se rongeant un ongle. Le narcotique était censé se dissiper rapidement, et le roi n'avait pas autant bu que sa sœur. Elle n'avait plus beaucoup de temps.

Lara retira sa robe, attrapa une serviette, du savon et une brosse puis, lampe à la main, elle sortit dans la cour. La nuit était fraîche, et une bruine mouilla doucement ses sous-vêtements tandis qu'elle descendait le sentier pavé vers la source chaude. Elle déposa ses affaires à côté du bassin, finit de se déshabiller et se glissa dans l'eau fumante en se munissant d'un de ses couteaux. Alors elle réduisit sa lampe à un faible halo pour permettre à ses yeux de s'habituer à l'obscurité.

La rumeur de la jungle était à la fois assourdissante et apaisante, une cacophonie constante qui eut tôt fait de calmer les battements de son cœur. Accoudée au bord du bassin, elle prit le temps de contempler le paysage. Le pépiement des oiseaux se mêlait au bruissement des feuilles ; des singes s'appelaient d'un arbre à l'autre en poussant des cris aigus. Une créature – peut-être une espèce de grenouille – émettait un roulement de crécelle, des insectes bourdonnaient et, derrière elle, la cascade chantait.

Écoute. Observe. Ressens.

C'était cet art de ressentir qui l'avait toujours le plus aidée. Erik l'appelait le sixième sens – la part inconsciente de l'esprit qui rassemblait tout ce que lui offraient les cinq autres, puis qui y ajoutait un je-ne-sais-quoi. Cette intuition pouvait s'aiguiser en une arme précieuse.

Lara n'aurait su dire si elle avait vu un mouvement ou entendu quelque chose, mais elle reporta son attention à la base du mur sous lequel coulait le ruisseau.

Garde.

Effectivement, à force de scruter l'obscurité, elle finit par distinguer la forme d'un pied sur un rocher. D'abord agacée qu'ils osent la surveiller alors qu'elle prenait son bain, elle dut vite admettre que c'était nécessaire. Aren était le roi d'Ithicana, et elle était la fille d'un royaume ennemi. Évidemment, qu'ils gardaient un œil sur eux.

Elle s'assura qu'il n'y avait personne d'autre dans les parages avant de calculer l'angle de vision du garde, à la recherche d'endroits susceptibles de la dissimuler. Elle jeta un coup d'œil à ses sous-vêtements blancs, posés bien en évidence, et se glissa le long de la rigole qui menait d'un bassin à l'autre en gardant la tête juste au-dessus de la surface, cachée par le parapet. L'eau chaude caressait son corps nu tandis qu'elle se dirigeait vers le petit pont, à l'abri duquel elle sortit pour aller s'accroupir derrière un buisson aux larges feuilles.

De là, elle traversa la cour en direction de la fenêtre du roi, qui était entrouverte.

Elle déplaça une branche pour dissimuler son bras et se redressa pour l'ouvrir un peu plus.

Respire.

Alors elle se hissa par l'ouverture étroite et, d'une roulade, sauta à l'intérieur. Le cadre de la fenêtre lui griffa les fesses au passage, mais elle atterrit sans bruit, son couteau entre les dents.

Elle se retrouva nez à nez avec l'énorme chat d'Aren, qui la toisait de ses yeux dorés. Lara retint son souffle, mais l'animal se contenta de bondir sur le rebord de la fenêtre pour sortir dans le jardin.

Alors elle tourna son regard vers l'homme étendu sur l'immense lit à baldaquin. Aren était allongé sur le dos, vêtu d'un caleçon, les draps emmêlés autour de ses mollets.

L'arme au poing, Lara s'essuya les pieds sur le bord du tapis avant de s'approcher doucement. Elle ne tenait pas à laisser des empreintes partout.

Leur brève rencontre dans la cour avait suffi à la convaincre qu'Aren était un spécimen impressionnant, mais cette fois elle pouvait le contempler sans gêne. Il avait les épaules deux fois plus larges que les siennes, avec la musculature de quelqu'un qui testait les limites de son corps jour après jour. Ses cicatrices indiquaient qu'il savait se battre, mais sa minceur montrait aussi qu'il menait une vie active. Ce n'était pas le genre de roi qui passait son temps dans la salle du trône.

Lara contourna le lit tout en détaillant son visage. Il avait des pommettes saillantes, une mâchoire décidée, des lèvres pleines et des cils noirs dignes de rendre jalouses les femmes du harem. Une barbe naissante ombrait le bas de son visage, et elle dut se retenir de l'effleurer du bout du doigt.

« Maridrina sera morte de faim avant d'avoir pu tirer les bénéfices de ce traité. »

Les paroles du roi se rappelèrent à elle, et Lara se vit approcher le couteau de l'artère qui battait à son cou. Ce serait tellement facile. Un coup de lame, et il se viderait de son sang en quelques instants à peine. Il ne se réveillerait peut-être même pas pour sonner l'alerte. Le temps que ses gardes se rendent compte qu'il était mort, Lara serait déjà loin.

Et elle n'aurait rien accompli, à part gâcher la seule chance d'offrir à Maridrina un avenir meilleur.

Elle baissa donc son couteau et se dirigea vers le bureau. Son cœur s'emballa lorsqu'elle aperçut un coffret de bois poli contenant des feuilles de parchemin au contour doré et frappées de l'emblème d'Ithicana – le pont. Elles étaient identiques au courrier que lui avait montré Serin. C'était là-dessus qu'Aren écrivait toute sa correspondance officielle. Lara se mit aussitôt à la recherche de lettres destinées à Maridrina, mais elle ne trouva que de courtes notes rédigées sur du vulgaire papier : les rapports d'espions postés dans tous les royaumes voisins, du nord au sud, ainsi que des missives venues des îles nord et sud détaillant leurs revenus et réclamant davantage de soldats, d'armes et de provisions.

Des provisions pour Eranahl…

Elle fronça les sourcils et dégagea la note dont le coin dépassait. Le lit grinça derrière elle.

Elle fit volte-face et, le souffle court, croisa le regard d'Aren. Il s'était redressé sur un coude, et les muscles de ses épaules tendaient sa peau dorée.

— Lara ?

Il avait la voix enrouée, les yeux voilés par le narcotique, le sommeil et… le désir. Il dévora du regard son corps nu puis se frotta les paupières, comme s'il n'était pas sûr d'avoir affaire à elle ou à une apparition.

Fais quelque chose !

Ses années d'entraînement lui revinrent brusquement. Soit elle continuait sur la voie que sa présence dévêtue promettait au roi, soit elle trouvait un moyen de le rendormir. La première solution était sans doute la plus sûre, mais… elle n'était pas encore prête à jouer cet atout.

— Comment êtes-vous entrée ? demanda-t-il, l'air un peu plus lucide.

Si elle n'agissait pas tout de suite, il se rappellerait l'avoir vue à son réveil. Or ça, elle ne pouvait pas se le permettre.

« Si tu as la certitude d'être un objet de désir, alors il le croira aussi. » La voix de Mezat, leur maîtresse en arts de la chambre, s'invita dans son esprit. *« Le désir est une arme aussi impitoyable que l'épée. »*

Cela lui avait paru si simple lors de leurs leçons dans le désert. Ça l'était beaucoup moins à présent, mais elle n'avait pas le choix.

Lara sortit la petite fiole de son bracelet et se passa le somnifère sur les lèvres.

— Chut, Majesté. L'heure n'est plus aux bavardages.

— Quel dommage. Vous avez la langue bien pendue.

— Et ce n'est pas mon seul talent.

Un lent sourire incurva les lèvres du roi.

— J'exige des preuves.

Une goutte de narcotique sur la lèvre inférieure, Lara s'avança vers le lit avec une assurance feinte, consciente du regard d'Aren et de son excitation croissante. Mezat avait peut-être raison après tout.

Elle monta sur le lit et s'installa à cheval sur lui. Son cœur se mit à battre à un rythme assourdissant lorsqu'il referma une main sur sa fesse. Il entrouvrit les lèvres comme pour dire quelque chose, mais elle le fit taire d'un baiser.

Son premier baiser, et c'était son ennemi.

Cette réflexion s'envola lorsqu'il poussa un petit grondement contre sa bouche. Il attira doucement sa lèvre entre ses dents avant de faire jouer sa langue contre la sienne. Une chaleur inattendue déferla entre ses jambes.

Elle l'embrassa de plus belle en priant le somnifère de faire effet, tandis qu'Aren effleurait son sein de sa main libre. Elle lui saisit le poignet et le plaqua contre le matelas. Aren rit doucement, mais ses paupières se refermaient déjà, alors même qu'il faisait glisser son autre main de sa fesse à l'intérieur de sa cuisse pour y décrire des cercles lents qui remontaient de plus en plus haut. Lara commençait à sentir les effets de la drogue, en même temps qu'une étrange tension au creux de son ventre.

Soudain Aren roula sur elle et lui saisit les poignets pour les ramener au-dessus de sa tête. Il lui mordilla le lobe de l'oreille, lui arrachant un cri étouffé. Le plafond tournait au-dessus d'elle tandis que sa peau s'échauffait. Il déposa des baisers dans son cou, entre ses seins… puis un dernier, juste en dessous du nombril, qui lui coupa le souffle.

Puis il poussa un long soupir et s'écroula.

Lara resta immobile un instant, le cœur dans la gorge, mais chaque battement lui paraissait de plus en plus lent et paresseux. Le sommeil cherchait à l'attirer dans ses bras doux et chauds.

Bouge, s'ordonna-t-elle en se dégageant de sous le roi.

Elle n'avait que quelques minutes avant de s'endormir, elle aussi, alors elle ramassa son couteau et jeta un rapide coup d'œil pour s'assurer que la chambre était dans le même état que lorsqu'elle y était entrée. Les bras tremblants, elle se hissa par la fenêtre. Les dalles de la cour étaient froides sous ses pieds engourdis, et elle sentit la boue entre ses orteils tandis qu'elle courait d'arbre en arbre. Elle se glissa dans le ruisseau, frissonnant sous l'eau chaude qui dansait sur sa peau. Malgré l'effet du narcotique, elle était tellement sensible que c'en était presque douloureux.

De retour dans le bassin, l'eau se fit plus tranquille, apaisante, comme si elle voulait l'entraîner dans ses profondeurs.

Elle se noyait. Elle se débattit en toussant, hors d'haleine, et rassembla ses dernières forces pour sortir du bain.

Elle ramassa ses sous-vêtements et tituba le long du sentier pour regagner sa chambre, en espérant que le garde la croie tout simplement soûle. Elle poussa le lourd battant à deux mains, referma la porte et la verrouilla.

Va te coucher. Ne leur donne aucune raison de soupçonner quoi que ce soit.

Va jusqu'au lit.

Jusqu'au…

Chapitre 8

Aren

Aren rangea la pierre avec laquelle il venait d'aiguiser son couteau, le regard perdu dans les profondeurs de la jungle qui entourait sa maison. Malgré les sons qui émanaient des arbres par centaines – le ruissellement de l'eau, le cri des animaux, le bourdonnement des insectes –, l'île était calme. Sereine, paisible.

Un corps doux et chaud vint se frotter contre son bras, et Aren leva la main pour caresser Vitex derrière les oreilles. Le félin se mit à ronronner tranquillement, jusqu'à ce que quelque chose dans les buissons attire son attention. Aren avait remarqué une femelle dans les parages quelques jours auparavant et, en regardant sous une grosse feuille, il aperçut ses yeux dorés.

— Tu vas la voir ? demanda-t-il à son chat.

Vitex se contenta de s'asseoir en bâillant.

— Tu as raison. Mieux vaut la laisser venir à toi. (Aren gloussa.) Tu me diras si ça marche.

Il entendit un bruit de bottes sur le marbre du vestibule, et la porte s'ouvrit dans son dos. Sa sœur sortit sur le perron en clignant des yeux.

— Tu as meilleure mine que je n'aurais cru, lança-t-il sèchement.

Ahnna fronça les sourcils et poussa le félin du bout de sa botte pour pouvoir refermer la porte.

— Pourquoi ça ?

— Parce que, pour t'endormir tête la première sur la table, tu as dû boire la moitié de ma cave.

— Oh, malheur ! J'ai fait ça, moi ?

— Si on en croit ce qui se raconte en cuisine. (Aren saisit son arc posé à côté de lui sur la marche du perron et se leva, en tapotant le bout de l'arme contre sa botte.) Eli et Lara ont dû te traîner jusqu'à ta chambre.

Ahnna se frotta les yeux et secoua la tête comme pour s'éclaircir les idées.

— Je me souviens que je discutais avec elle, et puis… (Elle secoua la tête de plus belle.) Désolée – et désolée d'être en retard. J'ai dormi comme une souche.

Lui aussi avait dormi d'un sommeil de plomb, ce qui l'étonnait. La nuit avait été dégagée, sans le moindre orage pour protéger les rives d'Ithicana. D'habitude, ça l'empêchait de trouver le sommeil. Lui-même se serait levé en retard si son chat de malheur ne l'avait pas réveillé.

— Bonjour, les enfants.

Aren tourna la tête et vit Jor surgir de la brume, un petit pain à la main. Il avait dû faire un détour par les cuisines.

Le soldat aguerri toisa Aren de la tête aux pieds.

— Tu m'as l'air bien reposé pour un jeune marié.

Ahnna gloussa.

— Je doute qu'il ait eu de la visite cette nuit.

— Tu as déjà trouvé le moyen d'exaspérer ta femme ?

Aren ne se donna pas la peine de répondre à cette question. Une vision de Lara debout au pied de son lit vint flotter dans son esprit ; son corps nu était d'une perfection telle que c'était forcément un rêve. La saveur de ses lèvres, sa peau soyeuse, son souffle affolé par un désir évident… Ç'avait été d'une vivacité étonnante, mais son souvenir s'arrêtait là.

Il avait rêvé.

Il sortit de sa poche une feuille de papier, qu'il tendit à Ahnna.

— Tes ordres pour la garnison de l'île sud.

Elle déplia la feuille et parcourut du regard les nouveaux accords commerciaux avec Maridrina en fronçant les sourcils.

— Je vais t'accompagner jusqu'à la caserne, reprit-il. Je dois envoyer un coursier à l'île nord avec une copie de tout ça. Des acheteurs maridriniens se sont déjà présentés à l'entrée du pont, les poches pleines d'or. Ils doivent être pressés de se mettre en route. (Puis il se tourna vers Jor.) Qui est de garde ?

— Lia.

— Bon, tant mieux. Je doute que Lara nous cause des ennuis, mais…

Jor toussota.

— À ce propos, justement… Aster est là. Il voudrait te parler.

— Il est à la caserne ?

— Sur son bateau.

— Forcément.

Le commandant de la garnison de Kestark, au sud de l'île centrale, faisait partie de la vieille garde. Il avait été nommé peu avant la mort du grand-père d'Aren, et sa mère avait passé son règne à chercher une raison valable pour le remplacer, mais en vain. Ce vieux salaud s'accrochait aux traditions ithicaniennes comme une barnacle à la coque d'un navire. Il n'avait pas échappé à Aren que, de tous les commandants de sa garde, Aster était le seul qui n'ait pas assisté à son mariage.

— Ne le faisons pas attendre.

Une brume épaisse flottait sur eux comme une couverture grise, réduisant le soleil à un orbe argenté et leur visibilité à quelques pas à peine. Ils descendirent vers la crique où les attendaient leurs deux gardes du corps. Des hommes et des femmes s'affairaient déjà à mettre leurs pirogues à l'eau, sans un bruit. Ahnna l'accompagna à bord d'un des bateaux de l'île centrale.

L'air était immobile, sans la moindre brise pour gonfler les voiles, et la lourde chaîne qui bloquait l'entrée de la crique commença à remonter avec un grincement déplaisant qui semblait violer le silence. L'équipage sortit les rames pour contourner les obstacles disséminés juste sous la surface et rejoindre les profondeurs, où le pont projetait son ombre massive.

— Aren.

Il se tourna vers sa jumelle et suivit son regard. Il aperçut une immense silhouette grise passer sous leur coque. Le requin était plus long que leur bateau – et largement capable de le réduire en miettes si l'envie lui en prenait –, or ce n'était pas pour ça qu'Ahnna lui avait signalé la présence du prédateur. Son arrivée annonçait l'accalmie de la Mer des tempêtes, ce qui signifiait que les eaux d'Ithicana seraient bientôt rougies de sang.

Un frisson dans le dos, Aren saisit sa longue-vue mais ne distingua que l'épais rideau gris qui les entourait de toutes parts. C'était bien pratique pour dissimuler les allées et venues de ses sujets, mais leurs ennemis pouvaient en profiter eux aussi.

— Il est beaucoup trop tôt. Nana n'a pas encore déclaré la fin de la saison, murmura Ahnna en portant la main à sa ceinture – et aux armes qui y étaient fixées. Il faut que je retourne à l'île sud.

Deux pirogues se dessinèrent à travers la brume. Aster, qui ne reculait jamais devant un peu de symbolisme, avait choisi de les attendre juste en dessous du pont.

— Majesté, lança le vieil homme en se penchant pour approcher leurs bateaux. Je suis soulagé de vous voir en bonne santé.

— Ça vous étonne ?

L'embarcation tangua sous ses pieds lorsque ses gardes échangèrent de place avec le commandant puis éloignèrent leur pirogue pour les laisser discuter en privé.

— Étant donné ce que vous avez accueilli dans votre demeure, oui.

— C'est une toute jeune fille, seule, et à notre merci. Je pense pouvoir m'en débrouiller.

— Même une enfant serait capable de glisser du poison dans un verre. Les Maridriniens sont connus pour ça.

— Ne vous tracassez pas, Aster. Je ne risque rien avec Lara. Silas Veliant n'est pas stupide ; il sait très bien que, si sa fille m'assassinait, il perdrait aussitôt le bénéfice de nos accords commerciaux.

— Lara, répéta Aster avant de cracher dans l'eau. Je devine à votre voix qu'elle a déjà commencé à planter ses griffes. Vous devez bien vous douter que ce n'est pas sans raison qu'ils vous ont envoyé une telle beauté.

— Comment savez-vous qu'elle est belle, commandant? intervint Ahnna. Je ne vous ai pas vu au mariage. Vous étiez caché tout au fond, peut-être?

Aren se mordit la langue pour ne pas sourire. Le commandant de Kestark était petit pour un Ithicanien, et il n'aimait pas qu'on le lui rappelle.

— J'ai entendu des descriptions, répliqua Aster en les toisant de ses yeux aussi morts que ceux du requin qui nageait sous leur coque. Je n'ai pas assisté au mariage parce que je n'approuve pas votre décision de la prendre pour femme.

Il n'était pas le seul. De nombreuses voix s'étaient élevées pour protester contre cette union, surtout parmi les générations plus âgées.

— Alors pourquoi êtes-vous venu?

— Pour vous donner un conseil, Majesté. Amenez la Maridrinienne sur cette plage et noyez-la. Maintenez-lui la tête sous l'eau jusqu'à ce qu'elle expire, puis laissez la mer se nourrir de son corps.

Personne ne dit rien pendant quelques secondes.

— Je n'ai pas pour habitude d'assassiner des innocentes, finit par déclarer Aren.

— Innocente... C'est un bien grand mot, lança Aster avec une moue dégoûtée. (Il leva les yeux vers le pont avant de reporter son attention sur Aren.) J'oublie parfois à quel point vous êtes jeune, Majesté. Vous n'étiez qu'un petit garçon, bien en sécurité à Eranahl, la dernière fois que nous sommes partis en guerre contre Maridrina. Vous n'avez pas pris part aux batailles où ces scélérats ont déployé leur marine entière contre nous tout en isolant l'île sud, pour empêcher tout commerce de passer et affamer notre peuple. Vous n'étiez pas là quand Silas Veliant a compris qu'il ne pourrait pas l'emporter par la force et qu'il s'est vengé sur nos îles extérieures, où ses soldats ont massacré des familles entières. Ils ont suspendu leurs cadavres pour les offrir en pâture aux oiseaux.

Aren était trop jeune pour se battre à l'époque, mais il n'avait pas oublié le désespoir de ses parents, ni les risques qu'ils avaient pris en proposant le traité de paix à Maridrina et à Harendall.

—Ça fait quinze ans que nous sommes en paix, Aster. Quinze ans que Silas Veliant n'a pas levé le petit doigt contre Ithicana.

—Peut-être, mais il n'a pas changé! hurla Aster. Et vous, vous venez d'accueillir sa progéniture dans votre lit! Je ne vous dirai pas tout ce que je pense de vous, Aren Kertell, mais jusqu'ici je ne vous croyais pas stupide.

Ahnna avait dégainé son couteau, mais Aren la dissuada du regard. Il avait passé la première année de son règne à essuyer des questions insolentes de la part de ses commandants. Il en fallait plus que ça pour lui faire perdre patience.

—Je sais pertinemment de quoi Silas Veliant est capable, commandant, mais ce traité a établi une paix durable entre Maridrina et nous, et je refuse de gâcher cette chance.

Aren attendit que le vieux soldat se calme avant de poursuivre.

—Le reste du monde va de l'avant mais, pendant ce temps, Ithicana croupit dans son coin. Notre seule industrie, c'est le pont, et la défense du pont. On ne cultive rien ; on ne fabrique rien. On ne connaît que la guerre et la survie. Nos enfants apprennent à tuer de cent manières différentes mais savent à peine écrire leur nom. On ne peut pas continuer comme ça.

Aster le toisa sans ciller. Il avait déjà entendu ce discours, cependant Aren était prêt à le répéter un millier de fois si c'était ce qu'il fallait pour que des hommes comme le commandant finissent par accepter les changements nécessaires.

—Ce dont on a besoin, ce sont des alliances – des vraies, pas de vulgaires bouts de papier avec la signature des rois. Des alliances qui ouvriront d'autres voies à notre peuple que celle de l'épée.

—Vous n'êtes qu'un rêveur, comme votre mère. (Aster leva la main pour rappeler l'autre pirogue.) C'est un bel avenir que vous imaginez, Majesté, je vous l'accorde. Mais ce n'est pas celui d'Ithicana.

Les coques s'entrechoquèrent, et le commandant regagna son bateau d'un bond avant de se rasseoir entre ses gardes.

—Je ne voudrais pas que votre rêve devienne notre cauchemar à tous. Alors rendez-vous service, Majesté, et gardez cette femme sous clé.

Chapitre 9

Lara

Cela faisait longtemps que Lara n'avait pas aussi bien dormi. C'était dû en partie au narcotique, et en partie au silence. Pendant leur traversée de Maridrina, son sommeil avait été interrompu par toutes sortes de bruits ambiants – soldats, serviteurs, chevaux, chameaux… Mais, là, elle n'entendait que le chant discret des oiseaux dans la cour.

C'était paisible.

Sauf que cette paix n'était qu'un masque sur la violente nature de cet endroit. Et la violente vérité de sa présence, à elle.

Lara s'habilla puis sortit de sa chambre et se dirigea vers la salle à manger, prête à affronter la possibilité qu'Aren se souvienne de ce qui s'était passé la veille. S'il avait compris qu'elle l'avait drogué, sa mission aurait échoué avant même d'avoir commencé.

La table était encombrée d'assiettes de fruits frais et de fines tranches de viande, de bols de crème et de petites pâtisseries saupoudrées de cannelle et de noix de muscade. Le regard de Lara fut attiré par les vastes fenêtres. La matinée était bien avancée, mais de gros nuages filtraient la lumière du soleil en une espèce de crépuscule. Cependant il suffisait à révéler ce que l'obscurité de la nuit avait dissimulé la veille : la jungle sauvage, les arbres immenses et les buissons au feuillage impénétrable, le tout nimbé de brume.

— Où est Sa Majesté ? demanda-t-elle à Eli en espérant qu'il ne remarque pas ses joues soudain rouges.

La situation lui avait échappé la veille, à plus d'un égard.

L'autre domestique, plus âgée, jeta un regard d'avertissement à Eli.

— Sa Majesté se lève tôt, répondit-elle. La commandante et lui sont allés s'assurer que les nouveaux accords commerciaux avec Maridrina parviennent aux îles nord et sud.

Quel soulagement ! Lara ne se sentait pas prête à l'affronter tête à tête – pas après la nuit dernière, qu'il s'en souvienne ou non. Lara adressa à la domestique un hochement de tête solennel, en espérant dissimuler sa gêne.

— Ces accords vont changer la vie de mes compatriotes. Il ne peut en ressortir que du bien.

Elle crut voir passer une ombre dans le regard de la servante, mais cette dernière se contenta d'incliner la tête.

— Si vous le dites, Majesté.

— Comment vous appelez-vous ? J'ai rencontré Eli hier soir et j'aimerais apprendre à mieux connaître le reste d'entre vous.

— Mon nom est Clara, Majesté. Eli est mon neveu, et ma sœur, Moryn, la cuisinière.

— Il n'y a que vous trois ? demanda Lara.

Elle revit les légions de serviteurs qui avaient accompagné sa caravane du Désert rouge jusqu'à l'île sud d'Ithicana.

Un sourire se dessina sur les lèvres de Clara.

— Sa Majesté avait pour habitude de passer son temps en compagnie de ses soldats plutôt que dans cette maison, mais j'imagine que cela va changer maintenant que vous êtes là, Majesté.

Lara discerna une étincelle dans les yeux de la servante et sentit sa peau s'échauffer.

— Savez-vous quand il reviendra ?

— Il n'en a rien dit, Madame.

— Je vois, souffla-t-elle en laissant percer dans sa voix une certaine déception.

Elle fut récompensée en voyant l'expression de Clara s'adoucir.

— Il a des journées très occupées, mais son estomac le ramène à la maison pour le dîner, au minimum.

— Et pouvez-vous me dire où j'ai le droit d'aller ?

— La maison est toute à vous, Majesté. Le roi tient à ce que vous fassiez comme chez vous.

— Merci.

Lara ressortit tandis qu'ils débarrassaient la table. Elle entreprit de visiter le reste de la maison.

Il y avait quatre chambres en plus de ses appartements et de ceux d'Aren, la salle à manger, la cuisine et les quartiers des domestiques. Le quatrième côté de la maison était entièrement meublé de gros fauteuils, de tables où s'entassaient toute une variété de jeux, et de bibliothèques qui montaient jusqu'au plafond. Lara mourait d'envie d'explorer les livres, mais elle se contenta d'en effleurer le dos avant de repartir. Il y avait de hautes fenêtres dans toutes les pièces, néanmoins la vue était toujours la même : la jungle et la brume. C'était magnifique, mais loin de toute civilisation. Peut-être qu'Ithicana se résumait à ça, songea Lara. Le pont, la jungle, et pas grand-chose d'autre.

Ou alors, c'était ce qu'ils voulaient lui faire croire.

Elle retourna dans sa chambre, où elle examina les tenues ithicaniennes que contenait sa garde-robe. Elle choisit un pantalon, une tunique sans manches et une paire de bottes en cuir encore toutes raides, puis elle ressortit dans le couloir et poussa la porte d'entrée.

« Teste tes limites sans leur donner la moindre idée de ce dont tu es capable », lui conseilla Serin en silence. *« Ils te croient ignorante, choyée et sans défense. Profite de leur erreur. »*

Certaine qu'elle serait suivie, Lara descendit les marches du perron. Il y avait un sentier qui montait vers les collines, mais elle choisit de longer le ruisseau en direction de la mer.

Au bout de quelques minutes à peine, elle devina la présence de quelqu'un dans son dos. Elle entendit le craquement d'une brindille, un pas discret dans une flaque d'eau. Celui ou celle qui la suivait avait la grâce furtive d'un chasseur, mais elle avait appris à reconnaître la différence entre le bruissement du sable sous la caresse du vent et sous les pas d'un homme. Ce n'était pas plus difficile dans la jungle.

Elle remarqua plusieurs pièges dissimulés parmi la végétation et resta donc le long du ruisseau. Elle était déjà trempée de sueur et de pluie, et l'humidité de l'air lui donnait l'impression de respirer de l'eau, pourtant elle n'avait toujours pas vu ni le pont ni la plage. La personne qui la suivait gardait ses distances sans intervenir.

Lara choisit un arbre auquel s'appuyer comme si elle était fatiguée et leva les yeux vers le ciel, mais elle ne vit que l'épais feuillage dans la brume.

Serin lui avait expliqué en détail ce qu'ils savaient au sujet du pont. Il était essentiellement soutenu par des pics rocheux qui surgissaient de la mer, souvent à trente ou quarante mètres au-dessus de la surface. Il ne touchait que quelques îles, et ces dernières étaient défendues par toutes sortes de pièges. La mission principale de Lara consistait à découvrir comment les Ithicaniens s'y prenaient pour entrer dans le pont ailleurs qu'à ses extrémités, mais, pour cela, elle devait commencer par le trouver.

Le ruisseau dévalait une pente de plus en plus abrupte, et l'eau déjà refroidie cascadait à plusieurs endroits avec un grondement bas. Lara s'accrochait à des lianes pour descendre parmi les rochers, tout doucement, en redoutant le moment où elle devrait remonter.

Soudain le talon de sa botte glissa.

Le monde bascula en un fouillis vert. Elle se cogna le coude en essayant de se rattraper, en vain.

Elle tomba en arrière avec un cri aigu, tentant désespérément de saisir une liane dans sa chute. Elle atterrit dans le bassin au pied de la cascade, le souffle coupé par le choc. L'eau se referma au-dessus de sa tête. Elle se débattit de toutes ses forces, et ses bottes trouvèrent le fond. Elle plia les genoux, prête à bondir vers la surface…

Et se retrouva debout dans l'eau, qui lui arrivait à peine à la taille.

— Quelle galère ! grommela-t-elle en se secouant.

Elle voulut regagner la rive quand un sifflement attira son attention.

Lara s'immobilisa et observa les environs. Son regard s'arrêta sur un serpent brun et noir qui se faufilait sous les buissons en brefs mouvements furieux. Il faisait presque deux mètres de long et se trouvait entre elle et la falaise. Lara recula d'un pas, et ce simple geste parut énerver le serpent. Si seulement elle s'était rappelé les conseils d'Eli…

Elle dut faire un effort immense pour ne pas dégainer un des couteaux à sa ceinture. Dans son dos, elle entendit un juron étouffé et un bruit de bottes sur les rochers. Elle ne pouvait pas se permettre que son poursuivant la voie manier ses armes.

Le serpent se cabra de sorte que ses yeux étaient au même niveau que ceux de Lara. Il sifflait sans arrêt, prêt à frapper. Elle se força à respirer lentement, profondément. *Allez ! Je ne sais pas qui tu es, mais débarrasse-moi de cette bestiole !*

Le serpent se balançait de gauche à droite, et Lara sentait que ses nerfs étaient sur le point de lâcher. Elle referma la main sur son couteau et ouvrit le compartiment qui renfermait l'arme véritable.

Le serpent se jeta sur elle.

Elle entendit le claquement d'un arc et vit une flèche à empennage noir cueillir la tête de la créature et la ficher au sol. Le long corps se débattit violemment avant de se figer. Lara se retourna.

Aren était agenouillé au bord de la cascade d'où elle avait dégringolé si gracieusement, son arc à la main. Un carquois plein de flèches dépassait dans son dos. Il se redressa.

— Ithicana a un petit problème de serpents. Ce n'est pas trop méchant sur cette île en particulier, mais… (Il sauta de son perchoir et atterrit presque sans un bruit.) … si elle vous avait mordue, vous n'auriez pas fait long feu.

Lara jeta un coup d'œil au serpent mort, dont le corps tressautait encore. Elle ne put réprimer un frisson, qu'elle tenta de camoufler en posant une question.

— Comment savez-vous que c'est une femelle ?

— Par sa taille. Les mâles ne sont jamais aussi gros.

Il se pencha pour arracher la flèche et entreprit d'essuyer le sang et les écailles qui en souillaient la tête. Celle-ci était dotée de trois arêtes, contrairement aux flèches plates de Maridrina.

Puis Aren tourna son regard noir vers Lara.

— Vous n'étiez pas censée sortir de la maison.

Elle ouvrit la bouche pour protester, mais il ne lui en laissa pas le temps.

— Ne faites pas l'innocente. Vous savez très bien ce que Clara voulait dire.

Elle se mordit la joue.

— Je n'aime pas être enfermée.

Il s'esclaffa et rangea la flèche dans son carquois.

— Pourtant vous devez avoir l'habitude.

— C'est vrai, mais ce n'est pas pour autant que j'aime ça.

— Si vous étiez enfermée dans ce domaine au milieu du désert, c'était pour votre sécurité. C'est le même souci qui me motive. Ithicana est un lieu dangereux. Premièrement, l'île est truffée de pièges. Deuxièmement, vous ne pouvez pas faire deux pas sans croiser des créatures capables de vous expédier dans l'au-delà. Et, troisièmement, une petite princesse trop gâtée comme vous serait bien incapable de se débrouiller dans cet environnement.

Lara serra les dents pour se retenir de lui expliquer à quel point il se trompait là-dessus.

— Cela dit, vous avez fait plus de chemin que je n'aurais cru, reprit-il d'un air songeur. (Il la détailla de la tête aux pieds. Ses vêtements trempés lui collaient à la peau.) Qu'est-ce qu'ils vous faisaient faire, à vous et à vos sœurs, dans cette fameuse oasis ? Ils vous faisaient courir dans le désert et trimballer des pelletées de sable ?

Il aurait bien fini par lui poser cette question. Elle n'était pas grande, mais ses muscles longs et durs témoignaient d'interminables séances d'entraînement. Les nobles dames de Maridrina ressemblaient rarement à ça.

— La vie est rude dans le désert. Et puis, mon père voulait nous préparer aux… vigueurs de la vie ithicanienne.

— Je vois. (Il sourit.) Dommage qu'il ne vous ait pas aussi préparée à affronter la faune locale.

Il leva le bras et, du bout de son arc, écarta quelque chose au-dessus de l'épaule de Lara. Du coin de l'œil elle aperçut une forme noire voler dans les airs.

Une araignée grosse comme son poing atterrit sur le sol meuble et courut se réfugier sous une feuille. Lara l'observa avec intérêt, se demandant si elle était venimeuse.

— Ce n'est pas pire que les scorpions du Désert rouge.

— Peut-être pas, mais je doute qu'on trouve ça dans le Désert rouge, dit-il en ramassant un caillou, qu'il lança sur sa gauche.

Dans un grand craquement une planche hérissée de piques surgit du sol. Quiconque aurait déclenché le dispositif se serait retrouvé criblé de trous en dessous de la ceinture. Elle avait remarqué la rosée accumulée sur le fil en passant à côté mais, dans le noir, elle se serait sans doute fait avoir.

— C'est bon, vous avez prouvé que vous étiez le plus fort, lança-t-elle sur un ton qui impliquait tout le contraire. Et si on se remettait en marche ?

Au lieu de lui répondre par une repartie bien sentie, Aren s'approcha et lui saisit le poignet. Lara aurait voulu se reculer, mais elle se figea en repensant à la sensation de ses mains sur sa peau, de ses caresses à l'intérieur de sa cuisse.

Quand elle fit mine de se dégager, il lui fit doucement lever le bras pour examiner l'éraflure à son coude. Puis il sortit de la poche fixée à sa ceinture un bandage et un petit pot de baume, et il entreprit de nettoyer sa plaie avec une expérience évidente. Elle voyait les muscles de ses avant-bras jouer sous leurs protections d'acier et de cuir. Si près de lui, elle put se rendre compte de la différence de taille entre eux. Elle lui arrivait à peine à l'épaule, et il devait peser au moins le double de son poids – tout en muscles.

Cependant Erik, leur maître d'armes, avait été d'une carrure comparable, et il leur avait appris à supplanter des adversaires qui les dominaient physiquement. Tandis qu'Aren achevait de lui panser le bras, elle imagina où elle le frapperait. La voûte plantaire ou le creux du genou, pour commencer. Un coup de couteau pour lui ouvrir le ventre, puis un autre pour lui trancher la gorge avant qu'il n'ait pu l'attraper.

Il fit un nœud au bandage.

—J'ai fait beaucoup de concessions lors de cet échange avec votre père, et tout ce que j'ai obtenu, en plus de la promesse d'une paix durable, c'est vous. Vous me pardonnerez donc si je ne tiens pas à vous voir morte au bout de deux jours.

—Alors pourquoi m'avoir laissée me promener dans votre jungle si dangereuse ?

—Je voulais voir où vous iriez. (Il lui fit signe de le suivre et s'engagea sur le sol de feuilles mortes en usant parfois de la machette qu'il tenait dans la main droite.) Vous cherchiez à vous enfuir ?

—À m'enfuir où ? (Elle se força à saisir la main qu'il lui tendait avant d'enjamber un tronc d'arbre.) Mon père me ferait exécuter pour l'avoir déshonoré si je retournais à Maridrina, et je n'aurais aucun moyen de subsister ailleurs. Que je le veuille ou non, je suis bien obligée de rester à Ithicana.

Il rit doucement.

—Au moins, vous êtes honnête.

Lara se retint de ricaner. Elle était tout sauf honnête.

—Alors qu'est-ce que vous faisiez ici ?

Garde tes mensonges pour les urgences.

—Je voulais voir le pont.

Aren s'arrêta et lui jeta un coup d'œil perçant.

—Pourquoi ?

Elle soutint son regard sans ciller.

—Je tenais à voir cet édifice qui méritait qu'on vende mon corps, ma loyauté et ma vie.

Il tressaillit, comme si elle l'avait giflé.

—C'est à vous seule qu'il appartient de disposer de tout ça, pas à votre père.

Sa réponse la prit par surprise mais, au lieu de la rassurer, elle lui fouetta la peau d'une rage incandescente qu'elle ne comprenait pas bien. Alors elle se contenta d'un bref hochement de tête.

—Si vous le dites.

Aren se remit en marche et écarta une liane à l'aide de sa machette avant de s'engager dans une pente raide, sans attendre de voir si elle le suivait.

— Vous étiez partie dans la mauvaise direction, je vous signale, grommela-t-il. Allez, tâchez de tenir le rythme. La brume ne s'écarte jamais très longtemps pour dévoiler le pont.

Ils avancèrent sans un mot le long de l'étroit sentier qui ne cessait de monter. Il n'y avait rien à voir à part la jungle, et Lara commençait à croire qu'Aren s'était moqué d'elle lorsque, enfin, ils débouchèrent dans une clairière au centre de laquelle se dressait une tour de pierre.

Elle rejeta la tête en arrière pour laisser la pluie nettoyer la sueur de son visage. Les nuages roulaient dans le ciel, poussés par des vents qui ne perçaient pas le feuillage.

Aren désigna la tour.

— L'éclaircie ne dure jamais très longtemps à cette époque de l'année.

Ils entrèrent dans la tour, qui sentait la terre mouillée et le moisi. L'escalier en colimaçon était usé, les marches creusées au milieu. Il menait à une petite esplanade d'où l'on voyait la jungle brumeuse dans toutes les directions. Lara comprit qu'ils se trouvaient au sommet d'une colline, d'où elle distinguait à peine la mer grise. Il n'y avait ni plage ni pilier, et encore moins de pont.

— Où est-il ?

— Patience.

Aren s'accouda au parapet de pierre.

Plus curieuse qu'agacée, Lara le rejoignit. Elle observait les arbres, les nuages et la mer, mais son attention revenait sans cesse vers le roi. Il sentait le cuir mouillé et l'acier, la terre et les feuilles vertes, cependant elle détecta aussi, derrière tout ça, une odeur de savon mêlée à quelque chose de plus mâle… et de pas si déplaisant. Puis une bourrasque les frappa de plein fouet, remplaçant ces senteurs par celles de la pluie et du sel.

Les nuages s'écartèrent à une vitesse incroyable, et les rayons du soleil les réchauffèrent avec une intensité que Lara n'avait pas éprouvée depuis qu'elle avait quitté le désert. Les verts sombres de la jungle s'animèrent en une teinte émeraude si vive qu'elle en eut presque mal aux yeux. La brume chassée par le vent laissa dans son sillage un ciel de saphir. L'île mystérieuse avait cédé la place à un joyau de lumière et de couleurs. Pourtant, malgré tous ses efforts, Lara ne voyait toujours rien qui ressemblât à un pont.

Un rire amusé parvint à ses oreilles en même temps que des doigts lui soulevaient doucement le menton.

— Plus loin, dit Aren.

Lara porta son regard vers les eaux turquoise.

Ce qu'elle vit lui coupa le souffle.

Chapitre 10

Lara

Les descriptions qu'on lui avait faites pendant ses années d'entraînement n'avaient rien à voir avec la réalité. Ce n'était pas un pont. C'était *le* pont, et il n'existait rien de comparable au monde.

Il ondulait à perte de vue tel un serpent gris reliant les continents. Il s'appuyait sur des karsts rocheux qui semblaient avoir été distribués exprès par la main de Dieu, indifférents à la Mer des tempêtes qui jetait ses vagues à leur pied. Par endroits son corps gris passait au-dessus des îles majeures, où des mains ancestrales avaient construit d'immenses colonnes pour le soutenir. Le pont était un miracle d'architecture qui dépassait l'entendement et la logique.

Et c'était précisément pour cela que tout le monde le convoitait.

Lara s'arracha à la contemplation du pont pour se concentrer sur Aren, qui observait la longue structure de pierre. Il avait dû le voir chaque jour de sa vie, pourtant son visage exprimait un émerveillement évident, comme si lui aussi avait du mal à comprendre qu'une telle chose pût exister.

Puis il se redressa et croisa le regard de Lara. À la lumière du soleil, elle remarqua que ses yeux n'étaient pas noirs mais d'un brun pailleté de vert, comme à l'image de son royaume.

— Vous sentez-vous valorisée maintenant que vous l'avez vu ?

Elle se détourna, les joues en feu. Elle avait besoin de bouger.

— Je ne suis pas un objet.

Il poussa un bref soupir.

— Ce n'est pas ce que j'insinuais. Le pont… Il représente tout pour Ithicana, et Ithicana représente tout pour moi.

Comme Maridrina pour elle.

— C'est… impressionnant.

Un pauvre adjectif qui ne rendait pas justice à la monumentale structure.

— Lara. (Du coin de l'œil elle le vit tendre la main vers elle puis se raviser, comme s'il préférait ne pas la toucher.) Je sais bien que vous n'avez pas choisi de vivre ici.

Il se passa une main dans les cheveux, les mâchoires crispées, cherchant ses mots. Le cœur de Lara s'emballa sous le coup de l'anticipation.

— Je tiens à vous assurer que vous n'êtes obligée à rien. Cet… accord sera ce que vous déciderez d'en faire.

— Pourquoi est-ce que vous y tenez tant ?

— Ce traité garantit la paix entre Ithicana et Maridrina. Il permet de sauver des vies. Peut-être qu'un jour il signalera la fin des violences qui assaillent nos rivages.

— J'avais l'impression qu'on parlait d'autre chose que du traité.

Elle tenait à comprendre ce qui motivait cet homme, et cela incluait ses désirs.

Aren hésita.

— J'espère que notre mariage sera la première étape vers un avenir où la vie de mes citoyens ne dépendra plus seulement de cette antique structure de pierre.

Cette déclaration semblait contredire ce qu'il avait affirmé une minute auparavant – que le pont représentait tout –, et Lara ouvrit la bouche pour lui demander des explications, mais elle fut interrompue par l'appel d'un cor au loin. L'instrument entonna une mélodie, qu'il répéta à deux reprises. Aren poussa un juron et alla se poster derrière la longue-vue montée sur un pied au centre de la tour. Il balaya l'horizon puis s'arrêta en crachant une nouvelle volée d'insultes.

— Qu'est-ce qu'il y a ?

— On nous attaque. (Il s'élança vers l'escalier, se rattrapa au montant de la porte.) Restez ici, Lara. Ne bougez surtout pas. J'enverrai quelqu'un vous chercher.

Elle voulut protester, mais il était déjà parti. En se penchant sur le parapet, elle le vit sortir de la tour en courant et disparaître dans la jungle.

Alors elle alla se poster derrière la longue-vue. Elle dut se dresser sur la pointe des pieds, et il lui fallut un moment pour apercevoir le bateau qui passait sous le pont en direction de l'île. Il battait pavillon amaridien, et des hommes armés en uniforme se pressaient le long du bastingage. C'était un vaisseau militaire et, si elle en croyait Aren, il ne venait pas en paix.

Un craquement tonitruant retentit. Lara vit un projectile heurter un des mâts dans une explosion d'esquilles. Le mât bascula sur le côté, et la voilure se prit dans les longues piques métalliques qui hérissaient la base des piliers du pont. Le bateau chavira, précipitant à la mer une partie de son équipage. Lara entendit l'écho d'un nouveau craquement et vit un trou béant dans la coque exposée, mais il eut vite fait de disparaître sous l'eau à mesure que le navire sombrait.

Les mains crispées sur la longue-vue, Lara retint son souffle. L'un après l'autre, les boulets ravageaient le vaisseau, dont les derniers passagers tentaient de grimper en lieu sûr ou se jetaient à la mer, mais des ailerons encerclaient déjà la scène. Ils n'avaient plus d'issue possible. Un des soldats fut brutalement happé sous la surface, et un nuage écarlate se déploya à sa place. Le sang de Lara se glaça lorsque les requins passèrent à l'attaque en une frénésie meurtrière, si bien que la mer était entièrement rougie.

Elle déplaça la longue-vue vers le rivage, à la recherche des Ithicaniens. Elle voulait voir comment ils s'y prenaient pour se défendre, mais la jungle se dressait au milieu de son champ de vision.

Elle n'aurait peut-être pas d'autre chance de les voir repousser des agresseurs.

Elle s'élança vers l'escalier, traversa la clairière et suivit la direction qu'Aren avait prise. La végétation se brouilla en un fouillis de verdure tandis qu'elle sautait par-dessus des rochers, glissait dans la boue et se rattrapait de justesse avant de reprendre sa course dans l'air humide qui lui collait aux poumons. Le rivage n'était plus très loin.

Soudain elle déboucha à l'air libre, au sommet d'une haute falaise. Elle entendait les vagues se fracasser tout en bas et vit que le sentier dévalait le long d'une pente escarpée. Lara s'arrêta et se cacha derrière un rocher.

Elle aperçut une crique qu'elle n'avait pas vue depuis la tour. La plage de sable blanc et les calmes eaux turquoise étaient protégées de l'océan par des falaises qui se rejoignaient presque. L'ouverture vers la haute mer était à peine assez large pour un petit bateau, et une grosse chaîne en barrait l'entrée, fixée de chaque côté à des bâtisses de pierre.

Des soldats s'affairaient sur la plage, parmi d'étranges embarcations qu'ils ne semblaient pas vouloir mettre à l'eau. Lara reporta son attention sur les Ithicaniens postés le long des falaises qui dominaient l'océan. La haute silhouette d'Aren se trouvait parmi eux.

Lara se pencha en plissant les yeux pour tenter de voir la catapulte qui avait détruit le vaisseau amaridien mais, au même moment, elle entendit des pas sur le sentier dans son dos.

Puis une voix.

— … ne méritent même pas les boulets qu'on leur a envoyés. Un bon coup de vent aurait suffi à couler cette vieille carcasse décrépite.

Le cœur battant, Lara chercha une issue. La plage grouillait de soldats ; à sa gauche, la jungle était un fouillis de lianes ; et à sa droite, la falaise tombait à pic vers les vagues furieuses. Le seul moyen de ne pas se faire prendre à espionner, c'était de poursuivre son chemin.

Elle sortit de derrière son rocher et s'engagea dans la pente qui menait à la plage, sans tenir compte des regards abasourdis des soldats.

Un homme porta deux doigts à ses lèvres et siffla pour attirer l'attention d'Aren sur la falaise d'en face. Il était juste assez proche pour qu'elle lise la surprise, puis l'agacement, sur son visage.

Avant que les gardes ne puissent l'arrêter, Lara longea le rivage pour aller gravir les marches taillées dans le roc. Aren l'attendait en haut de la falaise, visiblement peu disposé à la laisser observer la scène.

— Je vous avais dit de rester dans la tour, Lara.

— Je sais, mais je… (Elle fit semblant de trébucher sur la dernière marche et baissa la tête pour dissimuler son sourire lorsqu'il la rattrapa et la hissa à côté de lui, lui offrant une vue imprenable du pont et du bateau qui sombrait en dessous.) Qu'est-ce qui se passe ?

— Ça ne vous regarde pas. Retournez sur la plage, quelqu'un va vous raccompagner à la maison.

Il fit signe à l'un de ses soldats, et Lara s'empressa d'inventer une bonne raison de s'attarder.

— Ces hommes sont en train de se noyer ! s'écria-t-elle en se dégageant du soldat qui tentait de lui prendre le bras. Pourquoi ne les aidez-vous pas ?

— Ce sont des pillards. (Aren lui tendit sa longue-vue.) Vous voyez leur drapeau ? C'est le pavillon d'Amarid. Ils cherchaient à s'introduire dans le pont sous couvert de la brume.

— Ce sont peut-être de simples commerçants.

— Non. Regardez mieux. Vous voyez les câbles qui pendent du pont ?

L'œil rivé à la longue-vue, Lara fit semblant d'examiner les hommes suspendus à des cordes alors que, ce qui l'intéressait vraiment, c'était la structure du pont lui-même. Elle se trouvait dans une position d'ordinaire réservée aux Ithicaniens, ce qui lui donnait peut-être une chance d'apprendre quelque chose d'utile. Mais Aren lui reprit la longue-vue des mains presque aussitôt.

— C'est une agression contre notre peuple, Lara. Ils n'ont que ce qu'ils méritent.

— Personne ne mérite une chose pareille, rétorqua-t-elle.

Elle avait beau jouer la comédie, elle sentit son estomac se nouer en regardant les vagues engloutir le navire. Tous les Amaridiens étaient à l'eau, et certains cherchaient à saisir les cordes qui pendaient du pont tandis que d'autres nageaient vers l'île.

— Il faut les aider !

— Non.

— Si vous refusez, je vais m'en charger, déclara-t-elle en faisant volte-face.

Elle comptait exploiter cet étalage d'empathie pour regarder de plus près les petites embarcations alignées sur la plage. Mais elle se retrouva nez à nez avec les soldats d'Aren.

— Laissez-moi passer.

Ils restèrent de marbre mais, au moins, ils ne dégainèrent pas leurs armes. Lara jeta un coup d'œil par-dessus son épaule aux constructions jumelles qui abritaient le mécanisme de la lourde chaîne. C'étaient des bâtisses de pierre, sans fenêtres mais avec une porte massive. Elles devaient être surveillées en permanence. Cependant son regard revenait sans cesse vers la poignée d'Amaridiens qui, contre toute attente, avaient presque atteint l'ouverture menant à la petite crique. Plusieurs d'entre eux semblaient à bout de forces, ballottés par les vagues.

— Je vous en supplie. (Lara n'aurait pas dû se soucier du sort de ces Amaridiens, pourtant c'était plus fort qu'elle. Le tremblement de sa voix était sincère.) C'est de la cruauté pure et simple.

La colère assombrit les traits d'Aren.

— Non. La cruauté, c'est ce que ces hommes auraient fait subir à mon peuple s'ils avaient réussi à contourner nos défenses. Ithicana n'a rien fait pour mériter ce genre d'agression. Nous ne nous amusons pas à envahir leurs terres ou à massacrer leurs enfants. (Il montra du doigt les nageurs, et Lara dut ravaler sa bile lorsque l'un d'eux fut sauvagement happé par un requin sous les vagues rouges et bouillonnantes.) Ce sont eux qui nous imposent cette guerre.

— Et, en les laissant mourir, vous ne valez pas mieux. (Il ne restait plus que trois soldats dans l'eau, et ils étaient tout proches.) Faites preuve d'un peu de pitié.

— Vous voulez de la pitié ?

Aren tourna les talons en levant la main vers son carquois. Elle vit à peine les trois flèches noires qui filèrent, coup sur coup. Les derniers survivants disparurent sous les vagues. Aren lui refit face, les jointures blanchies tant il serrait son arc.

Lara tomba à genoux en fermant les yeux pour mieux feindre la détresse tandis qu'elle reprenait ses marques. Ithicana montrait enfin son vrai visage. Ce n'était pas un royaume de jolies cours intérieures traversées par des sources chaudes. C'était un lieu de violence et de cruauté, et Aren en était le maître.

Lara le mènerait à sa perte.

— Attendez que le vent retombe et débarrassez-vous de ceux qui s'accrochent encore, ordonna Aren à ses soldats. Il ne faudrait pas que l'un d'entre eux se fraie un chemin à marée basse.

Puis Lara sentit ses bottes marteler le sol lorsqu'il passa à côté d'elle pour redescendre vers la plage.

Elle resta où elle était en s'autorisant un petit sourire intérieur. Les Ithicaniens la contournaient sans oser s'approcher, l'air dégoûté par son outrage, tandis qu'elle repensait à ce que venait de dire Aren. Il y avait donc un moyen de se frayer un chemin à marée basse, mais un chemin vers quoi ? La crique et la plage secrète ? Ou une cible bien plus précieuse ?

Le vent retomba, le soleil de nouveau caché derrière d'épais nuages, et la pluie se remit à tomber. Lara était trempée jusqu'à l'os mais elle resta où elle était. Dans un silence stoïque, elle regarda les soldats mettre les petits bateaux à l'eau, les amener jusque sous le pont et, de là, cueillir à coups de flèches implacables les quelques Amaridiens qui avaient réussi à se cramponner à leur corde pendant toute la scène. Les corps sans vie se perdirent dans l'océan.

Lara ne dit rien lorsque les soldats regagnèrent la crique. Elle s'efforça de mémoriser les étranges détours qu'ils faisaient, et dont elle comprit tout le sens lorsque la marée se retira. Peu à peu les eaux révélèrent toutes sortes de pièges mortels disposés au fond de la crique – affleurements rocheux et longues pointes d'acier capables de détruire tout vaisseau qui tenterait de les franchir.

Enfin la marée basse atteignit son étale, et Lara se remit debout, persuadée d'avoir vu tout ce qu'il y avait à voir. Puis une ombre attira son attention à la base du pilier le plus proche. Pas une ombre. Une ouverture.

Son cœur s'emballa, et elle eut toutes les peines du monde à réprimer un sourire de joie pure. Elle avait découvert l'un des points d'accès au pont.

Chapitre 11

Aren

— La reine d'Amarid doit vraiment être aux abois pour confier ses navires à des types de ce genre.

Gorrick retourna le cadavre qu'ils avaient tiré de l'océan et dont le sang imbibait déjà le sable. Il lui manquait une jambe, la faute aux requins d'Ithicana. Il lui manquait aussi son pouce gauche, mais ça, les requins n'y étaient pour rien. Le doigt amputé, plus la marque au fer rouge sur le dos de sa main, indiquait que cet homme avait été condamné pour vol et avait passé un certain temps dans les prisons d'Amarid.

Aren s'agenouilla pour examiner l'uniforme du soldat mort, élimé avec de larges trous aux coudes.

— Ce sont tous d'anciens détenus, tu dis ?

— Tous ceux qu'on a pu voir de près.

Aren se releva et promena son regard sur les eaux de la crique. La marine amaridienne savait que l'île centrale était protégée par une batterie de catapultes. Pourtant ce navire avait foncé droit sur le littoral, leur rendant la tâche presque trop facile. Peut-être que la reine d'Amarid n'avait rien trouvé de mieux à leur envoyer qu'un bateau vétuste piloté par un équipage de prisonniers en cette fin de saison des tempêtes, mais… il n'en voyait pas l'intérêt.

Aren se retourna vers Gorrick.

— Envoie un rapport à tous les commandants pour les informer que les raids ont déjà commencé.

Puis il s'engagea sur le chemin qui remontait vers la caserne. Il n'avait aucune envie de retourner à sa demeure familiale.

* * *

— Ta femme t'a déjà mis à la porte ? lança Jor, assis à côté du feu, un livre à la main. Elle n'a pas eu l'air impressionnée par la pitié ithicanienne.

C'était un euphémisme.

Lara avait passé des heures assise en haut de la falaise, les yeux dans le vague, si bien qu'Aren avait failli lui envoyer quelqu'un pour la raccompagner à la maison. Puis, brusquement, elle s'était relevée, était redescendue vers la plage en courant et lui était passée devant sans même le regarder. Les gardes qu'il avait chargés de la surveiller lui avaient emboîté le pas même si, à en juger par leur expression, ils auraient préféré nager avec les requins. Une heure plus tard, Eli était venu lui apporter une lettre que Lara avait écrite pour son père. Aren n'avait pas oublié les avertissements d'Aster et il se demandait s'il avait intérêt à envoyer la missive.

— Je doute qu'elle ait assisté à la moindre violence au cours de sa vie. (Aren se dirigea vers sa couchette avant de changer d'avis et d'aller s'asseoir à côté du vieux soldat.) Tiens. Lis ça.

Jor lui prit la lettre des mains et, après l'avoir lue, haussa les épaules.

— J'ai l'impression que c'est surtout pour lui prouver qu'elle est bien en vie.

Aren était plutôt d'accord. La lettre se bornait essentiellement à dire qu'elle allait bien, que les Ithicaniens la traitaient avec beaucoup de gentillesse, puis elle décrivait la maison avec force détails, en s'attardant tout particulièrement sur la source d'eau chaude. Malgré tout, Aren l'avait relue à plusieurs reprises pour essayer d'y déceler un code, et il n'aurait su dire s'il était soulagé ou déçu de ne rien trouver de tel.

— C'est marrant, elle ne parle pas du tout de toi. J'ai bien peur que ton lit ne reste froid à l'avenir.

Aren s'esclaffa, mais les souvenirs brumeux du rêve de Lara dans sa chambre, dans ses bras, s'invitèrent dans son esprit.

—Ça n'a pas l'air de trop lui plaire d'être, en gros, une monnaie d'échange.

—Ou peut-être qu'elle s'attendait à ce que son mari soit plus beau que ça. Certaines personnes supportent mal la déception.

Aren arqua un sourcil.

—C'est sans doute la seule chose qui ne l'a pas déçue jusqu'ici.

Jor secoua la tête.

—Peut-être qu'elle n'aime pas les petits cons prétentieux.

—J'ai entendu dire qu'il existe des royaumes où les gens respectent leur monarque.

—Oh, je te respecte, mais ça ne m'empêche pas de penser que tu n'es pas si spécial, tout roi que tu es.

Aren leva les yeux au ciel et saisit la tasse que Lia, une de ses gardes d'honneur, lui tendait. Il la remercia d'un sourire, qui se dissipa lorsqu'elle décida d'ajouter son grain de sel à leur conversation.

—Tu es vexé parce que le Rat de Maridrina t'a envoyé une fille dotée d'opinions bien trempées au lieu d'une écervelée qui t'aurait… (Elle fit un geste obscène.) … sans poser de questions.

—Comme toi, tu veux dire? rétorqua Jor avec un clin d'œil.

Il éclata de rire lorsque Lia lui jeta à la figure le contenu de sa coupe. Aren lui arracha la lettre des mains avant qu'elle ne soit mouillée.

—Tu n'as pas vraiment l'intention d'envoyer ça. Si? reprit Jor.

—Je lui ai promis. Et puis, si Silas veut la preuve qu'elle est bien vivante, mieux vaut le satisfaire. Je ne voudrais pas qu'il débarque sous prétexte de venir la chercher.

—Tu n'as qu'à mentir. On pourrait trouver un faussaire pour se charger de leur correspondance.

—Non. (Aren survola du regard l'écriture soignée.) Soit j'envoie sa lettre, soit je lui dis que j'ai changé d'avis. Est-ce que tu vois quelque chose là-dedans qui ne devrait pas tomber entre les mains du Merle ?

Jor lui reprit la lettre, et une fois de plus, Aren maudit le sort qui l'avait vu naître quelques minutes avant Ahnna. C'était à cette différence infime qu'il devait d'être le roi tandis qu'Ahnna était simplement commandante de sa garnison, et il aurait donné n'importe quoi pour échanger sa place avec elle. Il était doué pour la guerre, pour la chasse, et pour raconter de mauvaises blagues en compagnie d'autres soldats autour du feu. Il n'était pas fait pour la politique et la diplomatie, et encore moins pour la pression de savoir que le royaume tout entier dépendait de ses décisions.

— D'après la description de ta jolie maison, ils devraient pouvoir deviner qu'elle se trouve sur l'île centrale. Elle mentionne la jungle, ce qui montre qu'on lui accorde une certaine liberté de mouvement. D'ailleurs… (Jor releva la tête.) Qu'est-ce qu'elle faisait, à se promener dans l'île comme ça ? Elle a débarqué de la même direction que toi, et tu ne venais pas de la maison…

C'était par hasard qu'Aren était arrivé chez lui juste avant que Lara parte explorer la jungle comme si elle en avait le droit. Au lieu d'ordonner à Lia de l'arrêter, il avait décidé de suivre sa femme pour voir où elle comptait aller.

— Elle se promenait, justement.

Jor haussa les sourcils.

— Pour quoi faire ?

— Pour essayer de voir le pont.

Toutes les têtes se tournèrent vers eux dans la salle commune, et Aren les toisa.

— C'était par pure curiosité…

Il ne savait même pas pourquoi il éprouvait le besoin de défendre Lara, sinon qu'il avait été touché par ce qu'elle lui avait dit. Il s'était tellement concentré sur ce qu'il avait dû sacrifier à cause de ce mariage qu'il n'avait même pas pensé au prix qu'elle avait dû payer – et qu'elle continuerait de payer. C'était précisément le sort qu'il voulait épargner à Ahnna. Il était prêt à payer une fortune à Harendall plutôt que de forcer sa sœur à épouser le prince contre son gré.

— Elle a failli se faire mordre par un serpent. Ça devrait la dissuader de retourner gambader dans la jungle.

— Je n'en suis pas si sûre, intervint Lia. Quand on l'a empêchée d'approcher des bateaux, elle avait l'air prête à me coller son poing dans la figure. Ce n'est peut-être pas une guerrière, mais elle ne manque pas de courage.

— Je suis d'accord, renchérit Jor. Je vais charger deux gardes supplémentaires de la surveiller en ton absence.

Aren hocha lentement la tête.

— Envoie la lettre à Ahnna, avec la consigne que ses spécialistes y jettent un coup d'œil et qu'un faussaire la copie sur une feuille de papier vierge. Ils feront passer cette copie de l'île sud à Maridrina.

Ses espions connaissaient tous les codes du Merle. Si Lara s'en était servie, ils s'en apercevraient.

— Tu penses que c'est une espionne ?

Aren réfléchit à cette question en poussant un soupir. Sa femme n'était pas du tout ce à quoi il s'était attendu. Les rois de Maridrina utilisaient leurs filles comme une sorte de monnaie d'échange pour forger des alliances, aussi bien à l'intérieur du pays qu'à l'étranger. Lara et ses sœurs avaient dû grandir avec la certitude que leur avenir leur réservait un mariage arrangé – avec lui ou un autre. Elles avaient sûrement été formées à l'art d'être de parfaites compagnes, en toutes circonstances.

Pourtant Lara lui avait bien fait comprendre que, si le traité garantissait sa présence à Ithicana, il ne l'obligeait pas à jouer le rôle d'épouse. C'était quelque chose qu'Aren respectait. Les femmes qui avaient partagé son lit par le passé l'avaient fait de leur plein gré, et l'idée de passer sa vie auprès d'une femme qui s'y résignait par strict sens du devoir le rebutait franchement.

— Je vais la laisser tranquille. Si c'est une espionne, elle finira bien par venir me voir pour glaner des informations. Les Maridriniens ne sont pas réputés pour leur patience.

— Et si elle essaie, justement ? demanda Jor.

— J'aviserai le moment venu.

— Et si elle n'essaie même pas ?

D'une certaine façon, si Lara n'était effectivement qu'une innocente exploitée par ce traité de paix, ce serait presque plus compliqué que si elle était une espionne. Aren avait des projets pour sa nouvelle femme, mais il n'irait pas bien loin si elle le détestait.

—Alors je finirai bien par gagner son affection.

Lia éclata de rire si fort qu'elle en recracha son vin.

—Alors là… bonne chance, Majesté.

Il lui adressa un sourire paresseux.

—Ça a bien marché avec toi.

Lia lui jeta un coup d'œil triste, comme s'il était d'une bêtise à pleurer.

—On n'est pas du tout pareilles, elle et moi.

Aren n'était pas du genre à se laisser décourager mais, plus Lara gardait ses distances – une nuit, une semaine, puis deux… –, plus il commençait à se demander si Lia n'avait pas raison.

Chapitre 12

Lara

Les semaines qui suivirent le naufrage et le massacre des Amaridiens s'écoulèrent sans incident. Aren se levait à l'aube et ne rentrait que tard le soir, mais il ne laissait jamais Lara sans surveillance. Depuis son excursion illicite, les domestiques gardaient toujours un œil sur elle. Clara semblait perpétuellement occupée à passer la serpillière ou à faire les poussières dans son champ de vision, et l'odeur de la cire à bois lui chatouillait les narines en permanence. Mais, plus efficaces encore que les gardes ou les domestiques, c'étaient les orages furieux qui persuadaient Lara de rester à l'intérieur. Vents violents, coups de foudre et averses diluviennes se succédaient presque sans interruption. Moryn, la cuisinière, avait expliqué à Lara que c'étaient les derniers sursauts de la saison et que ça n'avait rien à voir avec les terribles typhons qu'elle connaîtrait au début de la saison suivante.

Malgré son impatience de retourner inspecter l'ouverture au pied du pont, Lara prit soin de ne pas se faire remarquer. Elle profita de ces jours pour explorer la maison, dans l'espoir d'y dénicher des indices utiles à l'invasion d'Ithicana. Son objectif principal était de trouver des cartes du royaume, mais elle n'en vit nulle part. Serin détenait d'innombrables documents énumérant les îles du royaume, sur lesquels une longue ligne serpentine représentait le pont, mais elles n'étaient pas dessinées en détail.

Lara avait déjà pu constater qu'Ithicana était pratiquement imprenable. Non seulement le littoral ne comptait presque pas de plages, mais les soldats semblaient capables de déplacer les pièges sous-marins afin que leurs ennemis ne puissent pas les anticiper.

L'autre mystère concernait la population du royaume : où vivaient les Ithicaniens ? Aucun observateur n'avait jamais vu de civilisation digne de ce nom depuis la mer, et les rares incursions réussies ne parlaient que de petits villages épars. Serin et son père en avaient donc conclu que les Ithicaniens étaient peu nombreux, une bande de rustres violents et entièrement dévoués à leurs besoins primitifs et à la défense acharnée de leur pont. Ça ne faisait pas longtemps que Lara se trouvait sur l'île, mais elle soupçonnait déjà que cette conclusion était erronée.

Elle n'avait pas oublié ce que lui avait dit Aren en haut de la tour de guet. *« Le pont… Il représente tout pour Ithicana. Et Ithicana représente tout pour moi. »*

Elle avait perçu une émotion sincère dans sa voix. Il y avait des civils dans ce royaume, des innocents qu'Aren tenait à protéger, et l'entraînement de Lara lui soufflait que là résidait la faille dans l'armure d'Ithicana. Elle n'avait plus qu'à découvrir où ils se cachaient et à trouver un moyen d'exploiter cette information… puis à la faire parvenir à Maridrina.

Elle avait déjà envoyé une lettre à son père, une missive dénuée de tout code et sans intérêt pour les Ithicaniens, qui n'avaient sûrement trouvé aucune raison de la confisquer. Elle avait voulu s'assurer qu'Aren l'autoriserait bel et bien à correspondre avec son père avant de chercher à faire passer des informations confidentielles sous le nez des décodeurs de l'île sud.

Aren lui apporta la preuve de sa bonne foi en venant lui remettre en personne la réponse de son père.

Elle l'avait vu approcher par la fenêtre, trempé par une récente averse, et elle s'était prise à se demander, une fois de plus, ce qu'il faisait de ses journées. La plupart du temps, il revenait mouillé jusqu'à l'os, couvert de boue et suant, les traits tirés par la fatigue. Elle avait presque envie d'aller à sa rencontre les jours où elle doutait de sa propre stratégie et où elle craignait de l'avoir complètement écœuré. Mais son instinct lui soufflait qu'elle avait fait le bon choix en le forçant à venir à elle.

— Vous avez du courrier, dit-il en jetant sur ses genoux quelques feuilles de papier.

Il avait pris un bain et enfilé des vêtements secs avant de la rejoindre, mais sa lassitude se voyait encore sur son visage.

— Vous l'avez lu, j'imagine.

Elle déplia la lettre et reconnut aussitôt l'écriture anguleuse de Serin quand il imitait la main de son père. Elle en éprouva un infime élan de déception. Évidemment, que c'était lui qui s'en était chargé. C'était lui qui connaissait les codes, pas son père. Elle reposa la lettre. Elle n'avait pas envie de la lire tout de suite.

— Naturellement. Et, histoire de vous faire gagner du temps, mes agents ont déchiffré le pitoyable code de l'original. La transcription est au verso de la dernière page. Je veux bien fermer les yeux pour cette fois, parce que la fourberie n'émanait pas de vous, mais je ne vous accorderai pas d'autre chance.

C'était bien la peine que Serin lui enseigne le code infaillible de Marylyn... Lara retourna la feuille.

— « Content de savoir que tu vas bien, ma très chère fille. Écris-nous s'ils te maltraitent, et nous riposterons », lut-elle à voix haute.

Aren s'esclaffa.

— Qu'est-ce que vous croyiez ? lança-t-elle en relevant les yeux vers lui. Qu'il allait se désintéresser de mon sort dès que je serais entre vos mains ?

— En gros, oui. Il a obtenu ce qu'il voulait.

— Eh bien, vous voilà détrompé. (Et elle aussi. Elle savait désormais qu'il serait extrêmement périlleux de faire parvenir des informations utiles à Maridrina.) Vous pourriez peut-être lui écrire en personne pour le rassurer quant à vos intentions.

— Je n'ai pas le temps de jouer les correspondants avec votre père ou... (Il reprit la lettre.) ... avec le Merle, si j'en juge par son écriture.

Malheur ! Ils étaient décidément très doués, ces Ithicaniens. Lara détourna le regard.

— Votre temps est on ne peut plus précieux, en effet. Je ne voudrais surtout pas vous retenir. Vous avez des obligations, après tout.

Il fit mine de repartir mais se ravisa presque aussitôt. Du coin de l'œil, Lara vit qu'il regardait le jeu de cartes qu'elle avait laissé sur la table.

— Vous jouez ? demanda-t-il.

Une excitation nerveuse s'empara d'elle, comme quand elle s'apprêtait à entrer dans l'arène pour un entraînement. La bataille qui s'annonçait serait d'un autre genre, mais cela ne voulait pas dire qu'elle ne pouvait pas gagner.

— Évidemment, que je joue.

Il hésita avant de poursuivre.

— Ça vous tenterait de faire une partie ?

Elle haussa les épaules et entreprit de battre les cartes en des gestes rapides et précis qui les faisaient claquer entre ses mains.

— Tenez-vous réellement à parier contre moi, Majesté ? Je dois vous prévenir : je suis plutôt douée.

— Encore un de vos nombreux talents ?

Le cœur de Lara s'emballa, et elle se demanda s'il gardait plus de souvenirs qu'elle ne croyait de leur brève rencontre nocturne. Pourtant il se contenta de l'observer un instant avant de s'asseoir en face d'elle et de croiser une cheville sur son genou opposé.

— Vous avez de l'argent à miser, ou je risque de me faire dépouiller quel que soit le score ?

Elle lui décocha un sourire serein.

— Il n'y a pas que l'argent qui compte. Trouvez autre chose à miser.

— Des vérités, alors ?

Lara arqua un sourcil.

— C'est pour les enfants, non ? Qu'allez-vous suggérer ensuite ? Qu'on se lance le défi de courir tout nus dans la maison ?

C'était à ça qu'elle s'attendait, à vrai dire. Les jeux de cartes servaient souvent de prétexte à des tentatives de séduction, comme l'avait enseigné Mezat, maîtresse en arts de la chambre de Lara et ses sœurs. D'après elle, aucun homme n'hésiterait à risquer ses propres vêtements dans l'espoir d'apercevoir une paire de seins nus. Enfin… aucun homme, sauf le roi d'Ithicana.

— Non. La course à poil, c'est beaucoup plus marrant pendant la saison des tempêtes, quand on a la foudre aux fesses.

Lara se remit à battre les cartes en secouant la tête.

— À quoi on joue ? Au poker ?

Elle préférait choisir un jeu où elle avait peu de chances de perdre.

— Et pourquoi pas une partie de triomphe ?

— C'est un jeu de chance plus que de réflexion.

— Oui, je sais, rétorqua-t-il sur un ton de défi.

Lara n'était pas du genre à refuser un défi, alors elle haussa les épaules.

— D'accord. On va jusqu'à neuf ?

— Pas drôle. Je vous propose une vérité chaque fois qu'on dévoile un atout.

Elle se mit à imaginer toutes les questions qu'elle pourrait lui poser… puis toutes ses questions, à lui, et ce qu'elle trouverait à lui répondre.

Aren se pencha en arrière pour saisir sur un buffet une bouteille de liquide ambré. Il but une gorgée au goulot puis la posa devant Lara.

— Histoire de corser un peu l'affaire.

Lara inclina la tête.

— Il y a des verres, vous savez.

— Ça fera moins de travail à Eli.

Elle leva les yeux au ciel mais attrapa la bouteille. Le brandy lui brûla la gorge, cependant elle n'en laissa rien paraître et se mit à distribuer les cartes. Un juron lui échappa quand Aren retourna l'atout.

— Bon… Je vous écoute, dit-elle.

Aren reprit la bouteille et dévisagea Lara d'un air pensif. Elle sentit son cœur s'emballer. Il pouvait lui poser un millier de questions auxquelles elle ne saurait pas répondre, ou qui la forceraient à mentir. Alors elle serait condamnée à filer ces mensonges pour le restant de ses jours à Ithicana et, plus elle en accumulerait, plus elle risquerait de se prendre les pieds dedans.

— Quelle est… (Il but une gorgée de brandy.) … votre couleur préférée ?

Lara cilla. Son cœur fit un bond puis recouvra son calme, mais elle se détourna du regard noisette d'Aren, les joues en feu.

— Le vert.

— Merveilleux. Il y en a partout, ici. Je n'aurai pas besoin de vous couvrir d'émeraudes.

Lara s'esclaffa doucement et lui tendit les cartes, qu'il battit rapidement avant de distribuer.

Cette fois, ce fut elle qui gagna.

— Je ne vais pas vous poser de questions futiles, déclara-t-elle en lui prenant la bouteille des mains. (Elle devait se montrer stratégique. Il ne s'agissait pas tant de découvrir les secrets du pont que de comprendre l'homme qui gardait ces secrets tout contre son cœur.) Avez-vous éprouvé du plaisir à tuer ces maraudeurs ? Et à les regarder mourir ?

Aren tressaillit.

— Vous m'en voulez toujours pour ça ?

— Il va me falloir plus que quinze jours pour oublier le massacre – de sang-froid – d'un équipage entier.

— Je comprends. (Aren se redressa contre le dossier de sa chaise, le regard dans le vide.) Du plaisir, articula-t-il lentement, comme pour mieux savourer ce mot. Non, pas de plaisir, conclut-il en secouant la tête. Mais il y a une certaine satisfaction à voir mourir ces scélérats.

Lara garda le silence et, un instant plus tard, elle en fut récompensée.

— J'ai commencé à servir à la garnison de cette île quand j'avais quinze ans, et j'en suis devenu le commandant quand j'en ai eu dix-neuf. Je ne saurais même plus vous dire combien d'attaques nous avons dû repousser au cours des dix dernières années, mais je me souviens très précisément des treize fois où nous sommes arrivés trop tard… et où nous avons trouvé des familles entières décimées. Tout ça pour quoi ? Un peu de poisson ? Nos villageois ne possèdent rien de profitable, alors les agresseurs se vengent en les privant de leur vie.

Lara posa les mains à plat sur ses cuisses.

— Mais alors, pourquoi est-ce qu'ils s'acharnent ?

— Ils pensent que ces pauvres gens leur révéleront un moyen d'accéder au pont, mais les civils d'Ithicana n'utilisent pas le pont. Ils n'en connaissent pas les secrets. On pourrait croire que nos ennemis auraient compris, depuis le temps. Ou peut-être qu'ils ont compris, justement… (Son visage se tordit en une grimace.) Peut-être qu'ils les tuent par plaisir.

Leurs doigts s'effleurèrent lorsqu'il lui passa le jeu de cartes. Ceux d'Aren étaient chauds contre la peau glaciale de Lara. Il remporta la manche suivante.

— Puisqu'on en est aux questions difficiles… (Il se tapota le menton.) Quel est votre pire souvenir ?

Elle en avait au moins cent… et peut-être même mille. Elle avait abandonné ses sœurs au milieu du sable et des flammes. Elle avait vu Erik, l'homme qu'elle considérait comme un père, se donner la mort sous ses yeux parce qu'il l'avait crue capable de les assassiner. Elle avait passé des semaines seule au fond d'un trou. Elle avait été affamée, battue. Elle avait dû se battre pour sauver sa peau pendant que ses maîtres lui assuraient que c'était pour la rendre plus forte, pour lui apprendre à endurer n'importe quoi. *« Nous faisons ça pour vous protéger »*, leur avaient-ils répété, à elle et à ses sœurs. *« Si vous voulez quelqu'un à détester, à blâmer, ne regardez pas plus loin qu'Ithicana – que son roi. Sans ces îles, et sans lui, rien de tout ceci ne serait nécessaire. Anéantissez ce royaume, et les jeunes Maridriniennes n'auront plus jamais à souffrir ce genre d'entraînement. »*

Ces souvenirs réveillèrent quelque chose de profondément ancré en elle, une vague irrationnelle de rage, de fureur et de peur – une haine farouche pour cet endroit et, surtout, pour l'homme assis en face d'elle.

Lentement elle s'efforça de ravaler ces émotions mais, en relevant la tête, elle comprit qu'Aren les avait vues passer sur son visage.

Accorde-lui une vérité.

— Je suis née dans le harem de Vencia, où je vivais avec ma mère et avec les autres femmes, qui avaient aussi de jeunes enfants. Après la signature du traité, mon père a envoyé dans le désert toutes les filles qui avaient l'âge adéquat. C'était pour les – pour nous – protéger contre Valcotta, Amarid, ou d'autres ennemis qui auraient pu vouloir enrayer le processus de paix. J'avais cinq ans. (Elle déglutit. Elle ne gardait qu'une image brouillée de ce souvenir, mais les odeurs et les sons lui étaient restés en mémoire avec une précision horrible.) Personne n'a été prévenu. J'étais en train de jouer quand les soldats m'ont attrapée. Je me souviens d'avoir essayé de leur donner des coups de pied. Je hurlais. Ils empestaient la sueur et le vin. J'en ai vu d'autres plaquer ma mère au sol. Elle se débattait pour essayer de ramper vers moi, de les empêcher de m'emmener. (Les paupières brûlantes, Lara chassa ses larmes avec une gorgée de brandy… puis une autre.) Je ne l'ai jamais revue.

—Je n'appréciais déjà pas beaucoup votre père, souffla Aren. Maintenant, je l'estime encore moins.

—Le pire, c'est que… (Elle s'interrompit, les yeux fermés, comme si elle espérait voir quelque chose derrière ses paupières.) … j'ai oublié à quoi ressemblait ma mère. Je ne suis même pas sûre que je la reconnaîtrais si je la croisais dans la rue.

—Moi, je pense que si.

Lara se mordit les joues, horrifiée que ce soit lui, son ennemi juré, qui trouve les mots pour la consoler. *C'est à cause de lui que tu as été arrachée à ta mère. C'est sa faute, à lui.*

Un coup frappé à la porte fit sursauter Lara et la tira de ses souvenirs.

—Entrez, lança Aren.

La porte s'ouvrit sur une jeune femme bardée d'armes diverses. Elle avait de longs cheveux noirs tirés en une queue-de-cheval haute et rasés sur les côtés – un style très répandu chez les guerrières d'Ithicana –, et de beaux yeux gris clair. Elle mesurait une demi-tête de plus que Lara, et ses bras secs et musclés étaient zébrés de vieilles cicatrices.

—Je vous présente Lia. Elle fait partie de ma garde d'honneur. Lia, voici Lara…

—… notre reine. (La jeune femme inclina la tête.) C'est un honneur de faire votre connaissance, Majesté.

Lara la salua en retour. Elle éprouvait une vive curiosité pour ces femmes soldats. Silas Veliant avait dit à Lara et à ses sœurs qu'elles seraient sous-estimées à cause de leur sexe, mais les femmes d'Ithicana semblaient tout aussi respectées que les hommes.

Lia reporta son attention vers son roi et lui tendit une feuille de papier pliée.

— La fin de la saison a été déclarée.

— Oui, j'ai entendu les cors. C'est deux semaines plus tôt que l'an dernier.

Lara saisit sa propre lettre. Ils en diraient peut-être davantage s'ils la croyaient distraite. Serin mentionnait Rask, le frère aîné de Lara et l'héritier du trône. Apparemment il s'était battu avec bravoure lors d'un tournoi, et le Merle s'était appliqué à décrire la scène en détail. Sauf que Lara s'en fichait complètement ; elle n'avait jamais rencontré son frère. L'agent ithicanien qui avait déchiffré le message avait entouré toutes les lettres qui faisaient partie du code, et Lara se rendit vite compte que ce n'était pas celui de Marylyn. Elle relut le document et dut réprimer un sourire en reconnaissant le système élaboré par sa sœur aînée. Les Ithicaniens n'étaient pas infaillibles, après tout.

Mais son sourire intérieur se fana quand elle comprit le contenu du message. Les marchands maridriniens ne recevaient que des légumes gâtés, des grains moisis et du bétail malade, alors que les navires valcottiens repartaient de l'île sud chargés de produits de bonne qualité.

Serin lui avait expliqué la teneur des accords commerciaux qui allaient de pair avec le traité. Maridrina ne payait plus d'impôts sur les biens achetés sur l'île nord, qui étaient ensuite acheminés jusqu'à l'île sud, toujours sans la moindre taxe. À première vue, c'était une concession de prix pour Ithicana, et un avantage énorme pour Maridrina. Sauf que, si les produits en question se détérioraient pendant le trajet, c'était désormais à Maridrina d'en faire les frais. Si les céréales achetées sur l'île nord moisissaient avant d'arriver à l'île sud, ce n'était plus le problème d'Ithicana. Alors ce n'était pas étonnant que Maridrina reçoive les produits avariés, puisque c'était Ithicana qui en assurait le transport. Les pages se froissèrent légèrement sous la poigne de Lara. Elle redressa la tête en entendant la voix d'Aren.

— … bien obligés, si c'est ce qu'elle veut.

Lia acquiesça avant de les saluer d'un geste.

— Je vous laisse.

Lara suivit la guerrière des yeux tout en essayant de masquer ses émotions. Le message de Serin ne la surprenait pas, mais elle n'en restait pas moins horrifiée que l'homme assis en face d'elle, à jouer tranquillement aux cartes, puisse s'ingénier à causer du tort à son peuple.

Les cartes claquèrent sur la table. Une nouvelle manche. Une nouvelle vérité.

Lara retourna les siennes et, en voyant que sa main était bonne, réfléchit à ce qu'elle pourrait lui demander d'utile. Mais, quand elle gagna, ce fut une question complètement différente qui franchit ses lèvres.

— Comment vos parents sont-ils morts ?

Aren se raidit, puis se passa une main dans les cheveux et se pencha vers elle pour reprendre la bouteille, qu'il vida d'un trait.

Lara lui laissa tout son temps. Elle avait certes échoué à dénicher des cartes mais elle avait trouvé toutes sortes d'objets plus personnels. Des croquis représentant le roi et la reine précédents, où la ressemblance était flagrante entre Aren et Ahnna et leur ravissante mère. Un coffret de souvenirs gardés comme autant de trésors : des dents de lait dans un petit flacon, des portraits maladroits, des lettres écrites d'une main enfantine… Il y avait aussi de petites figurines taillées dans le bois, avec le nom d'Aren gravé à la base. Cette famille avait été bien différente de la sienne.

— Ils se sont noyés lors d'une tempête, finit-il par déclarer sèchement. Enfin, mon père s'est noyé. Ma mère était sûrement déjà morte.

Elle devina que c'était beaucoup plus compliqué que ça, mais visiblement il n'avait pas envie de lui en dire davantage. Et puis, il semblait se lasser de ce stupide jeu de chance. Lara redistribua les cartes et gagna une fois de plus.

Tu l'as secoué, et il a bu. C'est le moment ou jamais.

— C'est comment, à l'intérieur du pont ? demanda-t-elle en regardant tour à tour les cartes, la bouteille vide et les mains d'Aren posées sur les accoudoirs.

Ses mains fortes, compétentes… Lara sentit sa peau s'échauffer au souvenir de ses caresses légères, du goût de ses lèvres contre les siennes. Puis elle refoula ces impressions lorsque d'autres parties de son corps s'embrasèrent à leur tour.

Aren plissa les yeux, toute ébriété envolée.

— Inutile de vous préoccuper de ce à quoi ressemble le pont. Vous n'aurez jamais l'occasion d'y mettre les pieds. (Il se leva.) Ma grand-mère souhaite vous rencontrer et, quand elle veut quelque chose, elle l'obtient. Nous partons demain matin, à l'aube… et en bateau.

Il se pencha sur elle, les mains posées sur les accoudoirs de sa chaise, les muscles de ses bras saillants à la lueur des lampes. Il cherchait à l'intimider, à l'image de ce maudit royaume qui terrorisait ses voisins.

— Que les choses soient claires, Lara. Ithicana ne détiendrait pas le pont depuis des siècles si on s'amusait à en trahir les secrets après une bouteille de brandy. Alors, si c'était ça, votre intention, vous allez devoir faire preuve d'un peu plus d'imagination. Non. J'ai une meilleure idée : oubliez que le pont existe. Ça nous facilitera la vie à tous.

Lara se cala contre le dossier de sa chaise et, sans détourner les yeux, remonta les jupes de sa robe jusqu'en haut de ses cuisses. Elle vit le regard brûlant d'Aren trouver une nouvelle cible. Alors elle leva une jambe et posa son pied nu contre le torse du roi, qui ne put s'empêcher de suivre des yeux la courbe de sa cheville à son genou, jusqu'à ses sous-vêtements de soie.

— Vous savez ce que vous pouvez en faire, de votre pont ? demanda-t-elle d'une voix douce. Vous pouvez vous le carrer au cul. (Il écarquilla les yeux lorsqu'elle déplia la jambe et le força à reculer. Puis elle saisit son livre et l'ouvrit tout en rajustant ses jupes.) Je vous verrai à l'aube. Bonne nuit, Majesté.

Elle crut entendre un léger gloussement mais se refusa à lever la tête, même quand il lui souhaita bonne nuit et sortit de la pièce.

Chapitre 13

Aren

Cela faisait au moins dix minutes que Vitex serpentait en ronronnant entre les chevilles d'Aren pour lui réclamer des caresses, sans se laisser décourager par l'immobilité du roi.

La feuille encore presque blanche semblait le narguer, posée devant lui sur son bureau, avec ses bordures dorées qui brillaient à la lumière des lampes. Il avait rédigé la formule de politesse en usage pour saluer Silas Veliant, roi de Maridrina, puis il avait calé. Il avait eu l'intention d'accéder à la requête de Lara et d'entamer une correspondance avec Silas pour l'assurer du bien-être de sa fille, mais à présent qu'il se retrouvait la plume à la main et qu'une goutte d'encre menaçait d'éclabousser le coûteux papier, il ne savait plus quoi écrire.

Essentiellement parce que Lara demeurait une énigme. Il avait cherché à en apprendre un peu plus sur sa véritable nature lors de ce stupide jeu de cartes. À présent qu'il savait comment elle avait été arrachée à sa mère, il était évident que, si elle était une espionne, ce n'était pas par amour pour son père, ce qui ne signifiait pas qu'elle était innocente. La loyauté pouvait s'acheter, dans une certaine mesure, et Silas en avait largement les moyens.

Agacé de voir ses idées tourner en rond, Aren reposa sa plume en soupirant. Il saisit la petite écritoire et tira sur le côté pour révéler un étroit tiroir secret, où il cacha la lettre à peine entamée. Il s'y remettrait une fois qu'il serait absolument certain de pouvoir garantir le bien-être de Lara.

Puis il caressa la tête de son chat avant de ressortir dans le couloir. Eli leva les yeux de l'argenterie qu'il polissait.

— Vous retournez à la caserne, Majesté ?

C'était une idée bien tentante, d'aller rejoindre ses soldats pour boire autour d'un feu de camp et jouer à de vrais jeux de cartes, mais tout le monde se demanderait alors pourquoi il ne passait pas ses nuits avec sa nouvelle femme.

— Non, je vais juste me promener le long des falaises.

— Dans ce cas, je laisserai une lampe allumée, Majesté, déclara le garçon en se remettant au travail.

Sans s'encombrer d'une lanterne, Aren descendit l'étroit sentier jusqu'à un endroit où des rochers dénudés surplombaient l'océan. Les vagues s'écrasaient à ses pieds en une danse infatigable, se retiraient en sifflant pour mieux revenir à la charge et marteler la falaise. Aren se laissa bercer par leur rugissement féroce et paisible à la fois, les yeux rivés sur les flots plongés dans le noir.

Il s'allongea avec un petit grognement, et l'eau accumulée dans les creux de la roche eut vite fait de tremper ses vêtements tandis qu'il scrutait la nuit. Le ciel était une tapisserie de nuages et d'étoiles que nulle lumière artificielle ne venait atténuer. Ses concitoyens, même les civils, savaient que ce n'était pas prudent, surtout pendant la saison claire. C'était la période de l'année où les tempêtes se calmaient et où Ithicana n'était plus protégée. Alors son royaume devait se défendre par les armes, la ruse et les secrets.

Cela changerait-il un jour ? Était-ce simplement possible ?

Il inspira et sentit des feuilles de papier se froisser doucement contre sa poitrine. C'étaient ces pages qui l'avaient poussé à rechercher la compagnie de Lara ce soir-là. Deux ordres d'exécution.

Deux filles de quinze ans avaient volé un bateau, apparemment dans le but de fuir Ithicana. S'il en croyait les informations glanées auprès de leurs amis, elles avaient prévu de mettre le cap sur Harendall, au nord.

C'étaient ces jeunes filles qui allaient être exécutées. Leur crime : avoir trahi leur pays.

Il était interdit aux civils de quitter Ithicana. Seuls des espions bien entraînés en avaient le droit, et toujours avec la consigne de se donner la mort plutôt que de révéler les secrets de leur patrie s'ils se faisaient capturer. Les officiers de son armée étaient les seuls à connaître tous les points d'accès au pont, mais il était impossible de cacher toutes les défenses du royaume à ceux qui habitaient ses îles, et tout le monde était au courant de l'existence d'Eranahl. C'était pour cette raison que tout civil qui tentait de s'échapper était flagellé à mort, et que quiconque y parvenait était traqué sans pitié.

Or, les traqueurs d'Ithicana finissaient toujours par débusquer leur proie.

Quinze ans… Aren serra les dents pour endiguer la nausée qui lui tordait le ventre. Le rapport n'expliquait pas pourquoi les jeunes filles avaient fui. Ce n'était pas nécessaire. À quinze ans, elles venaient d'être affectées à leur première garnison, où elles devraient affronter leurs premières marées guerrières. Plutôt que d'être forcées à se battre, elles avaient choisi de tout risquer pour s'enfuir – pour trouver un nouveau chemin, une nouvelle vie.

Et il était censé ordonner leur exécution pour les punir de ce crime.

Ses parents ne se disputaient pas souvent, mais cette loi en particulier avait eu le don de leur faire élever la voix et claquer les portes. Sa mère se mettait alors à arpenter la maison avec une fureur telle qu'Ahnna et lui tendaient l'oreille, par peur que sa colère ne déclenche une de ses crises et que son cœur ne cesse de battre. Il ferma les yeux et entendit l'écho de sa voix tandis qu'elle fustigeait son père.

— *Nous ne sommes qu'une immense cage, une prison où nous nous enfermons nous-mêmes ! Tu ne le vois donc pas ?*

— *C'est le seul moyen de sauvegarder Ithicana !* rétorquait son père. *Si on se relâche, c'en sera fini de notre pays. Nos voisins nous déchireront dans leur lutte pour s'emparer du pont.*

— *Ça, tu n'en sais rien. Les choses pourraient peut-être changer, si on se donnait la peine d'essayer.*

— Ceux qui nous attaquent chaque année semblent indiquer le contraire, Delia. Il n'y a qu'ainsi qu'on peut assurer la sécurité de notre peuple.

— La sécurité, ce n'est pas la vie, chuchotait invariablement sa mère. *Ils méritent tellement mieux que ça !*

Aren secoua la tête pour chasser ce souvenir, mais ce dernier se contenta de prendre un peu de recul pour mieux le torturer.

S'ils permettaient aux civils d'Ithicana d'aller et venir à leur guise, les moindres secrets du royaume finiraient par s'ébruiter. Aren le savait pertinemment. Mais, si Ithicana forgeait des alliances solides avec Harendall et Maridrina, les conséquences de ces fuites seraient beaucoup moins problématiques. Les navires de ces deux royaumes pourraient renforcer les défenses du pont, ce qui permettrait à nombre de ses citoyens de choisir d'autres voies que l'armée. Ils pourraient voyager, s'éduquer, puis revenir pour partager cette nouvelle culture. Quant à lui, il ne serait plus obligé de faire exécuter des enfants.

Sauf que les générations plus âgées restaient farouchement opposées à ce genre de projet. Elles n'avaient connu que la guerre et s'étaient braquées contre tout étranger, figées par la haine et la peur. Il avait besoin de Lara s'il voulait inverser cette tendance et amener les Ithicaniens à voir les Maridriniens comme des alliés et non des ennemis. Il voulait les convaincre de se battre pour un avenir meilleur, sans se laisser intimider par les risques.

Parce qu'il était hors de question qu'ils continuent sur cette lancée.

Aren se redressa, sortit les documents de sa poche et entreprit de les déchirer. La brise emporta les morceaux de papier vers la mer.

Soudain il entendit du bruit dans les buissons et se releva d'un bond, l'arme au poing. Eli surgit en courant et s'arrêta devant lui en dérapant sur les rochers.

— C'est la reine, Majesté, lança-t-il, hors d'haleine. Elle a besoin de votre aide.

Chapitre 14

Lara

Des mains brutales plaquaient ses poignets contre la table. Un épais tissu lui couvrait les yeux, le nez et la bouche.

On versait de l'eau sur elle, sans répit.

Brusquement, le torrent se tarit.

— Qui t'a envoyée à Ithicana, et pourquoi ? chuchotait une voix à son oreille. Quelle est ta mission ? Qu'est-ce que tu veux ?

— Je veux remplir mes devoirs d'épouse, devenir reine, toussa-t-elle en luttant pour se libérer. Je ne veux que la paix.

— Menteuse ! souffla la voix qui la faisait trembler de peur. Espionne.

— Non.

— Avoue !

— Je n'ai rien à avouer.

— Menteuse !

L'eau se remit à couler, et elle recommença à se noyer, incapable d'avouer la vérité pour sauver sa peau. Incapable de respirer.

Il y avait du sable sous ses doigts, froid et sec. Elle n'arrivait pas à bouger. Ses poignets et ses chevilles étaient ligotés, la corde passée autour de sa taille. Elle était ficelée comme un cochon de lait.

Dans le noir.

Elle roula et se cogna contre un mur. Du sable lui tomba sur la tête, tirant ses cheveux en arrière. Elle roula dans l'autre sens – pareil.

Pas d'issue.

Sauf le ciel.

Pétrifiée par la peur, elle leva lentement les yeux vers les silhouettes sans visage qui se penchaient sur elle.

Elles étaient si loin ! Ses poignets étaient tout écorchés tant la corde était serrée ; elle n'arriverait jamais à grimper.

— Pourquoi es-tu venue ici ? Quelle est ta mission à Ithicana ? Es-tu l'espionne de ton père ?

— Je suis venue pour être reine. (Elle avait la gorge sèche, brûlante. Elle avait tellement soif !) J'incarne le traité de paix. Je ne suis pas une espionne.

— Tu mens.

— Non !

Elle étouffait.

Elle était assise sur une chaise, les poignets ligotés dans son dos. Elle s'était arraché les ongles à tenter de desserrer la corde, et des gouttes de sang chaud lui chatouillaient les paumes. Elle avait les yeux bandés mais elle sentait des flammes toutes proches.

— Ce qu'ils te feront à Ithicana sera encore pire, Lara, menaçait la voix de Serin. Bien, bien pire.

Il lui chuchotait des horreurs, et elle se mit à hurler. Il fallait qu'elle s'enfuie, qu'elle se sauve.

— Tes sœurs aussi subiront des supplices, chantonnait-il.

Il arracha le tissu qui lui couvrait la tête, et elle vit le feu dans ses yeux. Un feu ardent, incandescent.

— Je t'interdis de toucher à mes sœurs ! cria-t-elle. Je ne te laisserai jamais toucher à un cheveu de leur tête.

Sauf que c'était Marylyn qui approchait des charbons ardents de ses pieds nus, pas Serin. C'était Sarhina qui, le visage noyé de larmes, lui passait une corde au cou.

Et c'était Lara qui brûlait. Ses cheveux, ses vêtements, sa chair.

Elle étouffait.

Une main forte la secouait.

— Lara ? Lara !

Lara replia le bras et saisit la poignée de son couteau, mais elle se retint juste à temps en découvrant le visage d'Aren.

— Vous avez fait un cauchemar. Eli est venu me chercher quand il a entendu vos cris.

Un cauchemar. Lara inspira longuement, puisant un semblant de calme tout au fond de son âme. C'est alors qu'elle remarqua la porte qui pendait de travers et le bois éclaté autour du verrou, qui gisait en morceaux par terre. Aren portait les mêmes vêtements que plus tôt, mais ses cheveux mouillés étaient collés à son front.

Lara se força à détourner le regard et tendit la main vers son verre d'eau. Le brandy avait laissé un goût amer dans sa bouche.

— J'ai déjà tout oublié, mentit-elle.

Elle croyait encore sentir l'odeur des cheveux brûlés. Ces cauchemars n'étaient pas des rêves, mais les souvenirs de ses séances d'entraînement. Avait-elle dit quelque chose d'incriminant ? S'était-il rendu compte qu'elle avait glissé une main sous son oreiller pour attraper son arme ?

Aren hocha la tête, mais son air soucieux lui donna l'impression qu'il ne la croyait pas. Les draps trempés de sueur se décollèrent de sa peau lorsqu'elle se pencha pour saisir le pichet d'eau fraîche et remplir son verre. Elle savait pertinemment que sa chemise de nuit lui couvrait à peine les seins et espérait que ce soupçon de nudité suffirait à le distraire.

— Qui est-ce qui vous a fait ça ?

Lara se figea, certaine qu'elle avait hurlé des mots susceptibles d'éveiller ses soupçons. Elle jeta un rapide coup d'œil vers la porte pour calculer ses chances de s'enfuir, puis elle sentit les doigts d'Aren effleurer dans son dos des lignes familières – les cicatrices sur lesquelles Sarhina avait passé de l'huile chaque soir pendant des années, jusqu'à ce qu'il n'en reste plus que de fines lignes blanches.

— Qui vous a fait ça ? insista-t-il avec une chaleur qui lui donna la chair de poule.

C'était Serin qui avait donné l'ordre de la punir pour s'être échappée et aventurée dans le désert afin de voir passer une caravane qui transportait des marchandises en direction de Vencia. Elle avait reçu une dizaine de coups de fouet, ponctués par les cris de Serin lui rappelant qu'elle leur avait fait courir un risque insensé. Lara n'avait jamais compris pourquoi il s'était mis dans une telle rage. Les caravanes n'auraient eu aucune chance de l'apercevoir, et elle était simplement curieuse.

— Mes professeurs étaient sévères, murmura-t-elle. Mais c'était il y a bien longtemps, et j'oublie souvent ces cicatrices.

Loin d'apaiser Aren, cela parut le mettre en colère.

— Comment peut-on infliger un tel traitement à une enfant ?

Lara ouvrit la bouche mais la referma aussitôt parce qu'elle n'avait pas de réponse. Toutes ses sœurs avaient subi des punitions de ce genre, mais pas aussi souvent qu'elle.

— J'étais désobéissante, dit-elle.

— Et ils pensaient pouvoir vous dompter à force de coups de fouet ? rétorqua Aren d'une voix glaciale.

Lara ramena le drap sur elle sans répondre. Elle se méfiait de ses émotions.

— Si ça peut vous rassurer, personne ne lèvera jamais la main sur vous à Ithicana. Vous avez ma parole. (Il se releva, sa lampe à la main.) L'aube approche. Essayez de dormir un peu.

Il ressortit de la chambre et tira la porte cassée derrière lui.

Allongée sur le dos, bercée par le crépitement apaisant de la pluie contre la fenêtre, Lara sentait encore les doigts d'Aren effleurer sa peau nue. Elle entendait encore le ton sans appel sur lequel il lui avait assuré que personne à Ithicana ne la frapperait jamais. Cette promesse jurait complètement avec ce qu'elle savait de lui et de son royaume. *Sa parole ne vaut rien*, se rappela-t-elle. Il avait promis un accord de libre-échange à Maridrina, mais au lieu de ça, son pays se retrouvait avec de la viande avariée.

Sa mission était de découvrir un moyen d'accéder au pont, de contourner les défenses d'Ithicana et de s'emparer de cette structure convoitée de tous. Or, justement, Aren s'apprêtait à l'emmener sur une autre île. Avec un peu de chance, elle verrait comment les Ithicaniens voyageaient, où ils mettaient leurs bateaux à l'eau et où les simples civils vivaient. C'était le premier pas vers une invasion réussie – une invasion qui rétablirait la prospérité de Maridrina.

Concentre tous tes efforts là-dessus, et sur ce que ça représente pour ton peuple.

Pourtant, elle avait beau respirer profondément, elle ne parvenait pas à calmer les battements affolés de son cœur. Elle finit par se lever et alla se placer sur le seuil de l'antichambre. Là, elle sauta pour saisir le linteau de la porte et, les ongles plantés dans le bois, se hissa jusqu'à ce que son menton touche le montant, puis s'abaissa lentement. Elle répéta ce mouvement trente, quarante, cinquante fois, jusqu'à avoir les muscles en feu. Elle imaginait que ses sœurs suaient à côté d'elle tandis qu'elles s'encourageaient les unes les autres.

Puis elle se laissa retomber et s'allongea sur le dos pour travailler ses abdominaux. Ils se mirent à brûler quand elle dépassa la centaine, mais elle compta jusqu'à deux cents, puis encore. Il faisait plus chaud dans le Désert rouge, cependant il pesait sur Ithicana une humidité étouffante. Elle transpirait à grosses gouttes mais continua à enchaîner un exercice après l'autre, parce que la douleur de ses muscles chassait les pensées importunes plus efficacement que toute forme de méditation.

Lorsque Clara vint frapper à sa porte avec une tasse de café fumant et un plateau chargé de victuailles, Lara était affamée. Tant pis si la servante remarquait ses vêtements trempés de sueur et sa figure cramoisie.

Elle but son café entre deux bouchées, sans ralentir, et prit un bain avant de remettre les vêtements qu'elle avait enfilés pour s'aventurer dans la jungle, jusqu'à la paire de lourdes bottes. Puis elle passa ses couteaux à sa ceinture et tressa ses longs cheveux en une simple natte. La lumière de l'aube se profilait autour des rideaux lorsqu'elle sortit de sa chambre.

Elle trouva Eli en train de balayer le couloir.

— Il vous attend dehors, Majesté.

Aren se tenait devant la porte, en effet, et Lara prit un instant pour l'observer par les fenêtres de l'entrée. Il était assis sur la dernière marche du perron, les coudes calés derrière lui. Sa tunique à manches courtes dévoilait ses muscles puissants sous ses protections d'acier. Le soleil levant – que, pour une fois, aucun nuage n'atténuait – faisait briller toutes les armes fixées sur sa personne. Lara baissa les yeux sur ses deux pauvres couteaux avec une grimace jalouse.

Puis elle poussa la porte et inspira l'air humide à pleins poumons. Elle sentit la saveur salée de la mer, portée par la brise, ainsi que l'odeur de la terre meuble. Une brume argentée flottait parmi les branches de la jungle ; l'air résonnait du bourdonnement des insectes, du chant des oiseaux et des cris d'autres animaux dont elle ne connaissait pas le nom.

Aren se leva et s'éloigna sans la regarder ni mentionner le cauchemar, et elle resta quelques pas derrière lui afin de pouvoir l'observer tandis qu'ils descendaient l'étroit sentier boueux. Il se déplaçait avec la grâce d'un prédateur, sans cesser d'examiner le terrain, les arbres, le ciel, son arc à la main plutôt que calé sur son épaule, comme le portaient les soldats de Maridrina. Aren ne risquait pas de se laisser prendre au dépourvu, et Lara se demanda si, en duel, elle parviendrait à le battre.

— Vous donnez toujours l'impression d'être prête à tuer quelqu'un – moi, j'imagine, lança-t-il soudain.

Lara fronça les sourcils lorsqu'une pierre roula sous sa semelle.

— Je ne savais pas que la reine douairière était encore en vie.

Elle avait toujours cru que le roi et sa sœur étaient les derniers survivants de la lignée d'Ithicana.

— Non, elle est morte. C'est la mère de mon père qu'on va voir, Nana. (Aren tourna la tête vers des buissons où quelque chose venait de remuer.) Or, c'était ma mère, Delia Kertell, qui faisait partie de la lignée royale. Mon père venait d'une famille toute simple, mais il a vite gravi les échelons de l'armée et a été recruté pour la garde d'honneur de ma mère. Il lui a plu, et elle a décidé de l'épouser. Ma grand-mère… c'est une guérisseuse. Elle est même assez réputée, quoique d'autres que moi utilisent souvent d'autres adjectifs pour la décrire – ma sœur, notamment.

— Et pourquoi souhaite-t-elle me voir, exactement ?

— Oh, elle vous a déjà vue.

Lara plissa les yeux.

— Quand vous êtes arrivée ici. Vous dormiez encore. Elle vous a examinée pour s'assurer que vous étiez en bonne santé. Maintenant elle veut vous rencontrer, mais quant à savoir pourquoi... Elle aime se mêler de tout, et tout le monde – y compris moi – a trop peur d'elle pour lui refuser quoi que ce soit.

L'idée qu'une inconnue ait examiné son corps alors qu'elle était inconsciente la perturbait profondément. Elle en eut la chair de poule mais haussa les épaules pour dissimuler sa réaction.

— Elle voulait voir si mon père vous avait envoyé une fille vérolée pour vous condamner à une mort précoce ?

Aren trébucha et fit tomber son arc dans la boue. Il se pencha en grommelant pour le ramasser.

— Ce n'est pas très rapide, comme tentative d'assassinat, mais c'est efficace, ajouta Lara. Et puis, j'ai entendu dire que la déchéance de la victime au cours de ses dernières années – de ses dernières heures – valait bien un peu de patience.

Le roi d'Ithicana écarquilla les yeux avant de se ressaisir.

— Si c'est comme ça que vous comptez m'achever, vous feriez bien de vous dépêcher, avant que les pustules et les croûtes n'aient raison de vos charmes.

— Hum... (Lara fit claquer sa langue avec une déception feinte.) J'espérais attendre que la folie se déclare, histoire de m'épargner les souvenirs d'un tel calvaire, mais enfin... si le devoir m'appelle...

Aren éclata de rire, un son grave et joyeux. Lara ne put s'empêcher de sourire. Ils franchirent un coude du sentier et débouchèrent sur une clairière dominée par une vaste bâtisse devant laquelle une troupe d'Ithicaniens paressaient au soleil.

— C'est la caserne de l'île centrale, expliqua Aren. Ces douze énergumènes sont ma – pardon : notre – garde d'honneur.

La construction de pierre semblait capable d'héberger une bonne centaine d'hommes et de femmes.

— Combien de soldats y a-t-il là-dedans ?

— Suffisamment.

Il traversa la clairière pour aller rejoindre le petit groupe qui les attendait.

— Vos Altesses, lança l'un d'entre eux.

Il s'inclina en une profonde révérence, mais il y avait un certain amusement dans sa voix, comme si ce titre honorifique était rarement utilisé. Grand, fin et tout en muscles, il avait l'âge d'être le père d'Aren, ses cheveux courts d'un brun strié de gris. Lara sonda son regard sombre. Sa voix lui était familière, et un instant plus tard elle reconnut l'homme qui avait exécuté la part ithicanienne de leur mariage.

— Je vous présente Jor, le capitaine de la garde, dit Aren.

— Je suis ravie de vous revoir, déclara Lara. Les soldats ithicaniens ont-ils tous un deuxième emploi, ou êtes-vous une exception ?

Le garde cilla, puis un sourire se dessina sur ses lèvres, et il hocha la tête d'un air impressionné.

— Vous avez bonne oreille, princesse.

— Et vous avez mauvaise mémoire, soldat. Je ne suis plus simplement princesse. Vous vous en êtes assuré vous-même.

Elle passa devant eux et s'engagea sur le sentier qui descendait vers la mer.

Le vieil homme éclata de rire.

— J'espère que tu ne dors que d'un œil, Aren.

— Et avec un couteau sous ton oreiller, renchérit Lia.

Cela fit rire ses camarades, et Aren se joignit à eux. Lara se demanda s'ils savaient qu'ils n'avaient pas encore consommé leur union. D'après les lois de leurs deux royaumes, ils avaient encore le droit de se séparer sans dommage. Elle jeta un coup d'œil par-dessus son épaule et croisa le regard d'Aren, qui se détourna aussitôt tout en écartant rageusement une racine qui lui barrait le chemin.

Il ne leur fallut pas longtemps pour atteindre la petite crique où les bateaux de tailles diverses étaient cachés. C'étaient des pirogues toutes simples, mais avec une ou deux coques supplémentaires fixées à de longues perches, sans doute pour servir de balanciers dans les vagues. Certaines étaient équipées d'un mât et de voiles, et ce fut dans celles-là que les soldats chargèrent leurs armes. Une peur sournoise s'insinua dans le cœur de Lara.

Ces bateaux étaient minuscules comparés à celui sur lequel elle avait fait la traversée de Maridrina à l'île sud, et derrière les falaises qui abritaient la crique, la mer semblait très agitée, avec des crêtes d'écume qui se dressaient furieusement et menaçaient de faire chavirer ces fines embarcations.

Elle se prit à imaginer une dizaine d'excuses pour rester sur la terre ferme, mais c'était précisément pour cela qu'elle se trouvait à Ithicana : pour découvrir un moyen de contourner leurs défenses. Or, Aren s'apprêtait à lui révéler cette information sans qu'elle ait à faire la moindre concession. Elle aurait été bien bête de laisser passer cette chance.

Aren monta à bord d'une pirogue et lui tendit la main. Il n'avait aucun mal à garder l'équilibre malgré les mouvements de l'embarcation sous ses pieds. Lara se mordit les joues sans bouger. Elle sentait son regard sur elle et, lorsqu'il ouvrit la bouche pour parler, elle le devança.

— Je ne sais pas nager, si c'est ce qui vous intrigue.

Cela lui faisait horreur d'admettre une telle faiblesse, et à en juger par le petit sourire d'Aren, il l'avait bien compris.

— Ça doit être la première fois que je rencontre quelqu'un qui ne sait pas nager.

Elle croisa les bras.

— Ce n'est pas franchement nécessaire quand on vit au milieu du désert.

Les soldats s'affairaient sans les regarder – mais sans se gêner pour les écouter.

— Ce n'est peut-être pas plus mal. (Aren se tourna vers l'océan en plissant les yeux.) Vous avez vu ce qui rôde dans ces eaux. La noyade serait sans doute une mort plus facile.

— C'est réconfortant.

Elle refusa de lui prendre la main pour monter dans la pirogue, qui tangua sous son poids. Lara tomba à genoux et se rattrapa au bord.

Aren rit doucement et s'agenouilla à côté d'elle, un carré de tissu noir à la main.

— Ne m'en voulez pas. Certains secrets doivent le rester.

Puis, sans attendre son accord, il lui banda les yeux.

Et merde. Elle aurait dû se douter que ça ne serait pas aussi facile. Mais, heureusement, la vue n'était pas le seul sens capable de glaner des informations, alors elle ne protesta pas.

—Allons-y, lança-t-il.

La pirogue s'éloigna de la plage.

Lara commençait presque à se rassurer – ce n'était pas si terrible, après tout – lorsque l'embarcation se mit à bondir dans tous les sens comme un cheval fou. Ils avaient dû sortir de la crique. Le cœur tambourinant, elle se plaqua au fond de la coque, sans se soucier de ce qu'Aren ou les autres Ithicaniens pourraient bien penser d'elle. Ses vêtements furent vite trempés par les embruns qui les éclaboussaient. S'ils chaviraient, ou si quelqu'un la jetait par-dessus bord, alors tout son entraînement aurait été vain. Elle mourrait.

Puis elle se ferait dévorer.

Cette première vague de terreur fut chassée par une autre, de nausée. Elle avait beau déglutir, elle salivait beaucoup trop. *Contrôle-toi. Tu vas y arriver.* Elle serra les dents et tenta de lutter contre ses haut-le-cœur. *Ne vomis pas*, s'ordonna-t-elle. *Je t'interdis de vomir.*

—Elle va gerber, déclara Jor.

Comme s'il n'attendait que ça, le petit déjeuner de Lara se rebella violemment, et elle trouva le bord de la coque à tâtons pour se pencher par-dessus. Au même moment, une vague fit tanguer le bateau du même côté. Secouée par ses vomissements, Lara lâcha prise et se retrouva la tête dans l'eau. La mer froide se referma autour de son cou, et elle remua les deux bras en vain. Elle imaginait déjà ses poumons s'emplir d'eau salée, des nageoires dorsales l'encercler, une gueule aux dents acérées s'ouvrir sous elle.

Elle avait déjà subi ça. Elle avait été noyée, étouffée, étranglée.

C'était une ancienne terreur, mais avec un nouveau visage.

Elle ne respirait plus.

Des mains saisirent sa tunique et la ramenèrent dans le bateau. Elle se cogna contre quelque chose de solide et chaud, puis quelqu'un souleva le tissu mouillé qui lui couvrait le visage. Elle se retrouva face au regard noisette d'Aren.

— Je vous tiens.

Il la serrait si fort que ç'aurait dû lui faire mal, mais c'était presque aussi rassurant que de sentir la terre sous ses pieds. Derrière lui se dressait le pilier du pont avec l'ouverture à sa base, si proche qu'elle en oublia presque sa peur. Mais Aren lui remit le bandeau sur les yeux, la renvoyant à son obscurité.

Cette brusque perte de vue lui donna le vertige, et des gouttes de sueur se mêlèrent à l'eau qui dégoulinait le long de son visage tandis que son souffle s'affolait.

Elle prit une longue inspiration tremblante pour tenter de gagner l'espace de sérénité où elle avait appris à se réfugier en cas de torture, lorsqu'un des gardes prit la parole.

— Et si on passait par le pont ? C'est un peu cruel, de lui faire ça.

— Pas question, rétorqua Jor.

Pourtant Lara sentit Aren se raidir. Il envisageait la question, justement, et c'était uniquement parce qu'il estimait, lui aussi, que c'était cruel de la terrifier sans raison. Alors elle se laissa envahir par la peur.

Soudain elle ne contrôlait plus rien. Sa terreur la consuma comme une bête féroce. Sa poitrine se comprima, ses poumons se paralysèrent, et des étoiles se mirent à danser derrière ses paupières.

Les vagues ballottaient le bateau dans tous les sens. Les piques plantées dans le sol marin raclaient les renforts métalliques de la coque. Lara s'accrochait à Aren. Seules la force de ce bras qui la maintenait plaquée contre son torse et la sensation de ses ongles plantés dans l'épaule du roi l'empêchaient de sombrer dans la folie.

Elle entendait vaguement le groupe débattre de quelque chose, mais leurs paroles n'étaient qu'un bourdonnement confus à ses oreilles, telle une langue étrangère.

Puis Aren lança un ordre qui trancha ce brouillard :

— Allez ! Et sans discuter !

Les soldats grommelèrent autour d'elle, cependant les renforts d'acier grincèrent contre des rochers et, un instant plus tard, la violente danse des vagues cessa. Ils étaient à l'intérieur du pied du pont, mais la panique de Lara ne reflua pas pour autant. Ils étaient toujours dans l'eau ; elle pouvait encore se noyer.

Elle entendit un flambeau s'embraser et en sentit la fumée. La pirogue se balança doucement tandis que les soldats débarquaient. Lara s'efforça de mémoriser ces détails, mais elle restait obnubilée par toute cette eau qui l'entourait – et par ce qui rôdait dans ses profondeurs.

— Il y a une échelle, dit Aren. (Son menton hérissé d'une barbe naissante lui effleura le front lorsqu'il se déplaça.) Vous pouvez lever les bras pour l'attraper ? Est-ce que vous pensez pouvoir grimper ?

Lara restait paralysée. Elle avait l'impression que des bandes d'acier lui enserraient la poitrine, et chaque expiration lui était douloureuse. Quelque chose frappait la coque à un rythme répétitif, et il lui fallut un long moment pour se rendre compte que c'était parce qu'elle tremblait et que la semelle de sa botte frappait contre le bord. Pourtant elle n'arrivait pas à s'en empêcher. Elle en était réduite à s'agripper au cou d'Aren.

— Je vous promets que je ne vais pas vous laisser tomber, dit-il.

Son souffle était chaud contre son oreille. Tout doucement, Lara parvint à dominer suffisamment sa panique pour lâcher une main et, à tâtons, trouver le métal de l'échelle. Mais elle dut user de tout son courage pour s'écarter d'Aren et poser l'autre main sur l'échelon.

Aren se leva en même temps qu'elle, un bras passé autour de sa taille. Il la soutint le temps qu'elle pose les pieds sur l'échelle.

— C'est haut ? souffla-t-elle.

— Soixante échelons à partir de celui que vous tenez. Je reste derrière vous. Vous ne tomberez pas.

Lara n'entendait que son propre souffle, assourdissant, tandis qu'elle se hissait lentement. Elle était encore parcourue de frissons incontrôlables. Elle n'avait jamais éprouvé une chose pareille, une peur pareille – pas même quand son père était venu chercher Marylyn et qu'elle avait dû regarder la mort en face. Elle continua à grimper jusqu'à ce que quelqu'un la saisisse sous les bras et la hisse de côté pour l'asseoir sur un sol de pierre.

— On va bientôt vous enlever ce bandeau, Majesté, dit Jor. Pas tout de suite, mais bientôt.

Lara s'en fichait presque. Elle sentait une surface solide et stable sous ses mains ; elle pouvait de nouveau respirer.

Elle entendit de la pierre grincer, des bottes approcher, puis deux mains puissantes se refermèrent sur ses épaules. On lui retira le bandeau, et Lara se retrouva face au visage inquiet du roi d'Ithicana. Les soldats se tenaient derrière lui. Trois d'entre eux brandissaient des torches, mais derrière les flammes se déployait un gouffre plus noir qu'une nuit sans lune. C'était une obscurité si complète qu'on aurait pu croire que le soleil n'existait plus.

Ils étaient entrés dans le pont.

Chapitre 15

Lara

— Vous allez bien, Lara ?

Il lui fallut quelques secondes pour entendre la question d'Aren. Elle n'avait d'yeux que pour la pierre grise sous ses pieds, toute tachée de terre et de lichen. Le pont n'était pas constitué de blocs assemblés, comme elle l'avait imaginé. Il se déployait d'un seul morceau, lisse et sans failles, comme du ciment mais… plus solide. Elle n'avait jamais rien vu de tel. L'air était lourd d'humidité et de moisissure, chargé d'une odeur de crottin. Les parois firent résonner la voix d'Aren, répétant sa question jusqu'à ce qu'elle disparaisse dans le long couloir d'encre.

— Lara ?

— Je vais bien.

C'était vrai. Sa panique s'était calmée dès qu'elle avait senti une surface solide sous ses pieds, peu à peu remplacée par une excitation joyeuse. Elle avait réussi. Elle avait trouvé un moyen d'entrer dans le pont.

Tout le monde la regardait. Les soldats changeaient leur arme de main et ajustaient leur paquetage d'un air mal à l'aise. Aren avait cédé face à la terreur de sa femme et lui avait révélé l'un des secrets d'Ithicana. Jor semblait particulièrement mécontent.

L'expression d'Aren demeurait impénétrable.

—Allons-y, et sans tarder. Je ne veux pas manquer la marée au retour. (Il fronça les sourcils.) Pas quand il y a du bétail en transit dans le pont.

Du bétail. Des provisions. D'après la lettre de Serin, les produits de qualité se retrouvaient dans la cale des navires valcottiens plutôt que dans le ventre des Maridriniens.

Jor leva le bandeau qu'il tenait du bout du doigt.

—Mieux vaut lui remettre ça.

Ils se mirent en marche, leurs pas démultipliés par l'écho. Lara avançait une main posée sur le bras d'Aren. Le vent et la mer étaient presque inaudibles au-dehors. Le pont serpentait sans arrêt et montait légèrement par endroits avant de redescendre en pente douce tandis qu'il passait au-dessus des îles d'Ithicana. Il fallait dix jours de marche pour en parcourir toute la longueur, et Lara peinait à imaginer ce que ça devait faire de passer aussi longtemps dans cet espace confiné, sans jamais savoir si c'était le jour ou la nuit, et sans autre issue que les deux gueules de cette bête étrange.

Sauf qu'il y avait d'autres issues ; elle en avait désormais la preuve. Mais combien ? Comment y accédait-on depuis l'intérieur du pont ? Les ouvertures se situaient-elles toujours au niveau d'un pilier, ou aussi ailleurs ? Comment les Ithicaniens faisaient-ils pour savoir où ils se trouvaient ?

Des citoyens de tous les royaumes, commerçants ou voyageurs, empruntaient régulièrement le pont. Ils étaient toujours escortés par des Ithicaniens, mais on ne leur bandait pas les yeux. Serin leur avait appris que les seuls points de repère étaient les indicateurs de distance imprimés dans le sol du pont. Il n'avait pas connaissance d'autres symboles ou signaux, et les Ithicaniens s'empressaient d'effacer toute marque laissée par un visiteur. Ceux ou celles qui se faisaient prendre en flagrant délit se voyaient interdits d'accès à jamais, même s'ils offraient des sommes folles pour se racheter.

Lara savait déjà qu'il ne lui serait pas facile d'obtenir des réponses. Elle devait gagner la confiance d'Aren et, pour cela, elle devait lui donner l'impression de se laisser amadouer.

—Je suis désolée d'avoir… perdu mon calme, murmura-t-elle en espérant que les autres ne l'entendraient pas, même si l'acoustique garantissait le contraire. La mer me… Je n'ai pas…

Elle bredouilla un instant, incapable de trouver les mots pour décrire sa terreur, et finit par renoncer.

—Merci… de m'avoir empêchée de me noyer, et de ne pas vous être moqué de moi.

Avec son bandeau elle n'avait aucun moyen de juger la réaction d'Aren, et il garda le silence quelques secondes avant de prendre la parole.

—La mer est dangereuse. Il n'y a que la guerre qui nous coûte plus de vies. Cependant elle est inévitable, alors nous devons apprendre à maîtriser notre peur.

—Vous ne semblez pas avoir peur du tout.

—Détrompez-vous. (Il couvrit une dizaine de pas sans rien dire.) Vous m'avez demandé comment mes parents étaient morts.

Lara se mordit la lèvre : ils s'étaient noyés.

—Ça faisait des années que ma mère était malade – son cœur la faisait souffrir. Elle a fait une crise en pleine nuit, une crise sévère, dont elle n'arrivait pas à se remettre. Il y avait un orage à l'horizon, mais mon père a tenu à l'emmener voir ma grand-mère, dans l'espoir qu'elle puisse l'aider. (La voix d'Aren se mit à trembler, et il toussota.) On ne pourra jamais en être sûr, mais j'ai entendu dire que ma mère ne respirait déjà plus quand il l'a mise dans une pirogue. L'orage a déferlé, et personne ne les a jamais revus.

—Pourquoi a-t-il fait ça ? (Lara était à la fois fascinée et horrifiée. Ce n'étaient pas deux simples citoyens ; c'étaient le roi et la reine d'un des plus puissants royaumes du monde connu.) Pourquoi a-t-il pris un tel risque si elle était déjà mourante ? Ou, du moins, pourquoi ne l'a-t-il pas confiée à quelqu'un d'autre ?

—Stupidité passagère, je suppose.

—Aren, gronda Jor dans leur dos. Si tu racontes leur histoire, aie au moins la décence de dire la vérité. Tu leur dois bien ça.

Lara s'étonna de la relation entre le vieux garde et le roi. Si quelqu'un avait osé parler à son père sur ce ton, il lui aurait fait trancher la tête. Jor, en revanche, ne semblait pas intimidé, et elle ne perçut qu'un léger agacement de la part d'Aren.

Il poussa un soupir.

— Si mon père l'a emmenée lui-même au lieu de la confier à un garde, c'est sans doute parce qu'il n'était pas du genre à faire passer son bien-être avant celui d'autrui. Quant à savoir pourquoi il a pris un tel risque… Il faut croire qu'il aimait assez ma mère pour espérer lui sauver la vie, quitte à se mettre en danger lui-même.

Tenter le tout pour le tout dans l'espoir de sauver ceux ou celles qu'on aime… C'était ce sentiment précis qui avait poussé Lara à se sacrifier pour ses sœurs, et elle y laisserait peut-être sa vie.

— Mais oublions cet élément tristement romantique. Ce que je voulais dire, c'est que je sais ce que ça fait de perdre quelque chose en mer, de la détester, de la craindre. (Il donna un coup de pied dans un caillou, qui rebondit devant eux.) La mer ne connaît pas de maître.

Il n'en dit pas davantage – sur ce sujet ou sur un autre.

Privée de tout repère, Lara avait l'impression qu'ils cheminaient depuis une éternité quand, enfin, Aren s'arrêta.

Elle se figea, toujours aveuglée par son bandeau, et se concentra sur ses autres sens tandis que les soldats s'affairaient autour d'eux. Elle entendit des bottes racler la pierre mais, avec l'écho, elle avait du mal à déterminer dans quelle direction ils se déplaçaient. Puis une brise soudaine lui effleura la main et la joue gauches, et un souffle d'air frais parvint à ses narines. L'ouverture se trouvait dans le mur, pas dans le sol.

— Les marches sont trop raides pour descendre à l'aveuglette.

Aren la souleva pour la faire basculer par-dessus son épaule, une main chaude sur sa cuisse pour la garder en équilibre. Instinctivement elle referma les bras autour de sa taille, et ses doigts rencontrèrent des abdominaux solides tandis qu'il se baissait. Ce n'est qu'à la dernière seconde qu'elle pensa à tendre la main pour toucher le pan de pierre qui devait constituer la porte. Sauf erreur de sa part, la porte en question se fondait parfaitement au reste de la paroi.

Les bruits de la jungle commencèrent à se faire entendre à mesure qu'ils descendaient un escalier en colimaçon, puis la douce lumière du soleil vint filtrer à travers le bandeau.

Aren la remit sur ses pieds sans prévenir, et elle vacilla légèrement. Une main dans son dos, il la guida doucement pendant quelques pas.

— Ça devrait suffire, lança Jor, qui marchait un peu devant eux.

On lui retira le bandeau, et Lara cilla un instant en regardant tout autour d'elle, mais on ne voyait déjà plus le pont tant la végétation était dense.

— Ce n'est pas loin, dit Aren.

Lara lui emboîta le pas sans un mot, en prenant soin de rester sur l'étroit sentier. Les gardes les encerclaient, l'arme à la main, l'œil aux aguets. Alors que son père était constamment entouré d'une escouade, c'était la première fois depuis leur mariage qu'elle voyait Aren avec sa garde royale. C'était la première fois qu'elle voyait ses camarades le protéger d'une façon aussi agressive. Qu'est-ce qui avait changé ? Cette île était-elle dangereuse ? Ou y avait-il une autre raison ? Soudain elle entendit un bruissement dans un arbre, et Jor et Lia se rapprochèrent d'elle, l'arme au poing. Alors elle comprit que ce n'était pas pour leur roi qu'ils s'inquiétaient. C'était elle, qu'ils protégeaient.

Ils débouchèrent en haut d'une falaise et se mirent à longer les rochers contre lesquels les vagues venaient se jeter, dix mètres sous leurs pieds. Lara cherchait du regard un endroit où des bateaux auraient pu s'approcher, mais elle ne vit rien de tel. Si c'était le cas pour tout le littoral de l'île, elle comprenait pourquoi les bâtisseurs du pont avaient choisi d'y placer un pilier. L'endroit était presque impénétrable. Pourtant Aren avait prévu de venir par la mer ; il devait donc y avoir un moyen.

La maisor surgit de nulle part. Ils marchaient parmi les arbres et les lianes et, un instant plus tard, une structure de pierre apparut, avec des fenêtres flanquées de lourds volets en bois pour les protéger des tempêtes – sans doute un trait commun à toutes les demeures ithicaniennes. La pierre était couverte de lichen par endroits, et en s'approchant, Lara remarqua que c'était là le même matériau que le pont – et que les petites bâtisses dans le fond. Ces constructions étaient conçues pour essuyer sans dégâts les furieux orages qui traversaient Ithicana pendant dix des mois de l'année.

En arrivant au coin de la maison, elle aperçut une silhouette agenouillée dans un jardin entouré d'un muret de pierre.

— Bon courage, murmura Jor.

— Vous daignez enfin nous faire l'honneur de votre présence, Majesté ?

La vieille femme ne leva même pas la tête de ses plantes, mais sa voix était claire et forte.

— Je n'ai reçu ta note qu'hier, grand-mère. Je suis venu dès que j'ai pu.

— Ha ! (Elle se détourna pour cracher un projectile qui passa par-dessus le muret pour aller frapper le tronc d'un arbre.) Tu as traîné les pieds pendant tout le trajet, je parie. Ça, ou c'est le poids de ta couronne qui te ralentit.

Aren croisa les bras.

— Je n'ai pas de couronne, et tu le sais pertinemment.

— C'était une métaphore, nigaud.

Lara porta une main à sa bouche en essayant de ne pas rire. Ce mouvement attira l'attention de la vieille, alors même qu'elle lui tournait le dos.

— Ou est-ce que mon petit-fils est en retard parce qu'il a dû passer son temps à essuyer ton vomi, princesse ?

Lara cilla.

— Je l'ai senti à cent mètres, ma fille. Tes années passées dans les dunes ne t'ont pas préparée à nos vagues, pas vrai ?

Les joues en feu, Lara baissa les yeux vers ses vêtements, qui étaient encore humides d'eau de mer. Quand elle se redressa, la grand-mère d'Aren était debout, un sourire sarcastique aux lèvres.

— C'est ton haleine, expliqua-t-elle.

Lara dut se retenir de marcher sur le pied d'Aren lorsque ce dernier se cacha la bouche à son tour pour dissimuler un gloussement. La vieille femme le remarqua.

— Un peu de mal de mer ne l'aurait pas tuée, imbécile. Tu n'aurais pas dû céder.

— Nous avons pris des précautions.

— La prochaine fois, laisse-la vomir. (Elle reporta son attention vers Lara.) Tout le monde m'appelle Nana, alors tu n'as qu'à faire pareil.

Puis elle désigna un des gardes.

— Toi, plume-moi ce poulet. Vous deux, là… finissez de cueillir ces légumes et allez les rincer. Quant à toi… (Elle se tourna vers Lia.) Il y a une corbeille de linge sale qui n'attend que toi. Allez, hop.

Lia ouvrit la bouche pour protester, mais Nana ne lui en laissa pas le temps.

— Quoi ? Tu te crois trop bien pour frotter les taches sur le linge d'une vieille dame ? Avant que tu ne répondes par l'affirmative, permets-moi de te rappeler que je t'ai torché le cul un nombre incalculable de fois quand tu étais bébé, alors estime-toi heureuse que je sois encore capable de le faire moi-même.

La jeune garde fronça les sourcils, mais ramassa la corbeille sans un mot et descendit le long de la pente pour aller chercher de l'eau.

— J'imagine que Jor est déjà en train d'embêter mes étudiantes. (Ce n'est qu'alors que Lara remarqua qu'il n'était plus près d'eux.) Il n'a toujours pas compris qu'elles ne s'intéresseraient jamais à un vieux libertin comme lui.

— Tes étudiantes sont largement capables de se débrouiller toutes seules, répliqua Aren.

— Peut-être, mais ce n'est pas ce que je disais. Si ?

Nana referma le petit portail du jardin et s'approcha d'eux à pas pesants. Elle avait les cheveux argentés et la peau fripée, mais ses yeux gardaient une lueur vive et rusée. Elle se planta devant son petit-fils.

— Les dents !

Lara sursauta, mais Aren se pencha en avant sans la moindre hésitation et ouvrit la bouche pour permettre à sa grand-mère d'inspecter ses belles dents blanches. Elle poussa un grognement satisfait et lui tapota la joue.

— Brave petit. Et sinon, où est passée ta sœur ? Elle m'évite ?

— Les dents d'Ahnna sont en excellent état, grand-mère.

— Ce ne sont pas ses dents qui m'inquiètent. Est-ce qu'Harendall l'a réclamée ?

— Non.

— Tu devrais l'y envoyer quand même, histoire de montrer ta bonne foi.

— Non ! gronda Aren.

Cette réaction surprit Lara. Il n'avait quand même pas l'intention de rompre son contrat avec le royaume du Nord ? Surtout pas après avoir rempli sa part du marché ?

— Ahnna n'a pas besoin que tu la protèges sans arrêt, mon garçon. Elle sait se débrouiller toute seule.

— Ça, c'est entre elle et moi.

Nana poussa un nouveau grognement puis cracha par terre avant de se tourner vers Lara.

— Alors c'est ça que nous a envoyé Silas, hein ?

— C'est un plaisir de faire votre connaissance, dit Lara en inclinant la tête avec tout le respect qu'elle aurait témoigné à une matrone maridrinienne.

— Attendons de voir si ce plaisir dure…

Alors, avec une force brutale dont Lara ne l'aurait pas crue capable à son âge, Nana lui agrippa les hanches et la fit tourner d'un côté, puis de l'autre, avant de lui tâter le torse. Elle rit quand Lara écarta ses mains d'une tape courroucée.

— Elle est taillée pour coucher, sinon pour accoucher. (Elle jeta un regard en coin à son petit-fils.) Je suis sûre que tu t'en es aperçu, même si tu n'en as pas encore profité.

— Oh, grand-mère, pour l'amour de…

Elle se hissa sur la pointe des pieds pour lui tirer l'oreille.

— Fais attention à ce que tu dis, toi ! Bref… (Elle se retourna vers Lara.) … tes accouchements ne seront pas faciles, mais tu t'en sortiras. Tu as de la volonté. (Elle lui effleura le bras en suivant une cicatrice, que Lara avait récoltée dans une lutte à couteaux tirés avec un guerrier valcottien.) Et tu as l'habitude de souffrir.

Cette femme était beaucoup trop rusée – et se tenait bien trop près. Lara recula.

— Je ne suis pas une poulinière.

— Tant mieux. Ithicana n'a pas besoin de chevaux. Ce qu'il nous faut, c'est une reine qui nous produise des héritiers. Contrairement à ton père, mon petit-fils ne disposera pas d'un harem pour s'assurer que la lignée perdure. Il n'aura que toi.

Lara croisa les bras, agacée alors même qu'elle n'en avait pas le droit. Elle ne risquait pas de leur produire quoi que ce soit. On lui avait procuré assez de tonique contraceptif pour durer toute une année. Il n'y aurait pas de surprise de ce genre.

— Viens, je vais te donner quelque chose pour lutter contre le mal de mer. Gamin, va trouver de quoi t'occuper ailleurs.

Lara suivit la vieille dame dans la maison. Elle s'attendait à ce que l'intérieur soit sombre et humide, comme le pont, mais il y régnait une douce chaleur sèche. Les murs étaient recouverts d'un lambris poli où se reflétaient les flammes d'un beau feu de cheminée. Sur les étagères qui montaient jusqu'au plafond, Lara aperçut des bocaux de poudres et de plantes, de toniques de toutes les couleurs et d'insectes divers. Il y avait aussi plusieurs caisses de verre, dont le contenu la fit frissonner.

— Tu n'aimes pas les serpents ?

— Disons que j'éprouve un sain respect pour eux.

Cette réplique lui valut un gloussement approbateur. Nana finit de fouiller parmi ses bocaux et tendit à Lara une racine noueuse.

— Mâche ça avant de monter à bord, et pendant toute la traversée. Ça devrait calmer ta nausée.

Lara renifla prudemment la racine, soulagée de constater que l'odeur n'en était pas déplaisante.

— Je n'ai rien à te donner contre la peur, par contre. Il va falloir que tu t'en débarrasses toute seule.

— Je ne sais pas nager, alors ma peur de l'eau est aussi saine que mon respect pour les serpents.

— Tu n'as qu'à apprendre, rétorqua-t-elle sèchement.

Clairement la vieille dame ne tolérait pas qu'on se plaigne – pas plus qu'Erik, le maître d'armes. Lara eut un pincement au cœur.

D'un geste brusque, Nana ouvrit les rideaux d'une des fenêtres, puis elle fit signe à Lara de s'approcher des rayons du soleil.

— Tu as les yeux de ton père... et de ton grand-père.

Lara haussa les épaules.

— Mes iris bleus ne sont qu'une des preuves que je suis une vraie princesse de Maridrina.

— Je ne parlais pas de leur couleur. (Vive comme un serpent, elle lui saisit le menton, assez fort pour lui faire mal.) Tu es une créature sournoise, comme eux, à toujours vouloir tirer avantage de tout.

Au lieu de céder à la tentation de se reculer, Lara soutint le regard de la vieille dame. Celle-ci avait les yeux noisette, comme Aren, mais elle y vit quelque chose de complètement différent.

— À vous entendre, on pourrait croire que vous connaissez ma famille.

— J'étais espionne, dans ma jeunesse. Ton grand-père m'a recrutée pour faire partie de son harem. Il avait une haleine de requin ! C'était infernal, mais j'ai appris à retenir mon souffle en pensant à Ithicana.

Lara cilla. Cette femme avait infiltré le harem de Vencia ? Le fait que ce soit simplement possible était déjà alarmant en soi, mais seules les plus jolies jeunes filles entraient dans le harem royal. Or Nana...

— Ha ! (La vieille femme éclata de rire, ce qui la fit sursauter.) Je n'ai pas toujours eu l'allure d'un pruneau oublié au fond d'un bocal, ma fille ! J'étais une vraie beauté, à l'époque. (Elle lui serra la mâchoire un peu plus fort.) Alors je suis bien placée pour savoir comment tu te sers de ton joli minois pour arriver à tes fins – ou à celles de ton pays.

— Je suis ici dans le seul but d'alimenter la paix entre Ithicana et Maridrina, répliqua Lara calmement.

En même temps elle se demandait si elle allait devoir faire abattre cette femme. Elle se sentait parfaitement capable de manipuler Aren et son entourage, mais Nana... c'était une autre histoire.

— Ce royaume n'a pas été bâti par une bande d'imbéciles. Ton père t'a envoyée semer la zizanie, et si tu crois qu'on ne te surveille pas, tu te trompes.

Un léger malaise pinça la poitrine de Lara.

— Aren a un sens de l'honneur aigu. Il respectera la promesse qu'il t'a faite, quoi qu'il lui en coûte. (Nana plissa les yeux.) Moi, par contre, je m'en contrefous, de l'honneur. Tout ce qui compte, c'est ma famille, et si j'ai l'impression que tu représentes une menace pour mon petit-fils, je n'hésiterai pas à fomenter un petit accident bien pratique. (La vieille dame lui sourit de toutes ses belles dents blanches.) Ithicana est un lieu dangereux, après tout.

Moi aussi, je suis dangereuse, pensa Lara avant de répondre.

— Aren a l'air largement capable de se défendre tout seul, mais j'apprécie votre candeur.

— Je n'en doute pas. (La vieille femme lui jeta un regard trop perspicace, et Lara dut réprimer un soupir de soulagement quand elle referma les rideaux et repartit vers la porte.) Viens, il ne veut pas manquer la marée. Harendall a du bétail en transit, et il a horreur de croiser des vaches dans le pont.

Parce qu'elles ne lui rapportent rien, pensa Lara avec amertume. Cependant elle ne put s'empêcher de poser la question.

— Pourquoi ?

— Parce qu'il s'est fait piétiner, une fois, pendant une des traversées annuelles. Il avait quinze ans. Un bras cassé et trois côtes fêlées. Enfin, il te dirait sûrement que le pire, c'est qu'il a dû rester chez moi le temps que tout ça se remette.

Des traversées annuelles ? De quoi parlait-elle ? S'il y avait du bétail dans le pont, c'était uniquement parce que son père en avait fait l'acquisition sur l'île nord. Une fois de plus, Lara ressentit une espèce de malaise face à la dissonance entre les vérités qu'elle avait apprises à Maridrina, et ce qu'elle voyait et entendait depuis qu'elle était à Ithicana. Tout ce bétail avait dû être vendu à Valcotta ou à d'autres nations, chargé à bord de navires afin d'échapper complètement à la vigilance de Maridrina. Sauf que Valcotta comptait d'immenses troupeaux. Elle ne voyait pas bien pourquoi ils auraient importé d'autres bêtes.

Lara repoussa ces réflexions et sortit de la maison à la suite de Nana. Elle fut d'abord aveuglée par les rayons du soleil mais, lorsque sa vision s'éclaircit, elle vit Aren en train d'étendre du linge. Il avait l'air très concentré, même s'il s'y prenait n'importe comment. Lia s'affairait devant une bassine à côté de lui, la mine orageuse.

—Je vois que ton éducation comporte certaines lacunes, mon garçon, râla Nana en examinant un drap qui dégoulinait.

—Je sais reconnaître mes limites, en effet.

Aren recula sa main d'un air horrifié quand Lia lui tendit un large dessous de grand-mère.

Nana leva les yeux au ciel.

—Quel nigaud !

Pourtant Lara surprit le fin sourire amusé sur les lèvres de la vieille dame tandis qu'Aren s'essuyait les mains sur son pantalon.

—Maintenant tu veux bien m'expliquer pourquoi tu m'as ordonné de t'amener Lara jusqu'ici ? J'imagine que ce n'était pas simplement pour lui parler cinq minutes.

—Oh, Lara et moi aurons tout le temps de discuter dans les semaines qui viennent, parce que tu vas la laisser ici avec moi.

Lara en resta bouche bée. Rien dans son entraînement ne l'avait préparée à masquer l'effarement que lui inspirait cette déclaration.

Aren se balançait doucement d'avant en arrière, les yeux plissés.

—Et pourquoi ferais-je une chose pareille ?

—Parce que c'est la progéniture du Rat de Maridrina, je te rappelle. Il est hors de question qu'elle se promène dans l'île centrale pendant que tu as la tête ailleurs. Ici, au moins, je peux garder un œil sur elle.

Et organiser un petit accident bien pratique, sans doute.

—Non.

Nana posa ses mains fripées sur ses hanches.

—Ce n'était pas une suggestion, mon garçon. Et puis, elle ne te sert à rien, de toute façon. Malgré toutes tes années d'entraînement, tu n'as pas encore trouvé le moyen de l'attirer dans ton lit, et tu n'auras pas le temps d'essayer au cours des deux mois à venir, alors autant qu'elle reste ici, où elle pourra se rendre utile.

Aren poussa un long soupir, les yeux levés vers le ciel comme s'il espérait y puiser des réserves de patience. Lara se mordit la langue en attendant sa réponse. S'il accédait à la requête de sa grand-mère, elle serait fichue.

—Non. Je ne l'ai pas fait venir à Ithicana pour la garder prisonnière, et encore moins pour te la confier et la condamner à devenir ta servante. Elle rentre avec moi.

Nana crispa les mâchoires, et ses ongles terreux se plantèrent dans le tissu de sa tunique. Lara comprit, médusée, que c'était la première fois qu'il lui tenait tête.

—Tu ressembles beaucoup trop à ta mère, Aren. Tu n'es qu'un idéaliste aveugle, comme elle.

Silence.

—Il est temps qu'on y aille. Venez, Lara.

Aren tourna les talons et elle s'empressa de le suivre. Elle s'attendait presque à ce que Nana lui plante un couteau dans le dos en une ultime tentative pour l'éloigner d'Aren. Mais la vieille dame se contenta de crier un avertissement.

—Jor, tu as intérêt à veiller sur ce gamin ! Sinon je t'arrache les couilles et je les donne en pâture à mes serpents !

—Je veille toujours sur lui, Nana, répondit Jor avec calme avant de les rejoindre d'un pas rapide. Je me dépêcherais, si j'étais vous. Elle n'a pas l'habitude qu'on lui refuse quoi que ce soit.

Aren s'esclaffa, sans pour autant se presser.

—J'aurais dû me douter que c'était ça, son plan. C'est une vieille bique autoritaire.

Autoritaire, et beaucoup trop rusée. Lara repartait en compagnie d'Aren, certes, mais il avait entendu la mise en garde de Nana. Elle avait intérêt à se montrer prudente, ou il risquerait de prendre cet avertissement trop à cœur.

—Elle cherche à protéger son petit-fils, vous ne pouvez pas lui en vouloir pour ça. C'est parce qu'elle vous aime bien, dit Lara en s'écartant vivement d'un arbre où grimpait une énorme araignée.

—Tout le monde m'aime bien. C'est parce que je suis charmant, il paraît.

Lara lui jeta un regard empreint de pitié.

—Un roi doit toujours se méfier des compliments. Il y a tellement de sycophantes qui traînent…

— Alors j'ai de la chance de vous avoir à mes côtés pour me dire la vérité toute crue.

— Vous préféreriez peut-être des mensonges bien cuits ?

— Peut-être... Je ne suis pas certain que mon fragile *ego* soit prêt à subir de telles déconvenues, et mes soldats risquent de ne plus vouloir me suivre s'ils m'entendent pleurer dans ma chope chaque soir.

— Vous n'avez qu'à pleurer dans votre oreiller. Ça étouffe le bruit.

Aren éclata de rire puis lui jeta un regard par-dessus son épaule.

— Qu'est-ce qu'elle vous a dit, alors ?

Lara lui montra la racine que lui avait donnée Nana et comprit soudain quelque chose : cette dernière avait dû se douter qu'Aren dirait non. Pourquoi avait-il refusé, d'ailleurs ? Ses raisons étaient sans doute plus complexes que le simple désir de l'attirer dans son lit.

— Apparemment l'idée que je vomisse sur vos bottes ne lui plaisait pas beaucoup.

Le rire grave que lui valut cette réplique fit courir un frisson inattendu le long de sa colonne vertébrale. Puis il sortit le bandeau noir qu'il avait calé sous sa ceinture, et elle se crispa malgré elle lorsqu'il le noua derrière sa tête. Ses doigts sentaient encore le linge propre.

— Vous voulez marcher, ou je vous porte ?

— Je préfère marcher.

Elle se prit à regretter cette décision après avoir trébuché au moins une dizaine de fois, et ce fut avec soulagement qu'elle entra dans la fraîcheur obscure à la base du pilier. Aren resta derrière elle, à lui tenir les coudes, pour l'aider à monter les marches. Elle les compta pour évaluer la distance à parcourir.

Une fois à l'intérieur du pont, ils se mirent en marche d'un pas vif, sans perdre de temps en bavardages. Alors quand l'appel d'un cor, long et lugubre, perça l'épaisse couche de pierre, il n'y avait pas moyen de se méprendre. Aren et les gardes s'immobilisèrent aussitôt pour tendre l'oreille. L'appel retentit de nouveau : une note tenue suivie d'un motif plus court répété quatre fois. Sauf que le quatrième motif fut brusquement interrompu, comme si quelqu'un avait arraché l'instrument des mains du soldat.

— C'est le signal de détresse de Serrith, lança Jor.

— Est-ce que ses civils sont déjà partis pour les marées guerrières ? demanda Aren.

Les marées guerrières ?

— Non.

Même à travers son bandeau, Lara sentait la tension électrique qui crépitait parmi le groupe comme une menace d'orage.

— Qui en est le plus proche ? lança Aren d'une voix légèrement tremblante.

Elle y devina quelque chose qu'elle n'avait encore jamais perçu chez lui : de la peur.

Jor se racla la gorge.

— C'est nous.

Silence.

— On ne peut pas la laisser toute seule dans le pont, dit Aren.

— On ne peut pas non plus se permettre de laisser quelqu'un avec elle, et on n'a pas le temps de la raccompagner chez Nana.

Lara se mordit la langue. Elle mourait d'envie de donner son avis, bien qu'elle sache que la meilleure stratégie était de garder le silence.

— On n'a pas le choix. On l'emmène. (Elle sentit les mains d'Aren effleurer son visage lorsqu'il retira le bandeau.) Suivez-nous sans un bruit. On va devoir se battre, alors tâchez de ne pas rester dans nos pattes.

Elle hocha la tête en priant pour qu'il prenne son excitation pour de la peur.

— Promis.

Le groupe partit en courant.

Chapitre 16

Lara

Lara avait du mal à rester à la hauteur des Ithicaniens. L'air étouffant lui brûlait la poitrine tandis que le petit groupe courait à l'intérieur du pont. Par chance elle vit Lia poser le pied sur un marqueur au sol et commencer à compter ses foulées en remuant les lèvres.

Lara l'imita et retint le chiffre auquel l'autre femme s'arrêta brusquement en levant la main. Jor la hissa sur ses épaules pendant que les autres préparaient leur équipement. Personne ne disait mot, et Lara prit soin de rester dans un coin sombre pour regarder Lia tendre le bras et appuyer contre la pierre apparemment lisse. Un déclic retentit puis, au prix d'un visible effort, Lia poussa une trappe dans le plafond du pont.

Encore un point d'accès.

Une joie triomphale la traversa lorsqu'un courant d'air frais s'engouffra dans le passage et agita les mèches de cheveux qui s'étaient échappées de sa tresse. Jor et Aren hissèrent les autres soldats vers la trappe. Puis Jor grimpa à son tour, et elle se retrouva seule avec Aren.

— Si vous révélez ça à qui que ce soit, je vous tuerai de mes propres mains, lança-t-il.

Sans lui laisser le temps de répondre, il la saisit par la taille et la souleva vers l'ouverture.

Jor lui prit les poignets et la fit monter sur le pont avant de se pencher pour aider Aren. Ils refermèrent la trappe, mais Lara n'arrivait plus à se concentrer sur ce que les soldats faisaient. Elle se tenait debout sur un pont au milieu des nuages.

Une brume humide était retombée sur Ithicana pendant qu'ils étaient à l'intérieur. Elle s'enroulait autour d'eux par bourrasques et tirait sur les vêtements de Lara en violents petits tourbillons. Sous leurs pieds, les vagues s'écrasaient contre un pilier ou des rochers, ou peut-être les deux – elle n'aurait su le dire. Elle n'y voyait pas à plus de dix mètres autour d'elle ; elle avait l'impression d'être dans un autre monde, ou dans un rêve sur le point de virer au cauchemar.

— Faites bien attention, l'avertit Aren en lui prenant la main. C'est glissant, et nous sommes à haute altitude. La chute serait mortelle.

Ils s'élancèrent en trottinant. Tout le monde avait du mal à garder l'équilibre sur le dos du pont, qui descendait en pente douce vers un nouveau pilier, à peine visible à travers la brume. Mais, avant d'y arriver, les soldats se jetèrent à plat ventre d'un même élan, comme s'ils avaient reçu un signal. Aren attira Lara à côté de lui.

Les mains plaquées contre la pierre mouillée, elle aperçut un nouveau marqueur, et les rouages de son esprit se mirent en marche pour concevoir une invasion.

Jor avait sorti une longue-vue, qu'il promena de droite à gauche avant de s'arrêter.

— C'est un vaisseau militaire d'Amarid, dit-il en passant la lunette à Aren.

Ce dernier émit un juron furieux.

— On ferait mieux d'attendre des renforts, poursuivit Jor. (Il lui reprit la longue-vue des mains et rampa vers l'autre bord du pont pour rejoindre le reste du groupe. Un tourbillon de brume révéla brièvement une île.) S'ils font débarquer tout leur équipage, on sera complètement débordés.

Les autres accueillirent cette remarque en silence. Le vent choisit ce moment pour tourner, et ils entendirent les cris.

— On y va, dit Aren.

Personne ne discuta cet ordre. L'un des gardes fixa un câble à un imposant anneau de métal. Le câble se terminait par une lourde flèche, que l'homme glissa dans une espèce d'arbalète. Puis il tendit l'arme à Aren.

— À vous l'honneur, Majesté.

Aren posa un genou au sol.

— Allez, grommela-t-il. Montre-toi.

Les vents se turent, et tout le monde retint son souffle. Lara les observait, les mains crispées sur la pierre, le cœur battant. Puis un courant d'air rugit autour d'eux, écartant les nuages, et Aren sourit.

Le carreau d'arbalète s'élança dans un claquement sonore, et Aren encaissa le recul en grognant. La flèche fusa vers l'île en entraînant le filin dans son sillage et, avec un craquement qu'ils entendirent depuis le pont, alla se ficher dans un arbre.

Le soldat qui avait fixé le câble l'ajusta puis, sans témoigner la moindre peur, il enfila un gros gant sur une main et, de l'autre, passa un crochet sur le filin. Alors il s'élança dans le vide. Estomaquée, Lara le vit glisser au-dessus des vagues, de plus en plus vite. Lorsqu'il arriva au-dessus de l'île, il leva sa main gantée et s'en servit pour se freiner avant de sauter dans les buissons avec une souplesse féline.

Les autres soldats le suivirent sans hésiter, mais Lara se rendit vite compte qu'Aren ne les regardait même pas. Il était occupé à mélanger diverses poudres dans une petite poche. Puis il ajouta un peu d'eau et, avec délicatesse, attacha le tout à une flèche à l'aide d'un morceau de ficelle. Alors il leva son arc et tira la flèche en direction du navire ancré près de l'île.

Quelques secondes plus tard, une explosion fit trembler l'air autour d'eux. À travers la brume, elle vit les flammes embraser la voilure du bateau.

— Ça devrait les occuper.

Il passa son arc par-dessus son épaule et sortit un gant et un crochet, comme les autres.

— Accrochez-vous à moi.

Sans un mot, Lara referma les bras autour de son cou et les jambes autour de sa taille. Une vague de chaleur la traversa lorsqu'il la serra contre lui de sa main libre.

— Ne criez pas.

Il cala le crochet sur le câble et s'élança.

Lara parvint à peine à contenir un hurlement. Elle s'agrippa de toutes ses forces tandis qu'ils filaient à une vitesse hallucinante. Elle vit les vagues se briser contre les falaises de l'île et quelques chaloupes ressortir d'une petite crique pour venir en aide au navire dévoré par les flammes. Le vent rugissait autour d'eux. Soudain ils se retrouvèrent au-dessus de la jungle.

— Tenez-vous bien, dit Aren tout contre son oreille.

Puis il la lâcha pour saisir le câble de sa main gantée. Il les fit ralentir jusqu'à ce qu'ils se retrouvent suspendus au-dessus du petit groupe de gardes.

Lara sauta et fit exprès de vaciller et de tomber sur les fesses alors même qu'Aren atterrissait près d'elle avec la grâce d'un prédateur. Aussitôt il sortit un masque en cuir identique à ceux que portaient les autres et s'en couvrit le visage.

— Ne bougez pas, chuchota-t-il. Restez ici et faites attention aux serpents.

Et ils disparurent.

Lara compta jusqu'à cinquante avant de leur emboîter le pas, ses couteaux à la main. Elle avançait prudemment, même si le passage des gardes avait sûrement effrayé tous les serpents des environs. Elle n'avait aucun mal à trouver la bonne direction : il suffisait de suivre les cris.

Le cœur de la bataille était un petit village, dont les maisons de pierre étaient habitées par les flammes. Les morts et les mourants encombraient les ruelles. Certains étaient armés, mais la plupart étaient sans défense. Elle vit des familles, des enfants décimés par les Amaridiens qui affrontaient à présent Aren et ses gardes. Cachée derrière un arbre, Lara observa le roi d'Ithicana tandis qu'il attaquait ses adversaires à coups de machette, sa dague dans l'autre main, ne laissant dans son sillage qu'un monceau de cadavres. Il se battait comme s'il était né pour ça, avec une adresse et une intelligence réellement captivantes.

Elle ne détourna le regard qu'en entendant des cris en provenance de la plage. Elle abandonna sa cachette pour les suivre et sentit son estomac se nouer lorsqu'elle aperçut des soldats amaridiens qui remontaient le sentier menant au village. Les flammes avaient complètement englouti leur navire. Ces hommes n'avaient plus d'autre issue – et plus rien à perdre. Ils étaient aussi trois fois plus nombreux qu'Aren et ses gardes. Lara devait agir. Elle n'avait pas pris tous ces risques pour laisser Amarid s'emparer du pont.

Elle alla se poster en face d'un étroit défilé entre deux énormes rochers, par où les soldats seraient forcés de passer.

Deux hommes débouchèrent et s'arrêtèrent, surpris de la voir sur leur chemin.

— C'est elle ! C'est la Maridrinienne…

Elle attendit qu'ils se jettent sur elle, ces hommes qui étaient ennemis de son royaume autant que d'Ithicana, mais ils restaient rivés sur place, comme s'ils ne savaient quoi faire.

— Vous ne devriez pas être ici, lança l'un d'eux.

Elle haussa les épaules.

— Il faut croire que ce n'est pas votre jour de chance.

Elle lança ses couteaux l'un après l'autre, et les deux soldats s'effondrèrent, une lame en travers de la gorge. Trois autres surgirent, et Lara saisit l'épée d'un des morts pour attaquer les nouveaux venus. Elle éventra le premier tout en passant sous la lame du deuxième. Il fit volte-face pour l'atteindre, mais elle esquiva et lui donna un coup de pied derrière le genou. Il tomba, la poitrine embrochée sur l'épée de son adversaire.

Elle se releva et lui prit son arme pour attaquer le troisième homme. Elle le fit reculer de quelques pas avant de lui trancher net la main. Il poussa un hurlement, et son sang éclaboussa le visage de Lara alors même qu'il percutait ceux de ses camarades qui arrivaient derrière lui.

La scène était chaotique. Les soldats trébuchaient sur les cadavres qui jonchaient le sol à la sortie du défilé. Lara les tuait quand c'était pratique ou les blessait quand ça ne l'était pas. Elle voulait les empêcher d'atteindre le village et de supplanter Aren et ses gardes.

Mais quand elle entendit une flèche, puis deux, siffler au-dessus de sa tête, elle fila se cacher dans la jungle tandis que les derniers Amaridiens s'élançaient sur le sentier. Une fois qu'ils furent hors de vue, elle récupéra ses couteaux et les rengaina pour saisir une arme amaridienne. Alors elle repartit vers le village en courant, tranchant la gorge des hommes qu'elle rattrapait.

Il y avait du sang et des cadavres partout. Plusieurs des gardes d'Aren étaient tombés au combat, et Lara le chercha du regard, l'estomac noué.

Elle le vit affronter un guerrier massif muni d'une lourde chaîne. Aren était couvert de sang, et ses mouvements avaient perdu en vitesse et en agilité. Le guerrier amaridien donna un ample coup de chaîne qui cueillit Aren au côté, et Lara grimaça en le voyant se plier en deux. Instinctivement elle fit quelques pas vers eux, prête à intervenir, mais Aren se redressa et balança un coup de poing dans la mâchoire de son adversaire avant de lui planter un couteau dans le ventre. Les deux hommes s'écroulèrent.

Avant qu'Aren ait pu se relever, un autre Amaridien s'élança dans son dos.

Sans réfléchir, Lara se jeta entre eux et planta sa lame sous son sternum pour lui percer le cœur.

Emportée par l'élan de l'homme, elle tomba en arrière et eut le souffle coupé quand ses épaules heurtèrent le sol et qu'il s'effondra sur elle. Il convulsait, et la poignée de la dague s'enfonçait dans le ventre de Lara, qui n'arrivait pas à se dégager.

Le torse épais du soldat lui écrasait le visage et l'empêchait de respirer.

Et puis tout ce poids disparut.

Lara inspira brusquement, la gorge en feu, et roula sur le côté pour se mettre à quatre pattes. Elle vit Aren trancher la gorge du mourant. Puis, les mains rendues glissantes par le sang du soldat, il la releva et l'attira tout près de lui.

— Ça va ? Vous êtes blessée ? demanda-t-il en tirant sur ses vêtements.

Heureusement, le sang de sa dernière victime dissimulait celui des soldats qu'elle avait tués sur le sentier.

— Je vais bien, haleta-t-elle quand elle en fut enfin capable. Vous, non, par contre.

Il avait une profonde entaille à l'avant-bras, mais elle se doutait que ce n'était pas le pire.

— Ce n'est rien du tout. Allez vous cacher.

Il tenta de la pousser derrière une des maisons du village, mais elle le retint par les épaules pour l'empêcher de retourner vers la bataille. S'il mourait, tous ses efforts auraient été en vain.

Il hésita, alors elle cacha son visage dans le creux de son cou, certaine qu'il allait la repousser pour retourner se battre. Mais il était blessé et fatigué, et cela risquait de mal se finir. La gorge nouée par la panique, elle chuchota la seule chose qui lui vint à l'esprit pour le faire rester.

— Je vous en prie. Ne me quittez pas.

Elle sentait ses mains chaudes dans son dos. Ils étaient tous les deux couverts du sang de leurs ennemis.

— Lara..., souffla-t-il d'une voix peinée.

Elle savait qu'il voyait les cadavres de ses citoyens. Qu'il voyait ses gardes lutter pour repousser leurs adversaires et perdre du terrain.

Tu pourrais te battre.

Tu pourrais leur prêter tes forces et aider à sauver ces gens.

Heureusement, cette décision lui fut épargnée par l'arrivée des renforts.

Des soldats ithicaniens firent irruption dans le village. Les gardes royaux battirent en retraite et les encerclèrent, Aren et elle, tandis que les nouveaux venus achevaient les Amaridiens sans la moindre pitié. Bientôt elle n'entendit plus que les gémissements des villageois.

Aren ne la relâcha qu'une fois que tout fut terminé.

Malgré la fumée qui lui brûlait les yeux, Lara regarda autour d'elle et vit, pour la première fois, à quoi ressemblait vraiment la guerre. Il n'y avait pas que des soldats étendus sur le sol, mais aussi des civils qui n'avaient jamais pris les armes, des silhouettes d'enfants à jamais immobiles.

À ton avis, qu'est-ce qui se passera quand ton père débarquera à la tête de son armée ? Tu crois peut-être qu'ils feront preuve de miséricorde, eux ?

Les villageois qui s'étaient enfuis commençaient à revenir. Il s'agissait essentiellement d'enfants un peu plus âgés qui portaient des bébés ou tenaient la main de plus petits. Certains se mirent à sangloter en apercevant leurs parents parmi les cadavres, mais beaucoup d'entre eux restaient pétrifiés, l'air choqué, désespéré.

— Vous estimez toujours que ces Amaridiens méritaient notre pitié ? demanda doucement Aren dans son dos.

— Non, murmura-t-elle. (Elle alla s'agenouiller auprès d'un blessé ithicanien tout en déchirant un morceau de sa tunique.) Non.

Chapitre 17

Aren

Aren regardait l'eau rougir à mesure qu'il se lavait les mains et brossait le sang séché sous ses ongles. Son sang à lui, celui de ses ennemis, et celui de ses citoyens.

Voyant des rides se propager à la surface de la bassine, il se recula brusquement et s'essuya à l'aide d'une petite serviette qu'on lui avait apportée. Il avait mal partout, mais surtout à l'endroit où cette espèce de géant lui avait balancé sa chaîne dans les côtes. D'après Nana, il n'avait rien de cassé, mais son flanc gauche n'était plus qu'un immense bleu, et il savait d'expérience que ça n'allait qu'empirer dans les jours à venir. Pourtant il aurait préféré souffrir mille fois plus si cela lui avait permis d'arriver à Serrith un peu plus tôt – ne serait-ce que vingt minutes, ou dix, ou même cinq. Un simple battement de cœur lui aurait peut-être laissé le temps de sauver un villageois de plus.

— On a envoyé l'ordre d'assembler le conseil à Eranahl et on a reçu confirmation que tout le monde y serait d'ici ce soir.

Aren se retourna. Jor se tenait derrière lui, un épais bandage autour du crâne. Il avait récolté une méchante entaille au cours de la bataille, et c'était Lara qui l'avait recousu. Instinctivement Aren chercha du regard sa femme, agenouillée parmi les blessés et qui travaillait en silence sous la direction de Nana et de ses étudiantes. Ses cheveux miel étaient rougis de sang séché, de même que ses vêtements, mais au lieu de ternir sa beauté, ça ne faisait que l'accentuer. Cela lui donnait l'air indomptable – une véritable guerrière. Ce matin-là encore il aurait trouvé cette idée risible.

Il avait changé d'avis.

Jor tourna la tête et, voyant ce qu'Aren regardait, il poussa un soupir.

— La somme de ce qu'elle a appris aujourd'hui est franchement problématique.

— On ne pouvait pas faire autrement.

— Peut-être, mais ça reste un problème.

— Elle m'a sauvé la vie.

Jor inspira brusquement avant de souffler très lentement.

— Vraiment ?

— J'étais à terre, et l'un d'entre eux allait me sauter sur le dos. Elle s'est interposée et lui a planté un couteau dans le cœur. (Chaque fois qu'Aren fermait les yeux, il revoyait Lara coincée sous le poids de cette brute amaridienne, couverte de sang, et il se rappelait sa certitude que tout ce sang était le sien.) Ça gâche un peu la théorie qu'elle est venue m'assassiner, tu ne trouves pas ?

— Peut-être qu'elle tient à s'en charger elle-même, objecta Jor.

Pourtant il ne semblait pas convaincu.

Comme si elle se sentait observée, Lara redressa la tête. Aren se détourna avant qu'elle ne rencontre son regard, et le monceau de cadavres amaridiens entra dans son champ de vision. Il avait soulevé le colosse affalé sur Lara et lui avait tranché la gorge, mais l'homme était déjà mort. Le couteau que Lara avait dû ramasser quelque part était fiché dans son cœur avec une précision fatale.

Un coup de chance, sans doute. Pourtant son instinct lui soufflait que ce n'était pas aussi simple.

— Quoi qu'il en soit, on va devoir la surveiller d'encore plus près maintenant, reprit Jor. Si les Maridriniens découvrent où elle se trouve et décident de venir la chercher… Leur petite princesse connaît assez de nos secrets pour nous causer de sérieux ennuis.

— Qu'est-ce que tu insinues ?

— J'insinue qu'elle représente peut-être une menace, et que ça n'en vaut pas la peine. Les gens ont des accidents. Les serpents trouvent parfois le moyen de se cacher dans un lit. Les Maridriniens ne pourraient pas décemment nous en vouloir si…

— Non.

— Tu pourrais prétendre qu'elle est encore en vie, reprit Jor, qui se trompait sur la raison du refus d'Aren. Trouve un faussaire capable d'imiter son écriture et envoie des lettres à son père. Ils n'ont pas besoin d'apprendre la vérité.

Aren se tourna vers l'homme qui l'avait vu grandir.

— Je ne le dirai qu'une seule fois : le premier ou la première qui touche à Lara, je l'exécute. Ça vaut pour toi, pour Aster, et même pour ma grand-mère. Je sais de quoi elle est capable. Compris ?

Sans lui laisser le temps de répondre, Aren se dirigea vers les bûchers funéraires qui avaient été assemblés à la hâte aux abords du village. L'air empestait l'huile dont le bois avait été imprégné. Des dizaines de corps – petits et grands – étaient alignés soigneusement, entourés par les survivants. Certains pleuraient, d'autres regardaient dans le vide.

Quelqu'un lui passa une torche, et Aren observa les flammes un instant. La coutume voulait qu'il fasse un bref discours, mais tout ce qu'il aurait pu dire à ces gens qu'il était censé protéger – ces gens qu'il n'avait pas su protéger – lui aurait semblé creux et insignifiant. Il ne pouvait pas leur promettre que ça ne se reproduirait pas, parce que ça se reproduirait. Il ne pouvait pas leur promettre une revanche parce que, même si la petite armée ithicanienne avait pu attaquer Amarid, il aurait refusé de s'en prendre à ses citoyens pour la seule raison que leur reine était une vieille bique vindicative. Il aurait pu leur assurer qu'il allait lui envoyer une caisse pleine de têtes coupées en même temps que les ruines calcinées de leur navire, mais ça n'aurait rimé à rien. Ça ne leur rendrait pas leurs morts.

Alors il ne dit rien. Il se pencha en avant pour approcher sa torche du bois imbibé d'huile. Des flammes s'élancèrent le long des branches, l'air se réchauffa, et très vite il fut assailli par l'affreuse puanteur des cheveux brûlés, du sang calciné, de la chair grillée. Son estomac se retourna, et il dut serrer les dents pour résister à l'impulsion de tourner les talons et de s'enfuir.

— Les bateaux en provenance d'Eranahl sont là, déclara Jor. On va devoir faire embarquer les survivants si on veut éviter l'orage.

Comme pour lui donner raison, une goutte de pluie vint s'écraser sur le front d'Aren, suivie d'une autre, puis d'une autre encore.

— Accorde-leur une minute.

Il n'arrivait pas à détourner le regard d'une jeune mère qui sanglotait beaucoup trop près des flammes. Elle s'était sans doute réveillée ce matin-là en se disant que, à la nuit tombée, elle et sa famille seraient en sécurité sur Eranahl. Et voilà qu'elle allait faire ce voyage seule.

— Aren…

— Une minute !

Plusieurs têtes se tournèrent vers eux, surprises par son éclat de voix, alors il pivota sur ses talons et s'éloigna. Il passa devant les blessés que Nana et ses étudiantes préparaient pour la traversée et s'engagea sur le sentier de la crique pour rejoindre les navires.

Au détour d'un virage, il regarda d'un œil noir la dizaine de cadavres ennemis qui avaient été entassés à côté du chemin et aperçut quelque chose qui le fit ralentir : une lame amaridienne plantée dans la poitrine de l'un d'eux. Il s'arrêta pour examiner les corps d'un peu plus près.

La plupart de ses soldats se battaient au couteau ou avec les machettes qui leur permettaient de se déplacer dans la jungle et qui laissaient des entailles faciles à reconnaître. Or, les blessures de ces hommes correspondaient plutôt aux fines épées d'Amarid, et les couteaux qui restaient fichés ici et là étaient aussi ceux de leur royaume.

Ils avaient été tués par leurs propres armes.

Aren recula de quelques pas pour mieux observer la scène, notamment les flaques de sang que la pluie avait commencé à diluer. Ces soldats avaient été décimés par des adversaires qu'ils avaient croisés sur le chemin, pas par les renforts ithicaniens qui étaient arrivés derrière eux.

Mais qui étaient ces adversaires ? Tous ses gardes l'avaient accompagné au village, ainsi que tous les civils en mesure de se battre.

Un frisson lui hérissa la nuque. Il porta la main à son arme et fit volte-face pour se retrouver nez à nez avec Lara.

Elle baissa les yeux vers sa ceinture, où il tenait toujours son couteau, et arqua un sourcil. Sans bien comprendre pourquoi, Aren se trouva incapable de desserrer le poing. Il l'avait vue tuer un soldat avec une lame amaridienne…

Pourtant elle n'avait pas d'autre blessure qu'un léger bleu à une pommette. Non seulement les femmes de Maridrina n'avaient pas le droit de se battre, mais l'idée qu'elle ait pu terrasser une dizaine d'hommes à elle seule lui paraissait complètement folle. Les meilleurs de ses propres gardes en auraient été incapables.

— Où vont-ils se réfugier ?

La question de Lara le tira de sa rêverie.

— Il y a des endroits plus sûrs.

Il se demanda pourquoi il restait aussi évasif alors qu'elle en savait déjà tellement, mais c'était une chose de lui montrer le pont. C'en était une autre de lui révéler l'existence d'Eranahl.

« Sans le pont, Eranahl ne tiendrait pas », lui rappela la voix de son père à son oreille. *« Ithicana ne survivrait pas. Il faut défendre le pont. »*

— Dans ce cas, pourquoi ne pas y envoyer tous vos civils ?

Il y avait des raisons pratiques. Il n'était tout simplement pas possible d'installer tous les civils d'Ithicana sur Eranahl de façon permanente, mais ce n'est pas l'explication qu'il fournit à Lara.

— Parce que ça reviendrait à les enfermer. Or, mon peuple est… libre.

Ce dernier mot lui resta en travers de la gorge. Il venait de comprendre, avec la violence d'une gifle, le combat qu'avait mené sa mère. Ithicana n'était qu'une immense prison, dont les citoyens n'avaient jamais le droit de sortir.

Lara l'observait sans ciller, la tête légèrement inclinée, comme si sa réponse l'avait plongée dans d'intenses réflexions.

— Leur liberté semble avoir un coût important.

— La liberté n'est jamais sans prix.

Quel serait celui à payer pour laisser son peuple parcourir le monde à sa guise ?

— Oui, dit Lara d'une voix étranglée.

Puis elle secoua sèchement la tête, et son regard se posa sur les cadavres entassés au bord du sentier. Aren l'observait dans l'idée de déceler sur ses traits un signe qu'elle était responsable de leur sort, mais elle paraissait seulement perdue dans ses pensées.

— Vous devriez rejoindre la crique. Les bateaux nous attendent.

Alors elle s'arracha à la contemplation des morts et s'approcha de lui, aussi silencieuse qu'une Ithicanienne malgré la pente glissante. Aren sentit son cœur bondir puis battre un peu plus vite, au rythme qu'il prenait d'habitude avant qu'il se lance dans la bataille ou qu'il affronte un orage. C'était le genre de frisson qu'il aurait dû éviter mais que, depuis toujours, il adorait.

Lara vint se planter devant lui. Ses cheveux étaient trempés par la pluie, et une mèche lui collait à la joue. Il dut faire un effort surhumain pour ne pas l'écarter.

— Une fois que tout le monde aura embarqué, je vais partir pour… une réunion. Vous allez rester avec ma grand-mère jusqu'à ce que je revienne vous chercher.

Lara fronça les sourcils. Pourtant, au lieu de protester, elle posa une main sur la sienne, toujours sur le pommeau de son arme. Sa peau était d'une chaleur fiévreuse. Puis, avec une force surprenante, elle repoussa sa lame dans son fourreau en un claquement sec.

— Je vais attendre au bord de l'eau.

Elle enjamba une flaque et descendit le long du sentier qui menait à la plage.

Chapitre 18

Lara

Les marées guerrières.

C'était ainsi que les villageois de Serrith appelaient les deux mois de l'année où il faisait le plus froid et où la Mer des tempêtes restait suffisamment calme pour que les ennemis d'Ithicana osent passer à l'attaque.

Or voilà que les marées guerrières étaient en avance.

À tel point que les civils n'avaient pas encore été évacués vers la destination mystérieuse où ils passaient cette saison. C'était sans doute pour cela que la marine amaridienne avait tenté deux incursions, au risque d'essuyer un orage tardif : il était plus facile de protéger un lieu unique et isolé qu'une multitude de petits villages.

Ils avaient choisi le moment idéal pour frapper. C'était du moins ce que la part froide et stratégique de Lara estimait. L'armée ithicanienne était contrainte de déployer ses forces pour aider des dizaines de petits villages en plus de protéger le pont. Et puis, elle savait que, le cas échéant, Aren ferait passer la vie de ses citoyens avant tout. Elle avait lu la panique et la peine sur son visage quand il avait entendu le cor, la volonté de tenter le tout pour le tout dans l'espoir de les sauver. Elle avait aussi vu la tristesse de son regard tandis qu'il passait en revue le village décimé, conscient qu'il avait échoué.

Ces gens ne sont pas ta responsabilité, se réprimanda-t-elle sèchement. *Seul ton royaume mérite ta loyauté, le peuple de Maridrina qui souffre à cause du monopole qu'Ithicana exerce sur le pont. Pense aux enfants qui n'ont rien d'autre à manger que des légumes pourris et de la viande avariée – et encore, s'ils ont de la chance. Ils meurent aussi sûrement que si les soldats ithicaniens venaient leur trancher la gorge…*

Ce fil de pensée lui rappela qu'elle devait trouver un moyen de communiquer avec Maridrina. Même si elle arrivait à encoder de courts messages dans des lettres adressées à son père, elle n'oserait pas y inclure les détails qu'elle avait appris au sujet du pont. Si les espions ithicaniens remarquaient quoi que ce soit, elle n'aurait que peu de chances de s'en sortir vivante, et tous ses efforts seraient réduits à néant. Aren savait ce qu'elle avait vu, à quels endroits du royaume. Ils n'auraient aucun mal à renforcer leurs défenses, et Maridrina perdrait tout élément de surprise.

Mieux valait rassembler toutes les informations nécessaires et les faire parvenir d'un coup. Il ne restait plus qu'à savoir comment.

Son instinct lui soufflait de se servir du roi d'Ithicana en personne. Elle repensa à son coffret de cosmétiques, où était dissimulée l'encre que Serin lui avait donnée. Elle allait devoir convaincre Aren d'écrire une lettre à son père mais, surtout, elle allait devoir la subtiliser le temps d'y ajouter son propre message. Puis elle devrait trouver un moyen de sceller le tout sans que cela se remarque.

—Arrête de comploter en rêve et va aider Taryn à faire la vaisselle, espèce de feignasse.

La voix de Nana la tira de ses réflexions, et elle se retourna vers la vieille femme d'un air courroucé.

—Quoi ?

—Tu n'as pas entendu ou tu n'as pas compris ?

Nana la toisait, les mains sur les hanches, un énorme serpent lové autour de son cou et de ses épaules. Il leva la tête pour croiser le regard de Lara, qui frémit.

—Tu es sur mon île, je te rappelle, aboya la grand-mère du roi. Et, sur mon île, si tu veux manger, tu bosses ! (Elle frappa dans ses mains.) Allez, debout !

Lara se leva et s'en voulut aussitôt d'avoir obéi, mais cela aurait été infantile de se rasseoir.

—Allez! s'impatienta Nana en lui montrant la porte.

Lara lui jeta un regard noir mais sortit dans l'air matinal. Elle aperçut Taryn penchée sur une bassine d'eau savonneuse, où elle avait les mains plongées jusqu'aux coudes. La jeune femme était la seule des gardes d'Aren à être restée avec elle – elle avait tiré la courte paille, comme elle ne s'était pas gênée pour l'avouer à Lara tandis qu'elle lui bandait les yeux afin de la raccompagner jusqu'à l'île de Nana, qui s'appelait Gamire. Un groupe de soldats qu'elle ne connaissait pas les avait escortées. Lara avait d'abord cru que Taryn était vexée de devoir passer du temps avec elle, ou déçue d'être exclue de la mission d'Aren, mais après une nuit sous le toit de Nana, elle avait compris.

La grand-mère du roi était irascible et autoritaire, et Lara ne savait toujours pas si elle allait pouvoir se retenir d'assassiner cette sale punaise dans son sommeil.

—On s'y habitue, à force. (Taryn saisit une assiette sale.) Il faut dire qu'elle nous a tous soignés au moins une fois chacun. (Elle lâcha l'assiette dans la bassine et souleva sa chemise pour révéler une série de cicatrices qui formaient un ovale et couvraient la moitié de ses côtes.) Je suis tombée à la mer une fois, pendant une bagarre, et un requin m'a mordue. Sans Nana, je serais morte.

Un coup de couteau ou d'épée, une flèche... c'étaient des blessures que Lara pouvait imaginer, mais ça...

—C'est vicieux, ces bestioles.

—Pas vraiment, en fait. (Taryn laissa retomber sa chemise et s'attaqua à son assiette.) On les a habitués à manger des hommes, mais ce n'est pas ce qu'ils préfèrent.

Lara lui prit l'assiette propre des mains et entreprit de l'essuyer. Elle revoyait les Amaridiens happés sous la surface dans une éclosion de sang.

—Si tu le dis.

Taryn rejeta sa longue queue-de-cheval brune dans son dos avec un sourire plein de belles dents bien blanches qui devaient beaucoup plaire à Nana.

— Les requins sont des créatures fantastiques. Il y en a quelques-uns qui restent avec nous toute l'année, mais la majorité d'entre eux ne viennent que pendant les marées guerrières. C'est grâce à eux, plus qu'aux orages, que Nana arrive à anticiper les saisons. Les pêcheurs lui font signe quand les requins deviennent plus nombreux.

Lara se demanda si Serin et son père étaient au courant de tout cela. Elle se mordit la joue tout en réfléchissant à ces nouvelles informations. L'un des risques existants à attaquer au début de la saison calme, c'était qu'il n'y avait aucun moyen de prévoir quand elle commençait.

— Ils se rassemblent toujours près des îles où on nous attaque le plus, comme l'île centrale. (Taryn rinça une tasse ébréchée, qu'elle lui tendit.) Il y a même des mythes qui racontent que les requins sont les gardiens du peuple ithicanien. C'est pour cette raison qu'il est interdit de leur faire du mal à moins que ça ne soit absolument nécessaire. (Elle éclata de rire.) Enfin, c'est juste un mythe, hein. Ils viennent parce qu'ils trouvent de quoi se nourrir ici, et ils ne font pas de différence entre nos ennemis et nous. Tout ce qui tombe à l'eau est bon à prendre.

Lara frissonna et déposa la tasse sèche dans la bassine de vaisselle propre.

— Arrêtez de bavarder ! aboya Nana depuis la maison. Il y a du pain sur la planche ailleurs !

Taryn leva les yeux au ciel.

— Ça te dit qu'on s'échappe ?

— Tu veux dire que c'est possible d'échapper à Nana ?

— J'ai des années d'entraînement, répliqua Taryn avec un clin d'œil.

Effectivement, une fois qu'elles eurent rangé la vaisselle, Taryn se débrouilla pour que Nana les envoie faire une course dans un village dont Lara ignorait jusque-là l'existence. Elle observa les Ithicaniens qui s'affairaient entre des maisons de pierre ou qui encourageaient leurs enfants à s'acquitter de telle ou telle tâche.

— Pourquoi n'ont-ils pas été évacués ?

— Ils n'en ont pas besoin. Gamire est un lieu sûr.

« Trouve les civils. » Lara se rappela les paroles de Serin, et un frisson lui hérissa la nuque lorsque deux enfants passèrent en courant devant elle, des sacs de grain dans les bras. Elle examina le village un peu mieux. Il y avait des groupes d'hommes occupés à nettoyer des poissons, mais elle devinait aussi des odeurs de pain cuit, de viande grillée et d'agrumes, alors même qu'elle n'avait pas vu le moindre arbre fruitier sur l'île. Toutes ces victuailles avaient dû être importées grâce au pont.

— Ceux qui vivent sur d'autres îles… où vont-ils pendant les marées guerrières ? demanda-t-elle parce qu'il aurait été suspect qu'elle ne pose pas la question.

Et puis, elle était réellement curieuse d'en apprendre davantage sur cette destination mystérieuse.

— Ça, ce sera au roi de te le dire. (Taryn lui jeta un bref coup d'œil.) Ou pas, selon ce qu'il décide.

— Il n'est pas particulièrement bavard.

Taryn haussa une épaule comme pour indiquer que le sujet était clos, et elle entraîna Lara vers un étroit sentier qui serpentait dans la jungle. Au bout d'un moment, une brise fraîche leur parvint, porteuse d'une odeur salée, et elles entendirent les vagues qui s'écrasaient contre les falaises. Lara ne vit la catapulte que lorsque le soldat qui était posté à côté bougea. Il sourit à la vue de Taryn, mais son regard se durcit quand il s'arrêta sur Lara.

— On vient assurer la relève pour une heure, dit Taryn. Profites-en pour aller te chercher un peu de la viande grillée que j'ai sentie au village.

Une fois le soldat parti, elle se tourna vers Lara.

— Ne te vexe pas. Tous les Ithicaniens d'un certain âge ont perdu au moins un être cher lors de la guerre contre Maridrina. Même si la paix règne depuis quinze ans, ils ont du mal à te considérer autrement que comme notre ennemie.

Je suis votre ennemie, pensa Lara.

— Mais pas toi ?

— Au début, si, souffla Taryn, ses yeux gris rivés sur l'horizon. Jusqu'à ce que tu sauves la vie de mon cousin.

— Ton cousin ? (Lara cilla puis regarda la jeune femme brune avec un œil nouveau.) Aren est ton cousin ?

— Tu as l'air surprise. (Taryn eut un petit gloussement amusé.) Mon père et le sien étaient frères, ce qui signifie que Nana est ma grand-mère, à moi aussi. Tu me suis ?

Lara ne s'était pas préoccupée de ces questions jusque-là, mais elle se rendit compte qu'elle avait intérêt à s'y mettre. La jeune garde ne faisait pas exactement partie de la famille royale, mais il s'en fallait de peu. Or rien chez elle ne donnait le moindre indice de son statut. Elle portait le même uniforme que les autres soldats, dormait à la caserne, et effectuait les mêmes corvées que tout le monde. Seules ses armes, de grande qualité, indiquaient une certaine forme de privilège. Où allait donc tout l'argent d'Ithicana ? Lara n'avait pas oublié les revenus impressionnants dont faisaient état les documents posés sur le bureau d'Aren. Quand elle était enfant, elle s'imaginait qu'Ithicana avait des palais d'or massif, décorés de toutes les richesses qu'ils volaient à Maridrina et aux autres royaumes voisins. Mais, jusqu'à présent, elle n'avait vu qu'un luxe tout relatif.

— Rien ne t'obligeait à intervenir, mais tu as choisi de risquer ta vie pour épargner la sienne. Ce n'est pas le geste d'une ennemie.

Si tu savais…

Le ventre de Lara se noua.

Taryn saisit une longue-vue qu'elle promena vers l'océan, laissant à Lara tout le temps d'examiner la catapulte. C'était un engin en bois massif et en acier, doté de plusieurs leviers et manivelles, et dont la base était rivetée au sol rocheux. Il était flanqué de deux machines identiques mais beaucoup plus petites. En jetant un coup d'œil par-dessus son épaule, Lara remarqua un petit monticule bosselé sous une toile cirée vert-de-gris – sans doute un tas de projectiles.

Lara souleva un coin de la toile et aperçut une pierre qui devait peser entre vingt et trente kilos. Elle ne semblait pas assez grosse pour infliger le genre de dégâts qu'elle avait vus sur l'île centrale, mais peut-être qu'avec assez de force… Elle se retourna vers la catapulte et vit que Taryn l'observait.

La garde sourit.

— On a lancé Aren, une fois.

— Pardon ?

— Lia et moi. Enfin, c'était son idée, à lui. On n'est pas complètement débiles. (Taryn tapota la machine de guerre.) On devait avoir douze ou treize ans, et il s'était mis dans la tête que ce serait marrant de voir jusqu'où on arriverait à voler. Il n'y a que lui qui a pu essayer, cela dit.

— Et… ça a marché ?

— Oh, oui ! Ça, pour voler, il a volé. Par contre il n'avait pas prévu que l'atterrissage ferait aussi mal – enfin, l'amerrissage. (Taryn gloussa doucement.) Heureusement il y avait un bateau de pêcheurs tout près, et ils l'ont tiré de l'eau. Nana nous a forcés à trimballer des rochers pendant des semaines pour nous punir. Et encore, ça, c'était après que Jor nous a fait courir d'un bout à l'autre de l'île en nous aboyant dessus.

— Il a eu de la chance de ne pas se tuer, souffla Lara.

Elle se demanda si sa vie aurait été différente dans ce cas – ou si elle aurait eu une vie. Elle imaginait sans mal que son père, ayant reçu la nouvelle que le prince d'Ithicana était mort, aurait décidé d'exterminer tous ceux et celles qui étaient au courant de son plan pour le Traité de Quinze Ans.

Taryn sourit de plus belle.

— Ça résume à peu près la moitié de ce qu'il fait. (Elle tapota la catapulte.) Tu veux essayer ?

Lara partit d'un rire choqué.

— Je comprends mieux pourquoi tu voulais m'attirer ici.

— Mais non ! Pas toi ! Une pierre.

— Oh. (Lara regarda la machine d'un œil nouveau.) Dans ce cas, oui. J'aimerais bien.

C'était un engin élaboré, prévu pour qu'un individu arrive à s'en servir seul, mais les pierres étaient lourdes, et Lara bien contente d'avoir l'aide de Taryn. La catapulte pivotait sur sa base, sans un bruit, et une manivelle permettait d'ajuster la distance de tir. Elle apprit que les deux machines plus petites servaient à effectuer le calibrage.

— On va essayer de toucher ce morceau de bois mort, là-bas.

Sous l'œil attentif de Taryn, Lara lança de petites pierres vers la branche qui flottait non loin, jusqu'à ce qu'elle arrive à l'atteindre.

— Bien joué, Majesté. Maintenant on va ajuster la grosse catapulte pour atteindre la même distance. (La garde tourna une manivelle, puis une autre, et Lara prit note du moindre de ses gestes.) Et voilà. À toi l'honneur.

Les mains moites d'excitation, Lara agrippa le levier principal et tira. La catapulte se déclencha avec un claquement tonitruant, et les deux femmes se penchèrent pour voir le projectile décrire un arc dans le ciel avant de percuter la branche.

Taryn leva le poing en triomphe.

— Tu viens de couler ton premier bateau !

Soudain elles entendirent du bruit dans la jungle derrière elles, et le soldat qu'elles avaient remplacé débarqua en courant.

— C'est une attaque ? demanda-t-il.

— Non, c'était un test, répondit Taryn calmement. Le roi a ordonné qu'on évalue la performance de toutes les catapultes. Celle-ci semble en bon état de marche. (Elle se tourna vers Lara.) On continue, Majesté ?

Lara réprima un sourire.

— Oui, allons-y.

Elles passèrent la journée à faire le tour de l'île pour tester les catapultes et retournèrent au village à l'heure du dîner. Elles mangèrent debout près d'un grand feu de joie, autour duquel tous les habitants ou presque s'étaient rassemblés. Taryn lui expliqua que c'était en honneur de toutes les vies qui avaient été perdues sur l'île voisine de Serrith. Lara dégusta de la viande et des légumes grillés embrochés sur des bâtonnets, but de la bière mousseuse dans une chope qui semblait ne jamais se vider et se réchauffa les mains devant les flammes lorsque la brise se rafraîchit à la nuit tombée.

Les villageois se montrèrent un peu méfiants au début, alors Lara prit soin de rester à l'écart. Elle les écouta raconter toutes sortes de mythes ithicaniens – des histoires de serpents et d'orages qui avaient défendu les îles d'émeraude. Ils évoquèrent aussi l'origine du pont qui, d'après leurs légendes, n'avait jamais été construit mais avait surgi de la terre tel un organisme vivant. Leurs voix se succédèrent jusque tard dans la nuit. Les enfants s'endormirent dans les bras de leurs parents, qui les emmitouflèrent dans des couvertures de laine. Plusieurs musiciens apportèrent leurs instruments – tambours, guitares et flûtes – pour accompagner les chants et les danses, et Lara resta médusée par la voix de soprane de Taryn. Les villageois l'invitèrent à se joindre à eux, mais elle refusa poliment en prétextant qu'elle chantait faux. En vérité, elle tenait surtout à observer, écouter et apprendre tout ce qu'elle pouvait.

Enfin l'atmosphère commença à se calmer. Des couples s'éclipsaient discrètement, main dans la main ; les aînés s'étaient rassemblés en petits cercles pour échanger des commérages et des complaintes tout en faisant passer une sorte de pipe. Taryn s'approcha de Lara et posa une main sur son épaule.

— On ferait bien de rentrer avant que Nana ne vienne nous chercher.

Elles emportèrent une lampe et suivirent l'étroit sentier qui s'engageait dans le concert joyeux et sauvage de la jungle.

— Je ne voulais pas devenir soldat, tu sais.

Lara jeta un regard en coin à Taryn.

— Ça ne m'étonne pas. Je te verrais plutôt poissonnière.

Taryn éclata de rire mais recouvra bien vite son sérieux.

— Je voulais aller étudier la musique à Harendall.

Les universités d'Harendall étaient réputées parmi tous les royaumes voisins, du nord au sud, mais l'idée qu'une Ithicanienne puisse rêver d'y aller prit Lara au dépourvu tant c'était… impossible.

— Mais les Ithicaniens ne sortent jamais du royaume, si ?

— C'est interdit. Enfin, il y a des espions qui voyagent un peu partout, évidemment, mais ce n'est pas pareil. C'est une fausse vie, où on n'est pas vraiment soi-même, et je n'aurais pas supporté. Réaliser mes rêves sous une identité d'emprunt… (Elle s'interrompit.) Je n'en ai jamais parlé à mes parents parce que je savais qu'ils tenaient à me voir entrer dans l'armée et, à terme, rejoindre le conseil d'Aren, mais je m'étais confiée à ma tante Delia.

La mère d'Aren. La reine défunte.

— Ma tante était convaincue que le meilleur moyen de gagner la confiance d'autrui, c'était d'accorder la sienne.

(Taryn retint Lara par le bras le temps que quelque chose se faufile en travers du sentier, puis elles se remirent en marche.) Tout le monde était en faveur d'un traité de paix avec Maridrina, mais personne ne voulait de la clause concernant le mariage. Personne ne voulait qu'Aren épouse une étrangère, et surtout pas une Maridrinienne. Pourtant ma tante Delia était persuadée que c'était le seul moyen d'établir une paix durable avec nos voisins. Elle espérait que les gens cesseraient de voir en nous un ennemi à chaque rencontre pour négocier de nouveaux accords.

« Mensonge ! » criait la voix de Serin dans l'esprit de Lara. *« Elle use de gentillesse pour t'amener à révéler des choses que tu regretteras. »* Mais Lara fit taire cette voix.

— Si elle pensait qu'un mariage suffirait à convaincre les Maridriniens qu'Ithicana n'est pas l'ennemi, elle se trompait.

Taryn secoua la tête.

— Elle ne cherchait pas à changer l'opinion de ton peuple. Elle voulait nous faire changer d'avis, nous.

Elles ne purent en dire davantage parce qu'elles approchaient déjà de la maison de Nana, et que celle-ci se tenait sur le seuil, l'air revêche.

— Ça y est ? L'escapade est terminée ?

— On n'a pas chômé, tu sais, Nana.

— Vous n'avez pas lésiné sur l'alcool, non plus. Je sens ton haleine d'ici.

Lara trouva cette remarque franchement hypocrite. Elle aurait pu en dire autant à la vieille bique, et elle voyait, sur la table derrière elle, une bouteille à moitié vide et un verre à moitié plein.

— Je vais me coucher, déclara-t-elle.

Elle n'était pas d'humeur à se faire gronder comme une gamine, mais Nana la rattrapa d'une poigne de fer. De sa main libre, elle lui tendit un sac de toile qui remuait en couinant.

— D'abord tu nourris les serpents.

Lara jeta un regard écœuré au sac. Elle n'avait pas peur des souris, mais elle en avait assez que cette vieille sorcière lui donne des ordres. Elle avait prévu de ressortir en douce pour aller voir le pilier du pont, or Nana allait sans doute la surveiller.

— Non.

Nana haussa les sourcils.

— Comment ça, non ? La princesse se croit trop supérieure pour nourrir les animaux d'une vieille femme ?

Lara crispa les poings malgré elle. Puis son regard se posa sur les étagères au-dessus des caisses où vivaient les serpents, et une idée lui vint à l'esprit.

— J'ai peur des souris, mentit-elle en se recroquevillant quand Nana lui tendit le sac.

— Alors surmonte ta peur.

Lara fut bien obligée de saisir le sac, ou alors les souris se seraient dispersées partout. Tout en maudissant la vieille femme, Lara attrapa une souris par la queue et souleva prudemment le couvercle d'une des caisses pour jeter la pauvre créature à l'intérieur. Puis elle passa à la caisse suivante.

Tous ces serpents étaient venimeux. Taryn lui avait expliqué que Nana recueillait leur venin pour formuler des antidotes, ainsi que des remèdes à toutes sortes de maux. Il y avait sur les étagères des dizaines de fioles au contenu brumeux, des plantes séchées et des médicaments, le tout soigneusement étiqueté. Lara prit le temps de lire les libellés en passant d'une caisse à l'autre, et un sourire lui échappa quand elle trouva ce qu'elle cherchait.

Alors elle lâcha le sac de souris en hurlant :

— Cette sale bête m'a mordue !

— Quoi ? Quel serpent ? demanda Nana avec un soupçon de panique dans la voix.

— Ce n'était pas un serpent, sanglota Lara en se mordant le bout du doigt pour se donner une blessure crédible. C'était une souris !

— Quelle andouille ! (Nana ramassa le sac, mais c'était trop tard. Les souris couraient déjà partout.) Taryn, rattrape-moi ces bestioles avant qu'elles n'entrent dans mon cellier !

Lara poussa un hurlement strident et monta sur une chaise pendant que les petits rongeurs profitaient de leur liberté. Puis, dès que Nana eut le dos tourné, elle s'empara d'un pot sur l'une des étagères.

— Mais attrape-les, enfin !

Taryn courait après les souris, mais les bières bues autour du feu ralentissaient ses réflexes, et les rongeurs n'avaient aucun mal à l'esquiver. Elle tenta de les écraser avec ses grosses bottes. Lara en profita pour déboucher le pot.

— Ne les tue pas ! s'écria Nana en fourrant deux souris dans le sac. Les serpents n'en voudront pas si elles sont mortes !

Elle se jeta sur une troisième souris, et Lara se pencha de façon à verser une bonne dose de potion dans le verre de Nana, bien contente que les Ithicaniens apprécient les alcools forts.

— J'en ai une !

Taryn lança la souris dans le sac de Nana. Lara reboucha le pot et le replaça sur l'étagère, puis elle resta plantée sur sa chaise à regarder les deux femmes rassembler les dernières souris.

Nana finit de nourrir les serpents en grommelant dans sa barbe et, quand elle eut terminé, elle saisit la main de Lara pour examiner sa minuscule blessure.

— Pauvre idiote. Si ça s'infecte, ce sera bien fait pour toi.

Lara recula en toisant la vieille dame d'un regard noir.

— Je vais me coucher, dit-elle.

Elle se dirigea vers le petit lit qu'elle occupait dans un coin de la pièce en faisant claquer ses bottes d'une démarche impérieuse. Et dut réprimer un sourire en voyant Nana vider son verre d'un trait.

Elle n'avait plus qu'à attendre.

Chapitre 19

Lara

Moins d'une heure plus tard, Nana poussa un grognement qui retentit dans la maison endormie. Puis elle se leva et sortit en titubant. Lara sauta de son lit et alla saisir une fiole qu'elle avait remarquée plus tôt. Elle la déboucha et l'approcha du nez de Taryn en s'excusant intérieurement pour le mal de tête qui attendrait la jeune femme à son réveil.

Alors elle sortit, dans le halo qu'une lanterne projetait sur le seuil. Une brise légère, qui sentait la jungle et la pluie, parcourut ses cheveux. De lourds nuages dissimulaient presque toutes les étoiles. Lara décrocha la lanterne, dont elle poussa la flamme au maximum avant de se diriger vers la petite bâtisse qui abritait les toilettes.

Elle s'arrêta devant la porte, amusée d'entendre ce qui se passait à l'intérieur, puis décrivit un cercle sur elle-même en plissant les paupières. Comme elle s'y attendait, un grand Ithicanien s'approcha.

— Puis-je vous aider, Majesté ? demanda-t-il en calant un pouce sous sa ceinture.

— Oh ! (Lara sursauta en portant une main à ses lèvres.) Euh, à vrai dire, j'avais besoin de…

Elle désigna les toilettes pile au moment où retentissait un bruit sonore, suivi d'un grognement peiné. Lara n'était peut-être pas dans son élément à Ithicana mais, quand il s'agissait de poisons, elle n'était jamais dépaysée. Nana se trouvait exactement là où elle l'avait espéré.

Le garde écarquilla les yeux.

— Je vois. (Il avait du mal à réprimer son hilarité.) Vous pourriez peut-être...

— Un buisson fera l'affaire, dit Lara en gloussant. (Elle lui tendit la lanterne.) Vous voulez bien me tenir ça ?

Elle alla se soulager derrière un arbre puis revint vers le garde et reprit la lanterne, qu'elle leva bien haut. Le garde cilla et fronça les sourcils face à la vive lumière.

— Vous croyez qu'elle va bien ? demanda-t-elle en désignant les toilettes. Ou est-ce qu'on devrait... ?

— Non ! (Clairement, il n'avait aucune envie d'interrompre Nana pendant qu'elle était sur le trône.) Je suis sûr qu'elle va très bien.

— Je l'espère.

Lara lui décocha un sourire aimable et repartit vers la maison. Nana passerait une nuit d'enfer, mais elle serait remise au petit matin. Lara éteignit la lanterne et la suspendit au crochet avant de rentrer.

Cependant elle ne ferma pas complètement la porte.

Elle compta jusqu'à cinq et la rouvrit. Il faisait noir dehors, et ses yeux ne s'étaient pas encore habitués à l'obscurité après la vive lumière de la lampe, mais cela signifiait que le garde n'y verrait rien non plus. Elle longea la maison à tâtons et, une fois passé le coin, elle attendit de discerner les silhouettes des arbres. Alors elle rampa sans un bruit le long du muret du jardin pour rejoindre la jungle.

La forêt n'était pas aussi dense que sur l'île centrale, et la faible lumière de la lune et des étoiles filtrait entre les feuilles. Lara se mit à courir sur le chemin qui menait au pied du pont. La brise marine couvrait le bruit de ses pas, cependant elle prit le temps de s'arrêter à plusieurs reprises pour voir si on la suivait. Elle n'entendit personne.

Une légère odeur de pierre mouillée lui chatouilla les narines, étrange et pourtant familière. Il ne lui fallut qu'un battement de cœur pour reconnaître la senteur si particulière du pont. Elle ralentit, de peur qu'il n'y ait des gardes en faction, et se faufila entre les arbres jusqu'à apercevoir l'ombre gigantesque du pilier qui se dressait dans la nuit. Cette ombre se prolongeait du nord au sud – le pont.

Avançant prudemment d'un tronc à l'autre, Lara scruta l'obscurité à la recherche de soldats mais ne vit personne, alors elle s'approcha de la base. C'était une combinaison de pierre lisse et de roche brute, qui s'élevait jusqu'à cinq ou six mètres du sol. Le terrain rocailleux ne laissait pas deviner la moindre empreinte menant à l'entrée du pont. Lara longea la façade de pierre lisse en la griffant légèrement, dans l'espoir de découvrir le contour de la porte, avant d'y renoncer presque aussitôt. Il y avait beaucoup trop de petites éraflures, et elle ne disposait pas de beaucoup de temps. Elle se mit donc à donner des coups d'épaule ici et là contre la pierre en espérant qu'un passage s'ouvre.

En vain.

Lara jura à mi-voix et se dirigea vers la partie rocheuse. Elle retira ses bottes, les cacha dans un recoin et commença à grimper. Ses épaules et son dos se mirent à la brûler tandis qu'elle s'élevait de plus en plus haut. Arrivée sous le ventre du pont, elle passa la main le long du flanc de pierre et sourit en rencontrant de petites striures qui pourraient faire office de prises. Malgré la douleur cuisante de ses muscles, Lara se hissa jusqu'en haut, où elle roula sur le ventre.

L'obscurité se déployait sous elle tel un océan de velours noir ponctué uniquement de minuscules lumières vers l'intérieur de l'île. Lara se mit doucement en mouvement, effleurant du bout des doigts la surface du pont pour y rencontrer le marqueur qui devait répondre à celui de l'intérieur.

La sueur lui coulait le long du dos, et son horloge interne lui criait qu'elle devait retourner chez Nana, mais elle persista jusqu'à trouver ce qu'elle cherchait. Alors elle se leva et retourna vers le pied du pont en comptant ses pas.

C'est alors qu'elle entendit des voix s'approcher.

— Quelle bande d'imbéciles ! Qu'est-ce qui leur a pris, de camper au-dessus de Gamire avec toute une caravane ?

Lara reconnut Jor. Il se trouvait sur le pont, comme elle, et il n'était pas seul.

Le cœur battant, elle se mit à plat ventre et rampa vers le bord. Sous elle un petit groupe de soldats émergea de la forêt, l'un d'eux portant un bocal empli d'une substance lumineuse.

— Ils ne savent pas qu'ils sont au-dessus de Gamire, Jor, dit Lia. C'est justement ça, l'idée.

— Peut-être, mais ça nous complique quand même la vie.

Lara roula jusqu'à l'autre bord du pont et lança ses jambes dans le vide, suspendue uniquement par ses doigts moites de sueur.

— Vous avez fini, là-haut ?

Aren. Lara lâcha prise d'une main et réprima un cri. Puis, au prix d'un douloureux effort, elle parvint à se rétablir.

— On a regardé. Il y a une caravane qui campe pile sous nos pieds, trop près de la trappe pour qu'on puisse entrer sans se faire remarquer. Les autres trappes les plus proches sont à trois lieues de marche, et par un vent pareil, ça ne me paraît pas une bonne idée. Personne n'a envie de passer la nuit sanglé au sommet du pont sous la pluie.

Aren poussa un soupir de lassitude.

— Bon. On va prendre les pirogues, alors.

— La mer est agitée. J'espère que Nana a donné un remède efficace à ta charmante épouse pour l'empêcher de vomir partout. Quoique… il lui faudrait peut-être quelque chose d'un peu plus fort pour calmer sa panique de princesse.

— Ne te moque pas d'elle, rétorqua Aren sèchement. Lara a grandi dans le désert et elle ne sait pas nager. C'est naturel qu'elle ait peur de tomber à l'eau.

— Ouais, ouais, marmonna Jor.

Lara en profita pour descendre le long du pied. Arrivée à trois mètres du sol, elle sauta et atterrit avec à peine un léger claquement de ses pieds nus sur la roche. Puis elle roula et, se relevant, fit cinq grandes enjambées pour aller se cacher parmi les arbres. Elle se mit à contourner le pied du pont, la boue chuintant doucement entre ses orteils, jusqu'à apercevoir Aren. Il avait posé les mains l'une au-dessus de l'autre contre le pilier, avant de donner deux petites impulsions. Lara entendit un léger déclic et vit une porte s'ouvrir. Aren entra.

Au-dessus d'elle, Jor et Lia descendaient en rappel côte à côte. Lia était en train de faire glisser sa corde de l'anneau fixé dans le pont quand Aren ressortit.

— Il y a quelqu'un qui dort juste derrière la porte, râla-t-il.

— Je vous avais bien dit que c'était une bande d'imbéciles, renchérit Jor.

— Tant pis, souffla Aren. Allons-y.

Il s'élança le long du sentier qui menait à la maison de Nana... pour aller y chercher Lara.

Et merde! Elle attendit qu'ils se soient tous éloignés un peu pour récupérer ses bottes. Elle allait devoir courir à toutes jambes pour regagner la maison avant eux sans se faire remarquer mais, en même temps, elle ne pouvait pas repartir sans jeter un coup d'œil à l'intérieur. Elle appuya les mains contre la paroi du pilier en imitant le geste d'Aren et sourit lorsque la porte s'ouvrit.

Elle s'attendait à ce qu'il fasse noir dans l'escalier en colimaçon, mais il était éclairé par de petites fioles lumineuses au mur. Elle gravit les marches quatre à quatre et atteignit une paroi de pierre lisse. Prête à risquer de se faire surprendre, elle y posa les mains et donna deux petites impulsions.

Clic.

Le léger bruit la fit tressaillir, mais la lourde porte pivota en silence quand elle l'entrouvrit. Il y avait effectivement un homme qui dormait juste derrière, et c'était sans doute grâce à ses ronflements que les gardes ithicaniens postés tout près n'avaient rien entendu.

Il fallait qu'elle marque l'emplacement de cette porte pour que les soldats de son père puissent la localiser de l'intérieur. Cependant les Ithicaniens inspectaient régulièrement le pont afin d'éviter ce genre de manœuvre, alors elle allait devoir penser à quelque chose qui ne se remarque pas.

En un éclair elle passa en revue les enseignements de Serin, consciente qu'elle devait trouver une solution immédiate si elle ne voulait pas qu'Aren arrive chez Nana avant elle.

Et une idée lui vint. Elle tira son couteau et s'entailla l'avant-bras avant de ranger sa lame. Puis elle se couvrit les doigts de sang et traça le contour de la porte. Une fois que le sang serait sec, il passerait inaperçu sur la pierre du pont, mais il réagirait au contact d'un composant chimique bien précis.

Elle n'avait pas le temps d'en faire plus.

Elle repoussa délicatement le battant, redescendit l'escalier au pas de course et, après avoir refermé la porte d'en bas, elle s'élança sur le sentier aussi vite qu'elle l'osait. Les racines et les cailloux blessaient ses pieds nus, mais elle n'aurait pas pu avancer aussi vite et aussi discrètement avec ses grosses bottes.

Très vite elle aperçut la faible lueur du bocal d'Aren et ralentit l'allure. Elle s'approcha d'eux sans se faire remarquer et envisagea de se faufiler parmi les arbres pour les dépasser, mais c'était trop risqué. Ils l'auraient entendue.

La maison de Nana se profilait devant eux.

Trouve une idée ! se cria-t-elle en silence tout en regardant Aren faire le tour de la maison, puis ouvrir la porte. Il ressortit presque aussitôt, affolé.

— Où est-elle ?

Lara enfila ses bottes et passa entre les arbres pour déboucher dans la clairière, qu'elle traversa pour se retrouver face à Aren.

— Je suis là, pas la peine de hurler.

Il la dévisagea, imité par son garde du corps et par le soldat qui était chargé de surveiller la maison. Nana choisit ce moment précis pour sortir des toilettes, vêtue uniquement de sa chemise de nuit et de ses bottes.

— Qu'est-ce que vous faisiez à errer dans les bois en pleine nuit ? lança Aren d'un ton glacial.

La voix de Serin se rappela à elle. *« En général les gens mentent parce qu'ils ont honte de quelque chose. C'est très rare que des personnes mentent pour se faire honte, ce qui les rend beaucoup plus crédibles. »*

Lara baissa les yeux, consciente que son visage rouge et suant ne ferait que corroborer son mensonge.

— Je ne me sentais pas bien, et… (Elle désigna Nana.) … c'était occupé.

Aren se tourna vers sa grand-mère.

— Tu es malade ?

— Oh, ça va. J'ai la courante mais je m'en remettrai.

— On a dû manger quelque chose…, grommela Lara en posant une main sur son ventre. Ou alors, c'est parce qu'on a touché ses saletés de souris.

— Des souris ? Tu l'as forcée à nourrir tes serpents ? (Aren secoua la tête, dépité, avant de s'en prendre au pauvre garde.) Et toi, où étais-tu passé ?

— Je n'ai pas bougé. Je surveillais la maison mais je ne l'ai pas vue ressortir.

— Je n'appelle pas ça surveiller !

— J'essayais d'être discrète, intervint Lara en creusant un petit trou du bout de sa botte. Maintenant, si vous pouviez arrêter de me dévisager comme ça, j'aimerais retourner me coucher.

Aren poussa un long soupir.

— Quoi ? s'enquit Lara en levant les yeux vers lui, les bras croisés sous sa poitrine.

— On a repéré une flotte de navires amaridiens au large de nos côtes. Le vent souffle en notre faveur pour l'instant, mais l'île centrale est sous mon commandement, et il faut que j'y retourne pour préparer nos défenses.

— Vous pensez qu'ils vont attaquer ?

— C'est fort probable, souffla-t-il. Vous pouvez rentrer avec nous, ou rester ici et passer les marées guerrières chez Nana.

Il était absolument hors de question qu'elle passe une journée de plus chez cette vieille chouette. D'autant que, si elle se fiait à l'expression soupçonneuse de Nana, cette dernière n'était pas complètement dupe. Elle serait bien capable de ligoter Lara à son lit et de tripler le nombre de gardes. Et puis, Lara devait encore amadouer Aren.

— Je veux rentrer avec vous.

Il fronça les sourcils et détourna le regard.

— On ne peut pas emprunter le pont. Il y a une caravane de commerçants en transit vers l'île sud, et ils campent justement au-dessus de cette île. On ne pourrait pas entrer sans se faire remarquer, alors on va devoir prendre la mer.

Lara ravala le malaise qui la saisit aux tripes. *Maîtrise ta peur*, se rappela-t-elle tout en écoutant le vent qui rugissait de plus en plus fort. *Tu as tout à gagner.*

—Je survivrai, dit-elle sans desserrer les dents.

Aren se tourna vers Taryn, qui se massait les tempes.

—Ce n'est pas ton heure de gloire, soldat. Jor décidera de ton châtiment une fois qu'on sera sur l'île centrale.

—Désolée, Majesté, bredouilla Taryn.

Lara fut prise d'un élan de culpabilité, qu'elle rejeta aussitôt.

Aren lui prit la main pour la guider dans l'obscurité. Jor ouvrait la marche, et Taryn leur emboîtait le pas, encore mal réveillée. Elle portait quelque chose de volumineux qui se cognait contre son épaule à chaque pas.

Le vent hurlait de plus en plus fort, mais Lara entendait surtout le fracas des vagues contre les falaises, le cœur affolé à l'idée qu'ils allaient prendre la mer dans de telles conditions. De grosses gouttes de sueur coulaient le long de son dos lorsqu'ils sortirent de la jungle et se retrouvèrent face à un océan de noirceur, la lune et les étoiles cachées derrière les nuages.

Alors il se mit à pleuvoir.

Une bruine fine mais glaciale qui eut vite fait de tremper les cheveux de Lara et d'imprégner sa tunique tandis que les soldats de l'île joignaient leurs forces pour hisser ce qui ressemblait à une gigantesque échelle. Des cordes étaient fixées au bout, et il fallut huit personnes pour la faire basculer par-dessus le bord de la falaise.

—Il y a un gros affleurement rocheux au-dessous de nous, cria Aren à son oreille. On va descendre l'échelle et rejoindre à pied la petite île où les bateaux sont amarrés. La marée est basse, mais vous aurez quand même de l'eau jusqu'aux genoux.

—Allons-y! lança Jor, qui était déjà sur l'échelle.

Il commença à descendre, aussitôt suivi de Lia.

—Je vais passer devant. Vous allez me suivre, et Taryn sera derrière vous.

Lara hocha la tête en silence, incapable de parler tant elle claquait des dents. Aren s'engagea sur l'échelle, et Lara l'imita, mais elle avait les doigts tout engourdis, les bras et les jambes tremblants.

Elle dut faire appel à toute sa volonté pour se mettre en mouvement et descendre vers la mer déchaînée.

S'ils en sont capables, alors toi aussi, se répétait-elle en silence. Elle avait les paumes moites de sueur et les vêtements trempés par les embruns. Enfin elle sentit les mains d'Aren autour de sa taille. Il l'aida à trouver son équilibre tandis qu'elle posait les pieds sur les rochers glissants. Taryn les rejoignit un instant plus tard et, dès qu'elle donna le signal, les soldats de l'île hissèrent l'échelle pour la ramener sur la falaise.

Lara n'y voyait plus rien mais elle entendait les vagues rugir tout autour d'elle. Au moindre faux pas elle serait fichue. Dès que cette idée traversa son esprit, elle tomba à quatre pattes pour agripper le sol rocheux.

— On n'a pas le temps de ramper ! cria Aren. Ce sera encore bien pire si on se fait rattraper par la marée !

Lara se releva, les genoux tremblants, le souffle saccadé. Lentement, elle mit un pied devant l'autre en se laissant guider par Aren.

— Jor a marqué le chemin, regardez, dit-il en levant la main qui tenait celle de Lara.

En plissant les yeux elle aperçut des traces d'algues luisantes ici et là sur les rochers. Les battements affolés de son cœur se calmèrent peu à peu, et elle avança d'un pas plus assuré.

— L'affleurement est submergé sur trois ou quatre mètres, là. L'eau devrait vous arriver jusqu'aux genoux, mais le courant est fort, alors accrochez-vous à moi.

— Vous serez maudit pour m'avoir forcée à faire ça.

Aren éclata de rire, ce qui vexa tellement Lara qu'elle se remit en marche.

Ses bottes se remplirent aussitôt, et le courant poussa contre ses mollets avant de l'attirer dans l'autre sens. Elle se tenait à la ceinture d'Aren, et Taryn posa une main rassurante sur son épaule.

Un pied devant l'autre.

Ça va aller.

Elle trébucha, et un sanglot lui échappa alors même qu'elle recouvrait son équilibre.

Ne t'arrête pas.

Un pied devant l'autre.

Et puis une grosse vague lui faucha les mollets et elle glissa. Elle avait de l'eau jusqu'à la taille et, sans la ceinture d'Aren, elle se serait fait balayer. Son cri déchira la nuit, un cri de terreur primitive, mais Aren la saisit par les deux bras et la tira hors de l'eau pour l'asseoir sur la petite île.

—Ça y est, tout va bien. Le pire est passé.

—Dès qu'on sera sur la terre ferme, je vous promets que je vous égorgerai comme un cochon de lait! (Elle avait horreur d'avoir peur, et la seule émotion capable de chasser sa terreur, c'était la colère.) Je vous étriperai dans votre sommeil!

Elle entendit des éclats de rire, puis la voix de Jor.

—Elle dévoile enfin ses réelles intentions.

Aren s'esclaffa.

—J'ai encore tout le temps de vous balancer à l'eau, je vous signale.

Puis il tourna les talons pour traverser la petite île.

Taryn aida Lara à se remettre debout.

—Il ne faut pas plus d'une heure pour retourner sur l'île centrale. (Elle remit à Lara une espèce de lanière.) Tiens. J'ai demandé à une femme du village de te fabriquer ça. Si tu tombes à l'eau, ça te permettra de flotter jusqu'à ce qu'on te repêche.

Lara accepta l'objet à tâtons. La lanière de cuir était attachée à un petit tonneau vide. C'était un geste d'une gentillesse extraordinaire, que Lara ne méritait pas.

—Merci.

Les Ithicaniens la firent monter dans une des pirogues, et elle se recroquevilla au fond en se cramponnant d'une main à son tonneau et, de l'autre, à la coque. Ils détachèrent l'amarre en se parlant calmement, comme s'ils ne s'apprêtaient pas à se lancer dans une expédition follement dangereuse.

L'embarcation se mit à danser sur les vagues, et l'estomac de Lara se soulevait en rythme, mais elle n'eut pas le temps de sortir de sa poche la racine que lui avait donnée Nana. Elle était occupée à vomir par-dessus bord quand le petit groupe se tut et s'immobilisa.

— Les voilà, dit Lia.

Jor maugréa un juron.

— J'espère que cet orage va empirer et les envoyer par le fond.

Lara redressa la tête, les yeux larmoyants. Au loin, des dizaines – non, des centaines – de lumières dansaient à la surface de l'eau. Des mélodies et des chants leur parvenaient par rafales.

C'étaient des vaisseaux. La flottille amaridienne.

— On devrait aller en allumer quelques-uns, gronda Lia. Ça leur gâcherait un peu la fête.

Toutes les têtes se tournèrent vers Aren. Les ongles plantés dans le bois de la coque, Lara attendit de voir sa réaction.

— On garde le cap sur l'île centrale, dit-il sans hausser le ton.

— Mais on pourrait en couler un ou deux, insista Lia. On a largement de quoi.

— Cap sur l'île centrale. Ils ne nous ont pas agressés, et on ne provoque jamais le conflit.

— Tu sais très bien qu'ils vont nous attaquer dès que l'orage sera passé !

— Et, dès qu'ils nous attaqueront, nous les repousserons, comme toujours.

La voix d'Aren ne trahissait pas la moindre émotion, pourtant Lara sentait son mécontentement et sa colère.

— On pourrait les arrêter sans attendre, pour une fois, s'entêta Lia.

— Ils sont hors des eaux d'Ithicana et ils ne nous menacent pas. (Aren se décala un peu, mal à l'aise, et son genou effleura le dos de Lara.) Si on les attaque sans raison, Amarid sera en droit de nous déclarer la guerre. Ce ne sont que quelques navires, on peut s'en débrouiller. Si Amarid déployait toute sa marine, ça se passerait autrement. Ithicana ne provoque jamais de conflits, parce qu'on ne peut pas se le permettre. Alors on rentre à l'île centrale.

Sans un mot, les soldats se remirent en mouvement, et les pirogues reprirent leur élan pour sauter de vague en vague. Pourtant Lara gardait les yeux rivés sur les lumières de la flottille.

Le discours que leur avait fait son père lors de ce dîner de malheur résonnait dans son esprit. Depuis toujours Ithicana exerçait un contrôle abusif sur le commerce de la région et s'amusait à faire et défaire les royaumes comme une espèce de dieu sadique.

Elle y avait cru. Elle n'en avait jamais douté. Pourtant les paroles d'Aren… ce n'étaient pas celles d'un roi qui se prenait pour un dieu. Au contraire. C'étaient celles d'un homme qui se battait pour assurer la survie de son royaume.

Chapitre 20

Aren

Aren se frotta les yeux. Il avait l'impression qu'on y avait jeté du sable et qu'on les avait laissés sécher au soleil une semaine. Il avait mal au dos, mal aux côtes, et des ampoules plein les mains à force de travailler. Mais le pire de tout, c'était sa dent qui bougeait un peu depuis que Lara l'avait frappé au visage sans le vouloir quand elle avait failli glisser du rocher dans l'eau. Il espérait que ça se remettrait tout seul, sinon Nana ne lui pardonnerait jamais.

— On est prêts. Enfin… autant qu'on peut l'être. (Jor sortit de sa poche une flasque en argent et but une longue gorgée avant de se pencher au-dessus du feu pour la tendre à son roi.) Tiens, on dirait que tu en as besoin.

C'était sans doute vrai, mais Aren refusa d'un geste. Son équipe – ainsi qu'une pauvre Lara au teint verdâtre – était revenue sur l'île centrale juste avant l'aube, et il avait passé la journée à anticiper l'attaque de la flotte amaridienne. À présent, il ne leur restait plus grand-chose à faire sinon à observer l'orage. L'ennemi ne tenterait sans doute rien tant que les vents restaient violents, mais c'était la fin de la saison, et ça ne durerait pas très longtemps. Par ailleurs, les rafales n'étaient pas assez fortes pour repousser les vaisseaux jusque vers les côtes amaridiennes.

— Je me charge de la prochaine patrouille, lança-t-il.

Jor arqua un sourcil.

— Tu as déjà fini ton tour de garde.

— J'ai besoin de bouger. Tu sais bien que ça me rend fou, de rester assis sans rien faire.

— La pluie est froide. Tu vas le regretter avant d'être à mi-chemin.

— Les regrets sont devenus mes compagnons de chaque instant, rétorqua Aren en enfilant sa cape.

— Tu es particulièrement pleurnichard, ce soir.

Aren se gratta la joue avec le doigt du milieu, salua le soldat qui venait d'entrer dans la caserne et se dirigea vers la porte.

— Je ferais peut-être bien de t'accompagner, des fois que tu sois tenté d'aller te réfugier dans le confort de la grande maison.

— Ça, ça m'étonnerait.

La pluie était glaciale, et le vent soufflait si fort qu'Aren renonça vite à garder sa capuche. Ils marchèrent en silence pendant de longues minutes, en regardant où ils mettaient les pieds sur les rochers glissants en haut de la falaise. Plus d'un soldat y avait trouvé la mort, et malgré la série d'épreuves qu'Aren avait dû affronter, il n'était pas pressé d'aller les rejoindre.

Enfin ils atteignirent le premier poste de garde, et tandis qu'ils observaient la mer déchaînée, Jor prit la parole.

— Tu as eu raison de ne pas céder, hier.

— Peut-être.

Aren repensa à la réunion du conseil d'Eranahl et aux visages durcis de ses commandants tandis qu'ils se frayaient un chemin parmi les réfugiés qui débarquaient de leurs bateaux, les enfants qui pleuraient et les caisses de provisions. C'était l'évacuation la plus chaotique depuis des décennies, d'après ce qu'il avait entendu marmonner sur son passage. Il était tristement d'accord avec cette opinion.

— C'est le devoir du conseil de remettre tes choix en question. Ils testaient constamment ta mère, surtout à ce sujet-là. Elle a appris à reconnaître quand leurs remarques étaient judicieuses et quand elles étaient simplement dictées par la peur – quand faire des concessions et quand leur tenir tête.

Aren sortit sa longue-vue et examina l'horizon à la recherche de points lumineux.

— Tu crois que j'ai eu raison de ne pas céder là-dessus ?

Ils n'entendaient que le hurlement du vent et le fracas des vagues au pied de la falaise.

— Je ne sais pas. Je ne suis pas sûr qu'il y ait de bonne solution à ce problème, Aren. Tous les chemins mènent à la guerre. (Jor redressa les épaules.) Mais ce qui est fait est fait, du moins en ce qui concerne la bataille imminente. Maintenant, si tu veux bien m'excuser, il faut que j'aille pisser.

Le vieil homme disparut dans la jungle sans un bruit puis, bruyamment, fit ce qu'il avait à faire. Accroupi sur les rochers, Aren rangea sa longue-vue et mit les mains dans ses poches pour se garder du froid. L'évacuation était presque achevée, et son peuple avait pris les armes, comme chaque année. Tous les citoyens, hommes et femmes, âgés de quinze à cinquante ans étaient soit à leur garnison, soit en chemin. La seule exception, c'étaient les familles avec des enfants en bas âge, qui n'envoyaient qu'un seul des deux parents à la guerre. Ceux et celles qui en étaient capables se battaient, et les autres emplissaient diverses fonctions : tours de garde, signaux et communications, approvisionnement des troupes et gestion des dizaines de postes de défense. Pendant les marées guerrières, Ithicana n'avait plus de civils, seulement une armée.

Or, cette armée était furieuse qu'Amarid ait réussi à attaquer Serrith par surprise – une île qui, justement, se trouvait sous le commandement d'Aren.

Il se repassait en boucle la scène du conseil d'Eranahl, en imaginant tout ce qu'il aurait pu faire différemment, ce qu'il aurait pu formuler autrement.

— J'ai cru comprendre que vous aviez subi des pertes importantes à Serrith, Majesté. (La voix de Mara, l'une des commandantes de la garde, se rappela à lui.) C'est déjà la deuxième fois qu'Amarid vous prend par surprise, et les marées guerrières ne font que commencer. Peut-être êtes-vous un peu distrait par votre jolie Maridrinienne.

Une rumeur gênée avait parcouru l'assemblée. Elle avait choisi de prendre Lara pour cible plutôt que de parler du nombre de morts. Tout le monde savait que c'était un cauchemar de défendre Serrith. Le pont passait trop près de la plage, ce qui permettait à d'éventuels agresseurs de cacher leurs navires derrière le pilier le temps de mettre leurs pirogues à l'eau. Les catapultes devenaient alors inutiles. Il fallait beaucoup de soldats bien préparés pour repousser une attaque, et avec un brouillard aussi épais que ce jour-là, les soldats n'avaient que quelques minutes pour se mettre en garde, le temps que les pirogues atteignent la plage. Ça leur aurait peut-être suffi si l'homme chargé de faire le guet ne s'était pas endormi à son poste – une erreur qui lui avait coûté la vie.

— J'ai cru comprendre qu'elle était avec vous… dans le pont, au moment de l'attaque.

Il n'avait pas été surpris que ce détail soit connu de tous, surtout avec les évacués de Serrith présents sur Eranahl. Les rumeurs circulaient encore plus vite que les tempêtes. Heureusement Aster n'était pas encore arrivé à la réunion. Si le vieux commandant avait eu vent de tout ce que Lara avait vu, il aurait fait une crise d'apoplexie.

— Je n'ai jamais eu l'intention de garder Lara prisonnière. Vous le savez pertinemment.

Cependant il n'avait pas non plus eu l'intention de la faire monter dans le pont, ou de lui montrer comment ses soldats s'en servaient en cas d'agression ennemie. Mais de la voir paniquer dans la pirogue, tremblante comme une feuille et incapable de respirer… il ne l'avait pas supporté. Sauf que, ça, il n'allait pas l'admettre face à ces hommes et ces femmes endurcis au combat, parce qu'il avait besoin de gagner leur respect.

— On les connaît, vos intentions. Ça ne veut pas dire qu'on est d'accord. Les Maridriniens sont des rats. Lâchez-en un en liberté, et bientôt c'est Ithicana tout entière qui sera infestée.

— Les Maridriniens sont nos alliés, avait rappelé Ahnna.

Debout derrière la longue table qui présentait une carte d'Ithicana, elle gardait une main protectrice posée sur l'île sud.

Mara lui avait répondu par une grimace écœurée.

— Les Maridriniens sont, au mieux, des associés mercantiles, Ahnna. Nous les payons pour maintenir la paix. Ce n'est pas une alliance.

Mais ça pourrait en devenir une, avait pensé Aren avant d'intervenir.

— Ils nous ont accordé quinze ans de paix sans rien demander en échange, Mara. Ils ont prouvé qu'ils respectaient la lettre du traité, et maintenant c'est à nous de leur rendre la pareille.

— D'accord, mais à quel coût ?

Mara avait désigné le centre de la carte, où des miniatures de vaisseaux amaridiens représentaient leurs ennemis. Les Amaridiens avaient toujours été les plus féroces adversaires d'Ithicana, essentiellement parce qu'ils étaient en concurrence pour assurer le commerce entre les deux continents. La marine marchande d'Amarid prenait beaucoup plus de risques en traversant la Mer des tempêtes tout au long de l'année, et se chargeait surtout de transporter des produits auxquels Ithicana ne voulait pas toucher. Jusque-là, Maridrina avait largement loué les services d'Amarid, mais c'était terminé, et la reine d'Amarid ne se gênait pas pour manifester son mécontentement.

— Une fois qu'on aura négocié l'autre moitié du traité, les vaisseaux d'Harendall pourront s'interposer entre nous et ceux d'Amarid, reprit Aren.

Amarid n'avait peut-être pas peur de se quereller avec Ithicana, mais Harendall était un immense royaume, autrement plus puissant.

— Est-ce qu'Harendall a réclamé la main d'Ahnna ?

Aren sentit sa jumelle remuer dans son dos, nerveuse.

— Non.

— Vous avez discuté des accords commerciaux ?

— Pas encore. (Aren sentit un filet de sueur lui couler dans le dos. Il avait toutes les peines du monde à se retenir de grincer des dents.) Cela n'a rien d'étonnant. Ils attendent sûrement de voir si la paix tient au sud avant d'entamer les démarches.

— Ça ne sent pas franchement la paix. (Tout le monde se retourna pour voir entrer le commandant Aster.) Je trouve plutôt que ça pue la guerre.

Il tendit à Aren une lettre frappée du sceau de Valcotta, deux crosses croisées, sur fond de cire améthyste.

— J'ai croisé le messager quand j'étais dans le pont, alors je me suis dit que je pourrais vous remettre ça en mains propres.

Tu voulais surtout me forcer à lire cette lettre devant tout le monde, pensa Aren. Il cassa la cire avec plus de violence que nécessaire et parcourut du regard les quelques lignes en s'efforçant de réprimer une grimace. Puis il posa la lettre sur la réplique de l'île centrale. L'impératrice de Valcotta était quelqu'un de raisonnable, son peuple était raisonnable, mais ils détestaient Maridrina avec une ferveur presque religieuse – et Maridrina le leur rendait bien.

— Alors ? fit Mara.

— Valcotta nous déclare la guerre ? demanda Aster en même temps.

Les yeux rivés sur la page, Aren lut :

— « À Sa Majesté royale Aren Kertell, roi d'Ithicana, maître du pont et gouverneur de la Mer des tempêtes. »

Tout le monde semblait retenir son souffle, et Aren savait pourquoi. Jusque-là, l'impératrice s'était toujours adressée à « mon très cher Aren, fils de ma tendre amie, que Dieu veille sur son âme ». L'usage de ses titres officiels n'indiquait rien de bon.

Il poursuivit.

— « Ithicana et Valcotta sont amies de longue date… »

— Des amies qui se pillent joyeusement dès que la mer est calme, marmonna Jor à la gauche d'Aren.

— Tous les amis se chamaillent de temps en temps, intervint Aster. Continuez, Majesté.

Aren toussota.

— « Ithicana et Valcotta sont amies de longue date, et c'est avec un profond désarroi que nous avons appris votre décision de trahir cette amitié en vous rangeant au côté de Maridrina. »

Quelqu'un siffla doucement dans la pièce, mais Aren ne releva même pas la tête.

— « Nous avons le cœur brisé de savoir que notre chère Ithicana, notre amie, fournit désormais à notre ennemi mortel les moyens d'attaquer nos terres. Nos morts seront de votre responsabilité. »

Personne ne dit mot.

— « Tout fort que soit notre désir de préserver notre amitié avec Ithicana, nous nous devons de répondre à cet affront. Dès que la mer sera plus calme, nous déploierons notre flotte afin d'empêcher notre ennemi, Maridrina, d'atteindre les marchés de votre île sud – et ce, tant que cette alliance scélérate ne sera pas abrogée. »

Aren ne put en lire davantage. Mara et Aster partirent d'un grand éclat de rire qui se répandit dans la pièce.

— La fortune nous sourit après tout, gloussa Aster quand il eut recouvré son calme. Silas se croyait si malin, à nous forcer de lui accorder la seule chose qu'on lui refusait, mais ni lui ni Maridrina n'en verra jamais la couleur.

Aren n'avait pas ri alors, et il ne trouvait toujours pas ça drôle.

Le craquement d'une brindille le ramena au présent. En tournant la tête, il vit Jor ressortir de la jungle tout en rebouclant sa ceinture.

— Les vents forcissent, déclara le vieux soldat. L'orage va se déchaîner pour de bon avant de s'épuiser. Amarid va devoir patienter quelques jours avant de passer à l'offensive. (Il décocha un sourire narquois à Aren.) Le moment serait bien choisi pour aller passer un peu de temps avec ta jolie petite femme. Elle commence à t'apprécier, je le sens.

— Tu t'en es rendu compte pendant que tu faisais tes besoins derrière ton arbre ?

— C'est là que je réfléchis le mieux. Allez, file. Je terminerai la patrouille tout seul.

Aren se leva et jeta un coup d'œil en direction de la maison. Puis il secoua la tête. Lara était censée symboliser le premier pas vers un avenir meilleur pour Ithicana. Mais, entre Amarid qui s'apprêtait à attaquer et Valcotta qui s'ingéniait à démolir leur traité, cet avenir meilleur n'était plus simplement un rêve.

C'était une folie illusoire.

Chapitre 21

Lara

Le menton calé sur ses avant-bras, Lara gardait un œil sur la faible lueur qui pointait à l'est, et l'autre sur le groupe d'Ithicaniens rassemblés devant la caserne. La pluie coulait le long de sa nuque, mais après trois nuits passées à espionner depuis le toit de la bâtisse, elle ne remarquait même plus l'humidité constante.

La population de l'île centrale avait quadruplé, voire plus, au cours des quelques derniers jours. Des hommes et des femmes étaient arrivés par bateau pour grossir les rangs de l'armée. C'étaient des civils, du moins jusqu'au début des marées guerrières, mais ils avaient immédiatement adopté la routine de la caserne. Même les plus jeunes, qui ne devaient pas avoir plus de quinze ans, semblaient déjà bien entraînés.

Pourtant les officiers – des soldats postés sur l'île centrale de façon permanente – les soumettaient à toutes sortes d'exercices, jour et nuit, afin de ne rien laisser au hasard.

Or, tout ce qui avait lieu au cœur de la nuit, Lara en était le témoin.

Ce n'était pas bien difficile de s'éclipser de la grande maison, malgré le nombre de gardes qu'Aren lui avait affectés. Premièrement, depuis qu'elle avait sauvé la vie d'Aren lors de la bataille de Serrith, ils semblaient lui faire un peu plus confiance et ne guettaient plus le moindre faux pas de sa part.

Deuxièmement, la couverture nuageuse garantissait des nuits parfaitement obscures, ce qui jouait en sa faveur. Et, troisièmement, les Ithicaniens étaient préoccupés par un adversaire qu'ils pensaient beaucoup plus redoutable qu'une jeune femme en train de prendre un bain dans une source d'eau chaude : la flotte amaridienne.

Celle-ci demeurait au large des côtes ithicaniennes, même s'il n'y avait pas eu d'agression depuis Serrith. Eli, sur qui Lara comptait pour glaner des informations, lui avait expliqué qu'ils attendaient sans doute la fin de l'orage pour passer à l'offensive. L'eau était peu profonde aux abords de l'île, avec des bancs de sable et des rochers qui affleuraient un peu partout, sans oublier les célèbres défenses d'Ithicana. Il n'aurait pas été prudent d'attaquer alors que les vents étaient imprévisibles et la visibilité quasi nulle.

Sauf que cet orage ne durerait pas éternellement. L'île centrale vibrait d'une anticipation guerrière, ce qui arrangeait bien Lara.

Elle avait déjà la tête pleine de tout ce qu'elle avait appris au cours de son petit voyage avec Aren, et les trois nuits passées lui avaient livré encore davantage de détails. Perchée sur son toit, elle avait récolté toutes sortes d'informations sur les patrouilles qui parcouraient le pont – de l'intérieur comme de l'extérieur –, sur les sentinelles postées sur les îles voisines, et sur les signaux qu'elles utilisaient pour communiquer avec l'île centrale, qui semblait jouer le rôle de relais pour cette région d'Ithicana. Elle avait découvert que les explosifs qui décimaient les navires ennemis étaient lancés à l'aide des catapultes, fixés à des flèches, ou même parfois placés à la main sous couvert de la nuit, si ce qu'elle avait entendu était exact.

Elle avait regardé les Ithicaniens s'entraîner, s'escrimer sous la pluie à la lueur de lanternes dont la flamme était réduite pour éviter d'attirer les regards de leurs adversaires. À mains nues, au couteau ou à l'arc, même les moins doués savaient se débrouiller. Quant aux meilleurs d'entre eux… Lara n'avait aucune envie de se mesurer à eux, à moins d'y être obligée. Leurs armes étaient de qualité, et il y en avait assez pour que tout le monde ait des rechanges au besoin.

L'île centrale n'était qu'une pièce du puzzle mais, si tout se passait sur le même modèle dans le royaume, alors Serin n'avait pas menti à Lara et à ses sœurs quand il leur avait enseigné qu'Ithicana était impénétrable.

En revanche, elle commençait à douter de tout ce qu'on leur avait appris d'autre au sujet du Royaume du Pont. Elle ne savait plus où s'arrêtait la vérité et où commençaient les mensonges. Il était impossible que tout le monde ait été honnête avec elle quand chacun se présentait comme l'innocente victime.

Quelqu'un cherchait à la duper.

C'était peut-être ce que tout le monde cherchait.

Lara repoussa une mèche de cheveux collée à sa joue par la pluie en regrettant, une fois de plus, qu'on ne l'ait jamais autorisée à passer du temps hors du domaine dans le désert. Tout ce qu'elle savait venait de ses livres et des leçons de ses professeurs. En dehors du combat, elle n'était qu'une érudite qui avait étudié le monde sans jamais sortir de sa bibliothèque. C'était une lacune flagrante, et elle ne s'était pas gênée pour le rappeler à Serin, au risque d'encourir sa colère.

— C'est trop risqué ! rétorquait-il alors. Il suffirait d'un faux pas pour que tous tes efforts et tes années d'entraînement soient anéantis en un instant. Désires-tu aller te promener au point de mettre en péril ta chance de soustraire Maridrina au joug injuste d'Ithicana ? (Il ne lui laissait jamais le temps de répondre, et la faisait taire d'une gifle.) N'oublie jamais quel est ton rôle.

Erik, son maître d'armes, lui avait livré une autre explication.

— Ton père est un homme qui aime tout contrôler, petit cafard, lui avait-il dit tout en affûtant une dague. Ici, toutes les variables sont sous sa direction, mais hors de ces murs… (Il avait désigné le désert du bout de sa lame.) Même un roi ne peut jamais tout contrôler. Si ta vie est limitée, c'est par nécessité, ma fille, mais ce ne sera pas toujours le cas.

À l'époque, elle s'était agacée de cette réponse évasive qui ne lui expliquait rien, mais à présent qu'elle y repensait… Elle se demandait s'il n'y avait pas un sens plus profond à ces paroles.

Elle se demandait si la variable que son père tenait à contrôler plus que tout, ce n'était pas elle, justement.

La porte de la caserne s'ouvrit et se referma sous elle, et Lara se concentra sur la haute silhouette qui en sortit. Il avait remonté sa capuche pour se protéger de la pluie et portait le même uniforme que le reste de ses soldats, mais elle avait reconnu Aren. Sa démarche, la carrure de ses épaules, la fierté de sa posture tandis qu'il inspectait ses troupes… plus quelque chose d'autre qu'elle n'arrivait pas à identifier.

Elle savait que ce que son père et Serin lui avaient raconté au sujet du roi d'Ithicana n'était qu'un tissu de mensonges, et elle comprenait pourquoi. C'était facile de poignarder quelqu'un dans le dos si on croyait que c'était un démon. En revanche, trahir un homme motivé par le désir d'honorer son peuple, ça l'était beaucoup moins. Cependant, elle savait aussi que sa terre natale était en concurrence avec Ithicana et que, en sauvant l'une, elle signerait la perte de l'autre. Le bien-être des Maridriniens était sa priorité, et sa mission consistait à leur offrir la seule chose capable de garantir leur avenir. C'était pour cette raison qu'Aren ne pourrait jamais être autre chose que son ennemi.

Il s'approcha des soldats afin de parler à la femme qui les entraînait, et Lara se pencha pour écouter. Son geste délogea un bout de bois, qui glissa du toit et heurta le sol avec un bruit discret.

Aren fit volte-face, une main sur le pommeau de son arme, tout en repoussant sa capuche de l'autre.

Lara se figea. Habillée tout en noir, elle se fondait dans la nuit, mais si quelqu'un levait une lanterne pour regarder d'où venait ce bruit…

Aren toucha du bout de sa botte le morceau de branche brisée, qui portait encore quelques feuilles. Lara le supplia en silence de détourner la tête. *Ce n'est rien du tout. Une brindille cassée par le vent. Ça arrive au moins cent fois par jour.* Pourtant, en même temps, elle comprenait le sixième sens qui soufflait à Aren que quelque chose clochait.

— Qu'on m'apporte une lanterne et une échelle. Je crois qu'on a des serpents sur le toit, une fois de plus.

Le cœur battant à tout rompre, Lara recula lentement sur les pierres rendues glissantes par la mousse. Aren risquait d'entendre le moindre bruit, mais si elle allait tout doucement…

Soudain l'appel d'un cor retentit au loin, et les Ithicaniens – Aren inclus – s'immobilisèrent pour se tourner vers la mer. Un autre cor lui répondit, plus proche, et Aren hocha la tête.

— Les Amaridiens ont levé l'ancre.

Il commença à aboyer des ordres, mais Lara ne pouvait se permettre de s'attarder pour écouter. L'aube approchait, et elle devait rentrer à la maison sans se faire remarquer. Si elle n'était pas dans sa chambre au lever du soleil, elle serait fichue.

Elle rampa jusqu'à l'arrière de la caserne et sauta du toit pour saisir une branche qui avait bien besoin d'être taillée. Alors elle passa d'arbre en arbre avant de remettre pied à terre une fois au cœur de la jungle. De là elle suivit le chemin qu'elle avait repéré le premier soir pour rejoindre le sentier de la maison, en courant aussi vite que le permettait le sol boueux.

Gorrick et Lia montaient la garde devant le porche, elle fit donc le tour jusqu'à ce qu'ils soient hors de vue et grimpa le long du mur pour monter sur le toit et redescendre dans la cour intérieure. De là elle se glissa dans sa chambre par la fenêtre entrouverte et se déshabilla.

Elle venait de ranger ses vêtements et ses bottes après en avoir essuyé la terre quand quelqu'un frappa à la porte et en testa le verrou.

— Majesté ? L'aube approche.

C'était Taryn, avec sa précision habituelle. Depuis qu'elle avait failli à son devoir quand elles étaient chez Nana, elle semblait déterminée à se racheter en surveillant Lara comme un vautour. Elle dormait dans le couloir devant sa chambre – et aurait mis son lit de camp à côté de celui de Lara si cette dernière ne lui avait pas gentiment rappelé que Taryn ronflait comme le tonnerre.

Si Lara ne répondait pas tout de suite, Taryn n'hésiterait pas à enfoncer la porte.

— J'arrive !

Elle enfila une robe de chambre et enroula ses cheveux dans une serviette avant d'aller ouvrir.

— Qu'est-ce qui ne va pas ? J'ai cru entendre un cor.

— C'est Amarid, répondit Taryn en fronçant les sourcils. Pourquoi est-ce que tu as de la boue sur la figure ?

— J'étais en train de m'essuyer. Cette boue est très bonne pour la peau. Ça débouche les pores.

— Les quoi ? (Taryn secoua la tête d'un air éberlué puis entra dans la chambre en se frottant les yeux.) Je t'ai déjà dit de ne pas dormir avec la fenêtre ouverte. Tu tiens vraiment à te réveiller avec un serpent ?

— Je viens de l'ouvrir, mentit Lara. Il faisait trop chaud.

Taryn se pencha pour regarder sous le lit.

— L'orage est passé, alors tu peux sortir prendre un peu l'air, si tu veux. (Elle tira sur les draps et, aussitôt, recula.) Ah ! Tu vois ?

Un petit serpent noir aux anneaux jaunes était lové au milieu du lit. Il leva la tête en sifflant d'un air furieux. Taryn ressortit en grommelant et appela Eli, qui arriva un instant plus tard muni d'un long bâton avec une boucle de corde au bout. Il saisit la créature par la boucle, qui se resserra autour de son cou, et repartit en courant presque.

Lara se promit de s'assurer qu'il n'y avait pas de serpents dans sa chambre en rentrant de ses missions nocturnes.

En même temps, elle ne pensait pas pouvoir en apprendre beaucoup plus depuis le toit de la caserne – ou depuis l'île centrale, d'ailleurs. Son père aurait besoin d'infiltrer le royaume s'il voulait s'en emparer. Certes, Lara était déjà infiltrée, mais elle comptait sauver sa peau avant que Maridrina n'attaque. Les soldats de son père chercheraient à l'exécuter aussi sûrement que les Ithicaniens qu'elle aurait trahis. Elle devait donc diriger son père vers une autre île dont il pourrait exploiter les faiblesses.

— Je vais clouer ta fenêtre pour que tu ne puisses plus l'ouvrir. (Taryn se décala pour laisser passer Eli, qui revenait avec le petit déjeuner de Lara. Il déposa le plateau sur la petite table.) C'est ça, ou j'enferme Vitex dans ta chambre pour qu'il passe la nuit avec toi.

Lara frémit à l'idée de dormir sous l'œil de l'énorme félin.

— Je n'ouvrirai plus ma fenêtre, promis.

Elle alla s'attabler et remplit deux assiettes avant d'inviter Taryn à se joindre à elle. Les deux femmes burent leur café fumant en silence. Elles s'étaient beaucoup rapprochées au cours des derniers jours. Lara se sentait à l'aise en compagnie de Taryn, qui lui rappelait un peu ses sœurs.

— Amarid a lancé l'offensive ?

— Pas encore. Ils savent qu'on les a repérés, alors ils vont chercher à cibler nos points faibles.

— Est-ce qu'Aren…

— Il va prendre la mer, pour s'assurer qu'on n'a pas de points faibles. Pourquoi ? demanda Taryn avec un sourire en coin. Il te manque ?

Lara s'esclaffa d'un air ironique, que Taryn pouvait interpréter comme elle le voulait, mais son esprit s'emballait déjà. Si Aren n'était pas sur l'île, il n'y aurait personne pour lui dire non.

— Je voulais lui demander quelque chose…

— Ah bon ?

— Je veux m'habituer à être sur l'eau.

Taryn, qui était en train de mâcher un morceau de jambon, se figea, puis déglutit.

— Les marées guerrières ne sont pas le moment idéal pour aller se promener en mer, Lara.

Celle-ci lui donna un petit coup de pied sous la table.

— Je sais bien ! Je parlais juste d'aller m'asseoir dans une pirogue, en restant dans la crique. Comme ça, peut-être qu'à la fin des marées guerrières je me serai suffisamment habituée pour pouvoir voyager en bateau sans tous vous forcer à me regarder vomir.

Taryn reprit une bouchée, l'air soucieux.

— Il y a beaucoup de passage en ce moment…

— Est-ce qu'il y a un autre endroit où je dérangerais moins ?

S'il y avait d'autres points d'accès – des lieux moins bien défendus –, elle n'aurait peut-être pas besoin de trouver d'autres îles plus accessibles.

—Non, c'est la seule plage.

Lara poussa un soupir déçu.

—Je me sens enfermée, tu comprends. J'aimerais pouvoir découvrir Ithicana, mais entre mon mal de mer et ma… peur, ça me paraît tout simplement impossible.

Lara savait que Taryn se sentait enfermée, elle aussi, limitée par ces circonstances qui lui dictaient ce qu'elle pouvait faire et où elle pouvait aller. Elle vit que ses paroles avaient atteint leur cible quand Taryn reposa sa fourchette, les yeux dans le vide.

—On n'a qu'à essayer, une petite heure. On verra bien s'il y en a que ça dérange.

Lara lui décocha un beau sourire.

—Je vais finir de me débarbouiller, et après, on y va.

Trois heures plus tard, elles étaient assises dans une pirogue au milieu de la crique, et Lara essayait de traquer les allées et venues des soldats ithicaniens – quand elle n'était pas occupée à vider ses tripes par-dessus bord.

Taryn l'avait emmenée à une autre bâtisse non loin de la caserne, une sorte de hangar où étaient entreposées de petites embarcations dont personne ne se servait. Celle qu'elle avait choisie était à peine assez grande pour elles deux, et si vieille que Lara l'aurait crue hors d'usage. Elle ne manquerait à personne. Tandis qu'elles la portaient vers la plage, Lara réfléchit à un moyen de la cacher dans le but de s'enfuir avec un jour prochain.

Les avant-bras calés sur le bord du canot, elle regarda la chaîne qui barrait l'entrée de la crique se soulever pour laisser passer des bateaux qui transportaient des provisions du pied du pont jusqu'à la plage. Il y avait des caisses de nourriture, d'armes et d'équipements, toutes en provenance d'Harendall. Il y avait aussi des cages contenant des poules vivantes, trois cochons, et une dizaine de pièces de bœuf. Les mouvements des Ithicaniens étaient voilés par l'épaisse brume.

Les cors sonnaient en un concert incessant de vagues qui se répondaient, porteuses de messages différents qui entraînaient des réponses tout aussi diverses. C'était une conversation complexe, impossible à imiter pour un soldat maridrinien sans entraînement. Le père de Lara aurait besoin d'engager des musiciens s'il voulait tirer avantage de ces communications. Lara déboucha sa gourde pour boire une gorgée d'eau et se massa doucement la tempe tout en écoutant les mélodies. Il lui faudrait sans doute plusieurs jours, voire des semaines, pour mémoriser tout cela et pour en comprendre le sens.

La pirogue avait pivoté sous le vent, et Lara tournait le dos à la falaise qui protégeait la crique, mais le grincement de la chaîne attira son attention. En se redressant elle vit une série de bateaux entrer, et aussitôt son regard trouva Aren à bord de l'un d'eux.

Il l'aperçut au même instant.

Elle le vit échanger quelques mots avec Jor, puis leur bateau changea de cap pour s'approcher de leur pirogue. Aren se leva en se tenant au mât lorsque les deux embarcations s'accostèrent.

— J'imagine que vous avez une explication fascinante à me fournir.

Taryn se leva à son tour, ce qui fit vaciller le canot – et l'estomac de Lara.

— Sa Majesté estime que son mal de mer devrait guérir si elle passe du temps en bateau.

— Et, pour l'instant, qu'est-ce que ça donne ?

Taryn désigna les petits poissons qui nageaient tout près de la pirogue, et Lara sentit ses joues s'échauffer lorsque Aren et elle éclatèrent de rire. Puis il reprit la parole.

— Va te reposer un peu, Taryn. Je prends la relève.

Lara sentit son cœur s'emballer lorsqu'il s'assit en face d'elle. Il attendit que l'autre bateau ait presque atteint la plage pour lui demander :

— Pourquoi tenez-vous à vous infliger un calvaire pareil, exactement ?

Lara baissa les yeux vers le fond de la coque, qui prenait l'eau par une petite fissure qu'elle devrait tâcher de colmater.

— Parce que… si je n'apprends pas à maîtriser la mer, je ne pourrai jamais vous accompagner nulle part.

— Maîtriser la mer ?

Il se pencha vers elle, et son regard se posa sur les lèvres de Lara. Elle sentit ses joues rougir en repensant à leur baiser.

— Disons la tolérer, murmura-t-elle. (Elle remarqua une éraflure à l'intérieur de son avant-bras.) Vous êtes blessé.

— Ce n'est rien. Je me suis disputé avec un rocher, et le rocher a gagné.

Lara avait un peu peur de s'approcher encore de lui. Elle était déjà bien consciente que, en sa présence, elle avait cessé d'écouter ce qui se passait autour d'eux. Cependant elle avait besoin de lui si elle voulait visiter d'autres îles ithicaniennes et mener sa mission à bien.

— Montrez-moi.

Il se décala un peu et défit la boucle de la garde qui protégeait le dos de son bras.

— Vous voyez ? Ce n'est vraiment pas grave.

— Ça mérite quand même un pansement.

Ça ne méritait pas un pansement, ils le savaient aussi bien l'un que l'autre. Pourtant cela n'empêcha pas Lara de saisir le poignet d'Aren, ni ce dernier de sortir de sa sacoche un peu de pommade et une longueur de tissu. Une série de vagues un peu plus hautes secoua la pirogue, et le genou d'Aren cogna la cuisse de Lara. Ce simple contact lança un élan de chaleur le long de sa jambe, en une sensation délicieuse qui faillit la distraire de sa tâche.

Lara se força à se concentrer et retira les petits éclats de roche fichés dans la peau d'Aren avant d'étaler un peu de baume dessus et de parachever le pansement. Pourtant elle ne pouvait s'empêcher de remarquer que son souffle à lui agitait les quelques mèches échappées de sa tresse, ou que ses muscles puissants jouaient sous sa peau quand il bougeait. Il tenait le bord du canot de sa main libre, et au gré des vagues, celle-ci lui effleurait la hanche.

— Vous vous y connaissez en art des soins.

— N'importe quelle andouille est capable de dérouler un bandage.

— Je pensais surtout à vos actions sur Serrith.

Lara haussa les épaules.

— Toutes les Maridriniennes apprennent à rafistoler leurs compagnons. J'ai reçu l'entraînement adéquat.

— C'est une chose de faire des points de suture sur un mannequin de tissu ; c'en est une autre de planter une aiguille dans la chair sanglante d'un être humain. J'ai failli m'évanouir, la première fois.

Un sourire amusé aux lèvres, Lara refit le nœud du pansement parce qu'elle n'en était pas satisfaite.

— Les femmes n'ont pas ce luxe, Majesté.

— Vous n'avez pas répondu à ma question, Majesté.

Il parlait sur un ton badin, mais elle sentait son sérieux, comme s'il guettait un mensonge.

— Mes sœurs et moi, on s'entraînait sur nos serviteurs et sur nos gardes chaque fois que quelqu'un se blessait. Sur les chevaux et les chameaux, aussi.

C'était la vérité. Elle avait simplement omis de lui dire que le véritable entraînement, ç'avait été de tenter de sauver la vie des guerriers valcottiens qu'elle et ses sœurs avaient affrontés dans l'arène. Une leçon particulièrement perverse : elles avaient cherché à tuer ces hommes pour sauver leur propre vie puis elles avaient dû les soigner… avant de les affronter de nouveau jusqu'à les achever.

— C'est un talent très utile par ici… Si vous voulez bien nous aider, je veux dire.

Elle boucla la protection d'avant-bras, et le dos de sa main effleura la paume d'Aren. Il referma les doigts autour des siens. Elle perdit le fil de ses pensées.

— Je veux faire de mon mieux pour vous aider. C'est mon peuple, maintenant.

L'expression d'Aren s'adoucit.

— Oui. C'est votre peuple.

Ils sursautèrent d'un même élan lorsque quelque chose vint racler contre la coque. En levant les yeux, Lara vit Jor debout dans l'autre bateau, une rame à la main.

— Tu es prêt ?

— Prêt pour quoi ?

Le vieil homme ouvrit des yeux incrédules.

— Tu as entendu les cors, Aren ! Amarid a mis le cap au sud.

Lara n'avait pas entendu le moindre cor. Elle n'avait pas vu l'autre bateau s'approcher. Elle n'avait rien remarqué depuis qu'elle avait entrepris de confectionner ce stupide pansement. Et, visiblement, Aren non plus.

Il remonta dans son bateau, ce qui fit tanguer la pirogue de Lara, et ils s'éloignèrent en direction de la haute mer. Lara les suivit du regard, paniquée.

— Comment je fais pour retourner jusqu'à la plage, maintenant ? cria-t-elle.

— Vous avez une rame, lança Aren avec un sourire malicieux, les cheveux fouettés par le vent. Vous n'avez qu'à vous en servir !

* * *

À partir de ce moment-là, une petite routine s'établit entre Lara et Taryn. Chaque matin, qu'il pleuve ou qu'il vente, elles descendaient de la maison après le petit déjeuner pour aller flotter dans la crique. Au début, c'était horrible. Le ballottement constant des vagues donnait toujours le tournis et la nausée à Lara, mais petit à petit son mal de mer s'apaisa, de même que la peur qu'elle éprouvait chaque fois qu'elle mettait le pied dans la pirogue pour s'aventurer sur l'eau.

Les attaques contre Ithicana se succédaient presque sans interruption. Le chant des cors résonnait constamment, telle une interminable mélodie guerrière. Aren et ses soldats faisaient des sorties chaque jour pour repousser des adversaires, renforcer des défenses et s'assurer que les divers postes de garde disposaient de tout le nécessaire. Très souvent ces excursions se terminaient en combats, et ils en revenaient épuisés, les traits tirés, avec des dizaines de blessés.

Les plus mal en point étaient confiés aux guérisseurs stationnés sur l'île centrale, mais ceux qui n'avaient besoin que d'un pansement ou de quelques points de suture étaient déposés dans le bateau de Lara pour qu'elle s'en occupe. Il n'était pas rare qu'Aren fasse partie de ces blessés, et c'étaient les seules occasions où Taryn s'éloignait d'elle.

— Je commence à me demander si vous faites exprès de récolter toutes ces égratignures, ou si vous êtes juste incompétent, lança-t-elle tout en posant une sangsue sur la pommette tuméfiée d'Aren.

Elle s'amusa de son geste de recul à l'approche de la créature.

— N'y a-t-il pas de troisième solution ? demanda-t-il en grimaçant lorsqu'elle sortit une autre sangsue de son bocal.

— Arrêtez de gigoter.

Elle plaça la sangsue comme les guérisseurs de l'île le lui avaient enseigné et, une fois de plus, s'émerveilla de voir l'hématome se résorber sous ses yeux. Les deux bestioles retombèrent dans sa main une fois repues. En plus de lui fournir du matériel, les guérisseurs avaient insisté pour qu'on lui donne un bateau un peu plus grand que le canot vétuste. Nuit après nuit, Lara s'était échappée de sa chambre pour le sortir du hangar et le traîner jusqu'à une cachette qu'elle avait repérée près des falaises, où elle avait aussi accumulé toutes sortes de provisions volées afin de préparer sa fuite.

— Vous semblez plus à l'aise sur l'eau.

— Je n'ai plus le mal de mer, mais ça reviendra peut-être si on sort au large, où les vagues sont plus fortes.

— Peut-être qu'un jour on pourra mettre cette théorie à l'épreuve.

Un jour, mais pas dans un avenir proche. Lara dut réprimer une grimace de dépit ; elle était à court d'idées pour gagner la confiance d'Aren. Elle avait gagné son désir ; c'était évident à la façon dont son regard s'attardait sur l'encolure de sa tunique, qu'elle avait délacée un peu. Sa confiance, en revanche…

Elle s'était demandé si c'était parce qu'ils n'avaient toujours pas consommé leur mariage, s'il avait besoin de franchir cette étape avant de lui confier les clés métaphoriques du royaume, mais elle avait rejeté cette explication. À en juger par les commentaires badins des soldats d'Aren, ce dernier ne manquait pas d'expérience en la matière, et toute l'adresse de Lara ne suffirait pas à gagner son amour.

Et puis, l'amour n'appelait pas forcément la confiance.

Même s'il se prenait d'affection pour elle, il n'en oublierait pas son peuple pour autant. Il fallait qu'il la croie loyale envers Ithicana – autant qu'il l'était, lui.

— Je ne suis pas certain que ces sangsues méritent une telle attention.

La voix d'Aren la tira de sa rêverie, et elle cilla. Elle venait de passer un long moment à contempler les créatures qui gigotaient dans sa main.

— Elles vous ont rendu votre beau visage, alors vous pourriez peut-être leur témoigner un peu plus de reconnaissance.

Aren sourit, et Lara se rendit compte de ce qu'elle venait de dire. Elle savait se montrer stratégique dans ses échanges, sauf avec lui. Aren la troublait. Tout avait tendance à lui échapper quand elle était en sa présence.

— Il va pleuvoir ce soir. Je pensais en profiter pour dîner à la maison... avec vous.

Lara avait le visage en feu et le cœur en bataille.

— Ce soir ?

Aren détourna le regard.

— Ma faculté à prédire le temps qu'il fera a ses limites, mais oui. Ce soir me paraît prometteur.

Dis oui ! lui criait sa voix intérieure. *Fais ce que tu as à faire.* Sauf se retrouver seule avec lui. Lara n'était pas certaine de savoir ce qui se passerait alors. Ou, plutôt, elle en était presque sûre et tenait à l'éviter à tout prix.

Pas tant parce qu'elle ne voulait pas qu'il l'embrasse. Elle en mourait d'envie.

Et pas seulement ça. Plus d'une fois elle l'avait imaginé lui retirer ses vêtements.

C'était précisément parce qu'elle le désirait qu'elle préférait éviter cette situation. Il serait déjà bien assez dur de le trahir.

Des cors retentirent tout à coup, et cette fois ce n'était pas une mélodie mais un rythme affolé qui lui déchira les tympans. Aren se raidit, les traits tirés.

— Que se passe-t-il ? demanda-t-elle.

— C'est Aela.

— Qui ça ?

— Une des îles qui dépendent de Kestark. Elle vient d'être attaquée.

— Kestark ?

— La garnison au sud de la nôtre, répondit-il sans la regarder. (Les yeux rivés à l'horizon, il écoutait.) Pourtant le poste d'Aela appelle l'île centrale à l'aide.

Déjà les soldats se précipitaient vers la plage et mettaient des pirogues à l'eau. De nouveaux cors retentirent, et Aren pâlit.

— Qu'est-ce qui se passe ?

— Leur catapulte coince. (Il se leva et fit signe à ses gardes, qui s'approchaient d'eux à la rame.) Ils vont se faire massacrer. Amarid va s'emparer de l'île, et ce sera un vrai cauchemar de les déloger.

L'esprit en ébullition, Lara échafauda un plan et saisit la main d'Aren.

— Emmenez-moi. S'il y a des blessés, je pourrai vous aider.

— On a des guérisseurs pour ça.

— Oui, et cinq d'entre eux sont sur d'autres îles, deux autres sont blessés eux-mêmes, ce qui ne vous en laisse que cinq. Ça ne suffira pas si, comme vous dites, ça tourne au massacre.

— D'autres viendront nous rejoindre.

Les gardes étaient déjà tout proches. Elle n'avait plus que quelques secondes pour le convaincre.

— Et combien d'Ithicaniens vont mourir en attendant qu'ils arrivent ? (Elle referma ses doigts autour de ceux d'Aren.) Je peux vous aider.

Elle vit l'indécision traverser son regard, pourtant il finit par acquiescer.

— Suivez les ordres sans discuter.

Le bateau des gardes les accosta, et il y transféra Lara et tout son équipement avant de sauter à bord.

— Allez ! cria-t-il.

Les soldats ramèrent vers l'entrée de la crique, où la chaîne était déjà levée. Lara vit l'océan sauvage et imprévisible, les vagues aux crêtes d'écume. Un frisson de terreur lui parcourut l'échine tandis qu'elle s'asseyait au fond du bateau.

— On va tester votre théorie, dit Aren lorsqu'ils passèrent entre les hautes falaises.

Dès qu'ils atteignirent le large, leur vaisseau se mit à bondir dans tous les sens.

— Cap sur Aela ! gronda Jor. Ces salauds d'Amaridiens vont goûter le fer de l'île centrale !

— Cap sur Aela ! reprirent les soldats en chœur depuis les autres navires.

Derrière eux le chant des cors résonnait à la surface de l'eau. Ce n'était pas un signal mélodieux mais une violente explosion de rage.

Un cri de ralliement.

Chapitre 22

Lara

Les bateaux semblaient à peine toucher la surface de l'eau tant ils sautaient de vague en vague, les voiles gonflées par le vent du Nord. Lara avait le cœur dans la gorge mais parvenait à contrôler sa nausée. Elle eut donc tout le loisir d'examiner le pont tandis qu'ils en suivaient la longue silhouette grise vers le sud. Elle distinguait des guetteurs postés sur le dos du serpent de pierre, ainsi que les reflets de longues-vues sur les îles qu'ils dépassaient.

— On y sera dans combien de temps ? cria-t-elle pour se faire entendre par-dessus le hurlement du vent.

— Bientôt, répondit Aren. Nos équipes les plus proches devraient déjà y être.

Le temps semblait à la fois filer et se figer. Un millier de détails traversaient l'esprit de Lara, et son cœur battait au rythme précipité mais sûr que lui inspirait toute bataille. *Tu n'es pas là pour te battre*, se rappela-t-elle. *Tu es là pour observer sous couvert d'aider les guérisseurs, ni plus ni moins.* Pourtant cela ne suffisait pas à calmer son anticipation.

Ils contournèrent un énorme karst rocheux, et tous les Ithicaniens tirèrent le masque accroché à leur ceinture pour se cacher le visage. Elle ne voyait plus que leurs yeux, déterminés, leurs mains sur le pommeau de leurs armes.

Puis elle aperçut l'ennemi. Elle n'avait encore jamais vu de navire aussi monstrueux. Avec ses trois mâts, il était aussi haut que le pont. Elle reconnut le pavillon amaridien mais ne chercha même pas à compter les soldats qui s'affairaient à bord. Une demi-douzaine de chaloupes se dirigeaient vers une plage étroite où la bataille faisait rage, le sable déjà rougi de sang.

Lara comprit très vite pourquoi les Amaridiens avaient pris cette île pour cible, en plus de la plage qui leur fournissait un point d'accès presque facile. Le pont s'incurvait vers l'ouest de l'île et reposait sur un pilier avant de repartir vers la mer. Pour que les Ithicaniens défendent cette île avec autant d'acharnement, le pilier devait contenir une ouverture.

— Il y a combien d'hommes sur ce navire ? demanda-t-elle.

— Quatre cents, dit Jor. Peut-être un peu plus.

— Et nous, on est combien ?

Personne ne répondit.

Aren lui prit la main pour l'attirer vers lui.

— Vous voyez ces rochers, devant la rangée d'arbres ? (Il tendit le doigt.) On va vous déposer derrière, vous et les autres guérisseurs. Vous y serez à l'abri, et on vous amènera les blessés. Compris ?

— Oui.

Il serra sa main un peu plus fort.

— Gardez bien votre capuche, pour éviter que les Amaridiens ne vous reconnaissent. Et, si ça tourne mal, suivez les autres guérisseurs. Ils savent comment battre en retraite.

Elle était prête à parier que cette retraite se ferait dans le pont, mais si la vie d'Aren était le prix à payer pour confirmer cette intuition, ça n'en valait pas la peine.

Les battements réguliers de son cœur s'affolèrent et perdirent leur rythme.

— Ne laissez pas les choses mal tourner, chuchota-t-elle. J'ai besoin que vous remportiez cette bataille.

Mais Aren était déjà occupé à crier des ordres à ses soldats.

— Coulez-moi ces chaloupes ! Vous autres, cap sur la plage !

Leurs bateaux arrivèrent à hauteur de l'énorme navire, et des flèches se mirent à fuser en tous sens. Aren s'agenouilla à côté de Lara et vida son carquois dans le dos des Amaridiens qui tentaient de monter dans les chaloupes encore attachées aux poulies. Leurs cadavres tombèrent à la mer. Lara brûlait de se saisir d'une arme pour se battre, mais elle se força à se recroqueviller au fond du bateau en tressaillant chaque fois qu'une flèche venait se ficher dans la coque.

Enfin ils dépassèrent le navire amaridien.

Quatre des vaisseaux ithicaniens se détachèrent pour aller foncer à toute vitesse dans les chaloupes qui se dirigeaient vers la plage. Ils les percutèrent dans une explosion d'esquilles, et plusieurs hommes basculèrent par-dessus bord. Les Ithicaniens sautèrent dans les bateaux ennemis avec une grâce meurtrière. Le soleil se reflétait sur leurs lames et soulignait l'écarlate du sang qui jaillissait partout.

Le reste de leurs bateaux se dirigeait vers le carnage qui rougissait déjà le sable. Il y avait des corps partout, et seule une vingtaine d'Ithicaniens tentait de repousser l'ennemi à la mer. Ils avaient l'avantage du terrain face aux hommes qui se pressaient dans la pente étroite, pourtant ils ne cessaient de reculer. Ils mouraient sous les coups des Amaridiens.

La flotte d'Aren devait faire vite, ou l'île serait perdue.

Ils abattirent les voiles et se laissèrent porter par les vagues. Au dernier moment, Aren saisit la main de Lara.

— Sautez !

Elle obéit, mais ses bottes s'enfoncèrent dans le sable et elle faillit tomber, emportée par son élan. Puis ils s'élancèrent vers les Amaridiens, qui se retrouvaient pris entre deux fronts.

Des hurlements déchiraient le ciel, des corps et des membres mutilés roulaient sur le sable, et la puanteur du sang et des tripes devenait oppressante. Son coffret de guérisseuse serré contre sa poitrine, Lara marchait dans les pas d'Aren tandis qu'il se frayait un chemin sur la pente et enjambait ses victimes à mesure qu'elles tombaient. Les armes des vaincus gisaient un peu partout, et son instinct lui criait d'en ramasser une et de se battre enfin.

Non, se rappela-t-elle. *Seulement si tu n'as pas le choix.*

Mais la guerrière en elle se rebellait de se trouver ainsi muselée. Quand un soldat amaridien franchit la ligne ithicanienne, elle lui donna un coup de coffret en pleine figure, et c'est avec satisfaction qu'elle le vit basculer en arrière. Un instant plus tard, la pointe de l'épée d'Aren surgit de son torse.

Le roi d'Ithicana cala une botte dans le dos de l'homme pour dégager son arme. Le cuir de son masque était souillé de sang. Il reprit la main de Lara et se mit à courir en esquivant les derniers Amaridiens, qui plaidaient à genoux pour avoir la vie sauve.

— On ne fait pas de quartier ! cria-t-il.

Puis il entraîna Lara derrière une série de rochers. Une Ithicanienne qui avait vu plus d'une marée guerrière était en train de fermer les yeux d'un jeune homme qui avait souffert plusieurs blessures mortelles. Elle avait les traits tirés, les vêtements imprégnés de sang. Trois autres soldats étaient étendus derrière elle, affublés de pansements, le visage crispé par la douleur.

La guérisseuse sursauta en apercevant son roi.

— Expliquez à Lara ce que vous attendez d'elle, lui intima-t-il avant de repartir. Taryn ! Répare-moi cette catapulte et coule cette saloperie de navire !

Les guérisseurs de l'île centrale apparurent.

— Qu'est-ce que je peux faire ? demanda Lara.

— Attendez qu'ils nous amènent des blessés. Qu'est-ce que vous avez apporté ? Je n'ai plus grand-chose.

Lara lui tendit son coffret puis grimpa sur l'un des rochers pour observer la bataille. Son sang se glaça dans ses veines.

Aren se tenait sur la plage, entouré d'une centaine d'Ithicaniens, mais devant eux la baie était encombrée de chaloupes. Il y en avait plusieurs dizaines, qui transportaient des soldats armés jusqu'aux dents, pendant que d'autres troupes attendaient sur le navire. Ils étaient des centaines, et rien ne pouvait les empêcher de débarquer.

Les Ithicaniens tiraient des volées de flèches aux chaloupes les plus proches, mais ils eurent vite fait d'épuiser leurs carquois. Alors il ne leur resta plus qu'à attendre.

La vieille guérisseuse monta rejoindre Lara sur son rocher, une expression sinistre sur le visage.

Lara serra les poings.

— On va perdre. C'est impossible de l'emporter dans ces conditions.

— On a déjà gagné dans des conditions pires, mais cela va nous coûter.

Est-ce que ça reste une victoire si tout le monde meurt? pensa Lara.

La guérisseuse dut lire ses émotions sur ses traits. Elle poussa un soupir.

— Avez-vous déjà vu une bataille, Majesté?

Lara déglutit avec peine.

— Pas comme ça, non.

— J'aimerais pouvoir vous conseiller de vous préparer, mais c'est impossible. (Elle posa une main sur celle de Lara.) Les instants qui approchent vont vous changer.

Puis elle redescendit pour rejoindre les autres guérisseurs.

Il planait sur la scène un silence troublant. On n'entendait que le fracas des vagues et, de temps en temps, le cri de douleur d'un blessé abandonné sur le sable en attendant la fin de la bataille. C'était beaucoup trop calme, et c'était terrifiant.

Puis les premières chaloupes atteignirent la plage, et ce fut le chaos.

Les deux armées s'entrechoquèrent dans un tumulte de cris, d'acier percutant de l'acier, et de lames rencontrant la chair.

Les lourds bateaux déferlaient par vagues, écrasant Amaridiens et Ithicaniens sans distinction en un fouillis d'humanité sanglante. Les commandants des chaloupes avaient le plus grand mal à reprendre la mer pour retourner chercher des troupes, et les soldats d'Aren en profitaient pour les achever et pour tirer les embarcations sur le sable.

Et pourtant, il en arrivait toujours d'autres.

Les Ithicaniens se battaient avec une efficacité féroce, mieux armés et mieux entraînés, mais ils étaient trop peu nombreux. Ils se défendaient sans relâche, enduraient une blessure après l'autre jusqu'à ne plus tenir debout, ou à se faire submerger par des vagues qui charriaient plus de sang et de corps que d'eau.

Et pourtant, l'ennemi n'avait pas fini de débarquer.

C'était l'occasion rêvée pour s'éclipser discrètement et aller inspecter le pilier du pont, pourtant Lara restait clouée sur place.

Il faut faire quelque chose, souffla une petite voix tenace qui surgit des profondeurs de son esprit. *Trouve quelque chose. Fais quelque chose.*

Mais quoi ? Il n'y avait pas de blessés derrière les rochers, et elle ne pouvait s'occuper de personne tant que la bataille faisait rage. Elle aurait pu s'emparer d'une arme pour se battre, mais la situation n'avait rien à voir avec celle de Serrith. Lara n'avait aucune chance d'inverser la tendance à elle toute seule, cette fois.

Fais quelque chose.

Elle tourna la tête vers les blessés qui se vidaient de leur sang sur la plage ou qui se noyaient dans les vagues. Alors elle sauta de son rocher et s'élança.

Lara avait toujours été la plus rapide des douze sœurs – Erik lui avait souvent dit qu'elle était taillée pour la vitesse. Ce jour-là elle courut plus vite que jamais.

Elle dévala la plage, tête basse, sans quitter sa cible des yeux. Elle s'arrêta en dérapage à côté d'une jeune femme qui avait pris deux flèches dans le dos et une à l'arrière de la cuisse, la hissa sur son épaule et repartit vers les rochers.

Une fois en sécurité, elle déposa doucement la blessée devant les guérisseurs éberlués.

—Aidez-la ! cria-t-elle avant de retourner vers la plage à toutes jambes.

Elle devait choisir les blessés qui avaient une chance de survivre. Or, la plupart de ceux qui étaient en hauteur sur la plage avaient déjà dépassé ce stade et scrutaient le ciel de leurs yeux vitreux.

Alors elle s'approcha de l'eau.

Les soldats encore en état de se battre étaient contraints d'enjamber les corps des victimes. Amaridiens et Ithicaniens s'emmêlaient en un fouillis de bras et de jambes, de mains bleuies qui semblaient vouloir agripper les survivants et les entraîner dans les vagues ensanglantées.

Presque tous ceux qu'elle voyait étaient morts – soit de leurs blessures, soit noyés ou écrasés. Pourtant Lara continuait à inspecter l'arrière des lignes ithicaniennes, les bottes pleines d'eau rougie.

— Reculez ! lui cria quelqu'un, mais elle n'en fit rien.

Elle aperçut un jeune homme qui tentait de remonter vers le sable en toussant. Les vagues déferlaient sur sa tête, et ses camarades lui marchaient dessus.

Lara se jeta sur lui et saisit sa main pour l'empêcher d'être happé par le reflux.

Elle reçut un coup dans les côtes, puis un autre à l'arrière de la jambe, et elle cria de douleur.

Elle était bousculée de toutes parts et risquait de perdre l'équilibre, mais le garçon la regardait droit dans les yeux, et il était hors de question qu'elle l'abandonne à son sort.

Peu à peu, au prix d'un immense effort, elle parvint à le tirer de l'eau. Soudain une main forte saisit l'arrière de sa ceinture et les traîna, elle et le jeune homme, jusque sur le sable sec.

— Qu'est-ce que vous faites ?

C'était Aren, le visage caché sous son masque.

Par-dessus son épaule elle vit un Amaridien lever un gourdin. Elle ramassa un gros galet qu'elle lui lança en pleine figure.

— Retournez vous battre ! cria-t-elle à Aren avant de se relever.

Elle saisit le jeune homme sous les aisselles et le hissa un peu plus en hauteur, où il serait en sécurité. Puis elle se replongea dans le carnage.

Les Ithicaniens comprirent sa manœuvre et s'efforcèrent de lui ménager des ouvertures. Ils l'appelaient quand ils voyaient quelqu'un tomber, et protégeaient ses arrières pendant qu'elle ramenait leurs camarades en lieu sûr.

Et pourtant l'ennemi avançait toujours.

Les Ithicaniens étaient peu à peu forcés de reculer sur le sable.

Lara poussa un hurlement de rage. Tous les soldats qu'elle avait hissés sur la plage se retrouvaient en danger de se faire piétiner une fois de plus. Elle avait les muscles en feu, le corps brûlant de douleur et d'épuisement, et ses poumons peinaient à apporter assez d'oxygène à son cœur affolé.

Un fracas familier retentit à travers l'île, suivi du sifflement d'un projectile.

Des cris et des bruits de bois brisé leur parvinrent depuis le large, et en relevant la tête, Lara vit un trou béant dans la coque du navire amaridien. Taryn avait réparé la catapulte.

Un deuxième boulet emporta un des mâts, qui s'effondra sur le pont en entraînant la voile.

Le troisième heurta la coque sous la ligne de flottaison, et l'eau s'engouffra aussitôt.

La catapulte ne faiblit pas. Après avoir achevé le navire, Taryn tourna ses efforts vers les chaloupes, avec une précision mortelle.

Les Amaridiens, pris de panique, rompirent les rangs pour tenter de sauver leur peau. Mais ils n'avaient plus nulle part où battre en retraite, et les Ithicaniens ne feraient preuve d'aucune pitié.

— Pour Ithicana ! lança quelqu'un.

Aussitôt le cri se répandit le long de la plage et noya tout autre bruit tandis que les soldats se rassemblaient autour de leur roi.

Personne n'entendit Lara murmurer « pour Maridrina », lorsqu'elle replongea dans la bataille.

Chapitre 23

Aren

Aren trouva Lara accroupie devant une petite baïne, où elle tâchait de laver ses mains et ses bras couverts de sang. Ses vêtements en étaient imbibés, et quand elle leva la tête à son approche, il remarqua des traces vermeilles sur ses joues, là où elle avait repoussé des mèches de cheveux échappées de sa tresse.

Ses soldats ne parlaient que d'elle et, pour une fois, ce n'était pas pour se plaindre que la Maridrinienne n'était bonne à rien. Cette journée avait tout changé. De son propre chef, Lara avait foncé au cœur de la bataille pour ramener en lieu sûr les blessés ithicaniens, sans se soucier de sa propre vie, tandis que les Amaridiens avançaient inexorablement.

Puis, une fois qu'ils l'avaient emporté, elle s'était occupée des blessés avec une efficacité remarquable. Elle avait posé des garrots et arrêté des saignements pour leur donner une chance de survivre jusqu'à ce que les guérisseurs prennent la relève. Elle avait sauvé des vies, l'une après l'autre, avec sur le visage une détermination farouche.

Elle avait gagné le respect d'Ithicana.

Et celui d'Aren.

— Vous allez bien ? demanda-t-il en s'accroupissant à son tour pour plonger ses mains dans l'eau fraîche.

Il s'était déjà rincé, mais sa peau demeurait collante.

—Je suis fatiguée. (Elle se redressa, et son regard se tourna vers les cadavres qui flottaient parmi les débris du navire sur la mer écarlate.) Combien de soldats perdus ?

—Quarante-trois… plus une dizaine qui ont peu de chances de passer la nuit.

Lara ferma les yeux un instant, les paupières crispées.

—Ça fait beaucoup, souffla-t-elle.

—Ç'aurait été pire si vous ne m'aviez pas convaincu de vous emmener… ou si vous n'aviez pas désobéi à mes ordres.

Il omit de lui dire qu'il avait passé une bonne partie de la bataille à craindre que sa décision ne signe la mort de Lara, une épée amaridienne dans le dos.

—Pourtant j'ai l'impression de n'avoir rien changé du tout, murmura-t-elle.

—Les hommes et les femmes dont vous venez de sauver la vie ne sont sûrement pas du même avis.

—Dont j'ai sauvé la vie… (Elle secoua la tête.) Je ferais bien d'y retourner.

Elle se releva, mais Aren la retint, refermant les doigts autour de son poignet, qui paraissait bien trop frêle pour avoir accompli tout ça.

—Non, nous devons repartir.

—Quoi ? (Ses joues rougirent de colère.) On ne va quand même pas les laisser comme ça !

Il n'avait pas plus envie qu'elle d'abandonner cette plage et ses citoyens blessés, mais la défense de son royaume était une machine complexe, aux rouages bien huilés.

—J'ai fait venir beaucoup de soldats normalement postés sur l'île centrale ou sur les îles voisines. Nous devons retourner les protéger.

—Non. (Elle se dégagea.) À peine une poignée des soldats de cette île s'en sont sortis complètement indemnes. On ne peut pas les laisser sans défense. Qu'est-ce qui se passera si les Amaridiens lancent une nouvelle attaque ?

Du coin de l'œil, Aren vit que ses gardes l'attendaient à côté des bateaux. Jor le toisait d'un regard dur. Plusieurs équipages de l'île centrale étaient déjà prêts à reprendre la mer.

—Il n'y a pas le moindre navire amaridien à l'horizon, et les renforts devraient arriver d'ici une heure.

—Je ne partirai pas tant qu'ils ne seront pas ici.

Elle croisa les bras. Aren se voyait mal la traîner de force jusqu'aux pirogues alors que tous les soldats présents la considéraient comme une héroïne. Ce n'était pas l'image qu'il voulait leur donner.

Il poussa donc un soupir irrité et tira un couteau de sa ceinture avant de s'agenouiller dans le sable. Il y traça une ligne serpentine qui représentait le pont.

—La défense du pont est divisée en plusieurs sections, chacune sous la direction d'un commandant de la garde, qui dispose d'un certain contingent de l'armée ithicanienne. La garnison de l'île centrale couvre ça… (Il dessina un cercle dans le sable.) Et ça, c'est la garnison de Kestark. (Il traça un autre cercle.) On a repéré quatre vaisseaux amaridiens qui semblent vouloir attaquer là, conclut-il en faisant quatre trous au sud de l'île de Kestark.

—Les guérisseurs auraient bien besoin de mon aide, intervint Lara. Alors, si vous avez quelque chose à dire, dites-le.

—J'allais le dire, mais vous m'avez interrompu, grommela-t-il. (Il espérait qu'une longue explication la persuade de partir plutôt que de provoquer davantage de questions.) Kestark a déplacé ses réserves pour défendre les endroits où on anticipe une attaque, mais en même temps, les Amaridiens ont ciblé Aela, ici. Kestark ne pouvait ni rappeler ses réserves, ni redéployer le reste de ses forces postées là. (Il dessina un ovale.) C'est pour ça qu'ils ont appelé la garnison centrale à l'aide. Sauf que, maintenant, c'est l'île centrale qui n'a plus assez de réserves. Si Amarid attaque ces îles… (Il dessina un autre ovale.) … on n'arrivera pas à temps pour les défendre.

Lara cilla face à son schéma, comme si elle n'y comprenait rien, puis elle se massa doucement les tempes.

—Mais enfin, Aren, rien de tout ça ne justifie le fait d'abandonner ces pauvres soldats !

Elle commença à s'éloigner, mais il la retint.

—Écoutez. Les quatre vaisseaux amaridiens qu'on avait repérés ont fait demi-tour au lieu d'attaquer, sans doute parce qu'ils ont vu que ce ne serait pas une victoire facile. Ils sont repartis vers l'est, et on les a perdus de vue. On a envoyé une série de signaux, et des équipes sont allées se poster au nord et à l'ouest pour permettre aux forces de Kestark les plus proches de venir en renfort. Comme je vous le disais, ils devraient être là dans moins d'une heure.

— Bon, d'accord.

Lara s'écarta de lui et retourna auprès des blessés allongés sur le sable.

— Quelle insupportable…, grommela-t-il, mais un sifflement attira son attention.

Jor désignait deux bateaux qui filaient de vague en vague en provenance de Kestark. Ils étaient poussés par un vent violent, qui sentait la pluie. Aren se retourna pour les montrer à Lara, mais elle était déjà loin.

Il lança une bordée de jurons et s'approcha de ses gardes.

— Allez-y. Je veux que vous soyez de retour à l'île centrale avant que l'orage nous tombe dessus.

Aussitôt ses soldats poussèrent leurs pirogues à l'eau, mais au lieu de les observer, Aren chercha Lara du regard. Elle marchait parmi les blessés en se baissant ici et là pour discuter avec eux. Le vent de plus en plus violent agitait ses mèches folles, et le soleil rasant les faisait briller comme des fils de miel. Les soldats ithicaniens s'écartaient sur son passage et la saluaient, respectueux.

Cette image se juxtaposa à la première fois qu'il l'avait vue au bras de son père sur l'île sud, vêtue de soie, les yeux écarquillés par la peur. Il avait craint qu'Ithicana n'accepte jamais une reine pareille. Il s'était trompé.

— Et nous, quand est-ce qu'on repart, Majesté ? Quand ta petite femme t'en donnera l'autorisation ? railla Jor.

— Nous partirons quand la reine d'Ithicana estimera qu'il est temps.

Le vieil homme gloussa et lui donna une tape sur l'épaule.

Le premier des bateaux de Kestark arriva sur la plage, et Aren reconnut le commandant Aster au moment même où ce dernier croisait son regard, l'air soudain appréhensif.

— Majesté. Je ne pensais pas que vous viendriez en personne.

— Heureusement que je me trouvais à la caserne de l'île centrale… à mon poste de commandement.

Aster pâlit brusquement, et il avait de quoi. Le fait qu'il arrive aussi tard indiquait que, non seulement il ne se trouvait pas à la garnison de Kestark au moment de l'attaque, mais qu'il n'était pas non plus avec l'essentiel de ses troupes postées au sud et à l'est. Aren était presque certain de savoir pourquoi.

— Comme vous le voyez, commandant, Ithicana a bien failli perdre cette bataille. Aela est un point faible, ses gardes n'étaient pas assez nombreux, et sa catapulte n'avait pas été calibrée après la saison des tempêtes. Ils se trouvaient seuls et sans défense face à un navire de guerre amaridien.

— Nos inspections ont pris du retard, Majesté, bredouilla Aster. La saison a commencé plus tôt que prévu…

— Ce qui n'explique pas pourquoi vous avez déployé autant de réserves au sud-est, au détriment de vos îles nord. Vous pourriez peut-être m'expliquer la logique de la chose.

— Il y avait quatre vaisseaux qui rôdaient au sud-est. On voulait pouvoir se défendre si…

— S'ils attaquaient des îles imprenables même pour une vingtaine de vaisseaux ! gronda Aren. Vous vous en seriez rendu compte si vous aviez fait un peu attention, ce qui me laisse à penser que vous étiez distrait quand vous avez donné cet ordre.

— Je n'étais pas distrait, Majesté. Je commandais déjà Kestark alors que vous n'étiez qu'un enfant.

— Et pourtant… (Aren désigna les rangées de morts qui scrutaient le ciel sans le voir. Puis il se pencha vers le vieil homme.) L'évacuation est terminée, votre femme et vos enfants sont bien en sécurité à Eranahl, ce qui vous laisse tout le temps d'aller sauter votre maîtresse dans la maison que vous avez fait construire pour elle sur une île à l'ouest d'ici.

Aster crispa les mâchoires mais n'osa pas nier. Il ne pouvait pas mentir devant ses propres gardes, qui se tenaient près de leur bateau. Soudain il aperçut quelque chose par-dessus l'épaule d'Aren.

— Qu'est-ce qu'elle fait là, elle ?

Aren se retourna et vit Lara, qui se tenait derrière lui, flanquée d'une jeune femme – déjà officier à l'âge de dix-huit ans – qui avait survécu à la bataille. Il ouvrit la bouche pour défendre Lara, cependant la jeune fille le devança.

— Sauf votre respect, commandant, nous aurions souffert encore plus de morts si notre reine n'était pas venue.

Lara ne dit rien, mais elle toisa Aster avec, au fond de ses yeux bleus, une colère glaciale. Puis elle se tourna vers Aren et lui adressa un bref hochement de tête.

— Vous n'avez plus le droit à l'erreur, commandant. (Aren prit le bras de Lara et l'entraîna vers la pirogue, où ses gardes les attendaient.) Et rendez-nous service à tous : remballez votre libido pour le reste des marées guerrières et gardez l'œil sur l'ennemi.

— Oh, j'ai l'œil sur l'ennemie, justement. Elle se trouve juste en face de moi.

Aren perdit le peu de patience qu'il lui restait. Il fit volte-face et flanqua un coup de poing exaspéré à Aster, qui s'écroula, inconscient. Alors il s'adressa à la jeune fille.

— Vous voilà promue commandante de Kestark en attendant qu'une nouvelle élection puisse avoir lieu. Si qui que ce soit met votre autorité en cause, prévenez-moi.

Lara les aida à mettre la pirogue à la mer puis sauta à bord et alla s'asseoir à sa place habituelle, là où elle ne risquait pas de trop les gêner. Aren prit place près d'elle, mais ils n'eurent pas le loisir de parler. Ils furent tous forcés de ramer pour franchir les vagues face au vent, qui soufflait de plus en plus fort.

L'orage surgissait du nord, accompagné d'éclairs qui zébraient le ciel déjà sombre, et le bateau dansait sur des vagues qui ne cessaient de grossir. Lara lui tournait le dos, mais Aren devinait sa peur. Elle agrippait le rebord si fort que ses jointures en étaient blanchies. Malgré tout elle resta stoïque, jusqu'à ce qu'une soudaine bourrasque frappe leur voile de plein fouet. Lia et Gorrick pesèrent de tout leur poids sur le balancier, juste à temps pour les empêcher de chavirer. Lara poussa un hurlement. Elle s'était jetée dans la bataille à mains nues, mais ça… ça la terrifiait, et Aren ne se sentait pas le cœur de le lui infliger davantage.

— Il faut qu'on retourne à terre ! cria-t-il à Jor en recrachant l'eau d'une vague qui venait de lui passer dessus.

Jor fit signe au bateau qui transportait le reste de sa garde puis il regarda alentour avant de désigner un point. Ils baissèrent la voile et ramèrent de toutes leurs forces vers l'un des nombreux accès cachés d'Ithicana.

Bientôt la pluie se déchaîna en un véritable déluge, et ils durent naviguer à l'aveuglette entre deux immenses rochers pour entrer dans une petite crique entourée de falaises. Deux énormes poutres dépassaient d'une des falaises, et des cordes munies de poulies et de crochets y étaient suspendues. Lia sauta pour attraper l'un des crochets, qu'elle passa dans l'anneau fixé à l'avant du bateau.

Aren tendit sa rame à Lara, qui était encore blême.

— Veillez à ce qu'on ne s'approche pas trop de la paroi.

Elle hocha la tête et empoigna la rame comme si c'était une arme. Derrière lui, Taryn attendit que le bateau tourne un peu pour saisir une autre corde qui pendait le long de la falaise. Elle s'élança et eut vite fait de grimper jusqu'au sommet.

— Aren, viens nous aider !

Jor et Gorrick avaient retiré la pièce de métal qui maintenait le mât en place, mais ils avaient du mal à le sortir de son logement. Aren alla les rejoindre en trébuchant et joignit ses forces aux leurs. Le mât se dégagea au moment où une brusque houle soulevait le bateau, et il bascula par-dessus bord en entraînant Gorrick.

Aren tomba sur les fesses. Seul Jor avait réussi à garder l'équilibre ; il secouait la tête d'un air dépité.

— Ce n'est jamais facile, hein…

Puis il attrapa l'autre corde et la fixa à l'arrière du bateau, pendant qu'Aren aidait Gorrick à attacher le mât le long de la coque avant de le repêcher.

Une épuisante éternité plus tard, ils avaient enfin hissé le deuxième bateau jusqu'en haut de la falaise et, après l'avoir attaché, contournèrent les rochers pour rejoindre le refuge.

C'était une bâtisse de pierre, dont l'intérieur était heureusement sec et bien isolé contre le vent. Aren confia la première garde à deux de ses soldats puis referma la porte avec plus de violence que nécessaire. Aussitôt son regard s'arrêta sur Lara, qui se tenait au milieu de la pièce, un gros sac de provisions à la main.

— Il y a beaucoup de lieux de ce genre ? demanda-t-elle en pivotant sur elle-même.

Il n'y avait pas grand-chose à voir. Des lits superposés faits de bois et de corde le long de deux des murs, des caisses de provisions alignées contre le troisième, et la porte qui occupait presque tout le quatrième. Tous les gardes s'affairaient à retirer leurs bottes et leurs tuniques pour les mettre à sécher. Puis, sans attendre, ils commencèrent à affûter et à huiler leurs armes.

— Oui, répondit-il. (Il jeta sa tunique trempée sur une des couchettes.) Mais, comme vous l'avez sans doute remarqué, ils ne sont pas faciles d'accès en plein orage.

— Est-ce que cet orage va couler le reste de la flotte amaridienne ? demanda Lara.

Un des gardes ricana, lui rappelant que tout le monde écoutait.

— Non, mais ça veut dire qu'ils vont repartir vers le large pour éviter d'aller s'échouer sur des rochers ou des bancs de sable. Ça nous accorde un peu de répit.

Elle arqua un sourcil.

— Un peu rustique, comme répit.

— Allons bon, grommela Jor. Ne sous-estimez pas le confort d'un refuge ithicanien – surtout quand celui-ci dépend de la garnison centrale. (Il alla ouvrir une des caisses alignées contre le mur et jeta un coup d'œil à l'intérieur.) Sa Majesté a des goûts de luxe, et fait toujours en sorte de stocker ce qu'il y a de mieux dans les refuges où il risque de passer la nuit.

— Tu ne vas quand même pas t'en plaindre, si ? rétorqua Aren.

Il s'assit sur la banquette du bas et s'adossa contre le mur.

Jor sortit une bouteille poussiéreuse et s'approcha de la lanterne qui surmontait l'unique table pour lire l'étiquette.

— « Vin fortifié d'Amarid ». (Il siffla doucement.) Non, Majesté, je ne me plains pas du tout.

Jor fit sauter le bouchon et remplit les timbales d'étain que Lia lui tendait. Il en donna une à Lara, puis leva la sienne.

— À la santé des vignerons amaridiens, qui produisent le meilleur breuvage au monde, et à leurs compatriotes déchus – qu'ils aillent pourrir au fond de la Mer des tempêtes. (Le soldat se racla la gorge.) À la mémoire de nos propres morts. Que le Grand Au-delà leur accorde des cieux sans nuages, des mers clémentes et une profusion de femmes aux seins parfaits.

— Jor ! gronda Lia en lui donnant un coup de coude. Il y avait des femmes parmi nos morts, je te rappelle, et je suis sûre que certaines d'entre elles aimaient les hommes. Donne-leur au moins une profusion de…

— … queues parfaites ?

Neuf paires d'yeux surpris se tournèrent vers Lara, qui haussa les épaules.

— Là où la vie de mortel échoue, le Grand Au-delà arrange tout, déclama Jor.

Aren lui jeta une de ses bottes.

Lia leva les deux mains.

— Un peu de respect. Des gens sont morts.

— Je ne leur manque pas de respect. Ce qui aurait manqué de respect, ç'aurait été de trinquer avec cette pisse d'âne, lança-t-il en brandissant une bouteille de vin maridrinien. (Quelque chose remua à l'intérieur, et Jor l'approcha de son visage, incrédule.) Comme si ce n'était pas déjà assez mauvais comme ça, ils ont décidé d'y mettre des cailloux, en plus ? (Il jeta un coup d'œil à Lara.) Qu'est-ce que c'est ? Une épreuve de force, pour démontrer que les Maridriniens ont des tripes ?

Plusieurs soldats ricanèrent, puis Gorrick leva sa chope.

— À Ithicana !

Tout le monde l'imita.

Aren savourait sa première gorgée de vin – qui était délicieux – quand il entendit Lara murmurer un « À Ithicana », avant de tremper les lèvres dans sa timbale.

Il se leva et remplit les verres.

— À Taryn, qui a anéanti notre ennemi, et à notre reine… (Il attira Lara vers lui.) … qui a sauvé nos camarades.

— À Taryn ! reprirent les soldats en chœur. À Sa Majesté Lara !

Le vin disparut en quelques minutes à peine. Les gardes avaient beau plaisanter, cette journée les avait tous marqués. Ils faisaient semblant d'en rire pour chasser le chagrin, mais Aren savait que Jor accorderait du temps à chacun et chacune d'entre eux, dans l'espoir de les aider à digérer ce qu'ils avaient vu ce jour-là… et ce qu'ils avaient fait. Ce n'était pas pour rien qu'il était capitaine de la garde.

Les bras serrés autour d'elle, Lara frissonnait malgré les effets du vin. La pluie et le vent avaient été plus froids que d'ordinaire à Ithicana, et Lara était trempée. Il la vit observer les autres femmes, qui avaient retiré leur épaisse tunique, puis baisser les yeux sur sa ceinture.

Aren sentit son cœur s'emballer quand elle en défit la boucle et qu'elle la posa sur la table, avec les couteaux cérémoniels maridriniens qu'elle portait toujours. Puis elle dénoua les lacets de sa tunique et la fit passer par-dessus sa tête.

Un certain silence tomba sur le refuge, aussitôt suivi du cliquetis des armes qu'on nettoie et du bruit de fond de conversations forcées. Tous les gardes s'appliquaient à ne pas regarder leur reine.

Mais Aren en était incapable. Alors que l'uniforme des femmes incluait un débardeur taillé dans un épais tissu sombre, Lara ne portait sous sa tunique qu'une fine soie couleur d'ivoire rendue transparente par la pluie. Le tissu épousait les courbes pleines de ses seins, les pointes dressées sous l'effet du froid. Le Grand Au-delà n'aurait pu rivaliser avec une telle perfection.

Soudain il se rendit compte qu'il la détaillait ouvertement et détourna la tête. Il saisit une couverture pliée au pied d'une banquette et la tendit à Lara, en prenant soin de la regarder dans les yeux.

— La pièce va vite se réchauffer avec tous ces corps – avec tout le monde dedans, je veux dire. Bientôt. Ça devrait vite se réchauffer.

Elle passa la couverture autour de ses épaules avec un sourire en coin, mais son amusement s'évanouit lorsqu'elle vit Jor en train de manipuler un de ses couteaux de mariage.

Il avait tiré l'arme ouvragée de son fourreau et en testait la lame.

— C'est bien affûté, dit-il en s'en servant pour découper une meule de fromage harendallien. Je croyais que c'était un truc d'apparat.

— Je me suis dit que ce serait une bonne idée de les rendre un peu utiles, répliqua Lara, les traits tendus.

— Mouais... (Jor soupesa le couteau, dont le manche incrusté de gemmes paraissait lourd et encombrant, même si la lame était de bonne qualité.) On pourrait les vendre pour une petite fortune au nord et vous acheter quelque chose de réellement utile en échange.

Lara tenait à peine en place, clairement impatiente de récupérer son couteau. Aren le reprit des mains de Jor et l'essuya contre sa cuisse pour le débarrasser des miettes de fromage avant de lui rendre.

— Merci, murmura-t-elle. C'est le seul cadeau que mon père m'ait fait.

Aren aurait voulu lui demander pourquoi cela comptait autant pour elle – pourquoi elle restait attachée à la créature avide et sadique qui l'avait engendrée. Pourtant il choisit de se taire, parce que tout le monde les écoutait.

Jor s'empara de la bouteille de vin maridrinien.

— Puisqu'il ne nous reste plus que ça...

Il fit sauter le bouchon et servit ses camarades avant de remplir sa timbale. Quelque chose de solide tomba dedans, lui éclaboussant la main.

— Tiens, tiens, qu'est-ce qu'on a là ?

— Qu'est-ce que c'est ? demanda Lia.

— J'ai l'impression qu'un contrebandier a perdu un peu de marchandise. (Le vieux soldat approcha de la lampe une pierre d'un rouge étincelant, puis la lança à Aren.) Il doit y avoir sur l'île nord un acheteur très mécontent de sa livraison.

Aren inspecta le gros rubis. Il n'était pas expert en la matière mais, à en juger par la taille et la couleur de la pierre, elle devait valoir une petite fortune. Un acheteur bien mécontent, en effet. Il rangea le rubis dans sa poche.

— Ça devrait couvrir les impôts que cet individu essayait d'éviter de payer.

Cette remarque fut accueillie par un éclat de rire général, puis tout le monde se jeta sur les diverses provisions. Ils étaient affamés après une journée passée à se battre et à ramer – une journée qui avait bien failli être leur dernière – et ils furent bientôt trop occupés à manger pour penser à bavarder. Lara s'assit à côté d'Aren sur une couchette, une assiette de fromage et de viande séchée en équilibre sur ses genoux et une timbale d'eau à ses pieds.

Ses mains fines étaient couvertes de cicatrices plus ou moins anciennes, et l'une de ses jointures était plus épaisse que les autres, ce qui semblait indiquer qu'elle s'était cassé un doigt un jour. Il ne s'attendait pas à voir des mains de ce genre appartenir à une princesse maridrinienne mais, au lieu de se demander quelle vie elle avait menée dans le désert, comme la première fois qu'il l'avait vue, il suivait désormais des pensées bien différentes.

Qu'éprouverait-il en tenant ces mains dans les siennes ?

Qu'éprouverait-il si elles le touchaient ?

Si elles...

— Allez, on éteint tout ! lança Jor. J'ai l'impression que cet orage va s'éloigner pendant la nuit, alors on doit être prêts à repartir dès l'aube.

Les dix paires d'yeux regardèrent les huit couchettes disponibles.

— Soit on se tasse, soit on tire à la courte paille pour savoir qui dort par terre.

Gorrick grimpa sur l'une des couchettes du haut puis tendit la main à Lia pour l'aider à le rejoindre. Aren tressaillit, espérant qu'ils se tiendraient tranquilles pour une fois.

— Je vais dormir par terre, dit-il. Mais je vous préviens : dès qu'on rejoint l'île centrale demain, je vais faire une sieste dans mon grand lit.

— Nous apprécions grandement votre abnégation, Majesté, déclara Jor avant de baisser la flamme de la lampe au maximum.

Aren s'allongea sur le sol de pierre, un bras replié sous sa tête en guise d'oreiller. Il avait froid, mal partout, et malgré son épuisement il n'arrivait pas à trouver le sommeil. Tandis que le souffle de ses camarades s'apaisait autour de lui, un millier de pensées encombraient son esprit.

Quand quelque chose lui effleura la poitrine, il sursauta violemment puis se rendit compte que c'était Lara. Elle se penchait vers lui, les yeux lumineux malgré la pénombre. Sans un mot, elle prit sa main et l'attira vers la couchette.

Assourdi par les battements de son cœur, Aren passa par-dessus elle pour s'installer le dos au mur, qui était froid. Il ne savait plus très bien quoi faire de ses bras et de ses jambes – ou du reste –, mais Lara se blottit contre lui. Elle était glacée.

Elle a froid, c'est tout. Tiens-toi tranquille.

Plus facile à dire qu'à faire. Elle avait calé un de ses genoux entre les siens et replié les bras contre son torse. Sa tête reposait sur son épaule, et il sentait son souffle chaud contre sa gorge. Il mourait d'envie de la serrer contre lui, de goûter ses lèvres et de lui retirer ce fichu vêtement de soie. Au lieu de cela, il ramena la couverture sur son épaule nue puis laissa retomber sa main dans son dos.

La pièce était humide, l'air alourdi par l'odeur de l'acier et de la sueur. Taryn ronflait comme si sa vie en dépendait, Gorrick marmonnait dans son sommeil et quelqu'un – sans doute Jor – émettait des bruits suspects à intervalles réguliers. Il n'y avait pas moins romantique comme contexte pour passer sa première nuit dans le même lit que sa femme. Pourtant, malgré les cheveux de Lara qui lui chatouillaient le nez, son bras qui commençait à s'engourdir sous sa tête, et son cou qui lui faisait mal, il s'endormit avec la certitude qu'il était justement à sa place.

Quelques heures plus tard, il fut réveillé par un battement régulier. Il tourna la tête en fronçant les sourcils et rencontra le regard de Lara, qui luisait dans l'obscurité. Elle sortit une main de sous la couverture et tendit le doigt vers la banquette du dessus avec un sourire amusé.

Gorrick et Lia, en train de se réchauffer après leur tour de garde.

— Désolé, chuchota-t-il avec une petite grimace. C'est ça, la vie de soldat.

Puis il se remémora les ordres de Jor et se rendit compte que le vieux soldat l'avait laissé dormir et que Taryn était partie, ce qui signifiait que l'aube approchait.

— Vous voulez qu'on sorte ? demanda-t-il.

Lara hocha la tête, et il accueillit ce geste avec soulagement.

Ils enfilèrent leurs vêtements, leurs bottes et leurs armes en silence, puis Lara prit quelques provisions dans une des caisses avant de le suivre dans la nuit. L'orage était passé, laissant un ciel constellé d'étoiles argentées, et on n'entendait plus que le fracas des vagues contre les falaises de l'île.

Taryn était perchée sur un rocher dissimulé dans les ombres, mais il l'entendit remercier Lara d'un murmure quand celle-ci alla lui donner une ration de nourriture.

— Aren, emmène Lara vers la côte est.

— Pourquoi ?

Il perçut le sourire de Taryn même dans l'obscurité.

— Fais-moi confiance.

— Bon, d'accord. (Il prit la main de Lara.) On sera de retour à l'aube.

Aren n'avait pas souvent eu l'occasion de s'arrêter sur cette île, alors il avançait doucement. Il parvint à retrouver de mémoire le chemin du poste de garde est, un rocher plat qui surplombait l'océan. Une mer d'étoiles bleues se déployait sous leurs yeux.

Lara s'avança, sans pour autant lâcher sa main.

— Je n'ai jamais rien vu d'aussi beau.

Lui non plus, mais il se força à détourner le regard de son visage pour observer les eaux calmes sous leurs pieds.

— On appelle ça la « mer étoilée ». Ça n'arrive pas souvent, et seulement pendant les marées guerrières, alors on a rarement l'occasion d'en profiter.

Des filaments d'algues phosphorescentes flottaient à la surface en petites grappes qui luisaient d'un bleu intense, si bien qu'il avait l'impression d'être pris entre deux cieux. Les algues ondulaient doucement au gré de la houle et projetaient des ombres dansantes sur les rochers de la falaise. Ils restèrent là un long moment, à admirer ce spectacle en silence. L'instant aurait été idéal pour embrasser Lara, mais à la place Aren prit la parole.

— Qu'est-ce qui a changé ?

Quelque chose avait changé. Lara s'était adoucie envers lui, peut-être même envers Ithicana, et il ne comprenait pas pourquoi. D'après ce qu'il avait pu observer, la majorité de ses expériences depuis qu'elle était arrivée n'avaient pas été positives. C'était la fille d'un homme qui était plus un ennemi qu'un allié, et Aren n'avait aucune raison de lui faire confiance. Pourtant, plus il passait de temps avec elle, plus il éprouvait le besoin de se confier à elle – de tout lui confier.

Lara lâcha sa main et s'assit en tailleur par terre. Puis elle attendit qu'il l'imite. La lumière bleutée de la mer éclairait son visage et la nimbait d'une beauté surnaturelle, inaccessible.

— Pendant toute mon enfance et mon adolescence, on m'a répété le montant des revenus qu'Ithicana accumulait grâce au pont.

— Vraiment ? Et quel est ce montant ? (Il secoua la tête quand elle lui donna un chiffre.) C'est beaucoup plus que ça.

— Vous cherchez à vous vanter ?

— Non, je dis la vérité, c'est tout.

Elle pinça les lèvres et garda le silence un instant avant de reprendre la parole.

— Je trouvais cette somme faramineuse et je pensais que... On m'a toujours raconté qu'Ithicana manipulait les échanges commerciaux de façon à extorquer de l'argent aux marchands qui avaient peur de prendre la mer en leur imposant des taxes écrasantes ; que vous décidiez qui avait le droit d'acheter ou de vendre des produits sur vos marchés, et que vous n'hésitiez pas à retirer ce droit à quiconque vous déplaisait ; et que vous contrôliez tous les échanges entre deux continents et onze royaumes.

— C'est exact.

Aren ne se donna pas la peine d'ajouter qu'Ithicana payait le prix du sang pour tout cela, parce que Lara en avait été le témoin.

— Ce qui n'était pas exact, en revanche, c'était l'explication qu'on me donnait.

— Qu'est-ce qu'on vous racontait ?

— Qu'Ithicana était motivée par la simple cupidité. (Elle gardait les yeux rivés sur l'océan.) Quand j'étais petite, je croyais que vous viviez tous dans d'immenses palais, au milieu de toutes les richesses que ce monde a à nous offrir, et que votre roi gouvernait du haut d'un trône d'or massif.

— Ah, oui… mon trône d'or massif. Je le garde sur une autre île et je passe le voir de temps en temps, quand j'ai besoin de me rappeler tout ce qui est dû à mon auguste personne.

— Ne vous moquez pas.

— Je ne me moque pas. (Il passa le doigt le long de sa botte, là où le cuir s'était fendu à cause du sel marin.) Vous avez dû être déçue de découvrir la vérité.

Lara s'esclaffa, mais il n'aurait su dire si c'était plus un rire ou un sanglot.

— L'île centrale est au moins aussi luxueuse que ma maison dans le désert, et les semaines que j'ai passées ici ont été de tout repos, en comparaison. J'ai été élevée à la dure, Aren.

— Pourquoi ?

— Je pensais le savoir mais… (Elle tourna la tête vers lui.) Vous voulez savoir ce qui a changé ? Maintenant je sais que vous utilisez ces revenus pour nourrir et protéger votre peuple.

Aren avait toujours su qu'elle finirait par découvrir cette vérité, c'était inévitable. Peut-être que, s'il l'avait confinée à la maison de l'île centrale, sans le moindre contact extérieur à part celui de ses gardes, il aurait pu l'éviter, mais il avait voulu que son mariage avec Lara symbolise un tournant pour Ithicana, un nouveau départ. Or, pour cela, il fallait que son peuple la voie, ce qui entraînait forcément son lot de conséquences. La révélation des secrets d'Ithicana en était une.

Il avait tellement envie de lui faire confiance !

— La vérité, c'est qu'Ithicana ne peut pas survivre sans le pont. Enfin, on pourrait survivre, mais seulement si on passait chaque minute de chaque jour à lutter pour notre survie. (Il pivota de façon à se retrouver face à elle et la regarda dans les yeux. Le soleil se levait, la lumière bleue prenait des reflets dorés, et il avait l'impression de se réveiller d'un rêve pour replonger dans la réalité. Si Aren avait pu arrêter le temps, il n'aurait pas hésité.) Imaginez une vie où vous devriez affronter ces orages et ces vagues pour pouvoir nourrir votre famille, habiller vos enfants... Il peut se passer des semaines entières où il est trop dangereux de prendre la mer, des jours entiers où c'est presque du suicide de sortir de chez soi. Dans un monde pareil, on ne peut qu'espérer survivre.

Aren lui avait pris les mains sans même s'en rendre compte, et il les serra avec force, passant ses pouces sur les cicatrices de Lara.

—Heureusement le pont change tout ça, poursuivit-il. Il me permet de donner à mon peuple ce dont il a besoin pour vivre, de sorte qu'une partie de nos journées ne se passe pas seulement à survivre, même si ce n'est que pour une heure. Mon peuple a une petite chance de lire, d'apprendre, de créer... de chanter, danser ou juste rire.

Il se tut soudain. Il n'avait jamais confié cela à qui que ce soit – jamais expliqué ce que signifiait de gouverner ce royaume. C'était une lutte de chaque instant pour garantir à ses citoyens une vie digne de ce nom, mais cela ne lui suffisait pas. Il voulait leur offrir plus que ça.

—Vous pourriez les nourrir comme des rois avec des revenus pareils, commenta Lara.

Elle ne doutait pas de ses paroles. Au contraire, elle semblait vouloir le pousser à lui en révéler davantage.

—C'est vrai, mais tout ça a un coût, y compris le pont lui-même. D'autres royaumes sont au courant des profits qu'il nous rapporte, alors ils veulent s'en emparer. Il y a des pirates qui s'imaginent que nous avons des coffrets de pièces d'or disséminés sur toutes les îles. Ils nous attaquent dans l'espoir de les trouver, et nous devons nous défendre. Mon armée n'est pas très nombreuse. Pendant les marées guerrières, presque les deux tiers de mes citoyens cessent toute activité pour défendre le pont. Il faut que je leur achète des armes, que je les paie pour leur service, et que je dédommage leurs familles respectives s'ils tombent au combat.

— Donc, malgré tous vos efforts, Ithicana survit à peine.

Il serra ses mains un peu plus fort dans les siennes.

— Mais peut-être qu'un jour cela pourrait s'améliorer.

Ils ne dirent rien pendant un long moment, et quand la brise ramena quelques mèches de cheveux devant le visage de Lara, Aren les écarta doucement. Elle ne tressaillit pas ; elle soutint son regard.

— Vous êtes très belle. (Il enroula une des mèches autour de son doigt.) Je le pense depuis que je vous ai vue mais je ne crois pas vous l'avoir dit.

Lara baissa les yeux, et il crut voir ses joues rosir – quoique c'était peut-être la lumière du soleil levant. Elle secoua doucement la tête.

— J'aurais dû, souffla-t-il.

Il baissa la tête dans l'intention de l'embrasser, mais un craquement sec le fit sursauter.

Il se retourna, la main sur le pommeau de son arme, et aperçut Jor qui s'approchait, une expression amusée sur le visage.

— Ça me fend le cœur d'interrompre votre pique-nique, Majestés, mais l'aube est arrivée, et nous devons mettre les voiles.

Comme pour appuyer ses dires, des cors retentirent au loin, annonçant l'approche de navires à l'horizon.

— Est-ce que ça change quelque chose pour vous ? demanda Aren à Lara en l'aidant à se relever.

Elle ferma les yeux, et ses traits se crispèrent un instant, comme si elle avait mal. Puis elle le regarda en face.

— Oui. Ça change tout.

Le cœur d'Aren s'emplit d'espoir, ainsi que d'une autre émotion qu'il réservait à Lara. Alors il lui prit la main, et ils repartirent à la hâte vers leurs bateaux.

Chapitre 24

Lara

Tout avait changé. Et, en même temps, rien.

Il ne s'agissait pas de simple désir. Lara n'était pas faible au point d'abandonner l'entraînement de toute une vie pour un homme trop beau et trop charmant. Si cela avait été le cas, elle aurait satisfait sa curiosité tout en poursuivant sa mission la conscience tranquille. Non, le problème était son admiration croissante pour Aren, ainsi que le chagrin qu'elle éprouvait à l'idée de ce qui arriverait à Ithicana une fois qu'elle en aurait fini avec eux.

Ce n'était pas pour rien que Lara et ses sœurs avaient appris à mépriser le Royaume du Pont. Le but de toute leur éducation était d'infiltrer les défenses de cette nation afin de la conquérir, au mieux. Ou, au pire, de la détruire. C'était facile de l'envisager quand l'ennemi n'était qu'une bande de démons masqués qui se servaient de leur avantage pour opprimer le peuple de Maridrina.

Sauf qu'elle avait vu le visage des Ithicaniens. C'étaient des hommes et des femmes dotés d'un nom et d'une famille.

Des gens qui subissaient sans cesse les attaques de pirates et de royaumes jaloux. Certes, les Ithicaniens se montraient sans pitié, pourtant Lara ne pouvait plus leur en tenir rigueur. Ils faisaient le nécessaire pour assurer leur survie, et plus elle rassemblait d'informations à leur sujet, plus elle se sentait coupable, parce qu'elle savait qu'Ithicana ne survivrait pas à son passage.

Cette certitude aurait dû lui apporter une profonde satisfaction mais, au contraire, c'était devenu une échéance inévitable qui lui inspirait une répugnance de chaque instant.

Ce qu'elle avait accompli sur l'île d'Aela avait eu pour résultat ce qu'elle avait cru presque impossible : elle avait gagné la confiance d'Aren. Et pas que la sienne, d'ailleurs, mais aussi celle de tous les soldats qui s'étaient battus sur cette plage. Elle avait vu leur expression passer de la méfiance au respect, elle les avait vus cesser de remettre en cause son droit d'aller où bon lui semblait. Naturellement elle s'était empressée d'abuser de ce droit. Personne n'avait posé de questions quand elle s'était éloignée des guérisseurs et des blessés après la bataille. Personne n'avait cherché à l'arrêter ou à la suivre quand elle s'était approchée du pied du pont, où elle avait trouvé la porte invisible. Elle avait marqué l'accès à l'aide de quelques pierres dont le placement ne dirait rien aux Ithicaniens, mais qui donnerait toutes les informations nécessaires aux soldats de Maridrina à leur arrivée sur l'île.

Par ailleurs, elle y était entrée pour cacher trois des cors qu'elle avait dérobés à des cadavres ithicaniens, de sorte que les Maridriniens puissent envoyer des signaux trompeurs le moment venu. C'était Aren qui lui avait soufflé cette stratégie dans ses efforts pour la convaincre de reprendre la mer avec lui au lieu de rester auprès des blessés. Or, s'il lui avait révélé tout cela, c'était parce qu'il avait cru qu'elle se souciait sincèrement du sort de ces soldats. Il pensait qu'elle commençait à aimer son peuple autant qu'il l'aimait, lui.

Ne perds pas le nord, se répétait-elle en silence, les yeux tournés vers le ciel tandis qu'elle flottait dans l'eau chaude du bassin pour délasser son corps meurtri. *Ne perds pas de vue ta mission.*

Tout en se mordillant l'ongle du pouce, Lara passa en revue ce qu'elle avait appris. Est-ce que cela suffirait à Maridrina pour mener une invasion ? Pour conquérir ce royaume imprenable et s'emparer du pont qui assurait sa prospérité ?

Oui, cela suffirait.

Il ne lui restait plus qu'à faire parvenir à Serin les détails de son plan, puis à simuler sa propre mort afin d'échapper à

Ithicana et aux assassins que son père ne manquerait pas de lui envoyer. Elle ne savait pas encore où elle irait – à Harendall, sans doute. Puis, une fois la tempête passée, elle chercherait peut-être à retrouver ses sœurs et à se forger une existence tranquille. Cependant, malgré tous ses efforts, elle n'arrivait pas à imaginer une vie au-delà d'Ithicana – une vie sans Aren.

Les yeux brûlants, Lara s'empressa de sortir de l'eau et d'attraper la serviette qu'elle avait posée à portée de main. Il s'était passé plus d'une semaine depuis l'attaque contre Aela, et pourtant elle n'avait toujours rien fait pour mettre son plan à exécution. Au début, elle s'était dit que c'était à cause de son muscle froissé à l'épaule lors de la bataille ; elle devait prendre le temps de se remettre si elle voulait pouvoir s'enfuir. Mais son cœur lui soufflait que ce n'était pas la raison de son hésitation. Ses vraies raisons risquaient de mettre toute sa mission en péril.

Alors, ce soir, elle passerait à l'acte.

Aren avait chargé Eli de la prévenir qu'il dînerait avec elle, un orage approchant. Sa présence dans la maison permettrait à Taryn, qui insistait pour continuer à dormir devant la chambre de Lara, de prendre une soirée de repos. Lara n'aurait qu'à verser une double dose de narcotique dans le vin d'Aren après le dîner. Cela lui laisserait la nuit entière pour fouiller sa chambre sans risquer d'être interrompue.

Les nuages approchaient déjà, poussés par un vent violent. Même pendant la saison calme, la Mer des tempêtes demeurait redoutable. Lara s'appliqua à soigner son apparence. Elle se sécha les cheveux puis, en les enroulant autour d'un fer chauffé, elle se donna de longues boucles qui tombaient dans son dos. Elle souligna ses yeux de khôl et de poudres irisées, et appliqua un rose pâle sur ses lèvres. Elle choisit une robe qu'elle n'avait pas encore portée, taillée dans une soie violette et scandaleusement transparente qui révélait ses courbes chaque fois qu'elle passait devant une lampe. Puis elle enfila des boucles d'oreilles serties d'un diamant noir et, au poignet, le bracelet qui contenait ses petites fioles de narcotiques.

Alors elle sortit dans le couloir pour rejoindre la salle à manger. Elle avait perdu l'habitude de ses fines sandales après des semaines à porter de lourdes bottes. La pièce était éclairée de nombreuses bougies, les volets de la grande fenêtre ouverts malgré le risque que le vent faisait courir aux verres fragiles. Eli, trempé jusqu'à l'os, était en grande conversation avec Taryn. Lara fut surprise de la voir encore dans la maison. Ils se tournèrent vers elle d'un même élan, les traits tirés, et Lara sentit son cœur se serrer.

— Où est-il ?

— Ils sont partis patrouiller en fin de matinée, répondit Taryn en frottant le côté rasé de sa tête. Personne n'a de nouvelles depuis.

— Et… c'est normal ? demanda Lara sans réussir à contenir le vacillement dans sa voix.

Taryn poussa un soupir.

— Ce n'est pas anormal qu'Aren décide d'aller passer du temps ailleurs que sur l'île centrale, mais… (Elle détailla rapidement Lara.) Je ne pense pas que ce soit le cas ce soir.

— Alors où est-il ?

— Ils ont peut-être eu un problème avec l'une des pirogues. Ou alors ils ont décidé de laisser passer l'orage avant de…

Des cors retentirent, et Lara n'eut pas besoin que Taryn lui traduise ce qu'ils indiquaient : une attaque de maraudeurs.

— Je descends à la caserne.

Lara courut chercher sa cape et remplacer ses sandales par une paire de bottes.

Il pleuvait des cordes, mais le vent n'était pas assez fort pour empêcher les Ithicaniens de prendre la mer. Flanquée de Taryn et suivie par le reste de ses gardes du corps, elle s'élança sur le sentier qui descendait vers la caserne.

Quand elle y entra, l'atmosphère était plus tendue que jamais.

— Je vais tâcher d'apprendre ce qu'ils savent, souffla Taryn.

Elle laissa Lara en compagnie de deux autres gardes, qui lui emboîtèrent le pas lorsqu'elle décida de longer la rive de la crique pour aller gravir les marches qui menaient en haut de la falaise. Plusieurs soldats étaient agenouillés derrière de gros rochers, longue-vue à la main.

— Vous les voyez ?

Ils secouèrent la tête sans un mot.

Et si Aren ne revenait pas ?

Voilà qui mettrait tout son plan à l'eau. S'il n'était plus là pour écrire une lettre à son père, elle n'aurait aucun moyen d'envoyer un message détaillé sous le nez d'Ahnna et des décodeurs de l'île sud. Elle se verrait obligée de simuler sa propre mort et de s'enfuir afin d'envoyer les informations à son père depuis une autre destination. Sauf que cela leur révélerait, à lui et à Serin, qu'elle était toujours en vie. Alors elle passerait le restant de ses jours avec des assassins à ses trousses. Pourtant, tandis qu'elle s'abritait derrière un rocher pour scruter la noirceur de l'océan, ce n'était pas ce dilemme qui occupait ses pensées.

C'était la peur.

Elle avait vu tellement d'Ithicaniens mourir au combat, de tant de manières différentes – embrochés ou étripés, étranglés ou écrasés, battus à mort ou noyés. Elle revoyait tous ces cadavres à présent, mais ils portaient tous le visage d'Aren.

— Ils ne se sont pas manifestés, souffla Taryn en venant la rejoindre. Mais ça ne veut pas dire grand-chose. Ils veulent peut-être simplement éviter de signaler leur présence à l'ennemi.

Ou ils sont tous morts, songea Lara. Sa poitrine se serra douloureusement.

Taryn lui tendit plusieurs feuilles de papier pliées.

— Tiens, on a reçu ça pour toi.

Lara s'approcha d'un des bocaux d'algues lumineuses pour lire le contenu de la lettre. C'était Serin, qui se faisait passer pour son père et qui se plaignait de son fils cadet, Keris. Ce dernier demandait à aller étudier à Harendall au lieu de prendre le commandement des forces armées maridriniennes, comme son frère aîné. « Il souhaite étudier la philosophie ! Comme si l'on pouvait se permettre de contempler le sens de la vie alors que nos ennemis ne cessent de nous harceler ! »

À côté d'elle, les soldats se déplacèrent un peu, ce qui rompit sa concentration. Le code de Marylyn lui échappait par moments, et son regard était sans cesse attiré vers la mer, mais elle finit par extraire le message de Serin parmi toutes ses digressions.

« Valcotta fait blocus entre Maridrina et l'île sud. La famine gronde. »

Secouée par une vague de nausée, Lara rangea les feuilles dans la poche de sa cape. L'île sud avait la capacité, grâce à ses catapultes, de faire fuir la flotte de Valcotta, mais elle comprenait qu'ils rechignent à attiser l'hostilité de leur allié. Elle savait pertinemment ce qu'ils avaient à perdre si Valcotta venait grossir les rangs des nations qui harcelaient Ithicana. Sauf que c'était son peuple qui payait le prix fort.

Ils passèrent des heures sous la pluie au sommet de la falaise, mais pas un cor ne se fit entendre. Pas une pirogue n'apparut à l'entrée de la crique. Rien ne remuait dans le noir.

Taryn finit par se pencher vers elle.

— Tu ferais mieux de rentrer à la maison, Lara. On n'a aucun moyen de prévoir leur retour, et tu vas attraper froid.

Elle aurait dû y aller, en effet. Elle en était bien consciente, cependant l'idée d'attendre seule qu'on lui apporte des nouvelles…

— Non, je ne peux pas.

Elle avait la langue pâteuse.

— On retourne à la caserne, au moins ? plaida Taryn.

Lara hocha la tête à contrecœur mais, tandis qu'elles repartaient, elle ne put s'empêcher de regarder par-dessus son épaule. La mer semblait l'appeler de ses rugissements, lui crier de revenir.

— C'est la chambre d'Aren, là, lui indiqua Taryn une fois qu'elles furent à l'abri dans le bâtiment de pierre. Il n'aurait pas d'objection à ce que tu dormes ici.

Lara referma derrière elle la porte de la petite pièce, posa sa lampe sur la table de bois puis s'assit sur le lit. Le matelas en était dur comme la pierre, et la couverture rêche comparée aux draps délicats de la maison royale. Elle repensa à la banquette qu'ils avaient partagée dans le refuge. Elle s'était endormie dans ses bras, bercée par les battements de son cœur.

Elle retira sa cape et s'allongea sur le côté, la tête sur l'oreiller.

Il sentait Aren.

Elle ferma les yeux et se rappela toutes les leçons de son maître en méditation. Elle eut beau compter ses inspirations et vider son esprit, elle ne parvenait pas à trouver le sommeil, alors elle se rassit, la couverture autour de ses jambes.

Il n'y avait rien ici pour se distraire – ni livres, ni puzzles, pas même un jeu de cartes. C'étaient les quartiers d'un soldat, pas d'un roi. Du moins, pas du genre de roi dont elle avait eu connaissance avant son mariage. C'était la chambre d'un homme qui ne se croyait pas au-dessus de ses sujets. Au contraire, il endurait les mêmes sacrifices qu'eux, parce qu'il était un des leurs.

Je t'en prie, sois en vie.

Soudain la porte s'ouvrit, et Lara discerna Taryn sur le seuil.

— Ils sont de retour.

Elle saisit sa cape au vol et les deux femmes repartirent en courant sur le sentier de la crique. Lara avait le cœur serré. Son esprit lui criait qu'elle s'inquiétait uniquement pour son propre sort, pour sa mission, pour son peuple.

Mais une petite voix lui soufflait autre chose.

Elle sentit bientôt le sable de la plage sous ses pieds et plissa les yeux pour tenter de percer l'obscurité. Elle entendit une voix au loin, puis le grincement de la chaîne.

Le clapotis des vagues contre la coque des bateaux s'éleva, et celui des rames dans l'eau. Malgré cela, Lara devinait surtout des grognements de douleur. Son cœur fit un bond.

Pourvu qu'il soit vivant !

La crique s'anima lorsque des pirogues pleines de blessés s'approchèrent du rivage. Les gardes s'empressèrent de les amarrer et de faire descendre les victimes. Lara inspectait leurs visages dans l'obscurité…

— Dépêchez-vous, enfin ! gronda la voix bourrue de Jor.

Lara se faufila entre les gardes pour aller rejoindre le vieux soldat. Enfin elle l'aperçut accroupi au fond d'un bateau à côté de Lia, une silhouette prostrée entre eux.

— Aren ? croassa-t-elle, les pieds soudain rivés au sol.

Les deux soldats se penchèrent pour le soulever, et Lara crut s'évanouir de soulagement lorsqu'il les écarta d'un geste irrité.

— Ça va, je sais encore descendre tout seul.

Il se leva, et le bateau chancela. Jor et Lia n'eurent aucun mal à garder l'équilibre, mais Aren faillit basculer par-dessus bord.

— Arrête de faire le fier, gamin, grommela Jor.

Avec l'aide de Lia, ils parvinrent à traîner le roi sur le sable.

Lara n'arrivait pas à discerner où il était touché. Les lanternes projetaient des ombres qui ressemblaient à des taches de sang mouvantes. Puis Aren se retourna, et elle décela le contour d'une flèche fichée dans son bras.

— Laissez-moi passer !

Elle poussa deux soldats pour se précipiter vers Aren.

— Qu'est-ce que vous fabriquez ici ? (Il repoussa Jor mais chancela de plus belle. Lara le rattrapa juste à temps, et l'odeur douceâtre du sang l'assaillit.) Je peux marcher tout seul, marmonna-t-il.

— Oui, je vois ça.

Lara tremblait sous l'effort pour le soutenir tandis qu'ils remontaient vers les arbres, où le sentier menant à la caserne était marqué par des bocaux d'algues lumineuses.

Elle le traîna jusqu'à l'intérieur et l'assit sur un banc. Là, elle écarta sa cape détrempée et dégaina l'un de ses couteaux pour découper sa tunique, qu'elle laissa tomber au sol. Puis elle s'agenouilla à côté de lui pour examiner sa blessure.

La pointe de la flèche était profondément fichée dans ses triceps, mais quelqu'un en avait brisé le fût, dont le bois était taché de sang.

— Ces Amaridiens de malheur ! gronda Jor.

Sa voix paraissait distante à Lara tant elle était concentrée sur le souffle d'Aren dans son cou, chaud et irrégulier.

Elle s'écarta pour croiser son regard voilé par la douleur.

— Je ne peux pas retirer la flèche. On va devoir la faire sortir de l'autre côté.

— C'est toujours un délice de passer du temps avec vous, ricana-t-il. (Elle crut discerner une petite étincelle dans ses yeux assombris.) Je suis désolé d'avoir raté le dîner.

— Vous pouvez, oui. (Elle avait toutes les peines du monde à empêcher sa voix de trembler.) Ça sentait très bon.

— Ce n'est pas le menu que je regrette.

Il leva son bras indemne, et ses doigts effleurèrent le diamant noir qu'elle portait toujours à l'oreille. Un frisson la traversa.

— Appuyez-vous à moi, dit-elle en repoussant sa main avant de perdre toute contenance. Si vous vous mettez à frétiller, ça va être encore pire.

Aren étouffa un petit rire peiné, tout en refermant sa main libre autour de la taille de Lara. Ses doigts puissants mordaient les muscles de son dos.

— Ça va faire mal, l'avertit Jor en empoignant le fût de la flèche.

Aren jura tout bas et reposa le front sur l'épaule de Lara. Elle l'attira contre elle, sachant pertinemment qu'elle n'aurait pas la force de le retenir s'il se débattait.

— Détends-toi, gamin, lança Jor.

— Respirez, murmura Lara à l'oreille d'Aren.

Elle vit ses épaules trembler et comprit qu'elle avait toute son attention. Il inspira, expira, et ses doigts glissèrent de sa taille à sa hanche.

— Respirez, répéta-t-elle en effleurant du bout des lèvres le lobe de son oreille. Respirez.

Alors elle croisa le regard de Jor.

Il poussa la flèche.

Aren hurla contre son épaule et s'arc-bouta contre elle, si fort que Lara faillit tomber à la renverse, ses bottes glissant sur le sol de la caserne. Elle avait le visage éclaboussé de sang mais refusait de le lâcher.

— Et voilà ! s'écria Jor.

Alors Lara céda et bascula en arrière. Aren s'affala sur elle. L'espace d'un battement de cœur, ils restèrent immobiles, le souffle laborieux d'Aren tout contre son oreille, son corps qui écrasait le sien. Et elle le serrait contre elle, prise par le désir farouche de traquer et d'anéantir celui ou celle qui lui avait infligé cela. Puis Jor et Lia le soulevèrent pour le rasseoir.

Lara se redressa et essuya sa peau maculée de sang, le cœur battant à tout rompre tandis que Jor examinait la blessure d'Aren.

— Tu t'en remettras, dit-il avant de s'écarter pour laisser la place à l'une des étudiantes de Nana.

Partout autour d'eux, il y avait des soldats ensanglantés. Certains serraient les dents pour endiguer la douleur, d'autres poussaient des hurlements tandis que leurs camarades tentaient de soigner d'horribles blessures. D'autres encore ne bougeaient plus.

Ils avaient tous été touchés alors qu'ils défendaient leur île, leur pays.

Lara aperçut Taryn qui, les joues baignées de larmes, appuyait des deux mains sur le ventre d'un jeune homme pour tenter de contenir ses intestins.

— Je t'interdis de mourir, chuchota-t-elle en un sifflement qui trancha le bruit ambiant. S'il te plaît, ne me laisse pas.

Mais, sous les yeux de Lara, la poitrine du jeune homme finit par s'immobiliser.

Combien de cœurs s'arrêteraient de battre quand son père lancerait l'offensive ?

Ce sont tes ennemis, se répéta-t-elle comme un refrain. Pourtant ces paroles sonnaient creux dans son esprit.

Lara fit un pas en arrière, puis deux, puis trois. Elle sortit de la caserne et s'engagea sur le sentier.

— Lara !

Elle se retourna. Aren se tenait derrière elle, le bandage de son bras à moitié déroulé, comme s'il avait interrompu les efforts de sa guérisseuse.

— Attendez.

Elle ne pouvait pas attendre. Elle ne pouvait pas se le permettre, parce que sa volonté d'agir s'effritait à vue d'œil. Pourtant elle demeurait rivée sur place tandis qu'Aren s'approchait lentement. Un filet de sang dégoulinait le long de son bras et gouttait du bout de ses doigts.

— Je suis désolé, dit-il d'une voix tremblante. Depuis votre arrivée ici, vous n'avez vu que de la violence, et j'en suis désolé.

Elle n'avait jamais rien connu d'autre que la violence. Cela ne lui faisait plus rien et, en même temps, c'était toute sa vie.

— J'aimerais que les choses soient différentes, que ça ne soit pas toujours comme ça.

Il vacilla et tomba à genoux. Ce n'est qu'en sentant la boue imprégner sa jupe de soie que Lara se rendit compte qu'elle s'était agenouillée aussi. Elle avait tendu le bras vers lui pour le soutenir, et il avait posé sa main valide sur sa hanche, comme en une danse où elle menait et où il suivait.

— Vous avez les mêmes yeux que votre scélérat de père. C'est ce que j'ai cru la première fois que je vous ai vue. On appelle cette couleur le bleu bâtard de Maridrina.

Il dut la sentir tressaillir, parce qu'il l'attira plus près. Elle ne chercha pas à résister.

— Je me trompais. Vos yeux sont très différents, plus profonds… de la même couleur que la mer autour d'Eranahl.

Eranahl? Elle avait déjà lu ce nom quelque part, sur l'un des documents qu'elle avait vus sur son bureau. Elle l'avait entendu quand Aren avait réprimandé le commandant Aster sur la plage d'Aela. Il n'aurait sans doute pas dû lui révéler ce détail, pourtant elle n'arrivait pas à s'y intéresser, parce qu'il avait glissé sa main dans le creux de son dos. Elle dut user de toute sa volonté pour s'empêcher de passer les bras autour de son cou et d'embrasser ses lèvres si douces, même s'il était souillé de sang.

Lara retira la main qu'elle avait posée sur son épaule, mais il la retint et replia doucement ses doigts pour déposer un baiser dessus, sans détacher son regard du sien.

— Ne partez pas.

Elle brûlait.

Son cœur battait la chamade, son souffle était saccadé, et sa peau était si sensible que le simple contact de ses vêtements lui faisait presque mal.

Arrête! lui criait une voix dans sa tête. *Tu es en train de perdre le contrôle de la situation!* Elle fit taire cette petite voix.

Aren caressa du pouce l'intérieur de son poignet, les lèvres toujours pressées contre le dos de ses doigts, et ce geste envoya un torrent de sensations sous sa peau. Elle avait les jambes tremblantes du désir de sentir ses mains partout ailleurs. Elle chancela, et il la serra contre lui, même s'il vacillait aussi.

— Vous devez retourner voir les guérisseurs, murmura-t-elle. S'ils ne vous recousent pas, vous allez vous vider de votre sang.

— Je vais très bien.

Il baissa la tête au même moment où elle levait la sienne. Ils partageaient le même air, le même souffle, et la respiration haletante d'Aren contredisait ses paroles. Il n'allait pas bien du tout.

Cette vérité emplit Lara de terreur – une terreur qui, aussitôt, se changea en fureur. Que lui importait la vie de cet homme en dehors de sa mission ? Pourquoi se souciait-elle de lui ? Il avait sciemment pris des décisions qui causaient un tort infini au peuple de son royaume. Il avait peut-être fait ces choix pour le bien-être de ses propres citoyens, mais ça n'excusait pas son manque total d'empathie et de culpabilité. Aren était son ennemi, et elle devait se libérer de lui avant de commettre une erreur.

Alors il effleura doucement ses lèvres des siennes, et elle perdit pied. Elle passa les doigts dans ses cheveux, impatiente d'en goûter davantage, de le goûter, lui. Mais, au lieu de le lui accorder, il se recula.

— J'ai besoin de votre aide pour mettre un terme à tout ça. Je suis fatigué de me battre contre le monde entier. Je voudrais me battre pour que, au contraire, Ithicana y ait sa place.

Lara eut l'impression que la réalité venait de lui flanquer une gifle.

Elle se recula.

— Ça ne s'arrêtera jamais, Aren. (Elle fut surprise d'entendre l'intonation vide et morne de sa propre voix, alors que son esprit était assailli d'émotions chaotiques.) Vous possédez ce que tous vos adversaires désirent, et ils ne renonceront jamais à tenter de s'en emparer. Voilà ce qu'est Ithicana, et ce qu'elle est condamnée à rester. Vous allez devoir vivre avec cette idée.

— Ça, ce n'est pas vivre, Lara. (Il toussa, ce qui lui arracha une grimace de douleur, et porta la main à sa blessure.) J'ai l'intention de me battre pour un avenir meilleur, même si ça doit me tuer.

Ces paroles déchaînèrent en elle une fureur irrationnelle.

— Alors vous feriez mieux de vous laisser mourir !

Il fallait qu'elle échappe à cette situation qui menaçait de la déchirer. Lara se releva brusquement et s'enfuit en courant sur le sentier glissant de la maison.

Une fois dans sa chambre, elle attendit que le silence se fasse dans les couloirs et, une fois certaine que personne ne la dérangerait, elle se faufila jusqu'à la porte d'Aren, dont elle crocheta la serrure. Vitex était assis sur le lit, mais il se contenta de sortir quand elle entra, sans même lui jeter un coup d'œil.

Lara referma la porte derrière elle, raviva la flamme de sa lampe et alla s'asseoir au bureau d'Aren. Elle sortit de sa poche la fiole d'encre invisible que Serin lui avait confiée puis tira à elle l'écritoire qui contenait les épaisses feuilles de parchemin officielles. Elle saisit la première, la retourna de façon à poser l'emblème du pont contre le bureau, et se mit à écrire en lettres minuscules qui disparaissaient en séchant. Elle détailla tout ce qu'elle avait appris sur Ithicana, ainsi que la stratégie qu'elle avait conçue pour envahir et assujettir le Royaume du Pont. Sa main tremblait lorsqu'elle acheva son message, mais elle s'empressa d'écarter cette feuille et d'en saisir une autre pour recommencer l'opération. L'une après l'autre, elle couvrit les vingt-six pages de parchemin avec ces explications qui condamnaient Ithicana.

Elle eut toutes les peines du monde à se retenir de les déchirer quand elle les rangea soigneusement avant de retourner dans sa chambre. Engourdie par la fatigue, elle enfouit son visage dans l'oreiller, et ses larmes eurent vite fait d'en mouiller les plumes. *Je n'avais pas le choix*, se répétait-elle en boucle. *C'est le seul moyen de sauver Maridrina.*

Et tant pis si elle devait se damner pour y arriver.

Chapitre 25

Lara

Les marées guerrières se terminèrent par un typhon qui déferla sur les îles avec une telle violence que même les Ithicaniens n'osaient pas prendre la mer. Eli expliqua à Lara que même le pont était sans doute désert, parce que les commerçants ne voulaient pas tenter le passage vers les îles nord et sud dans de telles conditions. Le résultat en était que la garnison centrale se trouvait soudain très isolée, coupée du monde, et pour couronner le tout, Lara était condamnée à rester seule dans la vaste demeure avec les serviteurs.

Aren l'évitait toujours, même s'il n'y avait plus d'attaques. Il passait ses journées en compagnie de ses soldats et ses nuits sur sa couchette à la caserne. Pas une fois il ne remonta le sentier qui menait à la maison.

Malgré tout, chaque nuit, elle allait compter le nombre de feuilles subsistant dans son écritoire. Toutes les copies de son message demeuraient à Ithicana.

Comme elle.

Une fois le premier orage passé, Lara décida que le moment était venu. Elle enfila des vêtements ithicaniens, emplit ses poches de bijoux et de ses narcotiques préférés, mangea autant que son estomac le lui permettait puis annonça à Eli qu'elle allait se promener.

Elle serait morte pour de bon si elle avait tenté de prendre la mer en pleine tempête, alors elle avait attendu une éclaircie pour simuler sa mort. Aren se sentirait obligé d'écrire à son père pour lui annoncer la nouvelle, et Serin ne manquerait pas d'examiner le parchemin. Après cela, il ne lui resterait plus qu'à espérer que, ne la voyant pas revenir à Vencia, son père et Serin la croiraient réellement morte, et qu'ils n'enverraient pas d'assassins à Harendall, où elle avait prévu de se réfugier. Elle pourrait vivre sa vie, confortée par la certitude d'avoir offert à son peuple un avenir meilleur.

Au détriment de tous les habitants d'Ithicana.

À présent que les orages protégeaient le rivage, Taryn et les autres gardes s'étaient vu accorder un peu de repos. Lara n'eut donc pas besoin d'éviter leurs regards tandis qu'elle se dirigeait vers la face nord des falaises, où elle avait caché son petit canot de longues semaines auparavant.

Il se trouvait dans une petite caverne à une dizaine de mètres au-dessus du niveau de la mer, mais ce qui l'avait séduite, c'était la série de rochers plats qui s'avançaient parmi les vagues. Elle pourrait y déposer son canot à l'aide de cordes et, en même temps, donner l'impression qu'elle y avait subi une chute fatale. De là, elle avait l'intention de naviguer d'île en île, en s'abritant dans des refuges le temps de laisser passer les orages, jusqu'à atteindre Harendall.

C'était un plan périlleux, pourtant ce n'était pas la peur qui lui pesait sur l'estomac tandis qu'elle se penchait vers le bord de la falaise.

— Ne tombez pas.

Lara sursauta, surprise, et faillit perdre l'équilibre. Aren la rattrapa pour la ramener en lieu sûr. Puis il poussa un petit soupir exaspéré avant de la traîner derrière lui.

— Venez. Vous avez des devoirs à accomplir.

— Quel genre de devoirs ?

— Les devoirs d'une reine.

Elle planta les talons dans le sol, laissant deux traces jumelles dans la boue, et Aren finit par s'arrêter en lui jetant un regard de dégoût.

— Ça, ce n'est pas un devoir, Lara. Je parlais d'aller accueillir les évacués de l'île centrale. Alors soit vous vous décidez à marcher toute seule, soit je vous porte jusqu'au bateau comme un sac de patates.

— Je sais marcher toute seule, grommela-t-elle.

Elle était furieuse que son plan ait été interrompu ainsi mais, surtout, elle s'en voulait d'éprouver du soulagement à l'idée qu'il lui faudrait attendre un autre orage avant de pouvoir s'enfuir d'Ithicana.

Une fois calée dans son recoin de la coque, elle attendit qu'ils soient sortis de la crique pour demander :

— Où va-t-on ?

— À Serrith, répondit Aren, qui lui tournait le dos.

— C'est une belle journée pour une petite promenade en mer, lança Jor, assis derrière elle.

Il hissa la voile et, après cela, plus personne ne dit mot.

La crique de Serrith était occupée par deux des grands vaisseaux à double coque qu'elle avait vus pendant l'évacuation, mais les civils et leurs provisions avaient déjà débarqué, et les équipages s'apprêtaient à repartir. Cap sur Eranahl, sans doute… Malgré ses semaines d'espionnage, Lara n'avait toujours pas découvert où se trouvait ce lieu mystérieux.

Elle eut la chair de poule en suivant Aren dans le défilé où elle avait tué les soldats amaridiens, mais il ne ralentit pas l'allure. Enfin ils arrivèrent au village, où la scène n'avait plus rien à voir avec ce dont elle avait été témoin le jour de l'évacuation. Au lieu de corps ensanglantés, d'enfants aux yeux éteints et de parents éplorés, elle vit une communauté qui s'affairait joyeusement. Des femmes ouvraient portes et volets afin d'aérer les intérieurs, et les enfants couraient en tous sens.

Tout le monde les saluait sur leur passage, de jeunes parents s'empressaient de leur présenter leur bébé, et les enfants leur couraient après dans l'espoir de recueillir un peu d'attention. La tactique d'Aren était évidente. Il espérait l'adoucir en lui mettant des bébés joufflus dans les bras ou en lui donnant des bonbons à distribuer aux gamins.

Le pire était que cela fonctionnait. Elle aurait voulu se rouler en boule pour pleurer, parce que ces innocents allaient voir leur monde décimé. Mais c'était eux ou les Maridriniens.

Son peuple à elle mourait de faim ; il avait besoin du pont, des richesses qu'il engendrait et des marchandises qui le traversaient. Alors… elle était prête à sacrifier ces gens dans l'espoir de sauver son peuple, en priant pour que le chagrin et la culpabilité ne l'étouffent pas.

Lara aurait donné n'importe quoi pour avoir ses sœurs à ses côtés. Elles auraient partagé sa peine, parce qu'elles auraient compris – personne d'autre n'en était capable. Sauf qu'elle était seule et que, avec chaque minute qui passait, elle semblait sur le point de craquer.

Ce n'est qu'une fois de retour dans leur pirogue qu'elle se sentit respirer de nouveau. Assise au fond de la coque, elle garda la face dans ses mains pendant tout le trajet.

— On dirait que les gardiens ont eu de la visite, commenta Jor au bout d'un long moment.

Lara releva la tête et aperçut une petite île aux plages de sable blanc qui allaient se perdre parmi les rochers et la jungle. Le pont passait au-dessus, soutenu par une énorme colonne au centre de l'île. Cette dernière n'avait rien d'unique en soi, mais elle semblait presque trop facile d'accès par rapport aux autres endroits où des piliers avaient été construits.

Puis elle se rendit compte qu'ils n'avaient pas eu le choix. Elle n'avait jamais vu le pont parcourir plus de cent mètres entre deux supports, et il aurait fallu faire un trop long détour pour éviter cette île. Elle aperçut alors trois silhouettes humaines étendues sur la plage, déjà à moitié décomposées.

— Quel est cet endroit ?

— L'île aux serpents.

Elle repensa aux innombrables serpents qu'elle avait croisés depuis son arrivée.

— Voilà qui pourrait décrire n'importe quelle île d'Ithicana.

— C'est particulièrement vrai de celle-ci. (Aren fit signe à Jor de réduire la voilure, et la pirogue dériva lentement dans les eaux peu profondes.) Regardez.

En plissant les yeux, elle remarqua du mouvement au pied des rochers qui surplombaient la plage, sans pouvoir discerner en détail ce dont il s'agissait.

Aren se mit debout et saisit un poisson encore frétillant qu'ils avaient pêché au passage. Il attendit que les vagues les poussent doucement vers la rive. Alors qu'ils n'étaient plus qu'à une dizaine de mètres, Jor planta une rame dans le sable pour arrêter la pirogue.

Aren lança le poisson, qui atterrit au milieu de la plage. Horrifiée, Lara vit plusieurs dizaines de serpents jaillir de sous les rochers, la gueule ouverte. Ils étaient énormes – la plupart aussi longs qu'Aren était grand, et certains beaucoup plus gros.

Le premier arrivé referma ses mâchoires autour du poisson tandis que les autres se jetaient sur lui en une masse luisante. Ils tentèrent de lui disputer sa proie, qui finit par disparaître dans la gorge distendue du serpent.

— Oh, mon Dieu, souffla Lara en plaquant une main sur sa bouche.

— Si l'un d'entre eux vous mordait, vous seriez paralysée en l'espace de quelques minutes. Il ne vous resterait plus qu'à attendre qu'un des plus gros spécimens vienne vous achever.

— Il y en a des plus gros ? (Plus Lara observait l'île, plus celle-ci lui paraissait hostile. Elle aperçut un sentier de pierre qui menait à la base du pilier. Il était envahi de hautes herbes mais, comparé à tous les autres pieds du pont, il paraissait presque facile d'accès.) Pitié, ne me dites pas que vous vous en servez pour entrer dans le pont ?

Aren secoua la tête.

— C'est un leurre. Efficace, d'ailleurs. Il a l'air tellement accueillant.

— Trop accueillant, commenta Jor. Combien de nos propres citoyens ont fini dans le ventre de ces bêtes ?

Lara jeta un regard curieux à Aren.

— C'est un jeu qui amuse beaucoup nos jeunes, même si c'est interdit. Deux personnes appâtent les serpents pour les éloigner du chemin, et une troisième doit courir jusqu'au pilier et grimper jusqu'en haut du pont avant de replonger dans l'eau. C'est une façon de mettre son courage à l'épreuve.

— Ou de prouver sa connerie, rétorqua Jor.

— On dirait surtout un bon moyen de se faire tuer, grommela Lara.

Elle se mordait la joue, réfléchissant aux potentiels avantages de cet endroit. Il serait facile d'ancrer des bateaux près de la plage et de faire débarquer des hommes, si on pouvait se débarrasser des serpents.

Plongée dans ses pensées, Lara n'avait pas remarqué qu'Aren ne portait plus que son pantalon. Elle sursauta lorsqu'il bondit dans l'eau, qui lui arrivait à mi-cuisse.

— Tenez-moi ça, dit-il en lui tendant son arc. Et ne le mouillez surtout pas.

— Qu'est-ce que vous fabriquez ?

Il fit craquer les jointures de ses doigts.

— Ça fait longtemps que je n'ai pas essayé, mais je suis sûr que je peux encore y arriver.

— Remonte dans ce bateau, Aren, gronda Jor. Tu n'as plus quatorze ans.

— Non, en effet, et ça devrait justement me donner un avantage. Lia, Taryn, appâtez les serpents. Et appliquez-vous, ou vous allez passer le restant de vos jours à escorter Ahnna.

— Je vous interdis d'obéir, lança Jor aux deux jeunes femmes. Restez où vous êtes.

Aren fit volte-face et posa les deux mains sur le bord du bateau.

— Il faut vraiment que je te rappelle qui est le roi ?

Lara en resta bouche bée. C'était la première fois qu'elle voyait Aren invoquer son statut pour obtenir ce qu'il voulait. Il avait souvent donné des ordres, certes, mais ça n'avait rien à voir.

Les deux hommes se dévisagèrent froidement, et Jor finit par lever la main.

— D'accord. Obéissez aux ordres de Sa Majesté.

L'air nerveux, les deux femmes attrapèrent un poisson chacune et sautèrent à l'eau. Ce n'était pas la première fois qu'elles jouaient à ce jeu, et elles y avaient sûrement déjà joué avec Aren.

Lara sentait son cœur battre de plus en plus vite.

— Revenez, Aren. Votre bras n'est pas encore remis.

— Il est largement assez remis.

—C'est de la folie, enfin ! Qu'est-ce que vous essayez de prouver ?

Aren ne répondit pas. Il s'approcha de la plage et, alors qu'il n'était plus qu'à quelques pas, s'immobilisa. Lia et Taryn se déployèrent de chaque côté de lui en faisant le plus de bruit possible pour attirer l'attention des serpents. Sous le surplomb rocheux, un fouillis de corps luisants se mit en mouvement, s'écartant du chemin pour s'approcher des deux femmes.

C'est à cause de ce que tu lui as dit, lui souffla une voix insidieuse. *C'est parce que tu lui as dit de se laisser mourir.*

—Aren, revenez ! cria-t-elle d'une voix méconnaissable. Rien ne vous oblige à faire ça !

Il ne parut pas l'entendre.

Dis-lui que tu tiens à lui, que sa vie compte à tes yeux. Dis ce qu'il faut pour qu'il remonte dans ce bateau !

Sauf qu'elle en était incapable. Elle n'allait quand même pas lui servir un mensonge pareil pour, ensuite, le poignarder dans le dos.

Est-ce réellement un mensonge ?

—Aren, je…

Sa gorge se serra, étranglant le reste de ses paroles.

Jor adressa un signe de tête aux gardes restés dans la pirogue, et ceux qui portaient un arc encochèrent une flèche, mais Aren dut sentir ce qu'ils venaient de faire.

—Si l'un ou l'une d'entre vous s'avise de tirer la moindre flèche, je l'élimine de ma garde personnelle.

Ils baissèrent leur arc.

—Vous n'êtes quand même pas sérieux ? lança Lara, furieuse. Aren, remontez dans ce bateau, espèce de…

—Allez-y !

Lia et Taryn lancèrent les poissons sur la plage. De nouveau les serpents jaillirent de sous les rochers par dizaines, trop nombreux pour que Lara puisse les compter. Les plus rapides s'apprêtaient à croquer leur proie quand Aren s'élança. Ses pieds s'enfonçaient dans le sable. Il était à peine à mi-chemin du pilier lorsque les serpents le détectèrent. Plusieurs d'entre eux se dressèrent pour examiner l'intrus avant de se ruer sur lui.

Il courait vite.

Mais les serpents étaient plus rapides encore.

— Ils arrivent ! cria Lara, horrifiée.

Les vicieuses créatures filaient sur le sable. Aren était sur le chemin et fonçait vers le pilier, le dos luisant de sueur. Il lui restait peut-être trente mètres à parcourir.

Il n'allait pas y arriver.

Les serpents bondissaient sur ses talons... et ils gagnaient du terrain.

— Allez ! hurla Lara en se levant.

Elle ne remarqua même pas le mouvement du bateau sous ses pieds. Il ne fallait pas qu'il meure. Pas comme ça.

Jor était debout, lui aussi.

— Plus vite, espèce de petit merdeux !

Plus que quinze mètres. *Pitié, pitié, pitié.*

Lara et Jor aperçurent le danger avant Aren. Un énorme serpent surgit de derrière le pilier, sans doute attiré par l'excitation de ses congénères. Il vit Aren au moment même où celui-ci le remarquait, et se dressa de toute sa hauteur tandis que le roi s'arrêtait dans un dérapage, pris entre deux morts certaines.

Sans réfléchir, Lara brandit l'arc d'Aren et saisit une flèche des mains du soldat le plus proche. Elle l'encocha tout en se retournant et tira. Elle vit l'empennage noir passer tout près de l'épaule d'Aren pour aller se ficher dans la gueule du serpent monstrueux.

Aren réagit aussitôt et sauta par-dessus le corps imposant afin de se hisser le long du pilier, juste à temps pour éviter les crocs acérés de ses poursuivants qui claquèrent sous ses pieds. Il ne lui fallut que quelques secondes pour arriver à mi-hauteur du pont. Alors il s'arrêta et tourna la tête vers la pirogue, sans doute pour déterminer qui lui avait désobéi.

Lara lâcha son arc, mais c'était trop tard. Il avait bien vu. Ils avaient tous vu, et elle allait devoir affronter les conséquences de son acte.

Personne ne dit mot tandis qu'il se remettait à grimper. Le cœur de Lara battait toujours à un rythme affolé, car une chute de cette hauteur le tuerait sans appel. Sa blessure s'était rouverte et un filet de sang coulait le long de son bras, mais cela ne semblait pas le gêner. Il atteignit le haut du pont et courut jusqu'à se retrouver au-dessus des eaux profondes. Alors il plongea sans un instant d'hésitation.

Lara retint son souffle en scrutant la mer des yeux, sans repérer de trace de lui.

Il saignait.

Et s'il y avait des requins dans les parages ?

Derrière elle, Jor retirait ses bottes, laissant la pirogue dériver.

— Lia, Taryn ! Revenez !

C'est alors qu'Aren refit surface tout près du bateau et, d'un seul mouvement, se hissa à bord. L'eau luisait sur sa peau bronzée, soulignant ses muscles. Les soldats trébuchèrent presque dans leur hâte de lui céder le passage lorsqu'il fonça sur Lara.

— Qu'est-ce qui vous a pris ?

Il avait beau la dominer de toute sa hauteur, Lara ne cilla même pas.

— Il m'a pris l'envie de sauver votre peau, espèce de connard immature !

— Je n'avais pas besoin qu'on me sauve.

Jor toussota quelque chose qui ressemblait à un « ben voyons ». Aren lui jeta un regard noir avant de se retourner vers Lara.

— Vous ne m'aviez pas dit que vous saviez vous servir d'un arc. Vous ne croyez pas que cela aurait pu être utile de le mentionner ?

— Vous ne m'avez jamais posé la question. (Elle se dressa sur la pointe des pieds et soutint son regard jusqu'à ce qu'il finisse par reculer. Le bateau se balança doucement tout en se rapprochant de la plage.) Si vous me refaites une peur pareille, je vous promets de ne pas hésiter à vous planter une flèche dans le…

— Et moi qui croyais que vous vous en fichiez.

— Je m'en fiche complètement ! Vous pouvez retourner sur cette plage et aller câliner un de ces serpents, ça m'est totalement égal !

—Ah oui?

Alors, aussi rapide que les fameux serpents de l'île, il la souleva et la jeta à l'eau.

Lara atterrit sur les fesses sur un banc de sable. L'eau ne lui arrivait qu'à la taille, mais ses vêtements étaient trempés.

—Salopard!

Elle se releva tant bien que mal. Les vagues lui léchaient les genoux.

—Vous pouvez parler! Vous n'arrêtez pas de me prendre la tête depuis que...

Jor l'interrompit d'un coup de pied bien placé, qui le fit basculer par-dessus bord.

Aren atterrit à quatre pattes en éclaboussant Lara, qu'il faillit faire tomber à nouveau. Il se redressa plus vite qu'elle et se secoua.

—Ça va pas, non? Qu'est-ce qui te prend, Jor?

La pirogue s'éloignait déjà.

—On reviendra vous chercher une fois que vous aurez résolu cette petite dispute conjugale, cria Jor par-dessus son épaule.

Puis le bateau contourna le pilier suivant et disparut.

Aren frappa la surface de l'eau en proférant une litanie de jurons, mais Lara le remarqua à peine. Elle regardait les serpents, qui descendaient lentement la plage. Ils s'arrêtèrent au bord du rivage, et plusieurs d'entre eux se dressèrent pour les observer en se balançant. Derrière elle... c'était le large. Même si elle avait su nager, Lara savait pertinemment ce qui rôdait dans ces profondeurs.

Elle était prise au piège.

Le soleil dardait ses rayons sur elle, et de grosses gouttes de sueur perlaient sur son front pour se mêler à l'eau de mer qui coulait de ses cheveux trempés.

Aren dut avoir pitié de sa panique évidente.

—Les serpents ne risquent pas de venir nous rejoindre. Ils savent nager mais n'aiment pas ça. Et puis, Jor va revenir. Il fait ça pour le pur plaisir de nous donner une petite leçon. On n'a rien à craindre.

— C'est facile à dire pour vous. (Lara claquait des dents, même si elle n'avait pas froid du tout.) Vous savez nager ; vous pourriez vous sauver.

— Voilà qui est tentant.

— Ça ne m'étonne pas, vu le peu de cas que vous faites des vies maridriniennes.

Ces paroles lui avaient échappé presque malgré elle, pourtant le moment était peut-être venu de lui dire ses quatre vérités.

Aren la dévisageait, bouche bée.

— Auriez-vous l'amabilité de m'expliquer ce que j'ai fait pour mériter un tel commentaire de votre part ? Depuis le début je m'évertue à faire preuve de courtoisie, envers vous comme envers vos concitoyens...

— Vraiment ? (Lara sentait bien que sa colère lui échappait, mais elle préférait la rage à la peur.) C'est par courtoisie que vous laissez mon peuple mourir de faim dans le seul but de remplir vos coffres ?

Silence.

— Vous croyez qu'Ithicana est responsable des problèmes de Maridrina ? lança-t-il finalement, l'air sincèrement incrédule. Nous sommes alliés, enfin !

— Et quels alliés ! Tout le monde sait bien que la majorité des denrées vendues sur l'île sud terminent à Valcotta.

— Parce que ce sont les Valcottiens qui les achètent ! (Aren leva les deux mains d'un geste exaspéré.) Les marchés de l'île sud sont libres d'accès à tous, et les commerçants qui offrent le meilleur prix obtiennent les meilleurs produits. Il n'y a pas de favoritisme qui tienne. Ithicana reste complètement neutre.

— C'est facile, de se laver les mains de toute culpabilité ! (Elle était furieuse. Il venait de passer la journée à éveiller sa sympathie pour les Ithicaniens, et voilà qu'il refusait d'accorder la même chose aux Maridriniens.) Et puis, comment pouvez-vous parler d'alliance et de neutralité à la fois ?

Aren laissa échapper un juron en secouant la tête.

— Je ne peux pas. Enfin, je ne peux plus. (Il se massa la tempe.) À votre avis, pourquoi est-ce qu'Amarid n'arrête pas de nous harceler ? Ils sont furieux qu'on ait accordé des concessions à Maridrina… et on accordera les mêmes à Harendall si Ahnna décide d'épouser leur prince.

— Et quel impact ont-elles eu, ces fameuses concessions ? Maridrina meurt de faim, coincée entre Ithicana et le Désert rouge, et vous n'avez pas fait preuve d'une once d'empathie !

— Je ne comprends même pas de quoi vous parlez.

— Ah, non ? Je vous ai entendu, le jour où je suis arrivée ici. Je vous ai entendu dire que les concessions que vous aviez faites à mon père allaient contre votre volonté, et que Maridrina mourrait de faim avant de voir les bénéfices de ce traité !

Il sonda son regard, l'air absolument furibond.

— Vous avez raison, j'ai dit quelque chose comme ça, effectivement. Mais, si vous et votre peuple cherchez à blâmer le responsable de la famine de Maridrina, vous feriez mieux de vous en prendre à votre père.

Lara ouvrit la bouche pour répliquer, mais les mots se dérobèrent à elle.

— Est-ce que vous avez lu le traité ? demanda-t-il.

— Évidemment. Si Maridrina observait la paix pendant quinze ans, vous vous engagiez à épouser une princesse du royaume et à offrir à son peuple des tarifs préférentiels sur l'usage du pont et sur certains produits – et ce, tant que la paix régnerait entre nos deux pays.

— C'est bien résumé. Quand est venu le moment de négocier ces fameux tarifs, j'ai proposé d'éliminer les impôts relatifs à un produit en particulier, dans l'espoir que votre père choisisse quelque chose qui consolide cette paix : blé, maïs ou bétail, par exemple. Vous voulez savoir ce qu'il a choisi ? L'acier d'Harendall.

Lara sentit sa poitrine se serrer.

— Vous mentez. Tout ce que mon père a fait, c'était pour le bien de notre peuple.

Aren éclata de rire, mais c'était un son amer.

— Tout ce que fait votre père, c'est pour le bien de son trésor… et de sa fierté. (Il secoua la tête.) Nous avons toujours exigé des impôts exorbitants sur l'acier et sur les armes, parce que leur commerce a des ramifications que nous préférons éviter. D'autant que ces mêmes armes finissent souvent par se retourner contre nous.

Lara avait du mal à respirer.

— Les sols de Maridrina ne contiennent pas de minerais, ce qui veut dire que votre père doit importer l'acier qui forge ses armes. Et comme il refuse de mettre un terme à sa guerre avec Valcotta, il s'est longtemps vu obligé d'importer cet acier par bateau, à un prix onéreux. Plus maintenant…

Le soleil brillait beaucoup trop fort, et tout était devenu flou.

— Permettez-moi de poursuivre, puisqu'il semblerait que votre éducation dans le désert comporte de sérieuses lacunes. (Les yeux noisette d'Aren brillaient d'une colère brûlante, et c'était la seule chose que Lara voyait clairement.) La guerre a un coût, j'en suis tristement conscient. Mais votre père ne détient pas le pont, alors il finance sa guerre en prélevant de lourds impôts, qui ont complètement asséché l'économie de Maridrina. Quand vos commerçants arrivent au marché de l'île sud, ils sont incapables d'enchérir pour emporter ce qu'ils voudraient, et ils se retrouvent obligés de se contenter de ce qui n'intéressait personne d'autre.

De la viande avariée, des grains moisis… Lara ferma les yeux. Si Aren disait la vérité, alors tout ce qui avait alimenté son désir de capturer le pont n'était qu'un tissu de mensonges. Tout ce qu'il restait pour justifier l'invasion d'Ithicana, c'était précisément ce contre quoi elle s'était toujours insurgée : la cupidité pure et simple.

— Ce n'est pas moi qui vous ai menti, Lara, mais je ne vous demande pas de me croire sur parole.

Jor et les autres choisirent ce moment pour revenir vers eux, et l'expression d'Aren suffit à effacer le sourire railleur qu'arborait le vieux soldat. Lorsque la pirogue fut à portée de main, Aren sauta à bord et attendit que Lara remonte à son tour.

— Hissez la deuxième voile, ordonna-t-il alors.

Jor fronça les sourcils.

— Tu es si pressé que ça de rentrer ?

— On ne rentre pas à l'île centrale.

— Ah non ? Où est-ce qu'on va, alors ?

Aren jeta un coup d'œil vers l'est, où le ciel s'assombrissait déjà. Quand il se retourna, ce ne fut pas sur Jor que son regard s'arrêta.

Il toisait Lara, et elle sentit son estomac se nouer face à ce défi.

— On va aller faire un petit tour à Maridrina.

Chapitre 26

Lara

Il était prêt à pénétrer en territoire ennemi et à l'y emmener, elle, alors qu'elle connaissait les secrets d'Ithicana… Cela aurait dû suffire à la convaincre qu'Aren avait dit vrai, et que c'étaient son père, Serin et tous ses instructeurs qui lui avaient menti.

Pourtant ça ne suffisait pas.

Toute sa vie, Lara avait été abreuvée d'histoires sur la cruauté d'Ithicana – des histoires qui lui avaient été répétées jusqu'à se graver dans son âme. Pendant des années elles avaient été le mantra de ces entraînements ardus qui avaient failli la briser comme ils avaient brisé plusieurs de ses demi-sœurs, condamnées à une mort prématurée en des circonstances atroces.

Empare-toi du pont, et tu sauveras le peuple de Maridrina.

Si elle décidait de croire Aren, ce mantra se muerait en quelque chose de très différent. *Empare-toi du pont, et tu anéantiras une nation tout entière. Tu prouveras au monde entier que tu n'étais qu'un pion entre les mains de ton père.* Alors, comme une lâche, elle objecta aussitôt.

—Nous sommes en pleine saison des tempêtes. (Elle désigna le ciel qui s'assombrissait à l'est.) Il faudrait être fou pour prendre la mer dans le seul but de remporter une dispute.

—Alors il faut croire que je suis fou. (Aren tendit la corde que Lia venait de lui passer.) Le ciel est dégagé là où on va.

Et puis, même si l'orage nous rattrape, il paraît que nous sommes des navigateurs très doués.

—On est dans une pirogue ! s'écria Lara, horrifiée d'entendre le ton suraigu de sa propre voix. Je vois mal comment votre expertise va nous sauver si on se trouve pris dans un typhon !

Aren se rassit en ricanant.

—On ne va pas s'amuser à débarquer dans la capitale maridrinienne à bord d'un vaisseau ithicanien.

—Alors qu'est-ce que vous comptez faire ? demanda-t-elle. Emprunter le pont ?

Jor s'esclaffa et jeta un regard lourd de sens à Aren.

—Il vaut mieux éviter l'île sud, n'est-ce pas, Majesté ?

Aren ne daigna pas lui répondre. Il s'allongea sur son banc, la tête sur son paquetage.

—Vous le saurez bien assez tôt.

Très vite Lara se retrouva agrippée au bord, tandis que leur pirogue sautait de vague en vague, à un angle tellement vertigineux qu'un gros coup de vent aurait suffi à les faire chavirer et à tous les noyer.

Elle dut se rappeler de bien regarder où ils allaient. *C'est comme ça qu'ils s'y prennent pour infiltrer ton pays et espionner ton peuple.* Pourtant, alors que la silhouette du pont disparaissait dans la brume et que d'autres îles se profilaient à l'horizon, tout ce qui la préoccupait, c'était la possible trahison de son père et de Serin envers elle et ses sœurs.

Bientôt les Ithicaniens abaissèrent l'une des voiles, et la pirogue ralentit en se redressant. Lara observa l'endroit où Aren les avait conduits. Des colonnes de rochers incrustés de vert se dressaient dans des eaux si limpides que le fond sablonneux semblait presque à portée de main. Des oiseaux volaient en immenses nuées, certains se détachant parfois pour plonger dans la mer, d'où ils ressortaient un poisson dans le bec. Alors ils s'empressaient de l'avaler avant de se le faire disputer. Les îles les plus importantes étaient dotées de jolies plages de sable blanc, et nulle part on ne voyait les dispositifs de défense qui faisaient couler le sang des ennemis d'Ithicana aux abords du pont.

Lara se redressa lorsqu'ils passèrent entre deux gigantesques piliers de roche calcaire.

— Il y a des gens qui vivent ici ?

Comme en réponse à sa question, ils contournèrent une nouvelle île, et plusieurs bateaux de pêche apparurent. Les hommes et les femmes qui les occupaient interrompirent leur tâche pour saluer Aren, qu'ils appelaient par son nom.

— Il y en a, oui, répondit-il lentement, comme si cela lui coûtait. Mais c'est dangereux. S'ils se font attaquer, on ne peut pas venir les aider à temps.

— Et ça arrive souvent ?

— Pas depuis la signature du traité. C'est pourquoi des familles de plus en plus nombreuses sont venues s'installer ici.

— Est-ce qu'ils s'en vont pendant les marées guerrières ?

Aren crispa les mâchoires.

— Non.

Lara se détourna des bateaux de pêche pour le regarder, l'estomac noué par un brusque malaise. Elle était presque sûre que son père et Serin ignoraient tout de l'existence de ces gens. Et elle était certaine qu'Aren ferait tout en son pouvoir pour les protéger s'ils étaient la cible d'une attaque.

Quitte à affaiblir les défenses du pont.

Ils se faufilèrent en silence parmi les petites îles avant de passer sous une arche naturelle qui menait à une crique cachée. Celle-ci était beaucoup plus grande que celle de l'île centrale, et Lara fut surprise d'y voir plusieurs bateaux imposants.

— Ce sont essentiellement des vaisseaux militaires que nous avons capturés, mais nous en avons modifié certains afin de les faire passer pour des navires marchands. Celui-ci, c'est le mien, déclara Aren en désignant un bateau de taille moyenne, à la coque bleue et or.

— Ce sont tous les vôtres, non ? rétorqua Lara sèchement.

Elle accepta l'aide de Jor pour se relever puis saisit l'échelle de corde qui menait au bateau.

— Ils appartiennent tous à Aren, roi d'Ithicana, mais celui-ci est sous le commandement du capitaine John, un commerçant harendallien. Allez, ne traînez pas, sinon cet orage va nous poursuivre jusqu'à Vencia.

Lara s'aperçut vite que la cale contenait le produit que, justement, Ithicana voulait empêcher Maridrina de se procurer : de l'acier.

— Je me vois mal garder du bétail enfermé dans ces conditions, lui expliqua Aren. Et puis, l'acier est la seule chose qui justifie de prendre le risque d'une traversée en pleine saison des tempêtes. Enfin, ça l'était.

Tandis qu'ils remontaient sur le pont pour rejoindre la cabine du capitaine, Lara détacha un morceau de la racine que Nana lui avait donnée et le mâcha de toutes ses forces en espérant que cela apaiserait sa nausée, qui n'était pas due qu'au mal de mer.

Aren ouvrit un coffre dont il sortit des vêtements et une espèce de casquette molle. Il lança le tout à Lara.

— On va devoir se déguiser. En vous faisant passer pour un garçon, vous aurez plus de liberté de mouvement une fois que nous serons en ville.

Lara accueillit cette explication avec une grimace et attendit qu'il ait le dos tourné pour retirer sa tenue ithicanienne. Après une brève hésitation, elle saisit un foulard et s'en servit pour aplatir sa poitrine avant d'enfiler la chemise ample et le pantalon bouffant que les marins harendalliens semblaient affectionner. Elle releva sa longue natte en couronne autour de sa tête et la cacha sous sa casquette. Alors elle se retourna.

Aren s'était déjà changé. Il fronça les sourcils sous sa propre casquette.

— Vous ressemblez toujours à une femme.

— Étonnant, rétorqua-t-elle en croisant les bras.

— Hum…

Il regarda autour de lui puis alla frotter une main par terre dans un coin de la pièce.

— Ce bateau n'a pas levé l'ancre depuis plus d'un an, et je suis presque sûr que personne n'est venu nettoyer.

Il revint vers elle en tendant la main.

— Qu'est-ce que vous faites ? s'écria-t-elle en se reculant.

— J'achève votre déguisement. (Il lui maintint l'arrière de la tête et, sans lui laisser le temps de protester, lui frotta le visage avec ses doigts sentant la poussière et les crottes de souris avant de reculer pour examiner son œuvre.) Voûtez un peu les épaules. Très bien, et continuez à faire cette tête. On dirait un gamin de treize ans obligé de naviguer en compagnie de son cousin aussi charmant que rebelle.

Lara lui répondit par un geste grossier.

Aren éclata de rire puis passa la tête dehors pour crier ses ordres.

— Tout le monde sur le pont ! Cap sur Vencia.

Les soldats déguisés en marins harendalliens s'empressèrent d'apprêter le navire. Lara vit Jor en grande conversation avec une dizaine d'Ithicaniens qu'elle ne reconnaissait pas. Ils devaient habiter sur l'île en permanence.

— C'est quoi, notre histoire, capitaine ? lança Jor quand Aren et Lara sortirent sur le pont.

— On a vu une éclaircie entre deux orages, alors on a décidé de tenter la traversée pour se faire un peu d'argent avant que le cours de l'acier ne tombe.

Tout le monde hocha la tête, et Lara comprit que ce n'était pas la première fois qu'ils menaient ce genre de mission. L'homme le plus célèbre d'Ithicana s'était rendu à Maridrina sans que son père ou Serin en aient la moindre idée. Aren alla prendre la barre tout en criant des ordres à son équipage. Ils levèrent l'ancre, hissèrent les voiles, et le navire sortit de la crique.

— Ça vous arrive souvent d'aller à Maridrina ?

Aren secoua la tête.

— Plus maintenant, mais avant mon couronnement j'allais souvent passer du temps à l'étranger pour parfaire mon éducation en matière de commerce.

— C'est ça, que tu faisais ? railla Jor. Moi qui croyais que ces voyages te servaient surtout à aller courir les jupons, jouer aux cartes et dépenser des fortunes en mauvaise bière.

— Ça aussi. (Aren eut la décence d'adopter un air contrit.) Enfin, bref. J'ai arrêté après mon couronnement mais, pour Lara, je veux bien faire une exception.

Elle s'accouda au bastingage.

—Dans combien de temps y serons-nous ?

—Soit on arrive avant l'orage… (Il sourit de toutes ses dents.) … soit on n'y arrivera jamais.

—Ce n'est vraiment pas nécessaire, souffla Lara.

Elle s'inquiétait plus en réalité de ce qu'elle allait découvrir que de survivre à la traversée.

—Ça, c'est à moi d'en décider. Et si vous alliez vous rendre utile, pour changer ?

Sachant pertinemment qu'Aren ne s'attendait pas à ce qu'elle l'écoute, elle suivit son conseil. Armée d'un seau, d'un balai et d'une serpillière, elle entreprit de nettoyer le pont avant d'aller s'occuper de la cabine du capitaine. Elle chipa une poignée de pièces d'or trouvées dans un tiroir mais, à part ça, n'interrompit son labeur que pour aller vider son eau sale et en puiser de la fraîche. Du coin de l'œil elle remarqua qu'Aren ouvrait la bouche chaque fois qu'elle passait près de lui, puis qu'il la refermait aussi sec en se concentrant sur l'océan, l'air furieux.

C'était satisfaisant en soi mais, surtout, le fait de s'absorber dans une tâche physique lui permettait de mieux réfléchir. Lara voyait trois solutions s'offrir à elle une fois qu'ils seraient à Vencia. Elle pouvait prendre la fuite. Cela ne faisait pas le moindre doute qu'elle saurait échapper à Aren et à ses gardes, et entre les bijoux qu'elle avait emportés et l'or qu'elle lui avait volé, elle n'aurait aucun mal à s'établir où bon lui semblerait. Elle serait libre et, si Aren écrivait à son père sur le papier qu'elle avait marqué à l'encre invisible, elle aurait accompli son devoir envers le peuple maridrinien.

La deuxième possibilité, c'était de se rendre au palais royal et de se servir des codes que Serin lui avait livrés pour obtenir une audience avec son père. Alors elle pourrait leur révéler de vive voix tout ce qu'elle avait appris en échange de sa liberté. Sauf que cela comportait le risque que son père lui tranche la gorge dès qu'il aurait obtenu ce qu'il voulait. Quant à la troisième possibilité…

C'était qu'Aren lui ait dit la vérité. Il avait donné à son père les moyens d'améliorer le quotidien des Maridriniens, mais Silas Veliant avait choisi d'acheter des armes. C'était son père, et non Ithicana, qui opprimait Maridrina. L'esprit de Lara se refusait à admettre cette explication – du moins, pas sans en avoir la preuve formelle.

Un seau d'eau sale dans une main et l'autre posée sur le bastingage, elle se retourna pour regarder Aren manœuvrer le bateau. Son cœur s'emballa, malgré la casquette ridicule dont il était affublé.

Sa vie entière reposait-elle réellement sur un mensonge ?

Lara fut tirée de ses réflexions par une grosse vague qui balaya le pont, rendant ses efforts inutiles. La houle avait forci, et en levant la tête, Lara aperçut des éclairs qui zébraient les nuages noirs. Aren maintenait le cap aux abords de l'orage, qui fonçait sur eux. En plissant les yeux, elle distinguait les contours du continent à l'horizon. Avaient-ils une chance d'y arriver à temps ?

Elle lâcha son seau et sa serpillière pour gravir les quelques marches qui menaient au gouvernail.

— Il faut virer à l'ouest pour éviter ce typhon, espèce d'insensé ! cria-t-elle pour se faire entendre par-dessus le vent.

— Ce n'est qu'un orage bénin. Je me débrouille, mais vous feriez mieux de vous accrocher.

Elle retint sa casquette d'une main et agrippa la rambarde de l'autre. Le port de Vencia grandissait à vue d'œil, cependant la pluie le rendait tout flou. Contrairement au jour de son départ, le ciel était sombre et menaçant au-dessus de sa cité natale, et les bâtiments blanchis à la chaux paraissaient gris. Le palais impérial dominait la baie avec ses murs turquoise et ses dômes de bronze. C'était là que se trouvait le harem du roi – et qu'habitait la mère de Lara, si elle était encore en vie.

Elle entendit vaguement Aren ordonner à l'équipage de réduire la voilure. Le navire ralentit à peine dans sa course vers la digue du port. Un éclair zébra le ciel et, un battement de cœur plus tard, fut suivi par un coup de tonnerre qui fit trembler le bateau. Les vagues balayaient le pont l'une après l'autre, et tous les Ithicaniens se tenaient au cordage pour ne pas perdre pied.

Seul Aren demeurait imperturbable.

Lara se cramponnait des deux mains tout en luttant contre la nausée qui la prenait à la gorge. La houle frappait la digue sans relâche, faisant jaillir des embruns jusqu'à dix ou quinze mètres. Lara avait l'impression d'entendre une série d'explosions, et des filets de sueur se mirent à ruisseler dans son dos quand elle imagina ce qui se passerait si leur bateau percutait la longue structure.

Avec un grognement d'effort, Aren tourna le gouvernail, sans quitter du regard l'ouverture minuscule où ils allaient devoir se faufiler.

Une vague déferla, presque aussi haute que la digue.

— C'est de la folie…

Lara faillit perdre l'équilibre lorsque le vaisseau pivota avant de se rétablir, juste à temps pour se glisser dans le port avec une précision parfaite. Un gros soupir lui échappa, et elle posa le front sur la rambarde tandis que la pluie lui martelait la nuque.

— Je vous avais bien dit qu'on y arriverait, commenta Aren.

Elle ne répondit pas. Elle était trop occupée à observer les eaux calmes du port, où se pressaient de nombreux bateaux.

Pendant la saison des tempêtes, la plupart des navires marchands restaient près des côtes, prêts à s'abriter dès que le ciel s'assombrissait, alors l'arrivée d'un vaisseau harendallien attirait les regards. Sachant que leur cale contenait sans doute de l'acier, le capitaine du port leur fit signe d'approcher du quai sans attendre leur tour, ce qui leur valut des coups d'œil hostiles de la part des équipages contraints de patienter.

— John ! Ça faisait longtemps qu'on ne t'avait pas vu ! lança l'homme lorsqu'ils accostèrent. Tu as du cran de venir par un temps pareil.

Jor et d'autres membres de l'équipage sautèrent sur le quai pour attacher les amarres.

Aren attendit qu'ils aient abaissé la passerelle, puis il fit signe à Lara de le suivre.

— Tu parles de cran, mais ce n'est pas ce que dirait ma grand-mère.

Le capitaine éclata de rire.

— Elle dirait que c'est l'appât du gain, peut-être ?

Aren fit mine de chanceler, une main sur le cœur.

— Tu me blesses !

Ils partirent d'un grand éclat de rire, comme deux amis de longue date. Aren tendit une poignée de pièces au capitaine du port, puis en ajouta une autre, en or, que l'homme rangea dans sa poche tandis que son assistant notait les détails de leur arrivée dans un registre.

— Tu tombes bien, tu sais, reprit le capitaine. Le prix de l'acier ne va pas tenir très longtemps maintenant qu'Ithicana nous envoie ce fichu métal sans exiger le moindre impôt dessus. Il y en a de plus en plus qui s'accumule sur les marchés de leur île sud, mais pour le moment les Valcottiens empêchent le roi Silas de récupérer son butin.

Il cracha dans l'eau en guise de ponctuation.

Aren poussa un petit grognement.

— C'est ce que j'ai entendu dire, en effet.

— La nouvelle reine d'Ithicana ne nous a pas fait de cadeau. Tout l'or que Silas nous prélève par ses impôts lui sert à s'acheter de l'acier, et notre lot ne s'améliore pas.

— Les belles femmes finissent toujours par coûter cher, renchérit Aren.

Lara se renfrogna, offensée, et le capitaine du port parut soudain la remarquer.

— Dis donc, gamin. Je n'aime pas la façon dont tu me regardes.

Aren donna à Lara une grande claque sur l'épaule, assez fort pour la faire trébucher.

— Ne fais pas attention à mon cousin. Il fait la gueule parce qu'il a passé la traversée à nettoyer le pont au lieu de paresser dans un coin, pour une fois.

— J'ai toujours dit que la famille faisait le pire des équipages.

— Tu as bien raison. J'ai failli le jeter par-dessus bord au moins une dizaine de fois, même si ça voudrait dire que je ne pourrais plus jamais rentrer chez moi.

— Je connais plus d'une gente dame de Vencia qui serait ravie de t'héberger, tu sais.

— Ne me tente pas.

Un quatrième plan consistant à étriper Aren commença à se dessiner dans l'esprit de Lara tandis qu'elle suivait en silence les deux hommes sur le quai.

Soudain la voix du capitaine la tira de ses rêveries.

—J'ai entendu dire que les Amaridiens avaient passé la saison calme à montrer au Royaume du Pont ce qu'ils pensent de sa décision de les priver de leurs revenus en fournissant des armes harendalliennes à Silas.

—Ithicana ne vend d'armes à personne, rétorqua Aren.

Lara devina de la colère dans sa voix, or le capitaine ne parut pas le remarquer.

—Ils les acheminent gratuitement. Ça revient au même. Enfin, sauf que Valcotta risque sa flotte à chaque orage pour nous empêcher de traverser. (L'amertume de l'homme était palpable.) Le roi aurait dû négocier une réduction d'impôts sur le bétail.

—Ce n'est pas avec des vaches qu'on gagne la guerre, commenta Aren.

—Ce n'est pas non plus avec des soldats à moitié affamés, ou avec les cadavres de ceux qui sont morts de la peste. (Il cracha par terre.) Les seuls qui ont tiré avantage du mariage de notre princesse, ce sont les mendiants que le roi a payés pour qu'ils l'acclament sur son passage.

Aren et le capitaine se mirent à discuter des détails du chargement, et Lara cessa d'écouter. Elle avait l'impression que son cœur se noyait. Ce que Serin lui avait écrit au sujet de la famine et des épidémies était tristement réel, mais… si cet homme disait vrai, il lui avait menti quant à l'identité du coupable.

Ce n'était pas possible. Aren avait payé cet homme pour qu'il raconte ce qui l'arrangeait. Ce n'était qu'un tissu de mensonges destiné à la déstabiliser. Pourtant Lara avait de plus en plus de mal à respirer tandis qu'elle cherchait à réconcilier les leçons qu'elle avait apprises et ce qu'elle voyait – ce qu'elle entendait.

Ce qu'elle avait fait.

—Vous n'aurez qu'à décharger demain matin, lança le capitaine. L'orage est déjà trop violent, ne prenez pas de risques.

Lara cilla et reporta son attention sur Aren, qui serrait la main de l'autre homme. Il attendit qu'il se soit éloigné pour se retourner vers elle.

— Ça y est, vous êtes convaincue ?

Lara ne répondit pas. Elle appuya une main contre sa tempe, furieuse de voir qu'elle tremblait.

— On retourne au bateau, maintenant ? lança-t-elle d'une voix distante.

Elle avait la bouche trop sèche.

— Non.

Quelque chose dans le ton de sa voix la ramena à l'instant présent. Les gouttes de pluie qui coulaient sur le visage d'Aren en accentuaient le relief, se rassemblant parfois dans ses longs cils noirs. Il sonda le regard de Lara avant de se tourner vers la digue.

— On va devoir rester à Vencia le temps que l'orage se calme. Autant se trouver un endroit confortable.

Lara sentait son pouls résonner sous son crâne comme un roulement de tambour tandis qu'ils traversaient le marché. Aren avançait devant elle, et le reste des Ithicaniens les entourait d'un air dégagé. *Sauve-toi !* Cet ordre tournait en boucle dans sa tête, et la plante de ses pieds la brûlait, impatiente de la tirer de cette situation. Elle ne voulait pas en entendre davantage. Elle refusait d'affronter la possibilité qu'elle ne soit pas la libératrice de son peuple, ni même une simple martyre.

Elle voulait fuir cette vérité corrosive qui faisait d'elle quelque chose de bien pire.

Aren s'était engagé dans les ruelles qui remontaient en lacets à flanc de colline, entre des bâtiments dont les volets étaient clos contre l'orage. Il s'arrêta devant une enseigne au nom de *L'Oiseau chanteur*. Des bribes de musique se mêlaient au tintement des verres et au brouhaha de multiples conversations. Il hésita, une main sur la poignée, puis il ouvrit la porte avec un soupir.

Une odeur de fumée, de cuisine et de bière renversée assaillit Lara tandis qu'elle observait la vaste pièce. La plupart des clients semblaient être des négociants. Jor et Aren s'installèrent à une table libre dans un coin, et le reste des gardes alla s'accouder au comptoir. Lara tenta de maîtriser les turbulentes émotions qui agitaient son cœur et s'assit à côté d'Aren, en prenant soin de se voûter tel un adolescent revêche. Elle espérait simplement que la pluie n'avait pas complètement lavé les traces de poussière qui complétaient son déguisement. Une voix de femme attira son attention.

— Ça alors ! Regardez qui est de retour parmi nous.

Une jeune femme à peine plus âgée qu'elle s'approcha de leur table. Elle avait de longs cheveux blonds, d'une teinte un peu plus claire que ceux de Lara, et son corsage dévoilait une portion généreuse de son ample poitrine.

Aren saisit l'un des petits verres de liquide ambré qu'une serveuse avait apportés.

— Marisol ! Comment vas-tu ?

— Comment je vais ? (La dénommée Marisol posa les poings sur ses hanches.) Ça fait plus d'un an que tu ne t'es pas montré à Vencia, et tu me demandes comment je vais ?

— Ça fait vraiment si longtemps que ça ?

— Tu sais très bien combien de temps ça fait, John.

Aren leva les deux mains comme pour se rendre, tout en adressant à la jeune femme un sourire charmeur que Lara ne lui avait encore jamais vu. C'était un sourire séducteur, intime, et elle rougit brusquement en comprenant la nature de leur relation.

— J'ai été retenu par des circonstances que je ne contrôlais pas, mais ça me fait plaisir de te voir.

Marisol l'examina avec une petite moue boudeuse, puis elle s'assit sur ses genoux et passa un bras autour de son cou. Lara se retint de glisser une main vers sa botte, où elle avait caché un de ses couteaux, prise d'une rage brûlante. Ça l'amusait, de s'afficher devant elle avec une ancienne amante ? Qu'est-ce qu'il cherchait ? À la punir ? À lui donner une bonne leçon ?

La jeune femme salua Jor et fit signe à la serveuse d'apporter une deuxième tournée.

Jor vida son verre et en saisit un autre sur le plateau de la serveuse, sans même lui laisser le temps de le poser sur la table.

— Content de te revoir, Marisol, dit-il.

C'est alors qu'elle aperçut Lara.

— Et qui est ce jeune grincheux ?

— C'est mon petit cousin. Je lui apprends les ficelles du métier.

Marisol inclina la tête sur le côté en dévisageant Lara.

— Tu as de ces yeux… on pourrait presque croire que ta mère a passé du bon temps avec le roi Silas en personne.

Aren s'étrangla avec son verre d'alcool.

— Ça, ce serait drôle !

— Tu profiterais un peu plus de la vie si tu souriais, gamin. Ton cousin a plus de choses à t'apprendre que le maniement d'un bateau, crois-moi.

Lara décocha un sourire plein de dents à la jeune femme, qui éclata de rire avant de reporter son attention sur Aren.

— Vous restez longtemps ?

— Seulement jusqu'à demain, en espérant que l'orage passe.

Elle eut une grimace déçue.

— C'est tout ?

— Le devoir m'appelle à la maison.

— Tu dis toujours ça… (Marisol poussa un soupir en secouant la tête.) J'imagine que tu veux des chambres pour ton équipage ? Et pour ton cousin ?

L'estomac de Lara se noua. Pas de chambre pour lui ? Il ne comptait quand même pas…

— Oui, et une pour moi aussi.

Marisol arqua un sourcil, et Lara résista à l'envie de donner un grand coup de poing dans son joli petit nez retroussé.

Jor se racla la gorge.

— Il s'est marié, Marisol.

La jeune femme se releva si brusquement qu'elle heurta la table, ce qui fit déborder les verres.

Aren reposa le sien en jetant un regard noir à Jor, mais ce dernier se borna à hausser les épaules.

— Je ne voyais pas l'intérêt de tourner autour du pot. Maintenant qu'elle est au courant, on peut reprendre notre conversation.

Marisol cilla rapidement, les yeux brillants.

— Félicitations. Je suis sûre qu'elle est charmante.

—Elle a un tempérament de feu, et la langue bien pendue qui va avec.

Marisol reporta son regard sur Lara, et une compréhension nouvelle s'inscrivit sur son visage. Au lieu de la toiser comme elle l'aurait voulu, Lara se concentra sur une fissure dans le bois de la table.

—J'imagine qu'elle est ravissante, reprit Marisol.

Aren prit son temps pour réagir.

—Elle est aussi belle que les éclaircies au-dessus de la Mer des tempêtes, et tout aussi furtive.

Lara sentit son estomac se nouer à ces mots – un compliment habillé d'une vérité sinistre qu'elle ne pouvait nier.

—Dans ce cas, je comprends pourquoi tu es amoureux d'elle, souffla Marisol. Tu as toujours été envoûté par l'idée du défi.

Lara s'empara d'un des petits verres et en vida le contenu d'un trait, sans oser regarder Aren. Elle avait les oreilles qui bourdonnaient.

Jor partit d'une toux bruyante puis leva le bras pour attirer l'attention des serveurs.

—On a besoin d'une autre tournée !

—Peut-être même de plusieurs.

Marisol s'assit à leur table et adressa un signe de tête aux musiciens. Ils troquèrent leurs instruments à cordes pour des tambours et tambourins, et très vite la pièce s'emplit d'un rythme allègre. De jeunes femmes en robes bigarrées se mirent à danser entre les tables en chantant. Elles portaient aux poignets et aux chevilles des bracelets ornés de clochettes qui accompagnaient la musique. Un instant plus tard, les clients commencèrent à taper dans leurs mains, et le vacarme devint si intense que Lara ne s'entendait plus penser.

Marisol reprit la parole, tout en battant la mesure.

—Rien n'indique que le roi ait entrepris d'armer sa flotte pour repousser le blocus des Valcottiens – ou qu'il en ait l'intention, d'ailleurs. J'ai des informateurs tout le long de la côte, et pas un seul armateur n'a reçu de commission royale.

Lara cilla, interdite. Cette femme était une espionne ?

— Les prix à l'import sont devenus exorbitants. Les seules denrées disponibles sont celles qu'on produit dans le pays, c'est-à-dire pas grand-chose vu que tous nos paysans ont été recrutés par l'armée. La famine sévit déjà dans les villes, et ça risque d'empirer.

Aren applaudissait lui aussi.

— Et Amarid n'en profite pas pour envoyer sa marine marchande ? Je pensais qu'ils auraient sauté sur l'occasion.

Marisol secoua la tête.

— Les marins amaridiens racontent à qui veut bien l'entendre que l'alliance entre Ithicana et Maridrina a réduit leurs revenus à néant. (Elle jeta un coup d'œil à Aren.) Ils voient bien que l'alliance ne porte pas les fruits escomptés, et ça a l'air de leur faire plaisir que Maridrina en fasse les frais.

— C'est mesquin.

Marisol but une gorgée tout en hochant la tête.

— Le soutien des Maridriniens pour le conflit avec Valcotta s'effritait depuis des années, parce que personne ne voyait ce qu'on avait à y gagner. Mais, depuis le mariage de la princesse et les représailles de Valcotta, la tendance s'est inversée en faveur d'une guerre ouverte. Les bureaux de recrutement de l'armée sont pris d'assaut par des centaines d'hommes et de jeunes garçons qui aspirent à sauver leur peuple, et...

Marisol s'interrompit en jetant un regard en coin à Lara.

— Et... ? l'encouragea Aren.

— Et on entend de plus en plus souvent l'opinion qu'il faudrait abroger le Traité de Quinze Ans, sous prétexte que Maridrina meurt de faim pendant qu'Ithicana continue à profiter de ses échanges commerciaux avec Valcotta et que, si les Ithicaniens étaient vraiment nos alliés, ils ne laisseraient pas nos ennemis entrer dans le port de l'île sud.

Marisol haussa une épaule nonchalante avant de poursuivre.

— Les concessions qu'Ithicana a garanties à Maridrina n'ont pas du tout amélioré le sort du peuple. Mais, au lieu de se retourner contre Silas, les gens s'entêtent à croire que c'est la faute d'Ithicana. Ils ont envie de se battre.

« Maridrina sera morte de faim avant d'avoir pu tirer les bénéfices de ce traité. » L'avertissement d'Aren résonnait dans l'esprit de Lara. Il ne s'était pas trompé.

Les musiciens achevèrent leur chanson et, une fois que les danseuses furent retournées s'asseoir, ils entamèrent une mélodie plus douce. Marisol se releva.

— Je dois me remettre au travail. Je vais demander qu'on vous envoie un repas et qu'on prépare des chambres pour tout votre équipage.

Son père, Serin, tous ses professeurs… ils avaient menti à Lara et à ses sœurs. En soi, ce n'était pas vraiment une révélation – elle avait vite compris qu'ils avaient exagéré la perfidie d'Ithicana pour inspirer aux douze jeunes filles une conviction fanatique avec un but bien précis : détruire l'oppresseur de Maridrina. Mais, jusqu'à présent, Lara avait cru que les intentions de son père étaient pures, même si ses méthodes étaient viles. Il voulait sauver le peuple de Maridrina, nourrir et protéger ses sujets.

Sauf qu'Ithicana n'était pas l'oppresseur ; c'était Silas lui-même.

Si Lara et ses sœurs avaient été isolées au cœur du désert, ce n'était pas pour leur sécurité, ni même pour garder secrète la stratégie de son père. C'était uniquement pour s'assurer qu'elles n'apprendraient pas la vérité. Si elles avaient su que leur mission ne visait pas à redresser des torts mais à nourrir l'insatiable avidité de leur père, auraient-elles accepté de trahir leur propre époux ? De déchirer une nation ? De condamner un peuple entier au massacre ? Les promesses et les menaces n'étaient que de piètres motivations comparées au fanatisme qui avait été imprimé au fer rouge dans l'âme des douze sœurs.

Sauf que ce fanatisme ne brûlait plus en Lara.

Chapitre 27

Aren

— Qu'est-ce qu'on fait ici, exactement ? s'enquit Jor tout en faisant signe à une serveuse d'apporter une nouvelle tournée. Pourquoi a-t-on bravé la tempête si c'était pour aller se fourrer en territoire ennemi ?

Aren ne répondit pas ; il jouait avec les restes de son repas, les yeux rivés sur son assiette. Lara était montée se coucher une heure auparavant, sans un mot, le teint pâle. Il lui avait dit de ne pas sortir de leur chambre jusqu'à ce qu'il revienne la chercher, mais il ne s'attendait pas à ce qu'elle obéisse.

Il avait enfin compris. Debout sur le banc de sable près de l'île aux serpents, il avait enfin regardé la vérité en face. Tous les détails insolites qu'il avait remarqués chez elle, les petites anomalies qui l'avaient frappé… tout cela s'était accumulé jusqu'à ce qu'il ne puisse plus nier les faits.

Lara était une espionne.

La femme dont il était tombé amoureux était une espionne.

Au tout début de leur mariage, il avait cru que, si elle semblait le mépriser, c'était sans doute parce qu'elle avait été contrainte à cette union, condamnée à une vie qu'elle n'avait pas choisie. Mais le choc qu'il avait lu sur son visage, quand il lui avait appris que son père, ayant l'opportunité de nourrir son peuple, avait préféré acheter des armes, lui avait révélé qu'elle avait été abreuvée de mensonges.

Aren employait suffisamment d'espions pour savoir que les meilleurs d'entre eux étaient sincèrement persuadés d'œuvrer pour une noble cause. Ce rat de Silas aurait eu bien du mal à trouver une espionne convaincue qu'Ithicana était la cause de tous les maux de Maridrina, alors il s'en était fabriqué une : une fille élevée dans un isolement total, à qui il pourrait inculquer un faux sens moral.

Et elle venait de découvrir la vérité.

— Aren ? insista Jor.

Il gardait un ton détaché, mais c'était la première fois que le capitaine de sa garde omettait d'utiliser un de ses pseudonymes. Il était inquiet, et il avait de quoi. Ithicana était prise dans un étau chauffé à blanc.

Avant qu'il ait pu répondre, un autre de ses gardes rentra dans la taverne et lui adressa un signe de tête. Le cœur d'Aren se serra.

— Tu ne vas pas tarder à le savoir.

Ils se levèrent pour aller rejoindre l'homme dehors.

— Elle est en train de remonter l'avenue principale. Gorrick la suit.

Il tendit à Aren son arc et son carquois.

Aren saisit ses armes sans un mot et se mit en marche, Jor sur ses talons. Les rues de Vencia grouillaient de monde, comme toujours, et il lui fallut un peu de temps pour repérer le grand soldat qui avait pris sa femme en filature.

— Rentre à l'auberge, souffla-t-il à Gorrick une fois qu'il aperçut Lara. On prend la relève.

L'homme ouvrit la bouche pour protester mais, devant l'expression d'Aren, il se fondit dans la foule en silence.

Lara marchait au milieu de la rue, toujours habillée en adolescent harendallien, ce qui lui évitait de se faire accoster par les brigands et les ivrognes. Pourtant, tandis qu'ils la suivaient, Aren se demanda si ce déguisement trompait qui que ce soit. Chaque fois qu'elle tournait la tête pour regarder quelque chose, la lumière des torches soulignait les traits délicats de son visage, ses lèvres pleines, son cou gracile, les rondeurs de ses fesses… et le balancement de sa démarche. Aren n'avait encore jamais rencontré de matelot harendallien avec une allure pareille.

Ça lui faisait mal de la regarder tant elle était envoûtante, et il avait beau savoir qu'elle s'était servie de ses charmes pour le manipuler, son attirance envers elle n'en était pas restreinte.

Il se prit à plaider en silence : *S'il te plaît, prouve-moi que je me trompe sur tes intentions.*

Pourtant il ne connaissait que trop bien le chemin qu'elle empruntait : ces rues en lacets remontaient jusqu'au palais de son père, cette monstruosité bleue et bronze qui reflétait l'hubris du roi.

Jor poussa un juron quand il comprit, à son tour, où les pas de Lara les menaient.

— Il faut qu'on l'arrête.

Aren contourna un couple éméché avant de retourner à l'ombre des bâtiments.

— Pas encore.

Plus ils montaient, moins il y avait de monde dans les rues, pourtant Lara ne s'était pas retournée une seule fois. À croire qu'elle ne s'imaginait pas qu'il ait pu la faire suivre.

— Qu'est-ce que tu fabriques, Aren ? souffla Jor.

— Je veux voir si elle va me trahir.

Secrètement il espérait avoir gagné la loyauté de Lara en lui montrant la vérité. Peut-être que, ayant compris l'étendue des mensonges de son père, elle allait refuser de poursuivre sa mission. Si seulement elle était bien celle qu'il croyait – ou qu'il voulait croire.

Elle s'approcha du grand portail sans ralentir, et les deux gardes en faction la regardèrent sans montrer d'intérêt. Après tout, ce n'était qu'un adolescent isolé. Aren s'arrêta dans l'obscurité où ils ne risquaient pas de le remarquer, et sortit une flèche de son carquois. Le bois de son arc lui parut soudain très étranger sous ses doigts moites de sueur.

Jor tendit la main vers l'arc.

— Laisse-moi faire.

Aren secoua la tête tout en se plaçant de profil pour encocher sa flèche.

— Non. C'est moi qui l'ai fait venir à Ithicana. C'est ma responsabilité.

Lara ne ralentissait toujours pas, et les deux gardes s'étaient redressés, sur le qui-vive.

— Qu'est-ce que tu veux, gamin ? lança l'un d'eux.

Lara ne répondit pas.

Jor fit une nouvelle tentative pour prendre l'arc des mains d'Aren.

— Tu es à moitié amoureux d'elle. Tu n'as pas besoin de porter sa mort sur ta conscience.

— Si, justement.

Lara s'immobilisa à une dizaine de mètres du portail de fer forgé.

— Annonce le but de ta visite ou déguerpis ! cria le garde.

Aren tira lentement sur la corde de son arc, visant le milieu du dos de Lara. À cette distance, il percerait son cœur. Elle serait morte avant d'avoir pu le trahir – lui, et Ithicana – plus qu'elle ne l'avait déjà fait.

Son cœur battait follement dans sa poitrine, et sa sueur se mêlait aux gouttes de pluie froides qui coulaient dans son dos. Il cilla et, en cette fraction de seconde, il la vit s'écrouler, vit une mare de sang se former lentement sous elle, vit ses yeux magnifiques perdre tout leur lustre. Puis il cilla de nouveau. Elle se tenait devant le portail, immobile dans la nuit. Puis elle fit un pas hésitant en avant. Le bras d'Aren trembla.

Elle fit un deuxième pas.

La corde de son arc lui mordait les doigts, et il commença à les déplier lentement, conscient qu'il ne se le pardonnerait jamais, même s'il n'avait pas le choix.

Soudain Lara chancela, et Aren retint son souffle. Un éclair zébra le ciel. Lara tourna les talons et s'enfuit en courant. Jor poussa Aren contre le mur tandis qu'elle passait devant eux pour redescendre vers la ville. Il voulut la suivre mais, au bout de deux pas, il sentit son dîner lui remonter à la gorge. Une main contre le mur, Aren vomit ses tripes dans la rue.

— Suis-la, hoqueta-t-il à Jor. Assure-toi qu'elle rentre à l'auberge sans encombre.

Ce n'est qu'une fois que le vieux soldat eut disparu au coin de la rue qu'Aren posa le front contre la pierre froide et mouillée.

Une demi-seconde. Cela avait fait la différence entre voir Lara s'enfuir dans la nuit et la voir morte sur le pavé. Une demi-seconde.

Il avait les paupières brûlantes, et ce n'était pas à cause de l'odeur âcre du vomi. Il se frotta les yeux d'un poing furieux, pris d'une haine sans fond pour le roi de Maridrina. L'alliance entre leurs deux pays n'était qu'une farce tragique. Aren n'avait de pire ennemi que Silas Veliant.

— Hé ! Toi, là ! cria quelqu'un. Assez traîné ! Fiche le camp d'ici !

Aren jeta un dernier coup d'œil au palais où dormait le père de Lara avant de se fondre dans la nuit.

Chapitre 28

Lara

— Un whisky, marmonna Lara en se hissant sur un tabouret au comptoir de *L'Oiseau chanteur*. L'eau de pluie qui dégoulinait de ses vêtements eut vite fait de former une flaque.

Le serveur lui jeta un regard ironique.

— Tu as de quoi payer, gamin ?

— Non, rétorqua-t-elle. Je compte vider mon verre et m'enfuir par la porte de derrière.

Tout amusement disparu, le serveur se pencha vers elle.

— Écoute-moi bien, espèce de petit m…

— Dis, tu veux bien descendre à la cave pour remonter des bouteilles de vin ? lança Marisol, apparue de nulle part. Je m'occupe de ce jeune homme.

Le serveur haussa les épaules et disparut par une porte située derrière le comptoir. Alors Marisol sortit une bouteille et emplit généreusement un verre, qu'elle poussa vers Lara.

— Je ne sais pas comment ça se passe à Harendall, mais je n'ai pas pour habitude de vendre de l'alcool aux enfants.

Lara lui jeta un regard froid, vida son verre et le repoussa vers Marisol. Puis elle sortit de sa poche une pièce d'or harendallienne, qu'elle fit claquer sur le comptoir.

— Vous pouvez bien faire une exception.

Marisol arqua un sourcil.

— Vous êtes vraiment tout en charme, Majesté.

— Vous vous amusez souvent à donner ce genre de titre à vos clients ?

— Seulement quand j'ai affaire à une femme aux yeux bleus comme ceux des Veliant, qui se trouve voyager en compagnie d'espions ithicaniens.

Il ne servait donc à rien de nier.

— Soit vous me servez en parlant, soit vous vous taisez. Je ne suis vraiment pas d'humeur.

Elle n'avait qu'une envie : ignorer les dizaines de questions qui se bousculaient sous son crâne afin de comprendre un peu mieux ce monde qui semblait marcher sur la tête. Elle ne tenait vraiment pas à bavarder avec l'ancienne maîtresse d'Aren.

Marisol remplit le verre puis posa la bouteille à côté.

— Je vous ai vue quand vous avez traversé Vencia pour vous rendre à Ithicana. (Elle posa les coudes sur le bois poli du comptoir.) Le rideau du carrosse était tiré. Je ne vous ai aperçue qu'un instant, mais vous aviez l'air de partir en guerre plutôt que d'aller vous marier.

Lara était effectivement partie en guerre ce jour-là. C'était du moins ce qu'elle croyait à l'époque.

— Le roi avait ordonné que les rues soient désertées. Les gens n'avaient pas le droit de sortir de chez eux tant que vous n'étiez pas à bord du navire. C'était pour votre protection, qu'ils disaient.

Ça n'avait rien à voir avec sa protection. C'était une ultime mesure destinée à la convaincre que Maridrina se mourait et que le coupable n'était autre que le Royaume du Pont. Un dernier mensonge pour la route.

— Puis ils vous ont fait monter sur ce bateau, et vous êtes partie… partie pour Ithicana et – je ne m'en serais pas doutée à l'époque – partie pour me priver de mon amant préféré.

Lara la gratifia d'un sourire mielleux.

— Dans la mesure où vous ne l'aviez pas vu depuis au moins un an, vous n'étiez peut-être pas sa préférée à lui.

— Vous êtes une vraie petite peste, Majesté.

Lara saisit le verre que Marisol était en train d'essuyer, le remplit, et attendit que la serveuse le lève pour trinquer avec elle.

— Ça, ce n'est pas faux. Santé.

Marisol vida son verre en une gorgée puis le reposa.

— On espérait que les choses allaient s'améliorer un peu, que votre père allait arrêter de nous écraser d'impôts ou que, au moins, il allait se servir de ces revenus pour autre chose que sa guerre interminable avec Valcotta.

— Mais rien n'a changé.

— Non. Enfin, si : la situation n'a fait qu'empirer.

— Je me demande vraiment pourquoi j'ai perdu mon temps.

Sauf que Lara savait exactement pourquoi. Elle était partie pour Ithicana dans le but de sauver ses sœurs, son royaume… et de se sauver, elle. À présent elle se demandait si, au contraire, elle les avait tous condamnés.

— Vous n'aviez pas vraiment le choix. (Marisol regarda par-dessus l'épaule de Lara les clients qui circulaient dans la grande salle.) Ce que je sais, en revanche, c'est que vous êtes mariée à l'homme le plus honnête et bon qu'il m'ait été donné de rencontrer. Alors peut-être que, au lieu de noyer vos chagrins dans l'alcool, vous pourriez trouver autre chose à faire. (Elle inclina la tête.) Quoi qu'il en soit, je vous souhaite une excellente soirée, Majesté.

— Bonne nuit, marmonna Lara en se resservant.

Elle savait pertinemment qu'Aren était un homme bon. Ses instincts, qu'elle aurait dû écouter, le lui criaient depuis le début ou presque, mais elle avait choisi de faire la sourde oreille et de poursuivre sa mission. Elle s'était fait duper, manipuler… son propre père s'était joué d'elle.

Elle était montée au palais dans le but de l'assassiner.

Son plan était d'utiliser les codes que Serin lui avait confiés pour accéder au palais, d'attendre qu'on la conduise auprès du roi… et de le tuer, à mains nues s'il le fallait. Après tout, elle avait reçu tout l'entraînement nécessaire. Ses gardes l'auraient achevée presque aussitôt, mais cela en aurait valu la peine, rien que pour voir le visage de son père au moment où il aurait compris que sa propre fille, son arme ultime, s'était retournée contre lui.

Or, tandis que Lara se tenait devant le portail sous la pluie, face aux gardes de son père qui la surveillaient sans cacher leur ennui, elle avait entendu la voix d'Erik, son ancien maître d'armes. *« Ne te laisse pas emporter par ta colère, petit cafard. Parce qu'alors ce sont presque toujours tes ennemis qui l'emportent. »*

Si elle perdait son calme, elle ne serait pas la seule à en souffrir. Debout sous la pluie, parcourue d'un frisson, elle avait compris que ce serait Ithicana – et Aren – qui en paierait le prix. Les feuilles de parchemin dans le bureau d'Aren portaient toujours les secrets du pont à l'encre invisible. Si l'une de ces pages venait à tomber entre les mains de Serin... les dégâts seraient irréversibles. Lara devait s'assurer qu'elles seraient toutes détruites. Une fois que ce serait fait, elle pourrait se consacrer pleinement à sa vengeance.

Elle était donc redescendue à l'auberge dans l'idée de laisser à Aren un message lui expliquant la situation afin qu'il se débarrasse des parchemins, mais elle n'avait pu s'y résoudre. Elle ne cessait d'imaginer l'expression de son visage quand il lirait ses mots. Il était d'une profonde loyauté, et la trahison de Lara lui ferait l'effet d'un affront personnel. Il la détesterait. Lara vida son verre en deux gorgées. Elle aurait voulu que l'alcool frappe plus fort, plus vite, qu'il engourdisse son traître cœur.

Elle remplit son verre, le vida et recommença, tout en ruminant ses idées noires jusqu'à ce que la bouteille soit vide, mais le whisky n'arrivait pas à apaiser la douleur lancinante qui lacérait sa poitrine. Elle en aurait commandé une autre, mais il ne restait plus personne pour la servir, derrière le comptoir tout avait été nettoyé et rangé pour la nuit, et il n'y avait plus un bruit dans la grande salle.

Lara se remit debout et, en se retournant, remarqua que la salle était vide, que les chaises étaient calées sous les tables, que le sol avait été balayé et que la porte était verrouillée. Il n'y avait plus le moindre signe de vie – à part Aren, qui était assis à la table derrière elle.

Elle le dévisagea, la vision trouble, le cœur en lambeaux.

— Vous attendez que j'aille me coucher pour aller retrouver Marisol ? bredouilla-t-elle avec peine.

Elle aurait presque voulu que ce soit vrai, car cela lui aurait donné une raison de le détester – et de partir sans se retourner.

Il esquissa un demi-sourire.

— À votre avis, qui est venu me chercher pour que je m'occupe de mon grossier petit cousin ?

Lara esquissa une grimace.

— Elle a compris que je n'étais pas votre cousin. Elle sait exactement qui je suis et, par extension, qui vous êtes.

— Ça ne m'étonne pas. Elle est futée.

— Ça ne vous inquiète pas ?

Il secoua la tête puis se leva. Ses vêtements étaient encore humides, cependant le parquet était déjà sec sous sa chaise. Cela faisait donc longtemps qu'il était assis là ?

— Ça fait presque dix ans qu'elle espionne pour le compte d'Ithicana, depuis que votre père a fait pendre le sien avant de planter sa tête sur une pique aux portes de Vencia. Elle est loyale.

Une repartie jalouse dansa sur la langue de Lara, qui la ravala.

— Elle est très belle. Et gentille.

— Oui, souffla-t-il en la toisant d'un regard intense. Mais elle n'est pas vous.

Lara se sentit vaciller. La salle tournait autour d'elle. Aren s'approcha en deux enjambées et posa les mains sur ses bras pour la stabiliser. Lara ferma les yeux pour tenter d'arrêter son vertige, mais il fut remplacé par le souvenir du corps musclé d'Aren contre le sien, de sa peau bronzée sous ses doigts. Une brusque chaleur s'éveilla au creux de son ventre.

Tu n'as pas le droit. Tu es une menteuse, une traîtresse. Tu ne peux pas te permettre d'être toi-même avec lui, ou il risque de tout comprendre. Si elle ne trouvait pas le courage de lui dire la vérité elle-même, alors elle devait retourner à Ithicana afin de détruire toutes les preuves de sa trahison avant de disparaître, de simuler sa mort et de revenir se venger de son père.

Alors elle ne verrait plus jamais Aren.

Elle avait les paupières brûlantes, et son souffle menaçait de lui échapper en un sanglot qui révélerait ses émotions.

— Lara ? Ça va ?

— Je ne me sens pas bien, marmonna-t-elle sans desserrer les dents.

— Ça ne m'étonne pas, vu tout ce que vous avez bu. Vous avez des goûts de luxe, d'ailleurs. Elle n'était pas donnée, cette bouteille.

— Je l'ai payée de ma poche, articula-t-elle lentement pour être sûre de se faire comprendre.

— De votre poche, mais avec les pièces d'or que vous avez volées sur mon bateau.

— Si vous êtes assez bête pour les laisser traîner, vous méritez qu'on vous les pique.

— Je suis désolé, je n'ai rien compris à ce que vous venez de marmonner.

— Connard.

Il rit doucement.

— Vous pensez pouvoir marcher ?

— Oui !

Elle se dégagea de lui et se dirigea vers l'escalier, mais brusquement la première marche lui sauta à la figure. Aren la rattrapa juste avant qu'elle ne s'écrase le nez sur le bois, et la souleva dans ses bras.

— On va éviter de tenter le diable.

— J'ai juste besoin d'un verre d'eau.

— Vous avez besoin d'un oreiller. Avec un peu de chance, l'orage va s'attarder assez pour que vous ayez le temps de cuver, mais j'en doute.

Lara grommela contre son torse, mais c'était surtout contre elle-même qu'elle était en colère. Elle s'en voulait d'éprouver un tel réconfort à être lovée dans ses bras, et d'anticiper avec un tel plaisir de passer encore quelques soirées avec lui, même si elle savait bien que cela ne faisait que retarder l'inévitable.

— Est-ce que le whisky vous a aidée ?

— Non.

— Ça ne m'aide jamais beaucoup non plus.

Elle sentit une larme rouler le long de sa joue et cacha son visage contre lui.

— Je suis désolée d'avoir été aussi horrible. Vous méritez quelqu'un de mieux que moi.

Aren poussa un lourd soupir mais ne dit rien. Le rythme lent et régulier avec lequel il montait les marches eut vite fait de la bercer, et elle se laissa emporter par le sommeil sans chercher à lutter. Bizarrement, elle lui faisait entièrement confiance. Elle resta juste assez consciente pour l'entendre souffler d'une voix enrouée.

— Depuis que je vous ai aperçue, je n'ai plus vu personne d'autre que vous. Il n'y aura jamais personne d'autre que vous, et tant pis si ça fait de moi un imbécile.

Alors vous êtes un imbécile, pensa-t-elle avant de perdre connaissance.

Et elle en était une aussi.

Chapitre 29

Aren

Il s'était toujours réveillé à l'aube par temps clair, incapable de se rendormir.

Même au repos, son corps semblait comprendre que le vent était retombé et que la pluie avait cessé. C'était comme un sixième sens l'avertissant du moment où la Mer des tempêtes baissait la garde et où Ithicana devait être prête à se défendre. Alors, quand il ouvrit les yeux et aperçut une faible lueur à l'horizon, Aren se leva du coin de la chambre où il avait dormi à même le sol et s'habilla sans un bruit pour ne pas déranger Lara, qui ronflait doucement dans son oreiller. Puis il descendit prendre son petit déjeuner.

Il avait l'impression d'être débarrassé d'un fardeau. Venir à Vencia représentait toujours un risque, et encore plus avec Lara, mais il ne regrettait rien. Cela avait permis à la jeune femme de découvrir par elle-même la vérité de ce qui se passait à Maridrina. Elle avait enfin compris que c'était son propre père, et non Ithicana, qui opprimait son peuple. Elle avait ouvert les yeux et s'était libérée des mensonges dont elle avait été abreuvée toute sa vie.

Tout cela justifiait largement le risque qu'elle se retourne contre lui et qu'elle aille révéler à son père tous les secrets d'Ithicana. Cela justifiait même les quelques minutes de torture où Aren avait cru qu'il devrait l'en empêcher.

Il avait compris le choix que Lara avait fait quand il l'avait vue assise au bar, occupée à boire comme si sa vie en dépendait. Il connaissait suffisamment bien sa femme désormais pour reconnaître sa colère. C'était un feu silencieux, qui décourageait quiconque tenait à la vie de trop s'approcher d'elle. Elle était furieuse, mais pour la première fois ce n'était pas contre lui. Quand elle s'était retournée et l'avait aperçu, sa colère s'était muée en une émotion totalement différente – une émotion qu'il attendait de voir dans ses yeux depuis beaucoup trop longtemps.

En arrivant dans la salle commune, il remarqua Jor en compagnie de Gorrick mais se contenta de les saluer avant d'aller s'asseoir dans un coin. Marisol vint lui apporter un café et lui serra gentiment l'épaule, trop occupée pour s'attarder davantage. Il but tranquillement, tout en observant la scène matinale.

La salle était à moitié pleine de commerçants. Certains avaient le regard vif des négociants pressés de commencer les affaires dès que le marché ouvrirait. D'autres avaient les yeux vitreux et le teint verdâtre de ceux qui avaient trop fait la fête et qui n'étaient debout que parce qu'ils craignaient la colère de leurs employeurs.

Aren se sentait une certaine affinité avec ces derniers. Depuis l'âge de quinze ans, il s'éclipsait régulièrement d'Ithicana. Officiellement, c'était pour espionner les royaumes voisins et apprendre les coutumes de leurs prétendus alliés comme de leurs ennemis avoués. Mais il ne pouvait nier qu'il s'était souvent servi de ces excursions pour échapper à ses responsabilités de prince héritier. Vencia avait toujours été sa destination préférée, et il avait passé plus d'une dizaine de tempêtes à boire, rire et jouer aux cartes dans une taverne de la ville, avant de finir la nuit avec une jeune femme qui pensait avoir affaire à un fils de négociant harendallien sans importance.

Alors que le royaume de Maridrina était une véritable épine dans le pied d'Ithicana, Aren était depuis longtemps ami avec son peuple, ce qui le déchirait un peu. Il n'était pas censé les apprécier, mais il adorait leur façon de marchander et de se disputer pour un rien, tout comme leur courage qui confinait parfois à la témérité pure. Même les plus timorés d'entre eux n'hésitaient pas à se joindre à une bagarre pour défendre un de leurs amis. Ils aimaient rire et chanter, et tous semblaient nourrir de grandes ambitions.

Quant à Vencia, c'était une cité magnifique, une colline de bâtisses blanches aux toits bleus qui semblaient briller au soleil quand il approchait par la mer, et aux rues encombrées de passants venus de toutes les nations, du nord au sud. C'était une métropole florissante malgré l'avarice de son roi, qui gouvernait d'une main de fer et qui, sous prétexte d'impôts, détroussait ses sujets.

Si Maridrina se trouvait un nouveau roi et qu'Aren n'était pas obligé de régner sur Ithicana, il se verrait bien mener une vie heureuse à Vencia. Il se demandait parfois si c'était précisément pour cela que la moitié de ses conseillers craignaient autant d'ouvrir les frontières et de laisser leurs concitoyens voyager librement. Ils avaient peur que, ayant vu combien la vie était facile dans d'autres royaumes, les Ithicaniens ne reviennent jamais. Leur nation se viderait peu à peu de sa moelle et cesserait d'exister.

Sauf qu'Aren ne partageait pas ces craintes. Le côté rude et sauvage de la vie à Ithicana touchait l'âme de ceux et celles qui y étaient nés. Son royaume et son peuple ne risquaient pas de se tourner le dos.

Il fut tiré de ses réflexions lorsqu'une ombre tomba sur sa table.

— Bonjour, Majesté, lança une voix nasillarde. J'espère que vous ne m'en voudrez pas si j'interromps votre petit déjeuner.

Aren hésita, la fourchette en suspens, et dut faire un effort immense pour avaler une bouchée d'omelette. Il redressa la tête.

— On m'a appelé de bien des façons dans cette salle, mais jamais encore « Majesté ».

Le Merle lui adressa un fin sourire avant de s'asseoir en face de lui.

— J'apprécie ce jeu autant que vous, Majesté, mais nous pourrions peut-être nous épargner les faux-semblants. Vous n'êtes autre que le roi d'Ithicana. (Son sourire s'étira.) Inutile de perdre du temps.

Aren reposa sa fourchette et se cala contre le dossier de sa chaise. Du coin de l'œil il vit Jor et Gorrick redresser la tête. Ils ne connaissaient que trop bien le visage de Serin, mais ils ne l'avaient encore jamais vu d'aussi près, parce que leur identité n'avait encore jamais été compromise.

Tous les espions ithicaniens qui s'aventuraient en territoire ennemi savaient que, s'ils se faisaient prendre, ils devaient se donner la mort avant de révéler le moindre secret. Aren ne doutait pas que ses compagnons s'exécuteraient au besoin – sauf, peut-être, la femme qui dormait à l'étage.

— C'est cette cicatrice, là, qui a fini par vous trahir. (Serin désigna du menton la main gauche d'Aren, où un coup de couteau avait laissé une longue marque incurvée.) D'habitude vous portez toujours des gants en plus de votre masque quand vous avez affaire à des étrangers, mais pas le jour de votre mariage, auquel j'ai naturellement assisté. Quelle cérémonie mémorable !

Gorrick se leva en bâillant et s'approcha tranquillement du bar, comme s'il voulait simplement bavarder avec Marisol. Celle-ci l'écouta en riant, sans cesser d'essuyer un verre, mais un instant plus tard elle avait disparu, sans doute pour aller prévenir Taryn qu'elle devait veiller sur Lara et s'assurer que cette dernière se tiendrait tranquille.

Si une telle chose était possible.

Aren se maudit pour avoir osé baisser sa garde, et croire que tout était résolu quand Lara avait fait demi-tour devant le portail du palais. Peut-être que ç'avait été une ruse et que son épouse maridrinienne était en ce moment précis occupée à livrer ses secrets aux laquais de son père.

— Ça ne vous ressemble pas, de commettre une erreur pareille. (Serin leva la main pour attirer l'attention d'une serveuse.) Naturellement on se doutait bien que vous veniez parfois visiter nos rivages, mais jusqu'à présent vous n'aviez jamais annoncé votre arrivée de façon aussi flagrante.

Aren haussa un sourcil.

— C'est à cause de l'acier, voyez-vous. Il portait la marque de l'île nord et était censé traverser le pont il y a de ça plus d'un an.

Or il n'est arrivé qu'hier, à bord d'un vaisseau harendallien et non d'un ferry de l'île sud. On l'a déchargé ce matin.

Et merde! Ahnna allait lui faire la peau s'il survivait à cette histoire.

— Je dirais bien que c'était une erreur de débutant, mais ce n'est pas votre première visite, n'est-ce pas, Majesté? (Serin accepta le café que lui tendait la serveuse.) Vous semblez beaucoup trop à l'aise.

Aren porta sa tasse à ses lèvres, sans quitter du regard le maître espion de Maridrina.

— J'ai toujours eu un faible pour Vencia. Il y a tellement de belles femmes ici.

Serin s'esclaffa doucement.

— J'aurais cru que ces jours étaient derrière vous maintenant que vous êtes un homme marié.

— Ce serait peut-être le cas si vous ne m'aviez pas envoyé une harpie pareille.

Le café frémit dans la tasse de Serin, qui la reposa aussitôt pour dissimuler cette réaction. Clairement Lara n'avait pas suivi la stratégie de séduction que le Merle lui avait soufflée. C'était sans doute pour le mieux, parce que Aren ne pensait pas avoir les mêmes goûts que Serin en la matière.

— Nous pourrions vous en envoyer une autre, dotée d'un caractère plus… accommodant. (Serin jeta un bref coup d'œil à Marisol.) Je vois que vous aimez les blondes. Je connais justement une princesse qui vous plairait beaucoup. À vrai dire, c'était elle, mon premier choix, mais le destin s'est mis en travers de mon chemin – et du vôtre, apparemment.

Cette remarque piqua la curiosité d'Aren. Pourquoi Lara avait-elle été choisie contre l'avis de Serin? Mais cette question fut aussitôt chassée par une inquiétude nouvelle: le Merle avait fait le lien entre Marisol et lui, ce qui signifiait que son amie était en danger.

— C'est tentant. Malheureusement, c'est le genre de pratique qui heurte le sens moral de mon peuple. Je vais donc devoir me contenter de ce que vous m'avez envoyé.

— Puisqu'on parle de Lara… comment va-t-elle? Cela fait un moment que nous n'avons pas reçu de ses nouvelles, et son père commence à se faire du souci.

Aren fit un rapide calcul. Si l'acier n'avait été déchargé que le matin même, le Merle n'avait été alerté de leur présence qu'une heure ou deux auparavant. Or, Lara avait passé tout ce temps à ronfler dans son oreiller. Ou alors, tout cela n'était qu'une ruse pour le distraire pendant que les Maridriniens venaient chercher leur princesse.

— Elle va bien, merci.

— Son père aimerait en avoir la preuve.

— Dès que je serai de retour à la maison, je soufflerai à mon épouse d'écrire à son cher papa. Mais je vous préviens, Lara n'est pas franchement… obéissante. Elle risque fort de suggérer que je me mette mon stylo et mon pot d'encre au c…

— Vous pourriez peut-être lui rappeler que son père s'inquiète pour sa santé, l'interrompit Serin en fronçant les sourcils.

Aren posa les coudes sur la table.

— Arrêtez de faire semblant, Serin. Vous savez aussi bien que moi que votre maître se contrefout du sort de sa fille. Il a obtenu ce qu'il voulait : total libre-échange sur l'acier et les armes. Alors pourquoi venez-vous m'emmerder ?

Serin lui décocha un sourire contrit tout en dissipant la tension d'un geste de la main.

— Il faut bien maintenir les apparences, vous comprenez. Franchement, vous pourriez égorger cette petite pute, ça ne ferait ni chaud ni froid à mon roi. Ce qui l'intéresse, c'est l'alliance entre nos deux royaumes, et votre dévouement à cette cause.

— Il a tout l'acier qu'il veut, comme convenu. Que pense-t-il mériter de plus ?

Serin inclina la tête de côté.

— Il est vrai que, jusqu'ici, vous avez respecté la lettre du contrat, tout comme nous. Je faisais plutôt référence à l'esprit de notre accord, si vous voulez. Le traité visait à établir une paix durable entre Ithicana et Maridrina, pourtant vous persistez à accueillir dans votre port et sur votre marché de l'île sud notre plus grand ennemi, ce qui lui permet d'acheter les produits dont Maridrina a si cruellement besoin. Mon maître aimerait que vous envisagiez d'arrêter.

— Vous voulez que je coupe tout contact avec Valcotta ?

C'était à Valcotta qu'ils devaient environ un tiers des revenus annuels du pont. Ils n'étaient pas ouvertement les alliés d'Ithicana, mais ils n'étaient pas non plus des ennemis déclarés comme Maridrina l'avait été par le passé. Cependant, si Aren accédait à la demande de Serin…

— Je n'ai pas l'intention d'entrer en guerre contre Valcotta, conclut-il.

— Ce n'est pas ce que mon maître vous demande. (Serin glissa sur la table un cylindre d'argent embossé et orné du sceau bleu de Maridrina.) Il vous prie simplement de ne plus les approvisionner tant qu'ils sont en guerre contre nous.

— Si je fais ça, ils vont riposter, et j'aurai la guerre à mes portes, que je le veuille ou non.

— Peut-être… (Serin but une gorgée de café.) Mais, si Valcotta venait à attaquer vos terres, sachez que Maridrina n'hésiterait pas à leur rendre la pareille au centuple. Nous ne tolérons pas qu'on s'en prenne à nos amis et alliés.

La menace dissimulée sous ces paroles n'échappa pas à Aren. « Faites ce que mon maître ordonne, ou sinon… »

— Réfléchissez-y, Majesté. (Serin se leva.) Mon roi attend avec impatience une réponse écrite de votre part, dans laquelle vous détaillerez l'étendue de votre dévouement. (Il retrouva son fin sourire.) Que des vents favorables vous ramènent chez vous. Toutes mes amitiés à Lara.

Et le maître espion de Maridrina ressortit de l'auberge, dont la porte claqua dans son dos. Aren ouvrit le cylindre et en sortit le message, qu'il lut rapidement avant de le ranger dans son sac. Il croisa le regard de Jor.

Il était temps de partir.

Chapitre 30

Lara

Lara se réveilla juste après l'aube, sous un gros duvet qui la couvrait jusqu'au menton, avec un verre d'eau à portée de main et le pire mal de tête de sa vie.

Elle poussa un gémissement et se retourna pour enfouir son visage dans l'oreiller. Elle avait l'esprit embrumé mais elle se souvenait assez clairement des événements de la veille pour que ses joues s'embrasent aussitôt. Aren l'avait rattrapée alors qu'elle avait failli piquer du nez dans l'escalier. Elle s'était pelotonnée contre lui tandis qu'il la portait à l'étage. Elle se rappelait ce qu'elle lui avait dit… et ce qu'il lui avait répondu.

Elle se redressa. Elle avait dormi dans son déguisement. Seules ses bottes étaient posées à côté du lit. C'était tout ce qu'Aren lui avait retiré une fois qu'elle s'était écroulée.

Ça, et ses couteaux.

Elle se retourna, paniquée, et jeta l'oreiller par terre. Son cœur s'apaisa aussitôt, et un léger sourire s'invita sur ses lèvres quand elle vit les deux armes sur le matelas. Clairement, Aren avait remarqué ses petites habitudes.

Elle se leva et attrapa le verre d'eau avant d'aller ouvrir les fenêtres. Le ciel était dégagé, et une brise légère agitait doucement le linge qui séchait sur un fil en travers de la rue. Ils allaient pouvoir rentrer à la maison.

À la maison. Elle se secoua pour dissiper ce lapsus, but son verre à grandes gorgées puis enfila ses bottes. La pièce était très propre, alors elle passa les doigts sur le verre de la lampe pour se barbouiller de suie et achever son déguisement. Enfin elle rassembla ses affaires dans son sac et sortit dans le couloir.

Elle se retrouva nez à nez avec la moitié de la garde d'Aren.

— Qu'est-ce qui se passe ? demanda-t-elle à Taryn, qui avait l'air très étrange dans sa robe toute simple.

— Un nouvel orage approche. Il faut qu'on remette les voiles tout de suite.

Elle mentait. Il n'y avait que peu de choses capables d'inspirer de la peur aux Ithicaniens, et la menace d'un orage n'en faisait pas partie.

La salle commune était déjà pleine de commerçants qui prenaient leur petit déjeuner avant d'aller au marché, mais Lara aperçut aussitôt Aren, assis au comptoir. Marisol se tenait en face de lui et, pour une fois, elle n'était pas en train d'essuyer un verre. Elle était trop concentrée sur ce qu'Aren lui disait. Lara serra les mâchoires, mais sa jalousie s'évanouit quand elle repensa à la confession d'Aren. *« Il n'y aura jamais personne d'autre que vous. »*

Sauf que, entre tous les mensonges qu'elle lui avait racontés et toutes ses manigances, elle ne pouvait décemment rester auprès de lui.

Soudain Aren tourna la tête et l'aperçut, figée sur le seuil. Il parut étrangement soulagé de la voir et posa une poignée de pièces sur le comptoir avant de saluer Marisol. Quelque chose clochait.

Il s'approcha à grandes enjambées.

— Tu t'es enfin décidé à venir nous rejoindre, cousin ? Déjà qu'on a à peine le temps d'arriver jusqu'à l'île sud…

Lara le fusilla du regard, parce que les autres clients les observaient, mais dès qu'il fut près d'elle il inclina la tête.

— Notre couverture est grillée. Il faut qu'on se sauve.

Jor et les autres attendaient dehors, adossés contre la façade avec une nonchalance feinte. Malgré leur déguisement, personne n'aurait pu les prendre pour de simples matelots. Ils étaient beaucoup trop alertes, et pas un seul d'entre eux n'avait la gueule de bois – contrairement à Lara.

— Allez, on ne veut pas rater la marée, lança Aren.

Aussitôt ils se mirent en mouvement.

Une fois arrivés au port, ils se faufilèrent parmi la foule en courant presque et s'engagèrent sur le quai où leur bateau était amarré. Les Ithicaniens qui étaient restés à bord s'affairaient déjà sur le pont, prêts à hisser les voiles. Prêts à fuir. Les sens en alerte, Lara observa la foule qui se pressait sur le port. Aren avait dit que leur couverture était grillée, mais cela pouvait signifier plusieurs choses. Si les Maridriniens avaient compris qu'ils venaient d'Ithicana, c'était une chose. S'ils avaient découvert l'identité d'Aren – ou, pire, la sienne –, alors la situation était grave.

— Tu es fou, John ! lança le capitaine du port, tout en sueur tandis qu'il accourait vers eux. Il y a un nouvel orage qui approche.

Aren s'arrêta au pied de la passerelle et, une main dans le dos de Lara, la fit passer la première avant de lui emboîter le pas.

— C'est juste une averse. Ça m'évitera d'avoir les Valcottiens aux trousses.

— Tu es complètement frappé, mais bon... je te garde une place.

— On sera de retour avant le déjeuner. Tu pourras me payer un coup, si tu veux.

— Je risque surtout de boire à ta mémoire, oui.

Aren partit d'un éclat de rire qui s'interrompit brusquement. Alarmée, Lara se retourna et aperçut Serin, qui se tenait à une dizaine de mètres derrière le capitaine du port, les mains dans le dos. Il observait la scène.

Le bateau fut soulevé par une légère houle, et Lara vacilla. Son épaule se cogna contre le torse d'Aren, qui passa un bras autour de sa taille par réflexe.

Serin écarquilla les yeux.

— Il faut qu'on file. Tout de suite ! murmura-t-elle devant l'expression stupéfaite du maître espion.

Il venait de comprendre que Lara connaissait la vérité sur la situation de Maridrina, et que le pari aussi risqué que vicieux que le roi et lui avaient fait quinze ans auparavant s'était retourné contre eux. Il venait aussi de se rendre compte que, si Lara parvenait à sortir de ce port en vie, Silas n'aurait plus jamais une chance de s'emparer du pont.

—Allez! cria-t-elle.

—Hissez les voiles! hurla Aren.

Les Ithicaniens s'exécutèrent, et un battement de cœur plus tard le bateau s'écartait déjà du quai. La passerelle tomba à l'eau. Aren saisit la main de Lara et courut vers la proue du navire tout en donnant des ordres à ses gardes. Une nuée de soldats descendait vers le quai.

—Plus vite! (Le bateau s'éloignait trop lentement.) Aren, il ne faut pas qu'ils me capturent. (Elle tira un couteau de sa botte.) Ils risqueraient de me faire parler.

Aren tourna la tête et comprit ce qu'elle comptait faire.

—Range ça, Lara! Je ne vais pas les laisser approcher.

—Mais…

Il lui arracha le couteau des mains et le lança. L'arme fusa en tournoyant et alla s'écraser sur le quai, où les soldats déboulaient, prêts à l'abordage.

—Putain de vent! cria Aren. Pour une fois que je te demande de souffler plus fort!

Comme en réponse à son appel, une bourrasque se leva à l'est et gonfla les voiles avec un claquement. Le bateau prit de l'élan au moment même où trois soldats s'élançaient. Ils tombèrent à l'eau.

Le navire en percuta un autre dans un énorme grincement de bois. L'équipage d'en face leur cria toutes sortes d'obscénités tandis que leur coque raclait l'autre sur toute sa longueur. Ils bousculèrent un deuxième bateau, puis un troisième, mais Aren se servait du vent pour leur frayer un passage.

Les soldats couraient en tous sens et sautaient à bord d'autres navires dans l'espoir de les rattraper, mais ils étaient trop lents. Cependant, un peu plus loin, des vaisseaux militaires fourmillaient déjà d'activité, prêts à se lancer à leur poursuite.

—Tu penses pouvoir les distancer? demanda Lara.

Aren hocha la tête sans un mot, les yeux rivés sur leur destination.

C'est alors que des cloches se déchaînèrent au-dessus de la ville.

— Et merde ! Il faut qu'on passe la digue avant qu'ils lèvent la chaîne !

Lara se tourna vers les tours jumelles qui flanquaient l'entrée du port, et entre lesquelles une lourde chaîne d'acier remontait lentement sous la surface de l'eau.

— Toutes voiles dehors !

Les Ithicaniens se mirent à tirer sur des cordages en un chaos organisé, et le bateau s'élança à une allure redoublée, mais la chaîne remontait toujours. Même s'ils parvenaient à passer, ils risqueraient d'y laisser leur gouvernail, ce qui ferait d'eux une cible facile.

— On ne va pas y arriver à toutes voiles, protesta Jor. On va heurter les rochers.

— Je veux voir toutes voiles dehors ! insista Aren. C'est un ordre !

Lara s'agrippait au bastingage, les cheveux fouettés par le vent de la vitesse. L'inquiétude qu'elle lisait sur les visages des gardes indiquait que cela ne suffirait pas. Ils fonçaient vers un désastre qui allait les envoyer par le fond ou les faire capturer – avec le même résultat final.

Et elle ne pouvait rien faire pour les aider. Même si elle sautait par-dessus bord, le bateau serait pris au piège. Serin et son père ne les laisseraient jamais repartir.

Elle frappa le bastingage à deux mains en poussant un cri de rage, rongée par le désespoir. Malgré tous ses efforts, son père allait gagner.

Soudain Aren se pencha vers elle.

— Le vent… il épouse les contours de la colline et s'engouffre dans le passage de la digue avec une force décuplée. Si je choisis bien mon moment, ça peut peut-être marcher.

— Qu'est-ce qui peut peut-être marcher ?

La chaîne était visible sous la surface, dangereusement proche.

— Tu vas voir. (Il lui lança un sourire amer.) Accroche-toi bien et, surtout, ne lâche pas !

Alors il pesa de toutes ses forces sur la roue du gouvernail.

Au même moment, une violente bourrasque les frappa de côté. La voilure grinça, les cordages tendus à l'extrême, et le navire se mit à tanguer, de plus en plus fort. Lara poussa un cri de panique, persuadée qu'ils allaient chavirer.

Le bateau fut secoué comme par un frémissement, et un affreux crissement de bois brisé emplit les oreilles de Lara tandis que la chaîne griffait la coque à bâbord. Puis le vent retomba, ils ralentirent, et le bateau se rétablit doucement.

— Allez ! hurla Aren.

Lara leva les yeux vers les soldats qui les regardaient passer depuis les tours jumelles, impuissants et éberlués.

Enfin ils rejoignirent le large.

Lara recouvra son équilibre et traversa le pont pour aller voir derrière eux. Une pluie de flèches perçait l'eau dans leur sillage, tirées plus par dépit qu'autre chose. Elle savait que son père n'irait pas jusqu'à utiliser les catapultes postées sur la colline. Il tenait à les capturer vivants. Les vaisseaux de guerre maridriniens se pressaient derrière la chaîne, qui était entièrement hissée. Leurs capitaines houspillaient les soldats qui la contrôlaient.

— Il va leur falloir un moment pour la rabaisser, mais ils vont sans doute chercher à nous suivre jusqu'à l'île sud. (Aren leva les yeux vers les nuages noirs qui pesaient sur l'océan.) La course commence.

Chapitre 31

Lara

Les vaisseaux maridriniens abandonnèrent leur poursuite à mi-chemin de l'île sud, dissuadés soit par l'orage imminent, soit par la perspective des catapultes ithicaniennes.

Les vagues et le vent ne leur facilitèrent pas l'accostage. Le temps qu'Aren approche leur pauvre bateau du quai, Lara avait mal partout tant ses muscles étaient tendus. Les Ithicaniens de l'île attachèrent les amarres à une sorte d'armature, sans doute pour anticiper la houle. Aren et elle débarquèrent sans attendre en compagnie de leur équipage, et allèrent trouver l'employé de la tour de garde, à l'endroit où le quai rejoignait la terre ferme.

— Nous ne savions pas que vous étiez à Vencia, Majesté.

L'homme s'inclina en une révérence formelle que Lara n'avait jamais vue parmi les habitants de l'île centrale. Puis il l'aperçut, elle, et ouvrit de grands yeux tout en la saluant.

— Ce n'était pas prévu. Où est la commandante ?

Aren parlait d'une voix claire et assurée, mais il serrait le poing d'un geste convulsif qui trahissait sa nervosité. Il redoutait de devoir expliquer la situation à sa sœur.

— Elle n'est pas sur l'île, Majesté. Elle est partie ce matin pour résoudre un conflit sur Carin, et j'imagine qu'elle va y rester jusqu'à ce que cette tempête passe.

Aren desserra le poing.

— Dites-lui que je suis navré de l'avoir manquée, mais que nous ne pouvons pas nous attarder. Dépouillez ce bateau de tout objet utile puis coulez-le.

— À vos ordres, Majesté.

L'homme s'inclina de nouveau et se dirigea vers le navire tout en appelant son équipe.

Lara se retourna vers le pauvre bateau abîmé.

— Pourquoi le couler ? Tu ne pourrais pas le réparer ?

— Je n'aurais pas le temps de le ramener à bon port avant que l'orage nous tombe dessus. Et puis, si on le laissait ici, les vagues finiraient par l'écraser contre le quai, ce qui poserait un problème aux autres navires cherchant à accoster. Ahnna viendrait me castrer si elle se retrouvait obligée de nettoyer ce genre de désastre.

— J'ai l'impression qu'elle va dégainer son couteau le plus aiguisé, de toute façon, une fois qu'elle découvrira ce qui s'est passé à Vencia.

Aren éclata de rire et, tout naturellement, posa une main au creux de son dos pour la guider vers le chemin.

— Heureusement qu'elle n'est pas sur l'île, alors.

— Tu crois qu'elle va te pardonner, comme ça ?

— Oh, non. Mais, avec un peu de chance, elle ne va pas s'amuser à nous suivre jusqu'à l'île centrale pour me faire part de son opinion.

— Ta bravoure est exemplaire.

— On a tous nos petites lâchetés. Viens, allons nous mettre à l'abri avant qu'il se mette à pleuvoir.

* * *

Ils ne s'attardèrent pas au fameux marché de l'île sud, ce qui aurait déçu Lara si elle n'avait pas été si pressée de regagner l'île centrale. C'était une série d'entrepôts de pierre, disposés autour d'un bâtiment plus petit où, d'après ce que lui apprit Taryn, les négociations avaient lieu. Elle mourait d'envie de voir tous les produits qui avaient cheminé depuis Harendall, Amarid et au-delà, et qui seraient envoyés vers son pays natal.

Elle brûlait également de parler avec les Ithicaniens qui vivaient et travaillaient sur cette île, d'apprendre à les connaître, avec une curiosité qu'elle ne s'était pas autorisée jusque-là.

À présent, elle considérait ces gens comme ses concitoyens, au même titre que les Maridriniens. Aussitôt qu'elle l'avait compris, elle avait été prise d'une honte étouffante à l'idée qu'elle avait failli – elle, leur reine, qu'ils croyaient prête à les défendre – les vouer au bûcher funéraire. Toutes ces familles et ces amis, hommes, femmes et enfants, qui cherchaient simplement à vivre une vie tranquille, auraient été victimes de sa trahison au même titre qu'Aren si son message invisible était tombé entre les mains de Serin et de son père.

Le cœur lourd de cette vérité, c'est donc avec soulagement qu'elle suivit Aren et ses gardes dans la gueule béante du pont.

Le pont. Lara détestait cette construction maudite, source de tous les maux qu'elle avait connus dans sa vie. À chaque pas qu'elle faisait vers ses profondeurs fétides, elle se prenait à souhaiter qu'il n'ait jamais existé, qu'elle ait été envoyée à Ithicana avec pour seule mission d'être l'épouse du roi. Elle aurait voulu ne pas être la traîtresse menteuse et corrompue qu'elle était devenue. Mais ce genre de souhaits, c'était pour les rêveurs, ce qui était peut-être approprié. Après tout, il suffisait que sa manche frôle celle d'Aren, qu'il croise son regard pour qu'elle perde tout sens logique. Alors elle ne pensait plus qu'à la sensation de ses mains sur sa peau, et à tout ce qu'elle aurait donné pour les sentir de nouveau.

Il n'y avait ni jour, ni nuit dans le pont, seule une obscurité interminable qui empestait le moisi. L'orage soufflait autour d'eux en une espèce de gémissement, tantôt léger comme un murmure, tantôt assourdissant au point que les voyageurs devaient se mettre du coton dans les oreilles. Lara avait l'impression d'être dans le ventre d'une bête vivante et, au bout de la première journée de marche, elle aurait presque juré qu'elle s'était fait avaler.

Elle ne pouvait pas rester à Ithicana, même si elle le voulait – et elle le voulait, plus que tout. Mais sa relation avec Aren reposait entièrement sur un mensonge. Si elle lui disait la vérité, avait-elle la moindre chance qu'il lui pardonne ? Il aimait beaucoup trop son peuple pour permettre que quelqu'un comme elle en demeure la reine. Elle ne pouvait pas non plus garder un tel secret. Son père lui ferait payer le prix fort pour sa trahison. Elle n'aurait jamais le luxe de couler des jours heureux en compagnie d'Aren.

Alors, à contrecœur, elle avait commencé à échafauder un plan. La priorité était de détruire les parchemins qui portaient les secrets d'Ithicana. Une fois que ce serait fait, elle attendrait une nuit sans orage et irait prendre la mer dans son petit canot. Il ne lui resterait plus qu'à mettre le cap sur Maridrina et sur sa vengeance. Elle avait la ferme intention de faire regretter à son père tout ce qu'il avait fait subir à son peuple, ce qu'il avait prévu d'infliger à Ithicana, et ce qu'il lui avait fait, à elle. Tant qu'elle était occupée à cette perspective, elle n'avait pas le temps de penser au fait qu'elle ne verrait plus jamais Aren, et elle parvenait à oublier le chagrin qui lui comprimait la poitrine.

Il leur arrivait de croiser des convois de marchandises ; des ânes qui avaient l'air de s'ennuyer à tirer des chariots pleins d'acier, de tissus et de céréales vers le sud ; des hommes qui poussaient des brouettes de verre soufflé valcottien vers le nord. Une fois, après avoir suivi une traînée de bière sur des kilomètres, ils avaient dépassé une charrette chargée de tonneaux. Jor s'était amusé à passer la tête sous celui qui fuyait, mais Aren lui avait donné un coup de pied bien placé et avait intimé au marchand d'arrêter d'encrasser son pont.

Toutes ces caravanes étaient flanquées de soldats ithicaniens masqués. Chaque fois qu'ils approchaient de l'une d'elles, Aren et ses gardes mettaient des masques identiques, et Lara se demandait ce que ces commerçants auraient dit s'ils avaient su qui venait de les dépasser.

Ils passèrent deux nuits à camper dans le pont avec, pour tout repas, des rations froides qu'ils avaient prises sur l'île sud, et seulement de l'eau à boire. Ils se relayaient pour monter la garde et dormaient sous leur cape, la tête sur leur sac. Il n'y avait pas moyen d'avoir la moindre intimité, et au bout du troisième jour, Lara n'aspirait plus qu'à sortir de ce piège.

Enfin Jor s'arrêta.

— On est arrivés, les enfants.

Leur petit groupe s'arrêta sans un mot, et le vieux soldat posa les deux mains sur la paroi pour donner une impulsion. Ils entendirent un déclic, et un pan du mur pivota pour révéler une petite pièce au sol percé d'une ouverture.

Jor y entra et regarda par celle-ci.

— La marée est encore trop haute. On va devoir attendre un peu.

— Je veux faire monter Lara sur le dos du pont, déclara Aren d'une voix brusque. Attendez-nous ici.

Personne n'osa broncher. Taryn et Jor ouvrirent la trappe découpée dans le plafond. Aren fit la courte échelle à Lara puis se hissa derrière elle. Sans refermer la trappe, il avança de quelques mètres le long du pont. Lara le suivit, s'arrêtant à côté d'un des gros anneaux auxquels les Ithicaniens fixaient leurs câbles pour descendre en rappel.

L'orage avait à peine duré deux jours, même si de nouveaux nuages s'amoncelaient à l'horizon. Pour l'instant le ciel était dégagé, le soleil brillait sur l'île centrale, et les eaux de la crique étaient calmes et turquoise. Lara se sentait déjà plus légère. L'air frais avait suffi à dissiper le malaise oppressant qu'elle avait ressenti dans le pont.

— Il faut qu'on parle, Lara.

Son cœur dérapa, et son sang se mit à vibrer dans ses veines.

— Je sais que tu es une espionne pour le compte de ton père.

— Je l'étais, mais plus maintenant, souffla-t-elle, la gorge nouée.

— Je vais avoir besoin de preuves. Ta parole ne me suffit pas.

— La preuve, c'est que je suis ici… avec toi.

Silence.

Lara finit par craquer, les nerfs à vif.

— Dis quelque chose, s'il te plaît.

Aren se tourna vers l'île, tendu comme un arc.

— Il y a une question qui s'impose. Est-ce que tu lui as communiqué quoi que ce soit d'important ?

— Non. Je ne lui ai rien donné du tout.

C'était la vérité. Elle ne lui avait pas livré la moindre information – pas tant que ces fichues feuilles de papier restaient dans le bureau d'Aren, à attendre qu'elle les détruise.

Il poussa un long soupir.

— C'est déjà ça.

Déjà ça.

Lara brûlait de lui expliquer les raisons qui l'avaient motivée. Il fallait qu'il sache.

— Serin et le reste de mes professeurs… ils m'ont menti. Toute ma vie, ils m'ont raconté des mensonges sur ce qu'était Ithicana, et sur les relations entre ton royaume et le mien. D'après eux, vous n'étiez qu'un vil oppresseur qui usait de son avantage commercial pour écraser mon peuple, l'affamer, le contrôler – tout ça au nom du profit pur et simple. Ils m'ont dit que vous n'hésitiez pas à tuer ceux qui s'approchaient trop de vos côtes, sans autre forme de procès, et que vous vous amusiez à les torturer pour l'exemple. Ils te décrivaient comme un démon.

Aren ne dit rien, alors elle poursuivit.

— Ils m'ont fait croire que c'était le seul moyen de sauver mon peuple, que c'était au service du bien que j'infiltrais Ithicana. Maintenant je comprends pourquoi ils nous séquestraient dans le désert : ils ne voulaient pas qu'on apprenne la vérité. Ils pensaient sans doute que tu me cloîtrerais quelque part sans me laisser sortir, et que je n'aurais aucun moyen d'apprendre la vérité à temps.

— Et quelle est cette vérité ?

Quelle était la vérité ? Lara ne se faisait aucune illusion : elle n'était pas quelqu'un de bien comme Marisol. Elle avait tué des guerriers valcottiens dans l'arène du repaire pour l'unique raison que c'était sa vie ou la leur. Elle avait appris toutes sortes de techniques pour torturer, mutiler et assassiner. Lorsque les domestiques qui s'étaient occupés d'elle et de ses sœurs depuis qu'elles étaient enfants s'étaient fait égorger de sang-froid, elle n'avait pas levé le petit doigt. Elle avait regardé, sans bouger, l'homme qui avait été comme un père pour elle se trancher la gorge, poussé par une culpabilité qui n'était même pas la sienne.

Elle avait menti, trompé et manipulé une nation tout entière, qu'elle avait bien failli mener à sa perte. Elle n'était pas quelqu'un de bien.

Pourtant elle ne pensait pas non plus être foncièrement mauvaise. Si elle s'était condamnée à ce sort, c'était pour épargner la vie de ses sœurs, qu'elle aimait plus que tout. Et, une fois à Ithicana, elle avait poursuivi sa mission parce qu'elle croyait sincèrement œuvrer dans l'intérêt de son peuple. Nobles motivations, peut-être, mais elle n'était pas sûre que ça suffise à l'absoudre de sa culpabilité. Elle avait écrit un plan d'attaque pour détruire Ithicana, alors même qu'elle savait ce qui arriverait. C'était elle qui avait fait ce choix. Il ne lui restait plus qu'à faire amende honorable.

—La vérité… La vérité, c'est que je suis une ordure.

Mais elle refusait de jouer ce rôle une minute de plus.

Aren accueillit cette réponse par un nouveau silence.

—Qu'est-ce que tu vas faire de moi ? finit-elle par demander.

—Je n'en sais rien, Lara. (La tension qui vibrait entre eux monta d'un cran.) Je… ça faisait un moment que je m'en doutais, mais t'entendre le dire… je ne sais plus.

Une peur panique se mit à voleter dans sa poitrine – peur de l'avoir perdu ; peur qu'il la déteste, ou qu'il ne lui pardonne jamais.

—Je ne lui ai rien donné du tout, Aren. (Elle tenait tellement à préserver ce qu'il restait entre eux.) Je n'ai rien fait.

—Tu n'as rien fait ? (Il pivota pour la regarder dans les yeux.) Comment peux-tu dire une chose pareille ? Depuis le jour de notre mariage, tu n'as cessé de chercher un moyen de me planter un couteau dans le dos. Tout ce que tu fais, tout ce que tu dis… tout ce qu'il y a entre nous n'est qu'un grossier mensonge. Tu m'as manipulé pour apprendre les secrets d'Ithicana et les retourner contre nous. Pendant ce temps-là, moi, comme un con, j'essayais de gagner ta confiance.

Ce n'était pas faux, mais ce n'était pas toute la vérité non plus. Pendant ces quelques mois, elle s'était attachée à lui et à son royaume, elle avait commencé à comprendre leur condition…

et malgré tout elle avait choisi d'orchestrer leur destruction. Elle avait consigné, dans le moindre détail, une stratégie qui permettrait à son père d'envahir le pays d'Aren et de s'approprier le pont dont son peuple avait besoin pour survivre. Elle avait eu une chance incroyable qu'aucune de ces pages ne soit parvenue entre les mains de Silas.

— Est-ce qu'il y a eu des moments où tu étais sincère ? demanda-t-il.

— Oui ! Bien sûr que oui ! De plus en plus ! (Elle repoussa les mèches de cheveux que le vent soufflait devant ses yeux, tout en cherchant un moyen de lui faire comprendre.) Mais je pensais qu'il n'y avait pas d'autre solution. Je croyais que le bien-être de mon peuple dépendait de ma capacité à lui donner accès au pont. Ma vie entière est dévouée à mes citoyens. Je veux leur offrir un avenir meilleur, et tant pis si je dois en payer le prix. Tu es bien placé pour me comprendre, non ?

— Ce n'est pas pareil, répondit-il d'une voix froide. L'avenir meilleur que tu envisageais reposait sur le dos de cadavres ithicaniens.

Lara ferma les yeux.

— Alors pourquoi ne pas m'avoir tuée ? Et pourquoi m'avoir emmenée à Vencia si tu te doutais de quelque chose ? Pourquoi prendre un tel risque ?

Aren frottait le pont du bout de sa botte tout en regardant l'île sous leurs pieds.

— J'ai compris qu'on t'avait manipulée et que, si je te montrais la vérité, on aurait peut-être une chance. J'estimais que ça valait le coup. (Il poussa un long soupir.) Je t'ai suivie, hier soir. J'ai pointé une flèche dans ton dos quand tu t'es arrêtée devant le portail du palais et… j'ai failli te tuer. Si tu avais fait un pas de plus, j'aurais tiré. (Ses mains tremblaient, et ce léger mouvement captivait toute l'attention de Lara.) Mais tu as fait demi-tour et tu es revenue – vers moi.

— Je n'aurais pas pu. (Lara referma ses mains autour de celles d'Aren pour les empêcher de trembler.) Je ne pourrai jamais, même s'il me retrouve et me tue pour me punir de l'avoir trahi.

Aren se figea.

— Il t'a menacée ?

Lara déglutit à grand-peine.

— Sur le bateau pour venir à Ithicana, il m'a dit que, si j'échouais ou que je le trahissais, il me le ferait payer.

— S'il s'imagine que…

Un bruit les fit sursauter. Une seconde plus tard, Ahnna se hissa sur le dos du pont en grommelant un juron, la mine aussi orageuse que les nuages noirs à l'horizon.

Aren s'interposa entre Lara et sa sœur, qui s'approchait à grandes enjambées.

— Qu'est-ce qui t'a pris, d'aller à Maridrina en personne ? lança Ahnna. Tu as perdu la tête ou quoi ?

— Oh, ça va. Ce n'était pas la première fois.

— Depuis que tu es le roi, si ! Tu as une responsabilité envers notre peuple. Et puis, tu as failli te faire capturer. Tu imagines le désastre si tu n'avais pas pu t'échapper ?

— Tu aurais hérité de la couronne…

— Tu crois que c'est ce que je souhaite ? (Ahnna regarda Lara par-dessus l'épaule de son frère.) Et le pire, c'est que tu l'as emmenée, elle ! Non seulement tu t'es mis en danger, mais tu as ramené dans son pays la fille de notre ennemi, la femme à qui, si j'en crois les rumeurs, tu as livré tous les secrets d'Ithicana ?

— J'ai emmené ma femme dans son pays pour des raisons qui ne te regardent pas.

Ahnna blêmit en serrant les poings, et l'espace d'une seconde, Lara crut qu'elle allait frapper son frère – son roi.

— Il n'y a pas de raison valable, siffla-t-elle. Elle en sait suffisamment pour décimer Ithicana, et tu l'as quasi conduite à son père. Elle aurait pu s'empresser d'aller tout raconter au Merle.

— Elle n'a rien fait de tel.

— Mais elle aurait pu ! Ça ne faisait pas partie du plan. Tu étais censé…

— J'étais censé quoi ? (Aren fit un pas vers sa sœur, qu'il dominait de sa haute taille.) L'enfermer dans la maison ? Lara est ma femme, pas ma prisonnière.

— Ta femme… si j'ai bien compris, ce n'est pas entièrement vrai. Tout le monde sait très bien que, si tu mets ton propre royaume en danger, c'est uniquement pour avoir une chance de la sauter.

Aren resta muet. Personne ne disait mot, surtout pas les soldats qui étaient montés sur le pont et qui s'appliquaient à ne pas regarder leur roi, et encore moins Lara, dont le cœur menaçait d'éclater dans sa poitrine. Les craintes d'Ahnna étaient justifiées, et pourtant Aren avait pris sa défense. Alors même qu'il savait la vérité, il affirmait qu'elle avait le droit de vivre librement, confortablement. Elle n'en méritait pas tant. Elle ne le méritait pas, lui.

Avant d'avoir pu réfléchir aux conséquences de ce qu'elle voulait dire, elle s'avança sur la surface glissante du pont.

— Ahnna…

— Ne vous mêlez pas de ça ! lança la commandante.

Sans la regarder, elle tendit le bras pour empêcher Lara de s'approcher.

Sa main heurta Lara en pleine poitrine, et cette dernière perdit l'équilibre.

Elle tomba en arrière.

— Lara !

Aren tenta de la retenir, mais c'était trop tard.

Lara poussa un hurlement en remuant les bras, mais il n'y avait que du vide autour d'elle, rien qui puisse arrêter sa chute.

Elle percuta la surface de l'eau avec une violence qui chassa l'air de ses poumons en une traînée de bulles. Elle les vit s'éloigner tandis qu'elle sombrait.

Une panique sauvage s'empara d'elle, suivie du besoin de respirer. Elle se débattit de toutes ses forces pour tenter de regagner la surface, mais elle était tellement loin…

Tu ne vas pas mourir.

Ne meurs pas.

Je te l'inter… Cette pensée s'évanouit tandis que les profondeurs s'assombrissaient autour d'elle.

Soudain on la saisit par la taille.

Lara résista, cherchant à atteindre son couteau, puis brusquement elle sentit l'air sur son visage et entendit la voix d'Aren.

— Respire, Lara !

Elle avala une grande goulée d'air frais, puis une autre, mais une grosse vague lui passa par-dessus la tête et sa panique redoubla.

Elle se mit à griffer tout ce qu'elle pouvait dans sa lutte pour se hisser hors de l'eau.

Puis le visage d'Aren entra dans son champ de vision.

— Arrête de te débattre ! Je te tiens, mais j'ai besoin que tu arrêtes de bouger.

C'était complètement impossible. Elle était en train de se noyer. Elle allait mourir.

— Fais-moi confiance, Lara !

Le ton éperdu de sa voix parvint à dissiper le brouillard de sa peur, et Lara reprit ses esprits. Elle cessa de lutter.

— Voilà, c'est bien. Accroche-toi à moi mais ne bouge pas.

Lara agrippa ses épaules et se força à détendre les jambes. Ils étaient presque sous le pont, à une quinzaine de mètres du pilier le plus proche – celui qui n'avait pas d'accès. Quant à la plage...

— Tu crois qu'on va y arriver ? demanda-t-elle en recrachant de l'eau de mer.

— Non.

— Alors qu'est-ce qu'on fait ?

Elle tourna la tête pour regarder le pont. Elle entendait les soldats crier et voyait Jor qui se balançait au bout d'une corde fixée à un anneau. Il désignait quelque chose dans l'eau.

— Lara, ne bouge surtout pas !

Elle se figea. Elle venait de voir ce que Jor voulait leur montrer – et ce qui avait attiré l'attention d'Aren.

De fines nageoires dorsales perçaient la surface de l'eau.

Elles les encerclaient, de plus en plus proches.

— On va devoir tenir le coup jusqu'à ce qu'un bateau vienne nous chercher.

Lara regarda le pied du pont où une porte était percée, mais la marée était encore beaucoup trop haute. Dans la crique, deux bateaux s'élançaient vers eux, mais ils étaient trop loin.

Comme pour ponctuer ses pensées, un requin fonça soudain sur eux avant de s'écarter à la dernière seconde.

— Et merde ! gronda Aren.

Les créatures s'approchaient de plus en plus, et Lara ne put réprimer un sanglot quand quelque chose heurta son pied.

Les soldats postés sur le pont se mirent à tirer des flèches, et des taches de sang fleurirent tout autour d'eux. Puis, brusquement, les dorsales disparurent.

— Aren ! hurla Ahnna.

Une seconde plus tard, Lara vit une immense dorsale fendre les vagues vers eux.

— Lâche-moi, souffla-t-elle, parce qu'elle savait que, si elle ne prenait pas cette décision, il ne le ferait jamais. Je n'ai aucune chance de m'en sortir mais, le temps que ce requin s'occupe de moi, tu devrais pouvoir te sauver.

— Non.

— Réfléchis ! Ce n'est pas la peine qu'on soit deux à mourir.

— Tais-toi, souffla Aren sans quitter du regard la dorsale qui les encerclait. Je te connais, vieux roublard. Tu vas venir nous goûter avant d'attaquer par en dessous pour nous traîner vers le fond.

— Lâche-moi, Aren !

— Non.

Lara voulut s'écarter de lui, mais Aren la ramena contre lui et commença à nager en arrière.

Le requin changea de direction et se précipita sur eux. Il nageait beaucoup trop vite, ils n'avaient aucune chance de l'esquiver, et encore moins de le distancer. Une peur primale s'empara de Lara, et un cri sauvage lui échappa.

— Maintenant !

Un énorme carreau d'arbalète attaché à un câble fendit l'air et vint se planter dans le flanc du requin, mais la créature poursuivit sur sa lancée, trop concentrée sur ses proies pour se laisser distraire par une simple blessure.

Lara avala de l'eau de mer et faillit s'étrangler lorsque la bête ouvrit sa gueule immense, révélant des rangées de dents acérées.

Le câble se tendit brusquement.

Le squale fut violemment arraché à la mer, et sa forme immense se tordit dans l'air avant de retomber en un tonnerre d'éclaboussures.

Lara reçut de l'eau en pleine figure, et le requin donna un coup de nageoire caudale qui la cueillit au côté et l'arracha aux bras d'Aren.

Elle se débattit, sans plus savoir où se trouvait la surface, ni où était le requin. Elle ne voyait plus Aren. Des rideaux de bulles passaient devant son visage tandis qu'elle cherchait à remonter. Puis des mains saisirent son poignet et la tirèrent vers l'air libre.

—Allez, nagez! (Ce n'était pas la voix d'Aren, mais celle des soldats qui les encourageaient depuis le pont. Ahnna criait plus fort que les autres.) Le sang est en train d'en attirer encore plus! Sortez-vous de là, putain!

Aren traînait Lara dans l'eau, ballotté par des vagues de plus en plus puissantes. Au-dessus de leurs têtes le ciel s'assombrissait à vue d'œil, et des éclairs zébraient les nuages au loin.

Aren s'arrêta net.

Il la maintenait à la surface, tout essoufflé par cet effort.

Lara vit ce qu'il regardait.

Le pilier le plus proche, qui était hérissé de piques d'acier. C'était là que les vagues allaient s'écraser avec toute la férocité d'une tempête imminente.

—Attrape... une des... barres, haleta-t-il. Et tiens bon.

Sans lui laisser le temps de répondre, il se remit à nager vers le pilier.

Une vague se souleva sous eux, les entraînant avec une force irréversible vers l'acier et la pierre.

Ils n'avaient pas le droit à l'erreur.

Lara prit une profonde inspiration, en se concentrant sur la barre qu'elle comptait saisir. Cette pique acérée serait soit son salut, soit sa perte.

Au dernier moment, Aren se retourna pour encaisser l'impact. Lara leva les bras à l'aveugle, sachant qu'elle n'avait qu'une seconde.

Elle referma la main sur la barre d'acier au même moment où Aren la relâchait.

Elle s'accrocha de toutes ses forces tandis que la mer refluait en attirant ses jambes vers le large. L'espace d'un instant elle resta suspendue dans le vide, les bras tremblants sous le coup de l'effort, puis une nouvelle vague la percuta. Elle profita de cet élan pour passer les jambes autour de la barre et reprit son souffle une fois que l'eau se retira.

—Aren ! hurla-t-elle en le cherchant des yeux, terrifiée.

—Je suis là !

Il se cramponnait à la barre, à la base du pilier, où les vagues l'écrasaient contre la pierre. Il risquait de ne pas tenir très longtemps.

Une nouvelle vague les heurta de plein fouet, et malgré le vacarme, Lara entendit qu'on l'appelait. En levant les yeux elle vit Ahnna suspendue au pont avec, à la main, une longueur de corde terminée par une boucle. Elle la lança en direction de Lara.

—Attrape !

Lara tendit le bras au passage et faillit perdre sa prise sur la barre d'acier. Malgré tous ses efforts, la corde se balançait hors de portée.

Aren n'avait plus beaucoup de temps.

Alors, quand la corde repassa près d'elle, Lara s'élança en sachant que, si elle ne l'attrapait pas au vol, elle tomberait à l'eau et qu'Aren tenterait de la sauver, alors qu'il était lui-même à bout de forces.

Elle sentit la corde sous ses doigts et les referma dessus, au moment où ses jambes glissaient de la barre de fer.

Elle remercia Erik en silence pour tous les exercices qu'il leur avait imposés au cours de leur entraînement et se hissa le long de la corde jusqu'à pouvoir passer la boucle sous ses aisselles.

Alors elle se balança pour attraper la barre d'acier et avança vers Aren à la force de ses bras, malgré les vagues qui la submergeaient l'une après l'autre et menaçaient de l'entraîner.

—Tiens-toi à moi ! lui cria-t-elle.

Mais, au même moment, la barre lui glissa des mains, alors elle se balança et alla s'écraser contre lui. Instinctivement elle referma les jambes autour de sa taille, les muscles de ses bras en feu sous l'assaut de leurs poids combinés. Puis il saisit la corde à son tour.

La mer se jeta contre eux, une fois de plus, les envoyant heurter la roche, et Lara toussa un sanglot. Elle ne pensait pas pouvoir tenir beaucoup plus longtemps. La prochaine vague aurait sûrement raison d'elle.

Or, justement, celle-ci fonçait sur eux, surmontée d'une crête d'écume. Elle allait les engloutir lorsque la corde se tendit et qu'ils se mirent à remonter, de plus en plus vite. Ils tournaient et se balançaient, mais Aren parvint à se hisser un peu plus haut pour soulager la pression sur les bras de Lara.

— Ne lâche pas, souffla-t-il. (Un filet de sang coulait le long de sa tempe.) Surtout ne lâche pas.

Ils se cognèrent contre le flanc du pont, et Lara gémit doucement lorsqu'ils furent traînés le long de la pierre, mais la douleur fut chassée par le soulagement quand des mains saisirent ses vêtements et la hissèrent sur le dos du pont. À bout de souffle, elle roula sur le côté et vomit des quantités d'eau de mer jusqu'à n'avoir plus la force que de poser le front sur la pierre.

— Lara.

Aren la redressa et elle se blottit contre son torse, les bras serrés autour de son cou. Il tremblait violemment, pourtant son contact était plus réconfortant que la surface solide sur laquelle elle était assise.

Personne ne disait mot. Elle avait bien conscience des hommes et des femmes qui les entouraient, pourtant elle avait l'impression d'être seule avec lui. La pluie de l'orage imminent crépitait contre ses joues.

— Aren ? (Ahnna rompit le silence, et un coup de tonnerre lointain fit écho au prénom du roi.) Je n'avais pas l'intention de… c'était…

Lara le sentit se raidir et devina la colère froide dans sa voix.

— Retournez à l'île sud, commandante. Si je vous revois avant l'arrivée des prochaines marées guerrières, je n'hésiterai pas à honorer notre contrat avec Harendall.

Lara redressa la tête à temps pour voir Ahnna tressaillir comme sous l'effet d'une gifle.

— Majesté.

Puis elle tourna les talons, suivie par ses soldats.

Aren se remit debout, les jambes encore tremblantes, et il aida Lara à se relever.

— Il faut qu'on regagne l'île. La tempête approche.

Mais le cœur de Lara tambourinait dans sa poitrine, lui soufflant qu'Aren se trompait.

La tempête était déjà sur eux.

Chapitre 32

Aren

Aren retira les bottes qu'il avait empruntées à la caserne puis se débarrassa de ses vêtements trempés et déchirés, qu'il abandonna en tas au sol avant d'aller chercher un pantalon sec dans l'armoire. Les volets claquaient contre les fenêtres, malmenés par le vent, et la pluie martelait le toit sans relâche, mais tout ce bruit était noyé par les coups de tonnerre qui secouaient la maison. L'air était porteur d'une fraîche odeur d'ozone, qui se mêlait au parfum de terre mouillée et de verdure qu'Aren associait à Ithicana.

Boum. Il sentit le sol trembler sous ses pieds, et la pression changer tandis que le typhon descendait sur eux. C'était une bête furieuse, de celles qui donnaient son nom à la Mer des tempêtes. Ses vents étaient si violents et sauvages qu'ils semblaient presque doués d'une volonté propre, et ils ne manqueraient pas de laisser de sérieux dégâts dans leur sillage. Quiconque se trouvait encore en mer serait perdu à jamais. Le royaume d'Ithicana était construit pour endurer ce que le ciel et la mer avaient de pire à déchaîner, et en temps normal il n'y avait que dans ces conditions qu'Aren respirait librement, confiant que ses ennemis ne s'approcheraient pas.

Sauf ce soir-là.

Il poussa un lourd soupir et posa le front contre le baldaquin de son lit. Il aurait voulu retrouver une sorte d'équilibre, mais c'était une cause perdue – comme tant d'autres.

Lara n'avait pas dit un mot depuis qu'ils avaient été sauvés des eaux. Il ne pouvait pas lui en vouloir. Elle avait failli se noyer, se faire dévorer par un requin puis écraser contre le roc. C'était presque un miracle qu'elle ne se soit pas complètement effondrée, sauf qu'il aurait préféré ça à son silence absolu.

Le visage d'une pâleur telle qu'elle avait les lèvres toutes grises, Lara l'avait suivi docilement quand il l'avait conduite auprès des guérisseurs. Elle était restée inerte, les bras ballants, tandis qu'ils l'examinaient. Aren n'avait pas vu la moindre trace de son sens de l'humour mordant ou de ses reparties acérées qu'il adorait détester. Elle semblait totalement vide.

Il ferma les yeux, sans s'écarter du baldaquin, car sinon il risquait de l'arracher et de le fracasser contre le mur. Une rage brûlante courait dans ses veines – contre Ahnna, contre le pont, contre lui-même…

Un son plus animal qu'humain s'échappa de sa gorge, et dans un élan furieux, il se retourna pour donner un coup de poing dans le mur. Une douleur cuisante explosa dans sa main, et il s'accroupit en la serrant contre son torse. Il aurait voulu laisser déferler sa colère, ou s'enfuir loin de tout, même si cela n'aurait rien résolu.

Boum. La maison trembla de plus belle, et Aren repensa à la lettre de Silas, qu'il avait laissée dans son sac – d'ailleurs, où était passé son sac ? Son ultimatum était clair : soit il s'alliait avec Maridrina dans sa guerre contre Valcotta, soit il serait attaqué de toutes parts, et Maridrina recommencerait à entraver tout commerce vers Ithicana, comme avant le Traité de Quinze Ans.

Ç'avait été une époque désastreuse pour Ithicana. Pendant deux ans, Maridrina avait empêché tout navire d'arriver jusqu'à l'île sud, ce qui avait complètement asséché leurs ressources. Plus rien ne passant par le pont, ils ne pouvaient donc plus prélever le moindre impôt. Ils n'avaient plus aucun moyen de nourrir leurs citoyens, surtout quand les tempêtes emportaient les pêcheurs désespérés qui tentaient de sortir par gros temps. Le royaume avait été ravagé par la famine, puis par la maladie. L'idée de replonger dans ce genre de détresse…

Aren devait choisir entre ça, et se ranger aux côtés d'un homme qui avait fomenté contre lui le pire des complots, pour se lancer dans une guerre dont il ne voulait pas. Il était très tenté de s'allier avec Valcotta pour le plaisir de contrarier Maridrina. Les coffres d'Ithicana étaient assez bien remplis pour leur permettre d'approvisionner le royaume pendant plus d'une année, même si le pont ne fonctionnait plus. Entre les catapultes de l'île sud et la flotte valcottienne, les armées de Silas n'auraient pas la moindre chance.

Mais ce serait le peuple de Maridrina qui souffrirait le plus. Le peuple de Lara.

En les condamnant à mourir de faim, Aren deviendrait le scélérat que le Merle voulait leur faire croire. Il deviendrait l'homme que Lara avait appris à détester. Et en cédant à la requête de son père, il mettrait Ithicana en danger si Valcotta cherchait à se venger. C'était sans issue.

Aren se rappela la voix de son père quand il se disputait avec sa mère. « *Ithicana ne fait pas d'alliances. Nous sommes neutres et nous devons le rester, sinon la guerre nous tombera dessus.* » Comme sa mère avant lui, Aren estimait que l'heure de la neutralité était depuis longtemps révolue. Cependant, forger une alliance ne voulait pas dire qu'il devait laisser un autre en dicter les termes seul.

Après une brève hésitation, il courut à son bureau. Il ouvrit son écritoire et sortit du compartiment secret la lettre qu'il avait commencé à écrire à Silas des mois auparavant. Il relut la formule de politesse et les titres honorifiques dont il avait fait usage et repoussa la feuille pour en saisir une vierge.

Silas,

Ithicana ne cessera jamais de commercer avec Valcotta. Si vous souhaitez mettre un terme à leur blocus maritime, je vous suggère de cesser vos attaques le long de leur frontière nord. Il n'y a qu'en rétablissant la paix entre vos deux nations que Maridrina peut espérer un avenir prospère. Quant à votre insinuation qu'Ithicana n'a pas respecté l'esprit du traité qui nous lie, je ne peux qu'en dénoncer la profonde hypocrisie. Dans l'intérêt de nos deux royaumes, nous vous pardonnons vos manœuvres et maintenons les conditions favorables dont Maridrina profite au marché de l'île sud. Sachez cependant que, si jamais vous engagez des mesures de rétorsion contre votre espionne, Ithicana considérera cet acte comme une agression envers sa reine, et l'alliance entre nos deux nations sera irrévocablement rompue.

Réfléchissez bien,

Aren

Il relut sa missive, sachant pertinemment qu'il ne pourrait jamais en révéler le contenu à Lara. Elle avait consacré sa vie au bien-être de son peuple et ne lui pardonnerait sûrement pas de mettre des innocents en danger dans le seul but de la protéger. Pourtant il ne voyait pas d'autre moyen de s'assurer que Silas ne s'en prendrait pas à elle. Il espérait simplement qu'il n'aurait jamais besoin de mettre sa menace à exécution.

Il se leva et sortit dans le couloir à la recherche d'Eli.

— Tiens. Tu porteras ça à la caserne dès que l'orage se sera calmé. Dis à Jor de l'envoyer immédiatement au roi de Maridrina.

Alors Aren retourna dans sa chambre, ouvrit la porte qui menait à la cour intérieure et sortit dans la tempête.

Chapitre 33

Lara

Lara tomba à genoux dans le noir, son couteau dans une main. Un coup de tonnerre fit frémir la pièce, suivi de deux éclairs qui dessinèrent le contour d'une fenêtre. Le parquet était parfaitement poli, et il flottait dans l'air une odeur de pluie et de jungle.

Elle essuya d'un geste rageur les larmes brûlantes qui coulaient le long de ses joues. Depuis qu'ils étaient revenus sur l'île centrale, elle avait guetté le moment où elle pourrait entrer dans la chambre d'Aren et détruire les preuves de sa trahison avant que celle-ci ne puisse se propager. Il ne fallait pas qu'il apprenne ce qu'elle avait fait.

C'était une chose de savoir qu'elle lui avait menti, qu'elle l'avait manipulé pour arriver à ses fins. C'en était une autre d'en lire la preuve de ses propres yeux. Il aurait compris que tous ces instants où il avait cru qu'un lien s'établissait entre eux n'étaient en fait que les étapes d'une stratégie visant à récolter autant d'informations que possible. Il se rendrait compte que, malgré tout ce qu'ils avaient traversé, elle avait pris la décision de le mener à sa perte ce soir-là, alors qu'il venait de l'embrasser dans la boue.

Non seulement c'était impardonnable en soi, mais Aren aurait eu tellement mal en lisant ça… elle ne l'aurait pas supporté. D'autant qu'il lui suffisait de détruire quelques feuilles de parchemin pour se débarrasser du problème. Elle avait prévu d'administrer une légère dose de somnifère à Aren au cours du dîner, puis de s'introduire dans sa chambre et d'allumer un petit incendie sur son bureau, du genre qu'aurait pu causer une bougie laissée trop près d'une écritoire. Alors elle aurait pu prétendre avoir senti la fumée, et ses cris auraient réveillé Aren et les domestiques. Entre les flammes et l'eau qu'il aurait fallu pour éteindre le feu, les feuilles auraient été complètement hors d'usage. C'était un plan dangereux, mais elle ne pouvait pas simplement s'emparer des feuilles vierges. Aren se serait demandé où elles étaient passées.

Mais l'épuisement avait eu raison d'elle et, en attendant l'heure du dîner, Lara s'était endormie sur ses draps propres et doux. Elle venait de tomber du lit, réveillée par les arômes qui venaient des cuisines, et elle n'était pas prête du tout.

— Tu vas te débrouiller, marmonna-t-elle en se remettant debout.

Elle enfila une de ses robes en soie, se brossa les cheveux et glissa une fiole de narcotique dans son bracelet, l'esprit en ébullition. Une fois dans le couloir, elle courut presque jusqu'à la salle à manger, certaine d'y trouver Aren. Il n'était pas d'ordinaire du genre à négliger son appétit.

Mais elle ne vit qu'Eli, qui sursauta à son entrée.

— On pensait vous apporter un plateau dans votre chambre, Majesté. Préférez-vous manger ici ?

— Non, merci. Je n'ai pas faim. Sais-tu où il est ?

Il n'y avait qu'un seul « il » dans cette maison.

— Dans sa chambre, Majesté. Il ne voulait pas dîner.

Sa logique et son entraînement lui soufflaient qu'il valait mieux attendre, qu'une meilleure occasion se présenterait, qu'elle ne pouvait pas risquer de se faire surprendre. Pourtant ses pieds nus la guidèrent en silence vers la chambre d'Aren.

Elle frappa et attendit. Pas de réponse.

Elle tourna la poignée. Pour une fois la porte n'était pas fermée à clé.

Aren ne se trouvait pas à l'intérieur. C'était le moment ou jamais. Elle n'aurait qu'à dire qu'elle avait senti la fumée.

Elle referma la porte et fonça vers le bureau, où l'écritoire était ouverte. Elle aperçut l'ébauche d'une lettre adressée à son père.

Le cœur dans la gorge, Lara lut et relut les quelques lignes d'encre sèche. Elle ne comprenait pas comment Aren supportait de témoigner une telle politesse à son ennemi. Peut-être que, justement, il ne l'avait pas supporté, et que c'était pour cette raison que la lettre restait inachevée.

Un ronronnement attira son attention, et en baissant les yeux elle vit le chat d'Aren venir se frotter à ses jambes, si fort qu'elle faillit perdre l'équilibre. Une idée lui vint, meilleure et bien plus sûre que celle de l'incendie.

— Je suis désolée, Vitex, mais je vais avoir besoin de ton aide.

Elle plaça l'écritoire par terre, sur le côté, puis éclaboussa la lettre entamée avant de renverser l'encrier sur le reste des pages, qu'elle compta au passage. Il y en avait vingt-cinq, plus celle qu'Aren avait utilisée, ce qui faisait vingt-six.

Puis elle attira Vitex et lui caressa les oreilles avant de le soulever doucement pour lui poser une patte dans l'encre et laisser des empreintes noires. Le félin comprit ce qu'elle faisait et se dégagea en crachant, laissant des traces dans son sillage.

Lara fut parcourue d'un violent frisson, des pieds à la tête, et elle tomba à genoux avec un soupir tremblant. Elle contempla le résultat de tous ses efforts, l'aboutissement de sa mission, de ses années d'entraînement... de toute sa vie. Elle repensa à ce qu'elle avait éprouvé la dernière fois qu'elle avait tenu ces feuilles, persuadée que la stratégie traîtresse qu'elle venait d'y détailler signerait le salut de son peuple. Qu'elle avait été naïve !

Pour la première fois depuis qu'elle avait compris toute l'étendue de la perfidie de son père, elle eut l'impression qu'un poids était tombé de ses épaules. Ce qu'elle avait fait avant... était horrible, une trahison impardonnable, mais à l'époque Lara était aveuglée par un tissu de mensonges dont elle n'avait même pas conscience. Depuis, forte de la vérité, elle avait pris la décision de se retourner contre son père. Désormais ses actions seraient guidées par sa seule volonté.

Elle savait pertinemment qu'elle venait de se coller une cible dans le dos, et que les assassins de son père la traqueraient sans relâche, mais pour la première fois de sa vie elle se sentait vraiment libre.

Poussée par une espèce de sixième sens, elle passa dans l'antichambre et ouvrit la porte de la cour, où l'orage rugissait tel un géant furieux. Elle sortit dans un enfer de vent et de pluie.

Un souffle hurlant tourbillonnait dans la cour, soulevant sur son passage des feuilles et des branches qui se mêlaient à la pluie et frappaient les bras nus de Lara. La tempête était assourdissante. Des éclairs zébraient le ciel, ponctués de coups de tonnerre tonitruants.

Et, au milieu, se tenait Aren.

Il était pieds et torse nus, le visage tourné vers le ciel, apparemment inconscient du maelström qui l'encerclait – ou du danger qu'il courait.

Une branche arrachée à un des arbres traversa la cour pour aller se fracasser contre le mur de la maison.

—Aren ! hurla Lara.

Mais l'orage emporta son cri.

Elle s'engagea sur le sentier, bousculée par des bourrasques qui menaçaient de la soulever de terre. Elle tomba à genoux à plusieurs reprises, aveuglée par ses cheveux qui lui fouettaient le visage, mais pour rien au monde elle n'aurait fait demi-tour. Elle finit par reprendre pied sur les pierres glissantes et s'élança vers lui.

Le vent mourut lorsqu'elle referma les mains sur les bras d'Aren, comme si le monde lui-même avait poussé un immense soupir de soulagement. Les débris tombèrent doucement au sol, et la pluie se réduisit à une bruine.

—Lara ?

Elle laissa échapper un souffle tremblant et leva les yeux vers Aren, qui la regardait d'un air abasourdi. Il devait se demander comment elle avait fait pour apparaître ainsi devant lui.

—Elle est déjà passée ? (Elle avait du mal à respirer – et encore plus de mal à penser.) La tempête ?

—Non. On est dans l'œil du cyclone.

L'œil du cyclone.

— Qu'est-ce que tu fais ici ? demanda-t-elle.

Elle sentit les muscles d'Aren se crisper sous ses mains.

— J'en avais besoin.

Elle comprit d'instinct ce qu'il voulait dire. La plupart des gens cherchaient à se mettre à l'abri du danger pour se consoler, mais pour lui, le danger était la vraie consolation. L'adrénaline qui lui fouettait le sang servait aussi à lui éclaircir les idées, à effacer l'incertitude qui planait parfois sur ses décisions de monarque – la peur de l'erreur et de ses conséquences. C'était au cœur de l'orage qu'il retrouvait son chemin.

Lara le comprenait parce qu'elle était pareille.

— Tu aurais pu mourir aujourd'hui. Tes actions auraient pu te tuer.

— Sans mes actions, tu serais morte.

Il referma les mains sur ses bras. Ses paumes étaient brûlantes, pourtant elle frissonna.

— Tu aurais peut-être mieux fait de me laisser mourir.

Il la serra un peu plus fort.

— Tu crois vraiment que j'aurais pu me pardonner de rester sans rien faire pendant que tu te noyais sous mes yeux ?

— Après ce que j'ai…

— C'est dans le passé, tout ça. C'est derrière nous.

Assourdie par les battements de son propre cœur, Lara eut besoin de quelques secondes pour mesurer ce qu'il venait de dire. Aren lui avait pardonné. Elle ne comprenait pas où il avait puisé une telle générosité. C'était ce qu'elle voulait plus que tout, sans oser même l'espérer.

— Si tu veux partir d'Ithicana, si c'est ça qui te rendrait heureuse, je veux bien te déposer n'importe où dans le monde, avec toutes les ressources nécessaires pour entamer une nouvelle vie.

Lara avait prévu de partir. Les assassins de son père devaient déjà être à ses trousses, et elle ne pensait pas avoir la moindre raison de rester. Elle ne pensait pas qu'une relation serait possible entre eux, parce que Aren aurait fini par découvrir la vérité et ne lui aurait jamais pardonné.

Sauf qu'il venait justement de le faire. Alors tout à coup, l'idée de tourner le dos à cet endroit, de lui tourner le dos, à lui… c'était le pire avenir auquel elle puisse se condamner.

—Tu ne peux pas me laisser partir d'Ithicana, dit-elle d'une voix étranglée. J'en sais beaucoup trop. Ce serait prendre un risque énorme.

Il sonda son regard, et elle eut l'impression que, pour la première fois de sa vie, quelqu'un la voyait réellement.

—Je peux te laisser partir, parce que je te fais confiance.

Elle n'arrivait plus à respirer.

—Je ne peux pas partir, avoua-t-elle.

Elle ne voulait pas quitter Ithicana. C'était une vérité qui venait des profondeurs de son cœur. Elle voulait rester auprès de lui, se battre et saigner à ses côtés pour préserver son royaume sauvage et magnifique.

La tempête les encerclait, les observait sans les toucher.

Aren desserra sa prise sur ses bras, et l'espace d'un instant terrifiant, elle crut qu'il allait la repousser parce qu'il voulait qu'elle s'en aille.

Au lieu de ça, il fit remonter ses doigts à l'arrière de ses bras, traçant un sillon de picotements sur sa peau, puis il les laissa redescendre et recommença en une légère caresse, comme pour apaiser un animal sauvage et susceptible de mordre.

Ou comme s'il testait ses limites.

Il effleura les côtés de ses seins, et Lara poussa un petit soupir lorsqu'il passa les pouces sous les bretelles de sa robe pour les faire glisser. Il se pencha sur elle et goûta du bout des lèvres une épaule nue, puis l'autre.

Un gémissement lui échappa quand Aren écarta ses cheveux mouillés pour révéler son cou, où il déposa des baisers de sa clavicule à sa mâchoire. Il aurait suffi qu'il lâche les bretelles de sa robe pour qu'elle tombe aux pieds de Lara, la laissant entièrement nue.

Elle mourait d'envie de le toucher.

Elle brûlait de sentir sa peau satinée sur ses muscles durs, mais elle avait peur, parce qu'elle savait que ce serait le début de la fin. Elle ne pourrait plus faire marche arrière.

Aren s'immobilisa, et elle retint son souffle. Elle voulait qu'il continue à explorer son corps, pourtant si elle s'autorisait à plonger dans le désir qui la consumait, elle n'était pas sûre de refaire surface un jour.

Mais Aren se contenta de poser son front contre le sien.

— J'ai besoin de t'entendre dire que tu en as envie, Lara, que tu choisis de dire oui sans y être forcée.

Elle crut qu'elle allait s'embraser sous la violence des émotions qui lui brûlaient la poitrine. Elle se recula pour le regarder dans les yeux.

— J'en ai envie. J'ai envie de toi.

La tempête les fouetta de nouveau lorsque leurs lèvres se rencontrèrent, mais Lara ne sentit même plus le vent lorsque Aren la souleva, les mains autour de ses hanches. Instinctivement elle noua les jambes autour de sa taille en s'accrochant à son cou. Sa bouche était chaude, sa langue douce. La pluie torrentielle dégoulinait sur leur peau tandis qu'il la portait jusqu'à la maison.

Une fois à l'intérieur, il glissa sur le carrelage mouillé et se rattrapa au mur, bousculant les étagères et en faisant tomber le contenu. Aren posa les mains sur la paroi de part et d'autre de Lara, son souffle chaud contre sa gorge, et elle se pressa contre lui, les talons plaqués dans son dos pour l'attirer toujours plus près. Elle voulait que plus rien ne les sépare, même si la friction de sa ceinture lui arrachait des gémissements de plaisir.

Elle cambra le dos si fort que seule sa tête touchait le mur, et sa robe, déjà remontée jusqu'en haut de ses cuisses, fut tirée de façon à révéler la naissance de ses seins. Elle sentit qu'Aren retenait son souffle.

— Tu es si belle, gronda-t-il. Une insupportable langue de vipère et la femme la plus incroyable que j'aie jamais rencontrée.

Une chaleur humide naquit sur sa peau à ces mots.

— La porte ! Ferme-moi cette porte !

— À vos ordres, Majesté.

Il glissa sa langue entre ses lèvres avant de la reposer au sol et appuya son sexe durci contre son ventre avant de se retourner pour claquer la porte et les isoler de l'orage.

Une fois le verrou en place, il revint vers elle à grandes enjambées, une lueur prédatrice dans ses beaux yeux noisette. Lara recula jusque dans la chambre en le défiant de la suivre. Elle l'attirait à elle parce qu'elle n'était pas – et ne serait jamais – la proie de qui que ce soit. Quand ses mollets rencontrèrent le montant du lit, elle le toisa pour l'arrêter. Il s'immobilisa.

Elle entendait son souffle par-dessus le hurlement assourdi de la tempête. Chacune de ses inspirations fouettait son désir à elle tandis qu'elle détaillait son corps. Les mâchoires crispées, il la regardait avec la même intensité.

À tâtons elle trouva la lampe et en raviva la flamme. Puis elle la reposa sur la table de chevet, sans quitter Aren des yeux. Elle saisit la soie trempée de sa robe, qui s'accrochait à peine à ses tétons durcis, et décolla le fin tissu de sa peau pour le laisser tomber à ses pieds. Puis elle s'étendit sur le lit en se soulevant sur ses coudes. Alors, avec une lenteur calculée, elle ouvrit les genoux.

Elle vit Aren craquer. La seule chose qui l'empêchait de se ruer sur elle, c'était son regard impérieux. La force de son désir se dessinait clairement sous la toile de son pantalon.

— Enlève ça, ordonna-t-elle.

Il répondit par un rire grave qui lui donna la chair de poule. Elle brûlait d'envie de sentir ses mains sur elle.

Il défit la boucle de sa ceinture puis fit glisser son pantalon qui tomba sur le parquet, entraîné par le poids de son couteau. Aren l'écarta d'un coup de pied, et cette fois, ce fut Lara qui retint son souffle. Elle l'avait déjà vu nu, mais jamais comme ça. Un léger tremblement parcourut l'intérieur de ses cuisses. Elle lui adressa un signe de tête.

Alors, en trois enjambées, il s'approcha du lit, mais au lieu de la plaquer contre le matelas comme elle s'y attendait, il s'agenouilla devant elle. Ithicana et son roi ne pliaient devant rien ni personne. Pourtant il s'inclina devant elle.

Il embrassa l'intérieur de son genou gauche, puis le droit, s'attardant sur une vieille cicatrice qui remontait le long de sa cuisse. Il lui maintint les jambes de ses grandes mains calleuses d'avoir dû défendre ses terres. Puis, tandis qu'elle frissonnait d'impatience, il baissa la tête et donna un coup de langue contre sa chair brûlante.

Elle sursauta, mais il retint ses hanches et commença à lécher et sucer, doucement d'abord, puis plus fort, jusqu'à lui arracher un gémissement. Elle se laissa retomber contre le matelas et tendit les mains vers lui pour l'attirer à elle, mais il se contenta de relever la tête le temps d'un sourire ravageur avant de glisser un doigt en elle, puis deux.

Lara se cambra. Elle agrippa les bords du lit pour empêcher le monde de basculer tandis qu'Aren redoublait de caresses, ses lèvres et sa langue contre elle. Elle sentait une pression délicieuse monter au creux de son ventre. Un éclair dessina les contours de la fenêtre, et ce fut la dernière chose que Lara aperçut avant que sa vision vole en éclats et que des vagues successives de plaisir la submergent. Quand elles s'apaisèrent enfin, elle était tremblante, hors d'haleine.

Aren resta immobile pendant un long moment puis, avec une tendresse qui brisa le cœur de Lara, il embrassa son ventre avant d'y poser la joue. Elle emmêla les doigts dans ses cheveux.

Mais elle n'en avait pas fini avec lui – ni lui avec elle.

Il se redressa et s'avança sur elle avec la grâce d'une panthère. Il lui prit les mains et les ramena au-dessus de sa tête. L'espace d'un battement de cœur, elle résista, se rebella contre sa force supérieure. Puis elle céda – pas à Aren, mais à ce qu'elle voulait, elle. Jusque-là elle n'avait été qu'un pion dans les machinations de son père, mais c'était terminé. À présent chaque victoire, chaque défaite, chaque caresse ou chaque bataille… tout cela n'appartiendrait qu'à elle. Elle serait maîtresse de son destin, comme elle était maîtresse de cet instant.

Elle redressa la tête pour l'embrasser et le sentit frissonner lorsqu'elle ramena les jambes autour de sa taille, l'attirant tout contre elle. Leur baiser s'enflamma, leurs dents s'entrechoquèrent. Leurs souffles se mêlaient aux grondements du tonnerre.

Lara sentit le sexe d'Aren tout contre elle et elle se cambra avec un gémissement d'impatience, levant les hanches à sa rencontre. Il la pénétra juste un peu, avant de se retirer, lui arrachant une plainte de plaisir et de frustration mêlés.

— Tout ne peut pas toujours se passer comme tu le veux toi, ma belle, gronda-t-il contre son oreille. J'ai l'intention de prendre mon temps.

— Tu es donc un démon après tout, murmura-t-elle.

Puis elle perdit l'usage de la parole lorsqu'il lui relâcha les poignets et qu'il se pencha sur elle pour embrasser ses seins, attirant un téton après l'autre entre ses lèvres, une main entre ses jambes. Elle lui caressait les épaules, traçant du bout des doigts les courbes de ses muscles et de ses cicatrices, anciennes comme récentes. Elle adorait le sentir frissonner à son contact.

Pourtant ça ne lui suffisait pas. Elle le mordit doucement dans le cou, pressée de le sentir plus près, de voir leurs deux corps s'unir comme leurs âmes pour ne plus se séparer.

— Aren, je t'en prie.

Il se redressa en la soulevant et, une fois à genoux, il la serra contre lui. Il plongea les yeux dans les siens avant de, très lentement, la guider sur son érection. Lara renversa la tête avec un cri, les ongles plantés dans ses épaules, tandis qu'il la pénétrait. Alors il s'immobilisa.

— Regarde-moi.

Elle obéit et, quand il posa une main sur sa joue, elle s'appuya contre elle.

— Je t'aime, dit-il en effleurant ses lèvres. Et je continuerai à t'aimer quoi que l'avenir nous réserve, même si je dois me battre de toutes mes forces. Je t'aimerai toujours.

Ces mots l'anéantirent, la firent fondre comme du métal pour la forger en une arme nouvelle, meilleure, plus forte. Elle l'embrassa avec fougue, tandis que leurs deux corps se remettaient en mouvement d'un commun accord.

Aren la rallongea doucement sur le lit et se retira avant de revenir à la charge avec une lenteur presque insupportable. Il recommença ce petit manège infernal jusqu'à ce qu'ils soient glissants de sueur. Lara lui agrippait une main et, de l'autre, lui caressait les cheveux, le dos, désireuse de le posséder tout entier.

Elle était prête à se battre pour lui.

Prête à saigner pour lui.

À mourir pour lui.

Il était son roi, et même si elle devait passer le restant de ses jours à redouter des assassins, elle serait la reine d'Ithicana.

Son plaisir la submergea, aussi violent que la tempête qui fouettait son royaume, et Aren fut entraîné par le même élan enivrant. Il gronda son nom, profondément ancré en elle, tandis que la pièce entière tremblait sous les assauts de l'orage. Puis il s'effondra sur elle, à bout de souffle.

Après cela ils restèrent sans bouger pendant des heures. Lovée dans la chaleur de ses bras, Lara rêvassait tandis qu'il lui caressait le dos. Il avait ramené un drap sur eux lorsque leurs corps luisants de sueur avaient commencé à se refroidir. Ce n'est que quand la respiration d'Aren prit le rythme lent du sommeil qu'elle redressa la tête.

Elle repoussa les cheveux collés à son front et l'embrassa doucement. Puis, parce qu'elle avait besoin de le dire mais qu'elle n'était pas prête à ce qu'il l'entende, elle murmura :

— Je t'aime.

La tête posée sur son torse, bercée par les battements de son cœur, elle se laissa enfin gagner par le sommeil.

Chapitre 34

Lara

Le typhon fit rage pendant quatre jours, que Lara et Aren passèrent presque entièrement au lit, sans pour autant dormir beaucoup.

Quand ils n'étaient pas dans leur chambre, ils jouaient aux cartes ou à d'autres jeux ithicaniens, auxquels Aren était un incorrigible tricheur. Ils passèrent aussi des heures dans la bibliothèque, où Lara lisait à voix haute tandis qu'Aren l'écoutait, la tête sur ses genoux, les yeux dans le vague, leurs doigts entremêlés. Il lui raconta des anecdotes de son enfance, dans lesquelles il semblait souvent esquiver ses tuteurs pour s'aventurer dans la jungle jusqu'à ce que Jor le rattrape. Il lui parla de la première fois où Taryn, Lia et lui avaient risqué leur vie à tour de rôle sur l'île aux serpents, pendant que leurs amis les observaient depuis une pirogue.

— Et Ahnna ?

Aren s'esclaffa.

— Ahnna est trop futée pour ce genre de bêtise.

Lara devina une colère mal cachée dans sa voix et reposa son verre de jus de fruits.

— Tu lui dois des excuses pour ce que tu lui as dit. C'était complètement déplacé.

Aren détourna la tête et rangea un livre sur une étagère avant de vider son propre verre.

— Elle a failli causer ta mort.

— C'était un accident. Et puis, je te rappelle que c'est aussi elle qui nous a sauvé la vie, à tous les deux.

— Bon, d'accord.

— Aren.

Il remplit son verre.

— Je lui ai déjà dit des horreurs bien pires, et inversement. Elle s'en remettra.

Lara se mordit les joues. Elle comprenait bien que ce qui le gênait, ce n'était pas tant de s'excuser mais de devoir justifier ses actions en ce qui la concernait, elle.

— Il y a une différence de taille entre les piques que des frères et sœurs se balancent parfois et la menace d'un roi envers la commandante de ses armées.

Il poussa un soupir exaspéré.

— Ça va, j'ai compris. Je lui présenterai mes excuses la prochaine fois qu'on se verra.

— Et ce sera quand, ça ?

— Tu ne lâches jamais l'affaire, hein ?

Elle lui répondit par un sourire innocent.

— À la réunion du conseil, avant le début des marées guerrières, quand on discute de nos stratégies. Ahnna représente l'île sud, alors elle y sera.

Lara ouvrit la bouche pour lui demander quand cette réunion aurait lieu, mais elle se ravisa. Au cours des derniers jours, elle s'était appliquée à ne pas s'enquérir du genre de détails qu'une espionne aurait aimé connaître, parce qu'elle ne voulait pas qu'Aren doute de sa loyauté. Elle se demandait si cela changerait un jour, ou si leur relation serait à jamais ternie par son passé.

— Tu ne parles jamais de tes sœurs. Comment ça se fait ?

Ses sœurs… Lara ferma les yeux pour endiguer la brûlure de larmes inattendues. C'était un effort constant de sa part de ne pas penser à elles. Elle cherchait à s'éviter la douleur du souvenir, le chagrin qui lui déchirait le cœur quand elle se rappelait qu'elle ne les verrait plus jamais – mais pas seulement. Elle ne voulait pas les garder à l'esprit par peur de révéler malencontreusement qu'elles étaient encore en vie. Cette information cruciale risquerait d'atteindre les oreilles de son père. Et puis, elle ne pouvait pas non plus se confier à Aren parce que, s'il venait à se retourner contre elle un jour, il pourrait décider de s'en prendre à elles aussi.

— Elles sont mortes.

Le verre d'Aren lui échappa des mains et vola en éclats.

— Tu n'es pas sérieuse ?

Lara se mit à genoux pour ramasser le verre brisé.

— Toutes les personnes qui étaient au courant du projet de mon père ont été tuées, à l'exception de Serin.

— Toutes ? Tu es sûre ?

— Je les ai laissées écroulées sur la table du dîner, au milieu d'un incendie.

Elle se rappelait encore la douceur des cheveux dorés de Marylyn quand elle avait soulevé la tête de sa sœur pour qu'elle ne s'étouffe pas dans sa soupe. Elle se revit quitter le domaine abandonné aux flammes en compagnie de son père et de ses gardes, laissant ses sœurs livrées à la chance. Un morceau de verre lui piqua le doigt, et elle le porta à ses lèvres avec un sifflement.

Aren lui prit doucement les mains.

— Ne te fais pas mal. Quelqu'un d'autre va s'en occuper.

— Je ne veux pas qu'Eli nettoie ça, dit-elle en ramassant un nouvel éclat. Il est toujours trop pressé, je suis presque sûre qu'il se couperait.

— Alors je vais le faire.

Elle baissa les yeux sur les bouts de verre qu'elle tenait. Les gouttes de liquide ambré qui y restaient accrochées luisaient à la lumière des lampes. Il y avait encore tant de choses qu'elle n'avait pas dites à Aren.

— Mon enfance était horrible, tu sais. Ils essayaient de faire de nous des monstres… et peut-être qu'ils y sont arrivés.

Pendant quelques secondes elle n'entendit que la pluie qui crépitait sur le toit.

— Le jour de l'attaque sur Serrith, il y avait une dizaine d'Amaridiens sur le sentier de la crique, près du défilé…

— Je les ai tués, si c'est ce que tu te demandes.

— Tous ?

— Oui. Ils étaient trop nombreux, et je ne voulais pas que tu… ta mort ne faisait pas partie de mes plans.

Il poussa un long soupir avant de répéter ses mots.

— Ça ne faisait pas partie de tes plans.

Même s'il lui avait pardonné, Lara craignait toujours qu'il ne change d'avis, que les quelques jours écoulés n'aient été qu'une ruse – un moyen de lui montrer ce qu'ils auraient pu avoir si elle était entrée dans cette union le cœur libre de toute trahison.

Il l'aida à se relever.

— Il ne faut pas que ça se sache. Personne ne doit être au courant. Il y avait déjà beaucoup trop de voix dans ce royaume qui s'opposaient à notre union. S'ils apprenaient que tu étais une espionne – doublée d'une assassine – chargée d'infiltrer nos défenses, ils ne le pardonneraient jamais. Ils réclameraient ta tête, et si je refusais…

Lara se sentit blêmir face à cette menace implicite contre la vie d'Aren.

— Ça serait peut-être plus facile pour toi si je partais, non ? On pourrait simuler ma mort, ça résoudrait tous les problèmes associés à ma présence dans le royaume.

Aren ne répondit pas. Quand elle trouva enfin le courage de relever la tête, elle vit qu'il regardait dans le vide, les yeux vitreux. Puis il secoua la tête.

— Non. Je t'ai fait une promesse le jour de notre mariage et je tiens à l'honorer.

Lara sentit sa gorge se nouer.

— Mon père va lancer ses assassins à mes trousses, ce qui met en danger tous ceux et celles qui vivent près de moi.

— Pas s'ils ignorent où tu es.

— Ils savent que je vis sur l'île centrale, et elle n'est pas aussi imprenable que tu sembles le croire. Mon père n'est pas du genre à oublier ma trahison. Il va chercher à me punir.

— Je suis bien conscient des limites de cette île. C'est pour ça qu'on ne va pas rester. (Il attira Lara dans ses bras.) Et puis, je suis sûr que ton père laissera tomber si le coût de sa revanche dépasse ce qu'il est prêt à payer.

Sauf que, pour son père, la revanche n'avait pas de prix.

— Laisse-moi retourner à Maridrina. Je pourrais l'achever et mettre un terme à tout ça.

— Je n'ai pas pour habitude de tuer mes ennemis.

— C'est mon ennemi aussi, et celui du peuple maridrinien.

— Je sais bien, souffla Aren en lui caressant le dos. Mais, en assassinant ton père, on obtiendrait le résultat inverse de ce qu'on essaie de faire. Serin n'hésiterait pas à nous accuser, même s'il n'avait pas la moindre preuve, et le peuple aurait vite fait d'oublier Silas le tyran et de pleurer Silas le martyr. Ton frère aîné est de la même trempe que ton père, et je n'ai pas l'intention de le voir à la tête d'une armée assoiffée de sang ithicanien.

» S'ils nous attaquaient, on arriverait sans doute à convaincre Valcotta de venir à notre secours, mais ce serait ton peuple qui en paierait le prix. Et, au final, on se retrouverait dans la même situation qu'il y a quinze ans, nos deux peuples animés d'une haine réciproque.

— Alors quoi ? On ne fait rien ?

Aren avait raison, pourtant Lara ne put réprimer une certaine amertume.

— On attend, on observe et on se prépare. (Il haussa une épaule.) Quoi qu'on fasse, à ce stade, on risque de causer plus de tort que de bien.

— Tant que Valcotta persiste à attaquer les navires marchands maridriniens qui essaient de gagner l'île sud, mon peuple continue à subir la famine.

— Ça serait vite résolu si ton père renonçait à sa guerre avec Valcotta. Cela permettrait aux agriculteurs et aux artisans de retourner à leurs terres et à leurs métiers.

Or son père ne renoncerait jamais, Lara en était certaine. Il était incapable de s'avouer vaincu.

— Pour le moment, la saison des tempêtes nous aide en renvoyant les vaisseaux valcottiens chez eux. Le port de Vencia est le plus proche de l'île sud, et ton peuple pourra profiter des accalmies pour faire le voyage. Aussi incroyable que ça puisse paraître, cette saison joue en faveur de tes concitoyens. Les Maridriniens devraient pouvoir importer de quoi manger.

Aren ne lui mentirait jamais. Lara le croyait ; elle lui faisait confiance, même si ça la tuait de ne pas intervenir.

Il garda le silence pendant de longues secondes avant de reprendre la parole.

— Il y a un revers à cette histoire, tu sais. Très peu d'Ithicaniens sont déjà sortis de nos îles, et la vaste majorité n'a jamais rencontré personne de Maridrina. Le résultat, c'est qu'ils s'imaginent que vous êtes tous comme ton père. J'ai besoin que tu m'aides à changer ça. Je veux que tu leur montres que les Maridriniens ne sont pas notre ennemi, que cette alliance ne soit plus simplement un accord de papier entre deux rois, mais une entente entre nos deux peuples. C'est le seul moyen d'instaurer une paix durable.

— Je ne vois pas comment cela serait possible du vivant de mon père…

— Il ne va pas vivre éternellement.

Lara poussa un long soupir.

— Peut-être, mais tu l'as dit toi-même : mon frère ne vaut pas mieux. Il va tout de suite chercher à tirer parti de ton utopie.

— Ce n'est pas une utopie que je veux, Lara – juste une situation meilleure. (Il l'embrassa sur l'épaule. Ses lèvres étaient chaudes.) Il est plus que temps qu'on arrête de laisser nos ennemis nous dicter notre existence et qu'on commence à vivre pour ceux qu'on aime… et pour nous.

— C'est un rêve.

— Et c'est à nous d'en faire une réalité. (Il tira de sa poche une petite bourse de soie.) J'ai un cadeau pour toi.

Lara écarquilla les yeux lorsqu'il sortit une délicate chaîne d'or ornée d'émeraudes et de diamants noirs.

— J'ai cru comprendre que le vert était ta couleur préférée.

Il écarta délicatement ses cheveux pour passer le collier autour de son cou.

— Il appartenait à ma mère. Mon père l'avait fait faire exprès pour elle, et elle ne l'enlevait presque jamais. Les domestiques l'ont trouvé dans leur chambre après… (Il secoua la tête pour dissiper l'émotion qui menaçait de le submerger.) Elle disait toujours qu'il était fait pour qu'on le porte.

Lara caressa d'un doigt la chaîne d'or et les pierres précieuses, puis referma le poing dessus.

— Je ne peux pas accepter. Il revient à Ahnna.

— Ahnna déteste les bijoux. Et puis, c'est toi, la reine d'Ithicana. C'est à toi de le porter.

Aren lui prit les deux mains et l'entraîna vers un grand miroir en pied. Là, il saisit doucement son index et le posa sur l'imposant diamant noir qui reposait contre sa clavicule et sous lequel battait son pouls.

— L'île nord.

Il fit glisser leurs doigts le long du collier en nommant les îles l'une après l'autre.

— Serrith.

Il s'arrêta le temps de déposer un baiser sur son épaule, puis un autre dans son cou, et Lara se pressa contre lui en renversant la tête contre son torse.

— L'île centrale.

Ils effleurèrent son sein droit avant de s'arrêter sur une grosse émeraude. Aren parut réfléchir un instant avant de poursuivre son chemin jusqu'à l'île sud, l'émeraude qui reposait dans le décolleté de Lara.

— Tout ça, c'est à toi, murmura-t-il à son oreille. Ithicana, tout ce que je possède... C'est à toi. C'est aussi à toi de le protéger, maintenant, et d'améliorer son avenir.

— Oui, souffla-t-elle. Je te le promets.

Elle se retourna vers lui et posa le front contre son torse, absorbée par la sensation de ses mains et par les battements de son cœur.

Soudain il s'immobilisa.

— Écoute.

— Je n'entends rien.

— Précisément. L'orage est passé, ce qui veut dire qu'il est déjà loin de l'île sud. Les ferrys de Vencia doivent déjà être en route pour le marché.

Elle trouvait encore étrange de s'en remettre à la Mer des tempêtes, qu'elle craignait plus que tout, pour protéger ses deux peuples. Puis, lentement, elle sentit ses muscles se détendre.

— Puisqu'on peut ressortir sans danger, j'aimerais bien aller prendre un vrai bain.

— Vos désirs sont des ordres, Majesté, gronda-t-il à son oreille avant de la soulever et de la porter sur son épaule.

En sortant de la chambre ils croisèrent Eli, chargé d'une grosse sacoche.

— Je vais descendre à la caserne, Majestés. Est-ce que vous avez des messages ?

Aren hésita.

— Oui. Dis à Jor que je voudrais le voir… après le déjeuner. (Il tapota les fesses de Lara et rit quand elle lui donna un petit coup de genou dans le ventre.) Mais d'abord, j'ai besoin de prendre un bain.

* * *

Quelques heures plus tard, ils achevaient un repas fait de poisson grillé en sauce d'agrumes quand la porte de la maison s'ouvrit.

Nullement gêné par ses bottes boueuses, Jor entra dans la salle à manger et s'assit en face d'eux.

— Majestés. (Il les observa d'un œil pétillant et chipa un gâteau.) C'est bien agréable de voir que vous avez enfin décidé de jouer gentiment ensemble.

Lara se sentit rougir et but une gorgée de jus de fruits dans l'espoir que son verre cache ses joues.

— Et, pour ça, il a suffi que ce pauvre garçon plonge dans des eaux infestées de requins pour sauver votre peau. (Le vieux soldat poussa un soupir théâtral.) Je ne suis pas sûr d'être taillé pour ce genre d'héroïsme. Je vais devoir renoncer au rêve de vous consoler une fois qu'Aren se sera tué à faire le pitre chez les serpents.

— Ta gueule, Jor.

Lara lui décocha un sourire aimable.

— Vous avez de la chance, Jor, j'ai un faible pour les vieillards.

— Les vieillards ? s'écria Jor en envoyant des miettes de gâteau partout. Je vous signale, chère demoiselle, que je…

— Ça va, on a compris. (Aren remplit un verre, qu'il tendit à Jor.) Ce n'est pas pour ça que je t'ai fait venir.

— Oui, tiens, d'ailleurs… Et si tu me disais pourquoi tu m'as forcé à traîner ma carcasse jusqu'à votre petit nid d'amour ?

Lara pivota sur sa chaise pour regarder Aren, curieuse.

— Quel est l'état du ciel ? demanda-t-il.

— Tu n'as qu'à mettre le nez dehors pour voir.

— Jor…

— Le ciel est dégagé, ronchonna le soldat en mâchant lentement un deuxième gâteau, l'air méfiant. Pourquoi ?

Aren saisit la main de Lara, décrivant avec le pouce un petit cercle dans sa paume.

— Ordonne à tout le monde de faire les bagages et de préparer les bateaux. Il est temps qu'on rentre chez nous.

Chapitre 35

Lara

Chez nous.

Lara se sentait chez elle sur l'île centrale, dans son silence serein. Pourtant l'excitation des gardes était palpable tandis qu'ils préparaient leur paquetage et chargeaient des provisions dans trois grandes pirogues. Ils se bousculaient presque dans leur hâte de partir. Elle ignorait encore où ils allaient, mais c'était clairement là qu'ils se sentaient chez eux, et sa curiosité n'en était que plus vive. Il n'y avait pas de cité digne de ce nom à Ithicana, seuls quelques villages de pêcheurs, et la Maridrinienne en elle avait du mal à concevoir que l'un d'eux soit le siège auquel le roi tenait tant.

— Mais où est-ce qu'on va ? demanda-t-elle à Aren pour la centième fois.

Il se contenta de lui décocher un sourire amusé et de lancer son sac dans leur bateau.

— Tu verras bien.

Elle n'avait pas eu le droit d'emporter grand-chose : une tenue ithicanienne, des sous-vêtements de rechange et, à la demande d'Aren, l'une de ses robes en soie maridriniennes, même si elle ne voyait pas bien ce qu'elle en ferait dans un village de pêcheurs.

Elle s'installa dans son coin habituel, où elle ne dérangerait personne, et se mit à mâcher un morceau de racine pour éviter de mal de mer tandis qu'ils sortaient de la crique. Le ciel était relativement dégagé, mais la mer était couverte de branches et de débris en tout genre. À travers la brume qui nimbait l'île, Lara vit que la tempête avait fait des ravages dans la jungle. Des arbres avaient été arrachés, et certaines plantes avaient perdu toutes leurs fleurs et leurs feuilles.

Les pirogues passèrent sous le pont, l'île disparut derrière eux, et Lara se tourna vers l'avant tandis que les gardes hissaient les voiles et que le vent les emportait avec élan sur les vagues. Ils mirent le cap à l'ouest, tournant le dos au pont, et passèrent devant une multitude de minuscules îles qui paraissaient inhabitées – même si Lara savait bien que les apparences pouvaient être trompeuses.

Ils naviguaient depuis une heure quand, au détour d'une autre île, Lara aperçut une véritable montagne qui surgissait de l'océan. Aussitôt elle se corrigea : ce n'était pas une simple montagne, mais un volcan. Il faisait plusieurs fois la taille de l'île centrale, et ses pentes verdoyantes semblaient toucher le ciel. Des vagues turquoise se fracassaient contre des falaises hautes de près de vingt mètres, où nulle crique ne se dessinait. C'était un monolithe impénétrable et, si elle en jugeait par la fumée qui s'échappait du sommet, un lieu où il serait dangereux d'habiter.

Pourtant, alors qu'ils en faisaient le tour, Jor abaissa la voile pour ralentir leur course, et en même temps Lia se leva, une main sur l'épaule de Taryn.

— Pas de voiles à l'horizon, annonça-t-elle.

Aren hocha la tête.

— Alors hissez le pavillon.

Les gardes déroulèrent un grand drapeau vert traversé d'une ligne noire incurvée et le halèrent. Aussitôt le vent le fit claquer avec une impatience qui reflétait celle des Ithicaniens. Ils approchaient de l'île, et Lara mit une main en visière pour se protéger les yeux. En plissant les paupières elle discerna une faille sombre dans la falaise.

L'entrée de la grotte était à peine assez haute pour que les mâts des pirogues y passent, et l'obscurité l'empêchait de voir ce qui les attendait au bout.

Son cœur tambourinait dans sa poitrine. Elle assistait à quelque chose qu'aucun étranger n'avait encore jamais vu. Elle pénétrait dans un endroit qui appartenait strictement à Ithicana, un secret encore mieux gardé que ceux du pont.

Un grincement assourdissant la fit sursauter, et Aren posa une main dans son dos pour la rassurer. Leurs yeux commençaient à s'habituer à la pénombre. En cillant, Lara aperçut une sorte de herse couverte d'algues et de bernacles, qui remontait lentement pour disparaître dans une étroite fente dans le plafond de la grotte. Alors les trois pirogues s'élancèrent le long d'un tunnel qui partait vers la droite. Agrippée aux bords du bateau, Lara retint son souffle tandis que Taryn et Lia les propulsaient à la rame. Puis le tunnel déboucha sur une immense caverne. Les rayons du soleil filtraient par de petites ouvertures pour aller danser à la surface de l'eau. Le fond semblait à portée de main, même si Lara se doutait qu'il était beaucoup plus loin que ça.

Des dizaines de bateaux étaient amarrés le long des parois, y compris les imposants navires qui étaient venus évacuer les villageois de Serrith. Des enfants à demi nus nageaient entre les coques ; leurs éclats de rire résonnaient tandis que, derrière eux, la herse redescendait avec un grincement atténué. Il y eut des cris de joie lorsque les gamins reconnurent Aren et ses gardes, et ils se ruèrent sur les pirogues comme un banc de poissons. Jor gloussait en faisant semblant de les écarter à l'aide de sa rame, et ils les accompagnèrent jusqu'à l'autre bout de la caverne, où des marches avaient été taillées dans la roche sombre.

Assourdie par les piaillements excités des enfants, Lara posa une main moite sur le bras d'Aren pour descendre du bateau, les jambes un peu tremblantes, le cœur battant. Quel était donc cet endroit ?

Côte à côte ils gravirent les marches qui montaient vers la lumière et, d'un même pas, ils débouchèrent sous le ciel. Une bourrasque salée fouetta les cheveux de Lara et des mèches folles s'échappèrent de sa tresse. Elle cligna des paupières à plusieurs reprises, en partie parce que les rayons du soleil l'aveuglaient presque, et en partie parce qu'elle n'en croyait pas ses yeux.

Elle était dans une cité.

Une cité dont les rues, les maisons et les jardins grimpaient le long des flancs du cratère, en parfaite harmonie avec la végétation, et qui se reflétait dans un lac d'émeraude. Lara lâcha le bras d'Aren pour décrire un cercle lent sur elle-même. Elle peinait à mesurer la portée de cet endroit impossible.

Des hommes et des femmes en pantalon et tunique vaquaient à leurs occupations, et des enfants couraient dans tous les sens, sans doute pressés de profiter du beau temps après la longue tempête. Lara comptait des centaines d'habitants, et il y en avait sans doute beaucoup plus dans les maisons construites à même la pente, dans le même matériau que le pont. Des arbres et des lianes en épousaient les contours, leurs racines profondément ancrées dans la terre meuble, leurs branches verdoyantes égayées de fleurs multicolores. De petits carillons se balançaient dans les branches, et à la moindre brise, leur douce musique flottait dans l'air.

Aren survolait du regard son royaume avec une fierté affectueuse.

— Bienvenue à Eranahl.

Chapitre 36

Aren

C'était la pire saison des tempêtes qu'Aren ait jamais vue. Les typhons se succédaient sans relâche. La pluie, les vagues et le vent flagellaient la forteresse naturelle qu'était Eranahl, l'isolant encore plus que d'habitude. La cité était contrainte de puiser dans ses réserves, et ils devraient se dépêcher de remplir les caves avant le début des marées guerrières, où la population triplerait avec l'arrivée des réfugiés. Ils apporteraient des provisions, certes, mais après des mois à ne pas pouvoir mettre un pied dehors pour pêcher ou ramasser des fruits, ils n'auraient sans doute pas grand-chose.

Ils seraient donc obligés de compter sur le pont.

Il avait été beaucoup trop facile de ne pas penser à tous ces dangers imminents depuis qu'il avait amené Lara à Eranahl. Trop facile d'oublier ses soucis pendant les longues soirées où, attablés avec ses amis, ils mangeaient et buvaient, riaient et racontaient des histoires jusque tard dans la nuit. Trop facile de s'absorber dans un livre sans guetter le son des cors annonçant l'approche d'ennemis. De faire la grasse matinée, sa femme lovée dans ses bras. De se réveiller et de s'enivrer de son corps magnifique, de la saveur de ses lèvres, de la douceur de ses mains dans son dos, dans ses cheveux, sur son sexe.

Il avait parfois l'impression que Lara avait toujours été à ses côtés. Elle s'était entièrement consacrée à tous les aspects de sa vie, à tous ceux d'Eranahl. Il avait eu un peu peur qu'elle ait du mal à s'adapter à son peuple, et inversement. Au lieu de ça, elle avait mis moins d'un mois à apprendre le nom de tous les habitants de l'île, ainsi que leurs liens de parenté. Aren la voyait souvent travailler avec eux ou les soigner quand ils étaient malades ou blessés. Elle passait le plus clair de son temps avec les enfants, en partie parce qu'ils avaient moins de préjugés que leurs parents ou leurs grands-parents, et en partie parce que cela lui permettait d'avoir un impact sur la population. Elle avait organisé une école car, malgré le traitement atroce que lui avait infligé son salaud de père, il n'avait pas lésiné sur son éducation. Les efforts de Lara pour partager ses connaissances avaient gagné les cœurs des Ithicaniens encore plus sûrement que son héroïsme lors de la bataille d'Aela.

Lara avait fait des amis d'Aren les siens. Elle racontait des blagues qui étaient largement aussi mauvaises que celles de Jor, mangeait, buvait et riait avec eux, s'intéressait à leurs vies, la main dans celle d'Aren, tandis qu'ils regardaient passer un orage après l'autre. Elle ne révélait jamais rien de très intime, mais personne ne semblait l'avoir remarqué – ou, du moins, personne n'avait rien dit. Quant à Aren, il avait arrêté de lui poser trop de questions sur les cicatrices – internes comme externes – qu'elle avait reçues. Si elle souhaitait se confier à lui, elle le ferait.

Les enfants d'Ithicana avaient même réussi à la convaincre d'aller se baigner avec eux dans le port de la caverne. Ils lui avaient appris à flotter sur le dos et à nager doucement, néanmoins il suffisait qu'un poisson l'effleure pour qu'elle sorte de l'eau en courant, et elle refusait catégoriquement de mettre la tête sous l'eau. À une ou deux reprises quelqu'un avait eu l'audace – ou la bêtise – de la couler pour rire, et c'étaient les seules fois où Aren l'avait vue perdre patience avec les enfants et leur crier dessus. Alors elle était sortie de l'eau pour regagner le palais en courant, trempée et à moitié nue, et elle avait refusé d'adresser la parole à qui que ce soit, même à lui, pour le restant de la journée. Mais, à l'accalmie suivante, elle était retournée se baigner avec les enfants.

Sa femme avait changé depuis qu'elle était arrivée à Eranahl. Elle ne s'était pas vraiment adoucie – elle gardait son caractère de feu –, mais il semblait à Aren qu'elle sortait de sa coquille, de cette forteresse interne où elle s'était réfugiée. Elle était plus joyeuse, plus heureuse… sereine.

Sauf que toutes les saisons avaient une fin, et que les marées guerrières allaient finir par arriver.

Aren poussa un gros soupir, les yeux levés vers le ciel. La pluie lui tapotait doucement les joues, poussée par une légère brise. Cet orage n'en était même pas un, et il s'attendait à ce que Nana déclare la fin de la saison d'un jour à l'autre. C'était pour ça qu'il avait convoqué le conseil de guerre.

Cela faisait déjà une heure que les commandants des diverses garnisons arrivaient par bateau, des hommes et des femmes endurcis au combat, qui avaient vu le pire de ce que leurs ennemis avaient à leur offrir… et qui le leur avaient rendu au centuple. Ils étaient neuf en tout, Aren inclus, et chacun d'entre eux était responsable d'une certaine portion du pont et des îles alentour. Il n'en manquait plus qu'une.

Ahnna était en retard.

Aren s'assit sur les marches du port, à l'abri de la caverne, agacé par l'angoisse qui lui nouait le ventre. Il n'avait pas vu sa sœur jumelle depuis que Lara était tombée du pont, et ne lui avait pas parlé depuis qu'il l'avait menacée de l'expédier à Harendall. Ahnna avait toujours été d'avis que Lara devrait rester prisonnière de l'île centrale, et Aren se demandait ce qu'elle penserait de la voir à Eranahl, au cœur même d'Ithicana.

Le grincement de la herse le tira de ses pensées. Un des bateaux de l'île sud franchit le coude du passage, et Aren plissa les paupières pour distinguer sa jumelle dans la pénombre. Elle se tenait à la barre, une expression indéchiffrable sur le visage.

Le bateau accosta contre les marches de pierre, et un soldat sauta à terre afin d'attacher les amarres pendant que les autres déchargeaient des provisions. Ahnna saisit son paquetage et dit à ses troupes de profiter de leurs quelques heures de liberté, avant de monter les marches deux par deux.

— Majesté, lança-t-elle. (Le cœur d'Aren se serra.) Désolée pour le retard. L'état des relations entre les royaumes du Sud requiert toute mon attention.

— Ce n'est pas grave. (Il essaya de se réconcilier avec cette nouvelle froideur, conscient qu'elle ne s'effacerait peut-être jamais.) On a le temps.

Ahnna leva les yeux vers le ciel en secouant la tête.

— Je n'en suis pas sûre.

* * *

Ils entrèrent dans le palais, où régnait un profond silence. Il n'y restait que ceux et celles dont la présence était requise, et ils étaient tous occupés, ce qui changeait subtilement la qualité du son.

Leurs pas et leurs voix résonnaient, même si ni lui ni Ahnna n'avaient très envie de parler.

Au détour d'un couloir, Aren aperçut Lara sur un banc capitonné devant la salle du conseil. Elle se tenait très droite, les yeux rivés sur les portes massives. Elle portait une robe de soie toute de bleus et de verts et avait tressé ses cheveux en une couronne dorée qui révélait son cou gracile. Le cuir de ses sandales à talons était incrusté de lapis-lazuli, et elle avait poudré d'or ses pommettes et ses tempes.

— Je vois qu'elle n'a pas perdu ses goûts de luxe, grommela Ahnna.

Non, en effet, et c'était parce que Aren l'y avait encouragée. Lara aurait volontiers abandonné tout ça pour se fondre parmi les Ithicaniens jusqu'à ce qu'ils oublient qu'elle n'était pas née parmi eux. Cependant, comme Aren, elle comprenait l'importance de rappeler à son nouveau peuple qu'elle était maridrinienne. Et ils avaient appris à l'aimer, toute Maridrinienne qu'elle était.

Lara se leva à leur approche, et quand elle se tourna pour leur faire face, Ahnna retint son souffle. Elle scrutait le collier d'émeraudes et de diamants noirs qui avait appartenu à leur mère.

— Comment as-tu pu faire ça? siffla-t-elle. De tous les cadeaux que tu aurais pu lui faire, pourquoi lui avoir donné ce collier?

— Parce que Lara est la reine, et parce que je l'aime.

Il lut un millier de reparties acerbes dans les yeux de sa sœur, mais elle ne dit rien.

Elle s'inclina devant Lara.

— Je suis ravie de vous voir en bonne santé, Majesté.

Puis elle sortit de sa poche la clé que portaient tous les commandants de la garde et l'inséra dans le verrou pour entrer dans la salle du conseil.

— Je te l'avais bien dit, que c'était une erreur de ne pas lui parler plus tôt. (Les mains sur les hanches, Lara secoua doucement la tête.) Tu lui mets le nez dans tout ce qu'elle n'a pas envie de voir et tu t'attends à ce qu'elle serre les dents sans rien dire...

Aren l'attira contre lui, et elle passa les bras autour de son cou.

— Comment se fait-il que tu aies toujours raison ? demanda-t-il en déposant un baiser sur son épaule.

— Je n'ai pas toujours raison. C'est toi qui as très souvent tort.

Il gloussa, ce qui dissipa un peu sa tension, mais celle-ci revint en force quand Lara reprit la parole.

— C'est encore trop tôt, Aren. Il vaudrait mieux que j'aille chercher Jor.

— Non. Tu es la reine d'Ithicana, ce qui fait de toi ma lieutenante. Ç'a toujours été comme ça. Si je choisissais Jor à ta place, cela indiquerait que je ne t'estime pas compétente, que je ne te fais pas confiance. Cela annulerait tout ce qu'on a accompli depuis que tu es arrivée ici.

— Ils n'ont aucun moyen de savoir que je ne suis pas incompétente.

— Mais, moi, je le sais.

Il était le seul, cependant. Le passé de Lara, son entraînement, ses talents d'assassine... c'était un secret qu'Aren tenait à garder pour lui, afin de protéger sa femme et la paix ténue que leur mariage symbolisait.

— Et puis, l'art de gouverner ne se résume pas au fait de savoir se battre.

— C'est le conseil des marées guerrières, souffla-t-elle en jetant un regard en coin pour s'assurer qu'ils étaient seuls. La seule chose qui compte, c'est le fait de savoir se battre. Laisse-moi aller chercher Jor.

Aren secoua la tête.

— Tu es la seule personne qui connaisse tous les aspects de la situation. (Il posa son front contre le sien.) J'ai besoin que tu sois à mes côtés.

Alors, sans lui laisser le temps de répliquer, il ouvrit la porte et fit entrer Lara dans la salle du conseil de guerre.

Chapitre 37

LARA

Aren relâcha son bras dès qu'ils entrèrent dans la pièce, leur bref moment d'intimité envolé… et remplacé par quelque chose d'entièrement différent.

Ils n'étaient plus mari et femme, ni même roi et reine d'Ithicana. Dans cette salle, Aren était le commandant de la garnison centrale, et Lara était sa lieutenante. Instinctivement elle redressa les épaules pour imiter sa posture et sa mine solennelle, puis elle le suivit jusqu'à la réplique exacte de l'île centrale sur l'immense carte d'Ithicana – la seule au monde.

Personne n'avait accès à cette salle à part les commandants et leurs lieutenants, qui nettoyaient les lieux en personne parce que même les serviteurs n'y étaient pas admis. Qu'une Maridrinienne y mette les pieds était un fait sans précédent, et Lara s'en rendit vite compte en voyant toutes les têtes se tourner vers elle, les yeux écarquillés.

— Où est Jor ? lança Ahnna, une main posée sur l'île sud en un geste protecteur.

— Dans ses appartements, répondit Aren.

Il parlait d'une voix sèche, mais Lara avait l'impression que c'était parce qu'il était nerveux plutôt que par agacement.

— Commandant, nous pourrions peut-être discuter de la présence de Sa Majesté pour décider si c'est approprié, intervint Mara.

Lara n'en fut pas surprise. Cette dernière n'avait jamais cherché à cacher son hostilité et lui adressait à peine la parole quand elle était de passage à Eranahl.

Aren riva son regard froid sur la commandante de l'île nord.

— Nous sommes libres de choisir nos lieutenants. (Il désigna du menton Aster, que Mara avait recruté quand il s'était fait renvoyer de Kestark.) Vous voudriez peut-être qu'on renégocie cette clause ?

Mara leva les deux mains.

— Je pensais simplement que vous aimeriez avoir à vos côtés quelqu'un qui ait de l'expérience, commandant. Emra… (Elle désigna la nouvelle commandante de Kestark.) … a choisi quelqu'un de plus âgé, pour compenser sa jeunesse.

Emra avait choisi sa propre mère, une guerrière endurcie que Lara aimait beaucoup, et cette dernière leva les yeux au ciel tandis qu'Emra prenait la parole.

— J'ai choisi quelqu'un en qui j'avais toute confiance.

Lara éprouva un vif soulagement face à cet acte de solidarité, mais ce fut de courte durée.

— Et tu ne fais plus confiance à Jor ? lança Ahnna.

Aren se décala un peu, et Lara sentit sa jambe contre la jupe de sa robe. Elle savait que ça lui faisait mal de ne pas avoir le soutien de sa sœur. D'après ce que lui avaient dit Taryn, Jor et le reste des gardes, les jumeaux avaient toujours été très proches et s'étaient battus côte à côte jusqu'à ce qu'Ahnna soit envoyée à l'île sud. C'était son vote à elle qui avait fait pencher la balance en faveur de leur mariage, mais, en voyant l'amertume sur son visage, Lara comprit que la princesse regrettait sans doute ce choix.

— Lara est ma femme et la reine d'Ithicana. Je lui fais confiance, et c'est ma lieutenante. (Lara retint son souffle tandis qu'Aren survolait la salle du regard.) Si ça vous pose un problème, je vous encourage à foutre le camp, et vite.

Mara s'esclaffa, mais personne ne dit rien.

— Bon. Alors commençons. J'aimerais pouvoir prendre la mer avant la fin de la journée.

Mara se lança dans un long exposé de tout ce qui s'était passé au cours de la saison des tempêtes, de ce que les espions de l'île nord avaient appris à Harendall et à Amarid – leurs intentions, le déploiement de leurs troupes, le nombre de navires qui avaient été bâtis ou, au contraire détruits... Lara l'écoutait attentivement, consciente que n'importe lequel de ces royaumes aurait payé cher pour compter dans ses rangs une espionne de sa trempe.

—Amarid est en train de remplacer les navires qu'ils ont perdus au cours de leurs attaques de l'an dernier, expliquait Mara. Mais les nouveaux ne seront pas prêts pour le début des marées guerrières, alors on aura peut-être un peu de répit.

—Ils remplacent tous leurs navires ? demanda Aren. Comment est-ce qu'ils financent ça ? Amarid est au bord de la faillite.

Une faillite précipitée par la perte des revenus associés au transport de l'acier entre Harendall et Maridrina. De tous les royaumes, Amarid était celui à qui son mariage avec Aren avait le plus coûté.

—Ils paient tout ça de leur propre poche, d'après ce qu'on a vu, répondit Aster. En tout cas, ce n'est pas à crédit. Plus personne ne veut leur accorder le moindre prêt. (Le vieil homme leva une feuille qu'il tenait à la main.) La rumeur court que les bateaux ont été financés à l'aide de pierres précieuses, mais elle paraît peu probable.

Des pierres précieuses. Ce détail fit tiquer Lara, sans qu'elle sache exactement pourquoi.

—Quel genre de pierres précieuses ?

Toutes les paires d'yeux se tournèrent vers elle avant de se reporter sur Aren. Il crispa les mâchoires, visiblement agacé.

—Répondez, Aster.

—Des rubis, mais Amarid n'a pas de mines, alors ce n'est sans doute qu'une fausse piste.

Lara posa la main sur le couteau à sa ceinture et caressa les gemmes rouges qui en décoraient le manche.

—Les rumeurs ne m'intéressent pas, lança Aren. Ce que je veux, ce sont les faits. Trouvez comment Amarid s'y prend pour payer ces bateaux. S'ils se sont alliés à quelqu'un, je veux savoir qui c'est, et quelles sont leurs intentions.

Il fit signe à Mara de poursuivre, mais Lara continuait à penser à ces navires… et à l'idée que quelqu'un d'autre qu'Amarid puisse avoir intérêt à financer des attaques contre Ithicana.

—… remarqué qu'Amarid importait des quantités non négligeables de certains produits maridriniens.

Lara dressa l'oreille à ces mots.

—Quels produits ?

Mara eut l'air amusé.

—Essentiellement du vin de mauvaise qualité.

—Amarid produit les meilleurs vins de la région, et ses distilleries sont réputées dans le monde entier. Pourquoi iraient-ils importer du vin maridrinien ?

—Il faut croire que certains Amaridiens aiment la piquette trouble, rétorqua Mara sèchement. Maintenant, si vous voulez bien me laisser continuer…

—Un peu de respect, commandante, intervint Aren froidement.

Mara leva les mains d'un air exaspéré.

—J'imagine que les Maridriniens vendent ce qu'ils peuvent dans l'espoir d'acheter le nécessaire. Je mentionnais simplement ce vin parce que c'était inhabituel, et parce qu'on pourrait peut-être exploiter ce marché à l'avenir.

—Ce n'était pas un chargement très important, ajouta Ahnna. Nos impôts auraient prélevé la moitié du profit tellement ce vin n'était pas cher. J'en ai chipé une caisse, que j'ai incluse dans les provisions que j'ai envoyées à l'île centrale.

Le sang de Lara bourdonnait à ses oreilles. Elle revoyait la bouteille de vin maridrinien qu'ils avaient bue dans le refuge, et au fond de laquelle ils avaient trouvé un rubis. La pierre en question se trouvait dans sa boîte à bijoux, sur l'île centrale. Quelle meilleure tactique, pour faire parvenir des rubis à Amarid sous le nez d'Ithicana, que de les cacher dans des bouteilles de mauvais vin dont personne ne voudrait ? Ils n'auraient jamais découvert la supercherie si Ahnna n'avait pas joué un mauvais tour à leurs adversaires. Lara jeta un coup d'œil à Aren. S'il avait fait le rapprochement, il n'en montrait rien.

— Puis-je continuer ? s'enquit Mara.

Aren hocha la tête, et elle lui fit un rapport sur l'état des défenses de l'île nord avant de passer la parole au commandant suivant.

Les îles au nord et au sud de l'île centrale avaient subi l'essentiel des attaques au cours des dernières marées guerrières, et tous se demandaient si ce serait la même chose cette année. Lara écoutait d'une oreille, car elle restait préoccupée par l'idée que quelqu'un puisse financer la flotte amaridienne depuis Maridrina.

La conversation cheminait lentement vers le sud. Ils ne s'interrompaient que pour de brèves pauses et reprenaient aussitôt. Il n'y avait pas de temps à perdre. Lara percevait l'adrénaline dans l'air, comme avant un orage, sauf que cette fois c'était la guerre qui approchait. Aren leur fit son rapport sur l'île centrale, en regardant à peine les notes que Lara lui passait.

— Il n'y a eu qu'une incursion contre l'île centrale elle-même, juste avant les dernières marées, et par un équipage inexpérimenté. Ils sont venus se mettre pile sur la trajectoire de nos catapultes, comme s'ils ne demandaient qu'à se faire couler. Cependant on n'a pas eu beaucoup de répit pour autant. Les îles voisines ont subi des agressions répétées tout au long de la saison.

Ils entrèrent dans les détails, mais Lara les entendait à peine, prise d'une sueur froide. Son père avait prévu, depuis le début, de faire en sorte que Lara assiste aux tactiques militaires d'Ithicana, sachant que son entraînement lui permettrait de trouver comment les exploiter. Chaque fois qu'elle avait pu voir les Ithicaniens en action, elle avait cru que c'était par chance, mais… et si tout cela avait été prévu ? Et si ces attaques avaient été commanditées par l'individu qui finançait les nouveaux navires amaridiens ?

Et si cet individu n'était autre que son père ?

— Il n'y a que lors de l'agression contre Serrith qu'on a subi des pertes significatives…

Serrith. Le souvenir de cette bataille lui revint brusquement. Les marins amaridiens l'avaient reconnue en la voyant mais, au lieu de se jeter sur elle, ils avaient reculé. Ils ne s'étaient défendus que quand elle les avait chargés. Cela n'avait pas de sens, étant donné que Lara et le traité qu'elle incarnait étaient la cause de tous les maux d'Amarid.

—À ton tour, Emra, lança Aren. Comment se porte Kestark ?

La feuille de papier que tenait la jeune fille tremblait entre ses mains, mais c'est d'une voix claire et forte qu'elle présenta le compte-rendu de sa garnison, qui avait subi de nombreuses pertes au cours des dernières marées guerrières. Arrivée à la fin de ses notes, elle marqua une pause avant d'ajouter :

—Un navire marchand d'Amarid a traversé les eaux de Kestark il y a deux jours.

—Tiens-t'en aux faits importants, gamine, lança Aster. (Lara dut se retenir de lui lancer son verre à la figure.) On n'a pas le temps de discuter de tous les navires marchands que l'orage fait dévier de leur route pour les pousser dans nos eaux.

Emra jeta un regard courroucé au vieil homme, mais elle pinça les lèvres sans rien dire.

Tout ce qui touchait à Amarid était important, et Lara s'apprêtait à demander plus de détails à la jeune femme quand Aren la devança.

—Pourquoi mentionnes-tu ce navire ?

—J'étais sur Aela pour inspecter le poste de garde, commandant. Le bateau était ancré à l'est de l'île, à l'abri du vent, et l'équipage semblait occupé à faire quelques réparations.

—Et… ?

—Et j'ai remarqué que sa ligne de flottaison était haute, ce qui m'a paru bizarre puisqu'il venait du nord. Alors nous l'avons abordé pour voir ce qui se passait.

—Vous avez abordé un navire amaridien ?

—Sans la moindre hostilité. La cale était vide, et quand j'ai demandé quel était le but de leur voyage, le capitaine m'a expliqué qu'ils transportaient une noble dame.

—Quelle histoire fascinante, railla Aster.

Aren le fit taire, ce qui valait mieux pour lui, parce que Lara envisageait déjà des moyens de l'empoisonner pour lui clouer le bec.

— Est-ce que vous l'avez vue, cette dame ?

— Oui, commandant. Elle était très belle, avec des cheveux dorés. Elle était accompagnée d'une servante et d'une escorte militaire.

— Vous leur avez parlé ?

Emra secoua la tête.

— Non, mais j'ai remarqué que sa robe ressemblait à celles que Sa Majesté porte parfois.

— C'était une Maridrinienne ?

Emra haussa les épaules en rougissant.

— Ça, je ne suis pas qualifiée pour le dire, commandant. Sa Majesté est la seule Maridrinienne que je connaisse.

— Vous auriez peut-être dû consulter votre mère, commandante, intervint Mara. Après tout, elle s'est battue durant la guerre contre Maridrina ; elle est bien placée pour savoir à quoi ils ressemblent. Quoi qu'il en soit, ça n'a aucune importance. Les Maridriniens qui ne peuvent pas se payer un passage dans le pont font souvent la traversée à bord de bateaux amaridiens. C'est moins cher.

— S'il n'y avait que ça, j'aurais oublié cette histoire, commandante, répliqua Emra. Sauf qu'on a vu le même bateau dans les eaux de l'île centrale en faisant route vers Eranahl. Or, un gros navire marchand de ce type n'aurait pas le temps d'atteindre Maridrina et de remonter vers l'île centrale en moins de deux jours.

Lara eut soudain la chair de poule et l'impression qu'on l'épiait, alors même que la grande salle n'avait pas de fenêtres. Son père n'envoyait jamais de femmes se battre ou espionner ses voisins. La seule exception, c'étaient elle et ses sœurs, et elle avait payé le prix du sang pour acheter la liberté de celles-ci.

— Est-ce que quelqu'un d'autre a remarqué ce bateau ? interrogea Aren.

Tout le monde secoua la tête, sauf le commandant de la garnison au nord de l'île centrale.

— Nos éclaireurs ont repéré un navire marchand d'Amarid qui faisait route vers le sud-est, au large de Serrith et de Gamire, mais il semblait chercher à éviter un orage qui se formait à l'ouest.

— Est-ce que je dois m'inquiéter ? demanda Mara.

Elle avait de quoi, en effet. Le père de Lara s'était lancé à sa poursuite, et si elle en jugeait par la tension qui émanait d'Aren, il l'avait compris, lui aussi. Mais, s'ils le mentionnaient, ils devraient expliquer pourquoi Silas cherchait à traquer sa propre fille.

Aren secoua la tête.

— Non. Continuons.

C'était au tour d'Ahnna de faire son bilan.

La princesse se frotta le menton puis reposa la main sur l'île qu'elle gardait si jalousement.

— Toutes les défenses de l'île sud sont en bon état de marche. Les dégâts infligés par les tempêtes ont été réparés au fur et à mesure.

Elle baissa les yeux vers sa feuille pour détailler le nombre de soldats que comptait sa garnison, le nombre d'armes, ainsi que leurs réserves d'eau potable et de nourriture.

— Vous savez tous déjà que Valcotta empêche presque tous les bateaux de Maridrina d'accéder à notre port, même si ça leur a déjà coûté plusieurs navires. Nous pensions que nos revenus seraient méchamment diminués, mais l'impératrice est trop rusée pour nous donner la moindre raison de nous plaindre. Chaque fois qu'un orage se calmait, les navires valcottiens débarquaient par dizaines pour acheter tout ce que nous avions à vendre, souvent à prix fort. Alors, quand les Maridriniens arrivaient à faire le trajet, il ne leur restait plus grand-chose. Cependant, je dois avouer que Silas leur a ordonné d'acheter en priorité de la nourriture, plutôt que son acier chéri.

— Il a laissé de l'acier et des armes sur l'île sud ? demanda Aren.

— On en a un entrepôt plein, répondit Ahnna. À ce rythme-là, le temps qu'il mette la main dessus, ce sera tout rouillé. Pourtant il continue d'en arriver davantage.

— Ses acheteurs font main basse sur tout ce que les métallurgistes et les armuriers d'Harendall ont à offrir, intervint Mara. Et les Valcottiens le savent pertinemment.

Ahnna hocha la tête.

— Mais il n'ose pas user de ses ressources pour les récupérer – pas tant que son peuple se révolte dans les rues de Vencia. Ils meurent de faim et ils pensent que c'est la faute d'Ithicana.

Lara eut l'impression que son cœur s'arrêtait quand elle comprit ce qui se tramait. Elle avait été bien naïve de croire que tout était fini. Dans un élan d'espoir délirant, elle avait pensé que, sans son aide, Silas n'aurait aucun moyen d'infiltrer les défenses ithicaniennes.

Mais il avait patienté quinze ans, il avait investi une fortune et la vie de vingt de ses filles dans le but de s'emparer du pont. Il avait menti, manipulé et massacré pour que tout cela demeure un secret. Il n'abandonnerait jamais.

Peu lui importait que Maridrina paie le prix fort.

Il fallait absolument qu'elle parle à Aren seule à seul, qu'elle l'avertisse que son royaume était plus en danger que jamais – et ce, avant la fin de cette réunion, pour que tous les commandants puissent retourner à leur garnison, prêts à se battre.

Sauf qu'elle ne pouvait pas demander à lui parler en privé sans que le conseil exige de savoir de quoi il s'agissait.

Alors elle saisit les notes d'Aren et commença à s'éventer, assez fort pour attirer les regards. Puis elle tendit une main tremblante vers son verre d'eau de façon à le renverser. Il tomba de la table et vola en éclats.

Aren s'interrompit et tourna la tête vers elle.

— Désolée, murmura-t-elle.

Il plissa les yeux tandis qu'elle se mettait à vaciller.

— Il fait chaud, ici…

— Lara, ça va ?

— Je crois que j'ai besoin de m'asseoir, souffla-t-elle avant de s'écrouler dans ses bras.

Chapitre 38

Aren

— J'espère que ça en vaut la peine, gronda Aren entre ses dents tout en portant Lara dans le couloir. Parce que je sais pertinemment que tu n'es pas évanouie.

— Emmène-moi quelque part où on pourra parler tranquille, murmura-t-elle sans ouvrir les yeux, ce qui confirma ses soupçons.

Il ouvrit la porte de leur chambre d'un coup de pied puis chassa les serviteurs qui s'approchaient, les yeux écarquillés.

— Elle n'a pas assez mangé, lança-t-il avant de refermer la porte avec le coude.

Lara sauta de ses bras dès qu'il eut tourné le verrou.

— On n'a que quelques minutes, alors écoute-moi bien, souffla-t-elle. Mon père a formé une alliance avec Amarid.

Silence.

— Ithicana a des espions un peu partout dans ces deux royaumes, Lara, et aucun d'entre eux n'a rapporté la moindre rumeur d'une alliance. C'est même plutôt le contraire.

— Justement, c'est ce que mon père veut te faire croire.

Aren écouta en silence tandis que Lara lui expliquait le rapport entre les attaques concentrées sur le secteur de l'île centrale, le vin maridrinien, et les navires amaridiens financés par les rubis de son pays. C'était un tissu de détails insignifiants en apparence, sauf qu'il savait exactement pourquoi Lara avait été envoyée à Ithicana. Il savait que Silas était son ennemi.

— Et puis, il y a ce bateau avec cette riche noble... (Lara hésita un instant.) Cette femme n'est qu'une excuse pour embarquer des soldats à bord. C'est moi, qu'ils cherchent.

C'est alors qu'il intervint.

— Évidemment, que ton père te cherche. Sans toi, toutes ses manœuvres, son alliance avec Amarid... ça ne sert plus à rien.

— Mais...

Il la saisit par les épaules.

— Sans toi, il n'a rien.

Lara ne l'avait pas trahi, il en était certain. Il lui avait confié sa vie, son pont, son peuple. Pourtant la lueur paniquée qu'il discerna dans son regard sema le doute dans son cœur.

— Tu es sûre de ne pas lui avoir livré le moindre détail dans les lettres que tu lui as écrites ?

Lara soutint son regard sans ciller.

— Certaine. Tout comme je suis certaine qu'il est en train d'orchestrer une situation où il n'a plus besoin de moi pour s'emparer du pont. Il va le prendre par la force.

Aren poussa un long soupir.

— Lara, il a déjà essayé à plus d'une reprise, et ça s'est toujours très mal fini pour lui. Les Maridriniens n'ont pas oublié de quoi nos catapultes sont capables, ni ce que ça fait de voir leurs camarades se noyer sous leurs yeux, fracassés contre les rochers ou déchiquetés par les requins. Silas peut affréter tous les navires amaridiens qu'il veut, ton peuple ne se laissera pas entraîner dans cette bataille.

— À ton avis, pourquoi est-ce qu'il les affame ?

Aren sentit son sang se glacer.

— Pour nous forcer à cesser tout commerce avec Valcotta.

Lara secoua doucement la tête.

— Non, au contraire. Mon père ne veut pas être l'allié d'Ithicana ; il veut faire de toi son ennemi. (Elle avait les yeux brillants de larmes contenues.) Et il est en train d'y arriver. Mon père a fait de toi le bouc émissaire de Maridrina, et bientôt le peuple entier réclamera ta tête.

Aren comprit qu'elle avait raison avant même qu'elle ait fini de parler. Malgré tous ses efforts, tous ses rêves pour l'avenir de son royaume, la guerre venait frapper à ses portes. Il s'écarta de Lara pour aller agripper le pied du lit qu'ils partageaient. Le bois grinça sous sa poigne.

— Est-ce que tu pourrais défendre Ithicana contre deux nations d'un coup ? demanda-t-elle doucement.

Il hocha lentement la tête.

— Pour cette année, oui. Mais les dégâts seraient catastrophiques. Maridrina et Valcotta ont beaucoup plus de soldats qu'on peut se permettre d'en perdre.

Quelles solutions lui restait-il ? Le moyen le plus sûr de repousser Silas, c'était de s'allier avec Valcotta, mais ce serait désastreux pour le peuple de Maridrina. Les concitoyens de Lara mourraient par milliers, soit de faim, soit au combat. Toutes ces vies seraient sacrifiées pour satisfaire la cupidité d'un seul homme. Mais, s'il agissait autrement, il signerait sûrement la fin d'Ithicana, à moins qu'Harendall n'intervienne, ce qui n'était pas dans les coutumes du royaume du Nord.

— C'est sans issue, dit-il.

Silence.

— Arrête les échanges commerciaux avec Valcotta, souffla Lara si doucement qu'il faillit ne pas la comprendre. Ça neutralisera tout soutien des Maridriniens pour une guerre contre Ithicana. Ça fera de toi le héros de cette histoire.

— Si je le fais et que je puise dans nos réserves pour contourner le blocus de Maridrina, je vais décimer nos profits. Ithicana a besoin des revenus que Valcotta apporte à l'île sud. Et puis, ils risqueraient de riposter. Tu voudrais que je prenne un tel risque sur la foi de spéculations et de coïncidences ?

— Oui.

Silence.

— Aren, tu m'as fait venir ici parce que tu estimais que ton peuple avait besoin d'apprendre à connaître Maridrina si l'on voulait instaurer une paix durable. Tu voulais qu'ils considèrent Maridrina comme un allié, et plus comme leur ancien ennemi. (Il devinait l'émotion dans sa voix.) Ça marche dans les deux sens. Maridrina aussi a besoin de voir un allié en Ithicana – un ami.

Aren se voûta un peu.

—Je suis d'accord avec toi, Lara, mais je n'arriverai jamais à convaincre le conseil. Ils pensent qu'on a acheté la paix avec Maridrina, qu'on a donné à ton père ce qu'il voulait et qu'il n'a donc aucune raison de nous attaquer. Ils ne vont pas mettre en péril nos revenus issus de Valcotta sous prétexte que ton père risque d'en demander toujours plus.

—Alors il est peut-être temps que tu leur dises la vérité à mon sujet. Ça devrait suffire à les convaincre que la situation est vraiment grave.

Aren se sentit blêmir.

—Je ne peux pas faire ça.

—Aren…

—Non, Lara. Ce n'est pas pour rien que les Ithicaniens ont la réputation d'être cruels. S'ils découvraient que tu étais une espionne… (Il avait la bouche sèche.) Ce ne serait pas une exécution sans douleur.

—Ça ne me fait pas peur.

—Non ! (Il la rejoignit en deux enjambées et la serra contre lui, les lèvres posées sur ses cheveux.) Non, je refuse de te livrer à une mort certaine et atroce. Plutôt les laisser me jeter à la mer. Je t'aime beaucoup trop.

Puis, parce que Aren la savait assez courageuse pour se sacrifier, avec ou sans son accord, il ajouta :

—S'ils apprenaient la vérité, ils refuseraient catégoriquement d'aider ton peuple. Ils me forceraient à m'allier formellement à Valcotta, et alors… Je ne suis pas sûr que Maridrina survivrait.

Il sentit les épaules de Lara tressaillir, puis de gros sanglots lui échappèrent.

—C'est impossible ! Impossible de sauver nos deux royaumes. C'est sans issue depuis le début.

—Peut-être pas. (Il la poussa doucement vers le lit.) J'ai besoin que tu restes ici et que tu continues à jouer le jeu.

Lara s'essuya les joues.

—Qu'est-ce que tu vas faire ?

La main sur la poignée de la porte, il se retourna pour regarder sa femme.

— Ton père t'a envoyée ici dans un but bien particulier, et il a échoué. Mais moi aussi, j'avais mes raisons pour te faire venir, Lara. Et je crois qu'il est temps de voir si mon pari a marché.

Elle ne chercha pas à le retenir. Il sortit dans le couloir, formulant mentalement ce qu'il allait dire tandis qu'il rejoignait la salle du conseil. Ces arguments, il les avait déjà utilisés à plusieurs reprises, mais à présent il allait s'en servir dans un contexte différent. Arrivé devant les grandes portes, il tira sa clé, la glissa dans la serrure et entra.

Les conversations se turent, et Ahnna se tourna vers lui.

— Nana a envoyé un message. La saison des tempêtes est révolue. Les marées guerrières ont commencé.

Tout le monde remuait dans la pièce. Tous les commandants et leurs lieutenants ne pensaient plus qu'à une chose : retourner à leur poste, se préparer à repousser leur ennemi, quel qu'il soit. Ils en avaient fini avec cette réunion.

Mais Aren n'en avait pas fini avec eux.

— Il y a une dernière chose dont nous devons discuter, lança-t-il sur un ton qui concentra tous les regards sur lui. Enfin, une discussion que nous devons achever. Sur le sort du peuple maridrinien.

— Qu'est-ce qu'il y a de plus à en dire ? lança Aster en échangeant un coup d'œil sarcastique avec Mara. Ils ont choisi leur camp.

— Et nous aussi.

Le sourire d'Aster s'effaça.

— Il y a seize ans, Ithicana a signé un traité de paix avec Maridrina et Harendall – un traité que ces deux royaumes ont respecté. Ni l'un ni l'autre n'a attaqué nos côtes depuis. Maridrina a accepté tous les termes que nous avions négociés. Ils m'ont envoyé ma femme, que j'aime de tout mon cœur, et nous leur avons permis d'utiliser le pont à moindre coût.

— Où voulez-vous en venir, Majesté ? s'impatienta Mara.

— La lettre du traité a été respectée, reprit Aren. Mais il reste la question de la nature de notre entente. Est-ce un vulgaire contrat commercial, comme Mara l'a résumé avec une si belle éloquence ? Avons-nous simplement payé Maridrina pour avoir la paix ? Ou est-ce une alliance dont nos deux royaumes vont profiter pour construire une relation d'entraide, au-delà des échanges purement mercantiles ?

Personne ne dit mot.

— Le peuple de Maridrina meurt de faim. Seule une petite partie de leurs terres se prête à l'agriculture, et la moitié reste en friche parce que les paysans ont été recrutés dans l'armée. Les plus riches arrivent encore à importer ce qu'il leur faut, mais les autres ? Ils sont livrés à la famine, à la maladie et au désespoir. Et pendant ce temps-là, nous, leurs alliés sur le papier, nous nous remplissons les poches en vendant aux Valcottiens des produits dont ils auraient tellement besoin, pour la simple raison que Valcotta paie le prix fort. Nous nous tournons les pouces pendant que des navires valcottiens refusent à Maridrina l'acier qui leur revient de droit. Pas étonnant qu'ils s'estiment trahis par ce traité.

— Ce qui arrive à Maridrina est la faute de Silas, objecta Ahnna. Pas la nôtre.

— C'est vrai, mais nous ne valons pas mieux que lui si nous regardons sans agir des enfants mourir de faim. Vous ne trouvez pas ? Maridrina n'est pas Silas, pas plus que je ne suis la somme d'Ithicana, et nous ne sommes que deux mortels, lui et moi. Le contexte nous dépasse de loin.

— Qu'est-ce que tu suggères, Aren ? s'enquit sa sœur d'une voix terne.

— Je suggère qu'Ithicana demande à Valcotta de cesser son blocus. S'ils refusent, ils n'auront plus le droit d'entrer dans le port de l'île sud. Je suggère que nous prouvions aux Maridriniens que nous sommes leurs alliés.

Un concert de voix retentit dans la grande salle, dominées par celle d'Aster.

— On croirait entendre votre femme, Majesté.

— Vraiment ? (Aren le toisa froidement.) Combien de fois ai-je plaidé pour que l'on forme des unions solides avec les royaumes voisins, afin d'offrir à notre peuple d'autres perspectives que la guerre ? Afin d'ouvrir Ithicana à un avenir où nous ne serions pas qu'une armée féroce, obnubilée par la défense du pont ? Combien de fois ma mère a-t-elle proposé la même chose ? Ce n'est pas ma femme que vous entendez, c'est bien moi.

Pourtant elle avait inspiré ses paroles. Avant de la connaître, il se préoccupait seulement de son propre royaume. À présent il voyait les deux côtés du problème, et il était persuadé que cela faisait de lui un homme meilleur.

— Mais pour forger une alliance qui nous le permette, nous ne pouvons pas nous contenter de prendre sans rien donner en échange, poursuivit-il. La famine qui ravage Maridrina ? C'est notre chance de leur montrer toute la valeur d'Ithicana – notre valeur, à nous.

— Alors quoi ? Vous allez faire une proclamation ? cracha Aster. Nous ordonner de risquer la vie de nos enfants sans qu'on puisse donner notre avis ?

Si Aren avait pu, il l'aurait fait, ne serait-ce que pour être le seul à porter la culpabilité d'un échec si son plan ne fonctionnait pas. Mais ce n'était pas comme ça qu'Ithicana opérait.

— Non. On vote.

Plusieurs des commandants hochèrent lentement la tête, puis la mère d'Emra prit la parole.

— D'accord. Que tous ceux qui sont pour le plan d'Aren lèvent la main.

Elle joignit le geste à la parole, aussitôt imitée par sa fille et par quatre des jeunes commandants. Ça faisait sept votes en comptant celui d'Aren, mais pour gagner, il lui en fallait neuf. C'était une des raisons pour lesquelles il avait demandé à Lara de rester dans la chambre. Il avait intérêt à ce qu'ils soient un nombre impair, et puis, si elle était absente, personne ne pourrait lui tenir rigueur du résultat.

Plusieurs commandants de la vieille garde, dont Aster, reculèrent d'un pas en secouant la tête. Mais Aren faillit tomber à la renverse quand Mara leva la main. La commandante de la garnison nord remarqua sa surprise.

— Je n'hésite pas à poser les questions qui fâchent, mon garçon, mais ça ne veut pas dire que je n'ai pas foi en vous.

Il ne restait plus qu'Ahnna.

Sa sœur jumelle suivait du doigt les contours de l'île sud, les sourcils froncés.

— Si on fait ça, c'est la fin de nos relations avec Valcotta... ce qui veut dire : la guerre.

Aren survola du regard la réplique de son royaume.

— Ithicana a toujours été en guerre... et pour quoi ?

— On est vivants. On a le pont.

— Tu ne crois pas qu'il est temps qu'on se batte pour quelque chose de plus ?

Ahnna ne répondit pas, et Aren sentit la sueur lui couler dans le dos tandis qu'il attendait le vote de sa sœur jumelle. Allait-elle dépasser sa méfiance envers Lara et envers Maridrina ? Allait-elle prendre le risque de se battre à ses côtés, comme elle l'avait toujours fait ?

Ahnna donna une dernière petite tape affectueuse à son île avant de redresser la tête.

— J'ai promis, il y a longtemps, de toujours me battre à tes côtés, en toutes circonstances. Ça n'a pas changé. Je vote pour.

Chapitre 39

Lara

Huit semaines plus tard, Lara trinquait avec Jor au-dessus du feu de camp. Ils éclatèrent de rire quand une bûche craqua et envoya de petites étincelles vers leurs mains.

Pour la première fois dans l'histoire d'Ithicana, la période de l'année où les orages s'éloignaient n'avait pas apporté la guerre, même si la nation tout entière avait retenu son souffle jusqu'à la fin de la saison.

Après un ferme avertissement de la part d'Aren exigeant que Valcotta cesse son blocus de l'île sud au risque de perdre l'accès à son marché – avertissement dont l'impératrice n'avait pas tenu compte –, Ithicana avait chassé les navires valcottiens qui rôdaient dans le détroit, permettant aux ferrys de Maridrina de faire la traversée. Puis Aren avait chargé ses propres bateaux de produits essentiels et les avait envoyés à Vencia, où les marchandises avaient été distribuées directement aux plus pauvres. Un voyage après l'autre, Aren avait puisé dans les coffres d'Ithicana pour approvisionner la cité affamée, si bien que les Maridriniens l'acclamaient comme un héros.

Soit parce que son peuple ne voulait plus de sa guerre, soit parce que Lara ne lui avait pas fourni les renseignements dont il avait besoin, Silas n'avait pas levé le petit doigt contre Ithicana. Amarid non plus, d'ailleurs. Le royaume du Nord semblait occupé à panser ses blessures. Et, à présent que les tempêtes déferlaient sur les îles, leurs ennemis avaient perdu la chance d'attaquer pour le restant de l'année. Peut-être même pour toujours, si la force des liens tissés entre les Ithicaniens et les Maridriniens se révélait suffisante.

La manœuvre n'avait pas été sans conséquences, cependant. L'impératrice avait envoyé une lettre à Aren, lui écrivant qu'il avait choisi de s'allier à des serpents et que, si cela le menait au désastre, il l'aurait bien mérité. Elle avait aussi converti sa flotte de guerre en marine marchande pour créer encore plus de concurrence au pont, dont les revenus étaient déjà diminués par la perte des acheteurs valcottiens. Les coffres d'Ithicana étaient presque vides, mais les citoyens de Maridrina et d'Ithicana étaient vivants et en sécurité. C'était tout ce qui comptait aux yeux de Lara.

Elle avait rempli son devoir de princesse et de reine.

— Ton frère devrait être au-dessus de l'île centrale ce soir, dit Jor en lui remplissant sa chope. C'est marée basse. On pourrait monter dans le pont pour aller lui dire bonjour – une petite visite familiale.

Lara leva les yeux au ciel.

— Non, merci.

Son frère Keris avait enfin réussi à convaincre leur père de l'envoyer étudier la philosophie à Harendall et il cheminait par le pont, accompagné d'une caravane de serviteurs et de courtisans, pour entamer son premier semestre. Un des messagers les avait dépassés et avait mentionné qu'ils ressemblaient à une nuée d'oiseaux de paradis avec leurs tenues de soie et leurs bijoux.

— Et si on rentrait ? souffla Aren à son oreille. J'ai hâte qu'on passe la nuit dans un vrai lit.

— Tu vas t'endormir dès que tu auras la tête sur l'oreiller, gloussa-t-elle.

Pourtant elle sentait déjà une douce chaleur l'envahir tandis qu'il lui caressait l'intérieur du bras, suivant le tracé de ses veines. Elle avait passé les marées guerrières avec lui à la caserne, où son petit lit de soldat n'invitait pas vraiment à la sensualité – même s'ils s'étaient débrouillés.

— On parie ? lança-t-il en lui prenant la main.

Ils sortirent sous la pluie fine d'un orage qui s'éloignait déjà. Un des soldats postés devant la caserne parut surpris en apercevant Lara.

—Je croyais que tu étais déjà remontée.

—Non, Jor n'arrêtait pas de me resservir. J'ai bien peur qu'ils soient à court de bière, le temps que tu finisses ton tour de garde.

—J'aurais juré t'avoir vue passer, grommela le grand soldat en haussant les épaules. On vient de recevoir le signal qu'un chargement est arrivé. Il y aura peut-être de la bière dedans.

—Je vais en faire descendre des réserves de la maison, intervint Aren tout en tirant sur le bras de Lara.

—Merci, Majesté.

Mais Aren entraînait déjà la jeune femme sur le sentier. Elle entendit le grincement de la chaîne qui remontait dans la crique par-dessus le chuintement de leurs bottes sur le sol boueux. Ils n'avaient que très rarement fait le trajet jusqu'à la maison au cours des huit semaines écoulées ; ils n'avaient pas osé se détendre.

—D'abord on va prendre un bain, décida Lara d'un air rêveur en pensant aux sources d'eau chaude. Tu sens le soldat.

—Tu ne sens pas franchement la rose non plus, je te signale.

Aren la souleva en riant, et la lanterne qu'elle tenait se balança. Elle se retourna de façon à passer les jambes autour de sa taille et poussa un petit gémissement quand il posa les mains sur ses fesses pour l'attirer tout contre lui.

Lara l'embrassa avec fougue mais se recula en riant quand il glissa dans la boue. La lanterne lui échappa des mains et s'éteignit.

—Je t'interdis de me faire tomber !

—Alors arrête de me déconcentrer comme ça. Sinon je vais être obligé de te prendre là, tout de suite, dans la boue.

Elle reposa les pieds par terre et le prit par la main pour l'entraîner en courant dans la pente, puis elle s'arrêta en apercevant Vitex assis sur le perron. Il remuait la queue d'un air furieux.

— Qu'est-ce que tu fais là, toi ? demanda Aren en tendant la main vers son chat.

Mais ce dernier cracha et s'enfuit vers les arbres en boitant légèrement.

Lara le suivit du regard.

— Il est blessé.

— Sans doute la femelle à qui il fait la cour. Je te parie qu'il l'avait bien mérité.

Aren la saisit par la taille pour monter les marches et ouvrit la porte de la maison.

Il faisait entièrement noir à l'intérieur.

— Ce n'est pas le genre d'Eli d'oublier de laisser une lampe allumée, commenta Lara.

Elle eut la chair de poule en scrutant l'obscurité vide qui se déployait devant eux. Aren avait prévenu la maison que les marées guerrières étaient terminées et avait dit à Eli de sortir une bonne bouteille de vin. Le jeune garçon ne manquait jamais à ses devoirs.

— Peut-être qu'il a bu la bouteille tout seul, murmura Aren en déposant de petits baisers dans son cou.

— Il a quatorze ans.

Il n'y avait pas le moindre bruit non plus. Ce n'était pas inhabituel en soi, cependant il y avait quelque chose dans la nature de ce silence qui perturbait Lara – comme si personne ne respirait.

— Exactement. Tu veux savoir ce que je faisais, moi, quand j'avais quatorze ans ?

Lara s'écarta d'Aren, aux aguets.

— Je ferais mieux d'aller voir où il est.

Aren poussa un soupir exaspéré.

— Détends-toi, Lara. Les tempêtes sont arrivées ; elles nous protègent maintenant.

Il l'attira dans ses bras et l'embrassa lentement, langoureusement, chassant toute autre pensée. Il la poussa doucement le long du couloir qui menait à leur chambre où, heureusement, une lampe était allumée. Rassurée par la flamme jaune qui repoussait les ombres, Lara renversa la tête tandis que son mari lui mordillait délicatement le cou. Une brise légère entrait par la fenêtre ouverte.

—Le bain peut attendre, gronda-t-il.

—Non. Tu empestes. Vas-y, je te rejoins dans une minute.

Il retira les protections de ses avant-bras puis sa tunique et laissa tomber le tout par terre avant de se diriger vers l'antichambre qui ouvrait sur la cour intérieure.

Lara ôta sa cape humide et alla la suspendre. Elle était en train de défaire les lacets de sa tunique lorsque son regard se posa sur une lettre au sceau tristement familier. Son cœur dérapa. À côté de la lettre était posé le couteau jumeau de celui qu'elle portait à sa ceinture. Les rubis qui en décoraient le manche scintillaient à la flamme de la lampe. C'était le couteau qu'Aren avait jeté sur le quai du port de Vencia. L'estomac noué par la terreur, elle s'approcha de la table et saisit la lettre d'une main tremblante avant d'en briser le sceau.

Ma très chère Lara,

Même à Vencia nous avons entendu dire qu'une profonde affection avait éclos entre le roi d'Ithicana et sa nouvelle reine. Cela nous réchauffe le cœur de savoir que tu as trouvé un amour improbable dans ta nouvelle demeure. Nous te souhaitons tous nos vœux de bonheur pour l'avenir – même s'il est de courte durée.

Ton cher père.

—Aren, appela-t-elle d'une voix tremblante. Pourquoi est-ce que cette lettre ne nous a pas été apportée à la caserne ? Qui l'a déposée ici ?

Pas de réponse.

Elle crut entendre le bruit d'une lutte.

Un juron étouffé.

Elle fit volte-face, la main sur son couteau, mais se figea aussitôt. Aren était à genoux à l'autre bout de la chambre. Une silhouette vêtue d'une cape et d'une tenue identique à celle de

Lara tenait une lame sous sa gorge. Et, à côté d'eux, une main ensanglantée dépassait de sous le lit. Eli…

— Bonsoir, petite sœur, lança une voix familière.

Alors l'autre femme retira sa capuche.

Chapitre 40

Lara

— Marylyn, souffla Lara d'une voix enrouée.

Les émotions se bousculaient dans sa poitrine tandis qu'elle dévisageait sa sœur, même si elle savait exactement ce que sa présence signifiait. Elle était si belle, avec ses longs cheveux dorés.

C'était Marylyn, la noble dame qu'Emra avait aperçue sur le navire amaridien.

— Lara.

Aren commença à se débattre, ce qui ramena Lara au présent.

— Ne bouge surtout pas, l'avertit-elle. Sa lame est empoisonnée.

— Tu me connais bien, petite sœur.

— Lâche-le.

— Tu sais aussi bien que moi que je ne vais pas t'obéir, petit cafard.

Ce vieux surnom lui brûla les oreilles. Elle cherchait du regard un moyen de désarmer Marylyn sans risquer de blesser Aren, mais elle ne vit rien.

— Qui est cette femme ? demanda-t-il.

— Lara est ma petite sœur, répondit Marylyn. C'est aussi une petite salope et une voleuse.

Ces paroles lui firent l'effet d'une gifle.

—Marylyn, si je suis venue ici, c'était pour t'épargner.

—Menteuse, cracha Marylyn d'une voix venimeuse. Tu m'as dérobé ce qui me revenait de droit et tu m'as laissée pourrir dans le désert. As-tu la moindre idée du temps qu'il m'a fallu pour retourner à Vencia et raconter à notre père ce que tu nous avais infligé ?

—C'est pour vous protéger que je l'ai fait !

—Mais bien sûr... Lara, la martyre, railla Marylyn avec un rictus mauvais. Moi seule ai su voir clair dans ton petit jeu, sale putain.

Lara la dévisageait, désemparée. La lettre qu'elle avait glissée dans la poche de Sarhina expliquait tout en détail : leur père avait prévu de toutes les exécuter, et Lara avait simulé leur mort pour devenir reine d'Ithicana parce que c'était le seul moyen de leur sauver la vie – potentiellement au prix de la sienne. Elle leur avait offert leur liberté.

—Il allait tuer nos sœurs ! Je n'avais pas le choix. Tu ne comprends donc pas ?

—Au contraire, je comprends parfaitement. (Marylyn se décala pour appuyer le fil de sa lame contre la gorge d'Aren.) Tu crois peut-être que j'ignorais les plans de notre père ? (Elle éclata de rire.) Tu crois peut-être que ça me gênait qu'il compte vous exécuter ?

Ce n'était pas sa sœur. Impossible. Marylyn avait toujours été la plus douce, la plus gentille, celle qu'il fallait protéger.

La meilleure actrice.

—Tu m'avais dit que tes sœurs étaient mortes, murmura Aren, ce qui la tira de sa rêverie.

—Quoi ? Qu'entends-je ? Lara a fait des cachotteries ? railla Marylyn. (De sa main libre elle caressa la joue d'Aren et éclata de rire quand il eut un mouvement de recul.) Permettez-moi de vous mettre au courant, Majesté. Personne n'a forcé Lara à venir espionner Ithicana. C'est elle qui l'a choisi – sauf que « choisir » n'est pas un terme assez fort. Lara a conspiré contre mes sœurs et moi pour devenir la future reine d'Ithicana, parce qu'elle voulait se réserver la gloire de jeter votre peuple sous les épées maridriniennes.

— Ce n'est pas vrai, murmura Lara.

— C'est ça que vous avez épousé, Majesté : une menteuse invétérée, doublée d'une assassine sans pitié. Je l'ai vue tuer, torturer, mutiler de sang-froid. Elle s'entraînait déjà pour ce qu'elle ferait subir à votre peuple.

Ça, c'était vrai – horriblement, douloureusement vrai.

— On a toutes reçu cet entraînement, Marylyn. On n'avait pas le choix.

Sa sœur leva les yeux au ciel.

— Il y a toujours le choix. (Elle désigna Aren du menton.) Qu'est-ce qu'il aurait fait à ta place, à ton avis ? Tu crois qu'il aurait tué un innocent pour sauver sa peau ?

Non.

— Tu n'es qu'un petit cafard égoïste, toujours à faire passer tes intérêts en premier. Enfin, je comprends pourquoi tu as décidé de rester après l'avoir poignardé dans le dos. (Elle caressa le torse nu d'Aren.) Quel beau spécimen ! Ils ne nous l'avaient pas dit, ça, pendant nos leçons. Je ne me serais sûrement pas gênée de l'essayer avant de lui trancher la gorge.

Saisie d'une rage brûlante, elle libéra son couteau de sa lourde poignée à rubis, même si l'idée de faire du mal à sa sœur la rendait malade.

— Ne le touche pas.

— Pourquoi ? Parce qu'il t'appartient ? lança Marylyn avec une petite moue boudeuse. Premièrement, il me revient de droit et, deuxièmement, même si j'avais l'intention de lui laisser la vie sauve… tu crois vraiment qu'il voudrait encore de toi maintenant qu'il sait qui tu es ? Alors qu'il va bientôt comprendre ce que tu lui as fait ?

— Je n'ai rien fait du tout !

Marylyn mit la main dans sa poche pour en sortir une feuille de parchemin pliée aux bords dorés.

Non !

— Vous reconnaissez ça, Majesté ? (Marylyn déplia la feuille sous le nez d'Aren.) C'est la lettre que vous avez écrite à mon père l'automne dernier, en réponse à sa requête que vous respectiez l'esprit du Traité de Quinze Ans. Pas très charitable, comme réponse, d'ailleurs. Mais bon, vous avez fini par faire ce qu'il voulait, malgré tout.

Elle partit d'un grand éclat de rire.

C'était impossible.

Lara avait détruit toutes les feuilles.

— Il existe une encre qui devient invisible en séchant et qui le reste jusqu'à ce qu'on la saupoudre d'un autre agent chimique. Si vous allez fouiller dans la chambre de Lara, je suis sûre que vous y trouverez un flacon de cette encre, à moitié vide.

Marylyn retourna la lettre, et Lara observa, impuissante, l'expression d'Aren tandis qu'il déchiffrait son écriture soignée, toutes ces lignes serrées où elle avait exposé les secrets d'Ithicana et détaillé sa stratégie pour s'emparer du pont.

Elle avait mis Ithicana à genoux.

— Lara ?

Aren leva les yeux vers elle, et le déchirement qu'elle y lut lui vrilla la poitrine.

— Je ne… (Elle ne pouvait pas nier.) J'ai écrit ça avant… avant de comprendre la vérité. (Avant le jour où il avait risqué sa vie pour la sauver, elle. Avant la nuit où il l'avait invitée dans son lit. Avant de l'emmener à Eranahl et de lui confier tous ses secrets.) Je pensais avoir détruit toutes les copies. C'est… c'était une erreur. Je t'aime, Aren…

Elle ne le lui avait encore jamais dit. Pourquoi ne lui avait-elle jamais dit qu'elle l'aimait ?

— Tu m'aimes ? répéta-t-il d'une voix creuse. Ou est-ce que tu faisais semblant ?

— Comme c'est tragique, commenta Marylyn. (Le tintement de l'horloge ponctua ses paroles.) Pourtant ça va le devenir encore plus. Il se trouve justement que la caravane de Keris vient de croiser un chargement d'armes en provenance d'Harendall.

Un cor retentit – un appel à l'aide. Il fut aussitôt suivi d'un autre, puis d'un troisième. Très vite les mélodies se mêlèrent en une cacophonie continue et désespérée.

— Les courtisans qui l'accompagnaient sont sortis du pont sur les îles d'Aela et de Gamire. Ils ont attaqué vos postes de garde et ont neutralisé vos fameuses catapultes, ce qui va permettre aux navires amaridiens qui transportent nos troupes d'approcher sans danger. À l'heure où je vous parle, des centaines de nos hommes vont descendre du pont sur vos îles nord et sud pour attaquer vos garnisons par-derrière. Ils sont équipés de cors ithicaniens et connaissent tous vos signaux, alors personne ne va venir en aide à vos soldats. Et encore, ce n'est que le début, naturellement. Les instructions de Lara étaient très détaillées, surtout concernant l'île centrale.

Lara vit la panique dans les yeux d'Aren et comprit à quoi il pensait : tous ses soldats – ses amis – étaient dans la caserne, détendus et insouciants.

Marylyn poursuivait son petit discours sadique, mais Lara ne l'écoutait plus. S'ils arrivaient à la caserne à temps, ils pourraient peut-être baisser la chaîne de la crique avant que les navires n'entrent. Alors ils pourraient envoyer un signal à l'île sud pour les avertir. Mais, d'abord, elle devait désarmer sa sœur.

—Arrête, Marylyn. Plus rien ne t'oblige à rester le pantin de notre père.

Sa sœur se rembrunit.

—Je ne suis pas un pantin !

—Ah, non ? Tu fais tout son sale boulot, et pour quoi ? Tout ce qu'on nous a inculqué depuis qu'on était gamines, ce n'était qu'un tissu de mensonges. Il voulait nous inspirer une haine irrationnelle envers Ithicana, faire de nous des fanatiques qui ne reculeraient devant rien pour anéantir l'ennemi. Sauf que c'était notre père, l'ennemi. C'est lui, l'oppresseur dont Maridrina doit se débarrasser. On a été manipulées, Marylyn. Ouvre les yeux !

—Non, Lara. C'est toi qui as été manipulée. (Marylyn secoua la tête d'un air apitoyé, et son mollet cogna doucement contre le pied du lit.) J'ai toujours eu les yeux grands ouverts. Tu me demandes ce que j'ai à y gagner ? Il suffit que je rapporte vos deux têtes à Vencia, et père me couvrira de richesses. Il m'a même promis de faire de moi son héritière si je retrouve nos autres sœurs qui se sont envolées. Je serai la reine de Maridrina et je contrôlerai le pont. (Elle sourit.) Ithicana cessera d'exister.

La rage consumait Lara comme une bête sauvage. Elle parcourait le moindre de ses muscles et de ses tendons, jusqu'au poing qui tenait son couteau. Erik le maître d'armes lui avait toujours dit que la colère la rendrait maladroite et l'induirait en erreur, mais il avait eu tort. Sa rage affûtait ses sens, et c'était grâce à cela qu'elle avait décelé un mouvement sous les draps derrière Marylyn, et qu'elle avait entendu un léger sifflement par-dessus les battements de son cœur. Aren, qui était né dans ce royaume sauvage, l'avait entendu aussi.

— Tu délires complètement, et notre père a dû s'en rendre compte. (Lara suivait du regard la silhouette mouvante.) Une fois que tu auras fait son sale boulot, il va t'abattre comme une chienne enragée… à moins que je lui épargne cette tâche.

Elle lança son couteau.

La lame siffla dans l'air et manqua Marylyn pour aller se ficher dans le lit, où un mouvement furieux fit remuer les draps.

— Tu as perdu la main, ricana Marylyn.

Aren en profita pour se redresser et se renverser contre elle. Ils tombèrent sur le lit, et le serpent blessé frappa. Marylyn poussa un hurlement lorsqu'il la mordit à l'épaule. Elle relâcha Aren et se tordit pour planter sa lame dans la bête, la clouant au matelas.

Lara n'avait pas attendu. Elle se jeta sur Marylyn et la fit rouler au sol en un fouillis de bras et de jambes, de coups de poings et de pieds. Elles avaient été entraînées ensemble, par les mêmes maîtres, mais quand il s'agissait de violence brute, Lara était la meilleure.

Elle eut vite fait de saisir la tête de Marylyn en une prise mortelle.

— Tu n'es la reine de personne, murmura-t-elle à son oreille.

Puis, d'une brusque torsion, elle brisa le cou de sa sœur.

La vie s'éteignit dans les yeux de la jeune femme, et le temps parut se suspendre.

Comment en était-elle arrivée là ? Elle avait l'impression qu'il s'était écoulé une vie entière depuis qu'elle avait décidé de se sacrifier afin de sauver la vie de ses sœurs, de se battre pour Maridrina et d'anéantir le Royaume du Pont. Tout avait changé depuis. Ses convictions, son allégeance, ses rêves… Or, voilà qu'une de ses sœurs venait de mourir par sa main, et qu'Ithicana risquait de tomber sous le joug de Maridrina.

Malgré tous ses efforts, son père avait gagné.

— Qu'est-ce que tu as fait ? souffla Aren d'une voix horrifiée.

Elle crispa les mâchoires.

— Ce n'était pas mon intention.

Il tenait une machette à la main, mais quand il la tendit vers elle, elle vit que son bras tremblait.

— Qui es-tu ? Qui êtes-vous ?

— Tu sais très bien qui je suis, Aren.

Il avait du mal à respirer. Sans la quitter des yeux, il se pencha pour ramasser le morceau de papier qui avait condamné Ithicana. Il relut sa lettre scélérate, et son visage lui apprit tout ce qu'il en pensait.

Soudain elle entendit des bruits dehors. Des hommes criaient quelque chose.

— Je ne vais pas te laisser ici et te donner la chance de me trahir encore plus, gronda Aren.

Lara ne chercha même pas à résister quand il lui ligota les poignets avec le cordon du baldaquin, ou quand il lui passa une taie d'oreiller sur la tête avant de la faire sortir de la chambre. Au même moment des soldats se précipitèrent dans la maison. Elle entendit d'abord des voix ithicaniennes, puis des Maridriniens. Puis ce fut le chaos.

Des hurlements fendaient l'air, des lames s'entrechoquaient, et Lara se faisait traîner dans un sens puis dans l'autre. Les cors sonnaient toujours, appelant désespérément une aide qui n'arriverait jamais. Elle eut à peine le temps de sentir les parfums de la nuit avant de tomber et de se cogner les genoux sur les marches du perron. Aren la remit debout et l'entraîna en courant.

Des branches lui fouettaient le visage, des racines la faisaient trébucher, la boue glissait sous ses pieds.

Des voix chuchotaient :

— Par ici, par ici !

Des hommes les poursuivaient.

— À plat ventre ! Tu l'as bâillonnée ?

Lara fut précipitée par terre, et l'eau du sol détrempé commença à imbiber la taie d'oreiller. Elle sentait un gros caillou sous ses côtes et un autre contre son genou, mais toutes ces sensations lui paraissaient lointaines, comme si elle était dans un rêve, ou comme si cela ne lui arrivait pas vraiment à elle.

Ils continuèrent ainsi toute la nuit, et la pluie leur permit d'éviter les soldats maridriniens qui les traquaient à travers l'île centrale. Lara avait l'impression qu'ils étaient des centaines, même si elle savait que, logiquement, c'était peu probable. Les troupes d'élite de son père avaient déjà dû repérer le cadavre de Marylyn – et constater l'absence du sien ou de celui d'Aren. Ils n'abandonneraient pas avant de les avoir retrouvés.

Ce n'est qu'à l'aube que le petit groupe se mit à couvert. À travers le tissu trempé qui lui couvrait la tête, Lara reconnut des voix familières – Jor et Lia, d'autres membres de la garde d'honneur... Elle tendit l'oreille dans l'espoir d'entendre Aren, mais en vain.

Pourtant elle était certaine qu'il était parmi eux. Elle sentait sa présence, sa culpabilité, sa colère et son découragement face à la chute de son royaume. Elle comprit, instinctivement, qu'il venait de renvoyer les autres afin de rester seul avec elle.

Lara attendit un long moment qu'il prenne la parole. Elle rassembla tout son courage pour affronter ses accusations et ses reproches, mais Aren gardait le silence.

Enfin, n'y tenant plus, elle se redressa et, les poignets toujours ligotés, retira la taie d'oreiller. Elle cligna des yeux face à la lumière grise.

Aren était assis sur un rocher à quelques pas d'elle, les coudes posés sur les genoux, tête basse. Il était toujours torse nu, et la pluie coulait le long de son dos en soulignant ses muscles, nettoyant les traces de sang et de boue qui maculaient sa peau. Un arc et des flèches étaient posés à l'abri d'un surplomb rocheux. Une machette était fixée à sa ceinture. Il avait un couteau à la main – celui qu'elle avait lancé au serpent – et le faisait tourner d'un geste machinal, comme s'il n'avait encore jamais rien vu de tel.

— Est-ce que quelqu'un a réussi à s'échapper ? demanda-t-elle d'une voix sèche comme du papier de verre. Pour aller prévenir l'île sud ?

— Non. (Il s'immobilisa. Des gouttes de pluie scintillaient sur la lame du couteau.) Taryn a essayé. Les Maridriniens se sont servis de nos catapultes avec une efficacité étonnante. Elle est morte.

Une violente douleur lui vrilla les tripes, et un goût amer lui monta à la bouche. Taryn était morte. La jeune femme qui ne voulait même pas être soldat était morte, et c'était à cause d'elle.

— Je suis vraiment désolée.

Il releva la tête, et Lara eut un mouvement de recul face à la fureur de son regard.

— Pourquoi ? Tu as eu tout ce que tu voulais.

— Je n'ai jamais voulu ça !

Même si cela avait été le cas à une époque. Elle avait cherché à éliminer Ithicana. C'était à cause de ce désir qu'ils en étaient là, même si elle le regrettait de tout son cœur.

— J'en ai assez, de tes mensonges. (Il se releva d'un geste souple et s'avança vers elle, le couteau à la main.) Je n'ai pas encore de rapport complet, mais je sais que le pont est tombé aux mains de ton père à cause d'un plan destiné à infiltrer nos défenses – un plan bien plus redoutable que tout ce que j'aurais pu concevoir. Ton plan, à toi !

Elle tressaillit quand il haussa la voix. Ils étaient toujours poursuivis.

— Je pensais avoir détruit toutes les preuves. Je ne comprends pas comment…

— Tais-toi ! (Il leva le couteau.) Mes citoyens sont morts ou mourants à cause de toi. (Le couteau lui glissa des mains.) À cause de moi.

Il sortit de sa poche le morceau de papier coupable et le brandit devant elle – pas le côté où elle avait écrit son plan, mais l'autre. Elle lut la lettre qu'il avait envoyée à son père, et où il lui conseillait de cesser sa guerre contre Valcotta et de faire passer l'intérêt de son peuple avant sa fierté. Elle sentit son cœur se vider lorsqu'elle lut ses derniers mots.

« Sachez cependant que, si jamais vous engagez des mesures de rétorsion contre votre espionne, Ithicana considérera cet acte comme une agression envers sa reine, et l'alliance entre nos deux nations sera irrévocablement rompue. »

Aren tomba à genoux devant elle et lui saisit le visage à deux mains. Les yeux brillants de larmes, il passa les doigts dans ses cheveux.

— Je t'aimais. Je te faisais confiance. Je t'avais donné mon cœur, mon royaume…

Je t'aimais, au passé. Elle n'avait jamais mérité son amour, et voilà qu'elle l'avait perdu pour toujours.

— Et toi, tu te servais de moi, poursuivit-il. Tu faisais semblant. Tu jouais la comédie pour obtenir ce que tu voulais.

— Non ! Au début, oui, mais après que… Aren, je t'aime. Crois-moi, s'il te plaît !

— Je me demandais pourquoi tu ne le disais jamais, mais j'ai compris. (Il serra son visage un peu plus fort avant de la relâcher.) Si tu le dis, là, maintenant, c'est uniquement pour sauver ta peau.

— Non ! Ce n'est pas vrai !

Les explications se bousculaient dans son esprit, sur sa langue. Elle aurait tant voulu lui faire comprendre, tellement voulu qu'il la croie ! Mais tous ces mots moururent sur ses lèvres quand Aren ramassa le couteau tombé dans la boue.

— Je devrais te tuer.

Son cœur s'affola dans sa poitrine comme un oiseau en cage.

— Pourtant, malgré tout ça – malgré tout ce que tu as fait –, je n'ai pas le courage de planter cette lame dans ton cœur noir de Maridrinienne.

Le couteau passa entre ses poignets, coupant le cordon du premier coup. Puis Aren le lui mit dans la main.

— Va-t'en. File. Je ne doute pas que tu sauras te sauver de cette île. (Il crispa les mâchoires.) C'est dans ta nature de survivre.

Lara le dévisageait, incapable de respirer. Il ne la laissait pas partir… il venait de la bannir.

— Non, ne fais pas ça, s'il te plaît. Je peux me battre. Je peux vous aider. Je pourrais…

Aren posa les mains sur ses épaules et la repoussa avec assez de force pour la faire trébucher.

— Va-t'en, je te dis !

Puis il se pencha pour attraper son arc et encocha l'une de ses flèches à empennage noir.

Lara tint bon et entrouvrit la bouche. Elle ne voulait pas gâcher sa seule chance de réparer le mal qu'elle avait fait, de se battre contre les soldats de son père, de libérer Ithicana.

De reconquérir le cœur d'Aren.

— Va-t'en ! hurla-t-il en la visant au front, les joues baignées de larmes. Je ne veux plus jamais voir ton visage. Je ne veux plus jamais entendre ton nom. S'il existait un moyen de t'effacer de ma vie, je le ferais. Mais, en attendant que je trouve la force de t'envoyer à la tombe, je te demande de foutre le camp d'ici. Dégage !

Ses doigts tremblaient sur la corde. Si elle restait, il le ferait… et ça le tuerait.

Lara tourna les talons dans la boue et s'élança vers le sommet de la colline, sautant par-dessus des souches et dérapant, giflée par les fougères.

Et puis elle s'arrêta et, la main posée sur un tronc, se retourna… juste à temps pour voir une flèche passer devant son visage et aller se planter dans l'arbre voisin.

Elle posa une main tremblante sur l'estafilade que la flèche lui avait infligée et sentit un filet de sang chaud sous ses doigts. Sans la quitter du regard, Aren tira une nouvelle flèche de son carquois, l'encocha et la pointa vers elle. Il remua les lèvres. *Va-t'en.*

Lara se remit à courir et ne se retourna plus.

Chapitre 41

Lara

— La même chose.

Le tavernier haussa un sourcil par-dessus la chope qu'il essuyait avec un torchon crasseux mais, sans le moindre commentaire, il remplit le verre de Lara avec la vile piquette que son établissement appelait du vin. La qualité du breuvage lui importait peu ; ce n'était pas pour sa saveur qu'elle le buvait.

Lara vida son verre en trois gorgées et le reposa sur le comptoir.

— Encore.

— Une jolie fille comme vous… vous allez finir par vous attirer des ennuis, à boire comme ça.

— Une jolie fille comme moi n'hésitera pas à trancher la gorge du premier imbécile qui viendra lui chercher des ennuis. (Elle lui décocha un sourire plein de dents.) Alors voilà ce que je vous propose : laissez-moi la bouteille au lieu de tenter le diable. (Elle poussa vers lui quelques pièces à l'effigie du roi d'Harendall.) Tenez, comme ça, on ne sera plus obligés de parler.

Plus sage qu'il n'en avait l'air, le tavernier haussa les épaules, empocha les pièces et lui déboucha une nouvelle bouteille de vin. Cependant, même à moitié soûle, Lara avait saisi l'avertissement. Son visage était devenu familier dans les parages. Il était temps qu'elle se trouve un nouveau trou où aller noyer son chagrin chaque soir.

Dommage. Elle s'était prise d'affection pour cet endroit, même s'il sentait la bière renversée et le vomi.

Elle but directement au goulot, tout en survolant du regard la salle pleine de marins harendalliens, avec leurs pantalons bouffants et leurs stupides casquettes qui lui rappelaient toujours Aren. Un trio de musiciens jouait dans un coin, et les serveuses qui ne plaisantaient pas apportaient des plateaux de rôti de bœuf et de soupe fumante aux clients. Les arômes qui les suivaient mirent l'eau à la bouche de Lara. Il lui suffit d'un geste pour que, quelques minutes plus tard, une des serveuses dépose un gros bol de soupe devant elle.

— Tiens, Lara.

Oh, merde. Il était vraiment temps qu'elle lève le camp. Depuis combien de temps vivait-elle dans cette petite ville ? Deux mois ? Peut-être trois ? Elle avait perdu le fil des jours dans les brumes de l'alcool. Elle avait à la fois l'impression que cela faisait une éternité et que c'était seulement la veille qu'elle avait tiré son pauvre canot sur une plage d'Harendall, à moitié morte de faim, les vêtements encore tachés du sang des soldats maridriniens qu'elle avait dû massacrer pour échapper à l'île centrale.

L'odeur de la soupe lui chatouillait les narines, mais son estomac se rebella, et elle repoussa le bol pour reprendre une gorgée de vin.

Le plus sage aurait été de s'éloigner de la côte et de partir vers le nord, loin de tous ceux et celles qui se préoccupaient du sort de Lara, la reine traîtresse d'Ithicana. Les agents de son père la cherchaient sans doute – il avait peut-être même recruté une autre de ses sœurs –, et la pauvre épave avinée qu'elle était devenue faisait une cible facile.

Pourtant elle ne cessait de se trouver des excuses pour rester. Le climat, la possibilité de faire les poches des marins distraits, le confort de cette taverne minable. Sauf qu'elle savait pertinemment pourquoi elle restait là. Les nouvelles d'Ithicana étaient sur toutes les lèvres. Chaque soir elle revenait s'asseoir au bar pour écouter les marins discuter de telle ou telle bataille, en espérant que la tendance s'inverse. Au lieu des remarques de plus en plus dépitées sur le despotisme croissant de Maridrina, elle aurait voulu entendre dire qu'Aren avait repris le pouvoir, et qu'Ithicana avait regagné le contrôle du pont.

Ses espoirs étaient vains.

Les nouvelles empiraient de jour en jour. Personne à Harendall ne se réjouissait de voir le pont aux mains de Silas Veliant. Les vieillards pleuraient déjà le bon vieux temps de la neutre efficacité ithicanienne, et tout le monde débattait de la probabilité que le roi d'Harendall intervienne. Sauf que, même si ce dernier décidait de s'en mêler, il devrait attendre la fin de la saison des tempêtes… c'est-à-dire six mois. Ce serait trop tard… beaucoup trop tard.

— … bataille contre les Ithicaniens… leur roi… prisonnier.

Lara tendit l'oreille. Un brusque malaise dissipa légèrement les effets du mauvais vin. Elle se retourna vers la table derrière elle, occupée par un groupe d'hommes aux moustaches aussi fournies que leurs bedaines.

— Qu'est-ce que vous venez de dire à propos du roi d'Ithicana ?

Un des types lui décocha un sourire égrillard.

— Tu n'as qu'à venir nous rejoindre. Je me ferai un plaisir de te raconter tout ce que je sais sur ce pauvre hère, dit-il en tapotant le genou de son pantalon tout graisseux.

Lara se leva de son tabouret, s'approcha de leur table en chancelant et y posa sa bouteille au milieu de leurs chopes.

— Me voilà. Alors, qu'est-ce que vous disiez ?

L'homme se tapota la cuisse de nouveau. Elle secoua la tête.

— Je suis très bien où je suis.

— Mais, moi, je serais bien mieux avec ton joli petit cul sur mes genoux.

Il ponctua cette remarque d'une claque sur les fesses de Lara, où sa main s'attarda. Elle sentait ses doigts boudinés mordre sa chair.

Lara lui saisit le poignet et l'imbécile eut le culot de lui sourire. Alors elle tira dessus, plaqua sa paume sur la table et, en un battement de cœur, lui planta sa dague dans la main.

Le type glapit de douleur et tenta de se dégager en vain, la lame fichée dans le bois de la table.

Un des autres voulut s'en saisir, mais il tomba de son tabouret, le nez cassé.

— Bon. (Lara s'appuya sur la poignée du couteau et la fit tourner légèrement.) Qu'est-ce que vous disiez sur le roi d'Ithicana ?

— Je disais qu'il a été capturé par les Maridriniens ! (L'homme sanglotait en gigotant sur sa chaise.) Silas le retient prisonnier à Vencia.

— Vous en êtes sûr ?

— Vous n'avez qu'à demander ailleurs ! La nouvelle vient d'arriver de l'île nord. S'il vous plaît, lâchez-moi !

Lara l'examina, impassible, sans trahir la terreur qui l'avait prise aux tripes. Elle arracha le couteau avant de se pencher vers le type.

— Si jamais j'apprends que vous avez remis une main au cul à qui que ce soit, je viendrai vous trouver et je vous la couperai.

Elle tourna les talons, salua le tavernier et sortit sous la pluie, qu'elle sentit à peine.

Aren avait été capturé.

Il était prisonnier. À la merci de son père.

Le vent lui fouettait les cheveux. Ces trois phrases tournaient en boucle dans son esprit tandis qu'elle regagnait son auberge, d'un pas si furieux que les gens s'écartaient sur son passage. Son père avait laissé la vie sauve à Aren, pour une seule et unique raison : il voulait s'en servir d'appât.

Elle monta les marches quatre à quatre vers sa chambre et referma la porte derrière elle. Là elle saisit un pichet d'eau, qu'elle but à grandes gorgées, puis elle retira sa robe bleue toute simple et enfila sa tenue ithicanienne. Enfin elle rassembla ses maigres possessions dans son sac avant de s'asseoir à la petite table, un morceau de charbon à la main.

Le collier était tout chaud d'être resté contre sa peau. Les émeraudes et les diamants noirs scintillaient à la lumière de la bougie. Elle avait perdu le droit de le porter, mais l'idée qu'on le lui vole et qu'une autre le porte lui était insupportable, alors elle ne l'enlevait jamais.

Sauf en cet instant précis.

Lara saisit une feuille de papier et y déposa le collier, dont elle traça les contours à l'aide du charbon. Les vapeurs du vin achevèrent de se dissiper tandis qu'elle travaillait. Une fois son croquis terminé, elle remit le collier avant d'examiner sa carte d'Ithicana, et en particulier le large cercle à l'ouest de tous les autres.

C'est de la folie! lui criait la part logique de son cerveau. *Tu sais à peine nager ou naviguer, et on est en pleine saison des tempêtes.* Mais son cœur, qui n'était plus qu'un tas de cendres froides depuis qu'Aren l'avait chassée de l'île centrale, s'était remis à brûler avec une ferveur qui refusait de s'éteindre.

Elle rangea la carte dans sa poche, mit sa ceinture et ses armes, et sortit sous l'orage.

* * *

Il lui fallut trois semaines pour y arriver, et elle faillit mourir au moins une dizaine de fois. De violentes tempêtes l'envoyaient s'échouer sur des îles minuscules, où elle hurlait face au vent en traînant son petit bateau à l'abri, et où elle devait repousser des serpents qui cherchaient à se réfugier sous sa coque. Les bourrasques avaient déchiré sa voile et, à plusieurs reprises, d'immenses vagues l'avaient balayée, lui fauchant ses réserves de nourriture.

Mais ce n'était pas pour rien qu'on l'avait surnommée le petit cafard. Elle avait atteint son but.

Le ciel était d'un bleu cristallin, ce qui annonçait sans doute un typhon de la pire espèce, et un soleil aveuglant se reflétait sur les vagues. Son petit bateau, voile abattue, flottait juste au-delà de l'ombre projetée par l'énorme volcan. On n'entendait que le bruit des vagues qui s'écrasaient contre les falaises.

Lara se leva, les genoux tremblants, en se tenant au mât. Elle aperçut le bref reflet du soleil sur la lentille d'une longue-vue mais, même sans cela, elle savait qu'ils l'observaient.

— Ouvrez la herse! cria-t-elle.

Pour toute réponse, il y eut une détonation, et un énorme rocher fila dans les airs vers elle. *Et merde!* Le projectile toucha l'eau à quelques mètres d'elle, assez fort pour la tremper de la tête aux pieds et provoquer des vagues qui faillirent la faire chavirer.

Elle se remit debout en agrippant le mât, et en luttant de toutes ses forces contre sa peur des eaux profondes.

— Écoute-moi, Ahnna, s'il te plaît ! (Les autres Ithicaniens l'auraient pulvérisée du premier coup. Seule la princesse se serait donné la peine de la terroriser d'abord.) Si tu n'aimes pas ce que j'ai à dire, tu n'auras qu'à me rejeter à la mer.

Rien ne bougea. On n'entendait que le grondement de l'océan.

Puis un grincement déchira l'air – le son caractéristique de la herse. Lara saisit sa rame et se dirigea vers l'entrée d'Eranahl.

En approchant des marches de pierre elle discerna des visages familiers, qui la toisaient avec une fureur froide. Elle ne chercha pas à résister quand Jor l'attrapa par les cheveux et la tira de son bateau, heurtant ses chevilles contre les marches.

— Je t'arracherais le cœur sur-le-champ si ce n'était pas le privilège d'Ahnna, cracha-t-il en lui passant un sac sur la tête.

Ils la conduisirent au palais, dont les odeurs et les sons lui rappelaient trop de souvenirs. Elle comptait ses pas, ainsi que le nombre de virages qu'ils prenaient, et elle comprit qu'ils l'emmenaient dans la salle du conseil. Une fois à l'intérieur, quelqu'un – sans doute Jor – lui donna un coup de pied derrière les genoux, et elle tomba à quatre pattes.

— Tu as du culot, de venir ici. Je dois bien l'admettre.

On lui retira le sac qui l'aveuglait, et elle se redressa pour croiser le regard d'Ahnna. Son estomac se noua quand elle vit la méchante cicatrice qui barrait le front de la princesse pour descendre jusqu'à sa pommette. C'était un miracle qu'elle n'ait pas perdu son œil. Ahnna était entourée de six soldats qui portaient tous de récentes blessures. Ils avaient eu de la chance de s'échapper vivants. Derrière eux, une carte de Maridrina était accrochée au mur.

— Donne-moi une bonne raison de ne pas te trancher la gorge, sale traîtresse.

Lara se força à sourire.

— Ce n'est pas très original.

Un coup de pied dans les côtes l'envoya rouler sur le dos. Lara se releva en jetant un regard noir à Nana, qui venait de la frapper, puis reporta son attention sur la princesse.

— Tu ne vas pas me trancher la gorge, parce que mon père retient Aren captif.

Ahnna crispa les mâchoires.

— Et ce fait n'aide pas beaucoup ta cause.

— Il faut qu'on aille le chercher.

— « On » ? s'écria Ahnna d'un air incrédule. Ton père détient Aren dans son palais de Vencia. Je n'ai pas besoin de t'apprendre que c'est une véritable forteresse, gardée par les troupes d'élite de l'armée maridrinienne. Mes meilleurs soldats n'ont même pas réussi à mettre un pied à l'intérieur... Ils sont morts en essayant. Mais vas-y, dis-moi comment tu comptes t'y prendre pour nous aider. Tu vas séduire les gardes, comme la petite putain que tu es ?

Lara soutint son regard sans répondre. Un silence étouffant s'installa dans la salle.

Elle avait passé quinze ans à s'entraîner à l'art d'infiltrer un royaume impénétrable.

De découvrir ses faiblesses et de les exploiter.

D'anéantir ses ennemis.

D'agir sans merci.

Elle était née pour ça.

Pourtant Lara ne dit rien, parce qu'elle savait que ce n'était pas avec des paroles qu'elle convaincrait ces gens qui la prenaient pour une menteuse – et qui avaient raison.

Inspire. Expire.

Elle s'élança.

Ils étaient tous des combattants aguerris, néanmoins elle avait l'avantage de la surprise. Elle se déchaîna en un tourbillon de coups de poing et de pied, et elle eut vite fait de désarmer et repousser les soldats qui l'entouraient.

Ahnna se jeta sur elle en grondant, mais Lara passa une jambe autour de la sienne et l'entraîna dans une roulade dont elle ressortit avec la tête de la princesse calée au creux de son coude et sa dague dans l'autre main.

Le silence se fit. Les guerriers se remirent debout en l'observant avec un respect nouveau, même s'ils cherchaient encore un moyen de la neutraliser.

Lara les regarda dans les yeux, tour à tour, avant de relâcher Ahnna. Cette dernière s'écarta aussitôt en toussant, sous le choc. Alors Lara se releva.

— Vous avez besoin de moi, parce que je connais votre ennemi. C'est lui qui m'a élevée, et il a fait de moi son arme ultime. Vous avez vu de quoi je suis capable. Mais il n'aurait jamais imaginé que son arme ultime puisse se retourner contre lui.

Et Lara n'était pas la seule arme de ce genre. Il y avait dix autres jeunes femmes comme elle, et elles lui devaient la vie. Lara avait bien l'intention d'aller leur rappeler cette dette.

— Vous avez besoin de moi parce que je suis la reine d'Ithicana. (Elle se retourna et lança la dague vers la carte de Maridrina, où elle marqua Vencia – et Aren – avec une précision redoutable.) Et parce qu'il est grand temps que mon père soit réduit à néant.

Découvrez la suite
du *Pont des tempêtes*
dès l'automne 2023 !

Achevé d'imprimer en mars 2023
Par CPI Brodard & Taupin à La Flèche
N° d’impression : 3052575
Dépôt légal : mars 2023
Imprimé en France
2811740-2